苹果树小女巫1
磨坊里的新邻居

文／[德] 萨比娜·斯塔丁
图／[德] 萨宾娜·比希纳
译／庄亦男

四川少年儿童出版社

人物介绍

佩特娜拉·苹果泥
苹果树小女巫,住在磨坊花园,
一棵苹果树上的一个大苹果里。

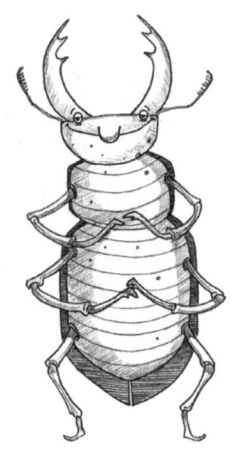

卢休斯
一只鹿角甲虫,
佩特娜拉的好朋友。

苹果树小人
住在苹果树底下,负责保护苹果树的小人,
分别是胡萝卜衬衫、豇豆脖子、
芦笋牙齿、甜菜小溪、黄瓜帽子。

蕾娅、路易斯
库恩布兰特家的双胞胎，
蕾娅是妹妹，路易斯是哥哥。

库恩布兰特夫妇
蕾娅和路易斯的爸爸妈妈。
库恩布兰特先生原本是一位面包师，
库恩布兰特太太在小餐馆工作。

库莫林
库莫林面包房的主人，
为人吝啬虚伪。

目 录

苹果房子和黄瓜帽子 7

蝙蝠偷听耳 19

库恩布兰特一家 27

影子大戏 39

黄蜂、马蜂、成群的蜜蜂 49

拜访小女巫的家 57

浓雾幽灵 69

发现苹果树小人 79

不可思议的北极熊鼻涕 89

一个神奇的配方 95

蛋糕大赛 105

美妙的苹果蛋糕 111

昏死的甲虫 121

一个荒诞的提议 129

假惺惺的坏家伙 141

深夜的惊吓 149

可怕的盗贼 157

粘在苹果树上 165

小小的敲诈 175

魔法磨坊咖啡馆 185

南瓜脑袋和点点鬼火 195

苹果房子和黄瓜帽子

佩特娜拉简直不敢相信自己的眼睛。她迅速地把金色的海盗望远镜从自己的左眼前移开,用袖口擦了擦镜片。

"这怎么可能?"她一边喃喃自语,一边又举起望远镜。

"千真万确啊!"真的有五个人影,鬼鬼祟祟地穿过她的花园,向磨坊屋子走去。天气这么糟糕,这些人就没别的事好做吗?

今年秋天的第一场风暴正席卷大地,狂风猛烈地敲打门窗,毫不留情地撕扯树叶,把第一批成熟的苹果一股脑儿地从树上刮落。

佩特娜拉气呼呼地把望远镜握得紧紧的,要在狂风里拿稳还真不容易。更何况,要在一颗摇摇晃晃的苹果里头站稳,本身就很难了。她不耐烦地打了个响指,苹果瞬间不晃了。毕竟,佩特娜拉是个女巫。

她可不是随便在哪个童话里都能看到的那种寻常女巫,或者是闯鬼屋时会遇到的那种。不,不,佩特娜拉的全名是佩特娜拉·苹果泥,她是树女巫,确切地说,是苹果树女巫。作为苹果树女巫，她显然不是住在什么歪歪扭扭的小茅屋里，或是黏糊糊的姜饼屋里。住在一颗大苹果里，这才配得上她的身份呢。她的苹果房子高高挂在一棵茂盛的苹果树上，而这棵树呢，长在一个有老磨坊的荒弃花园里。

自从佩特娜拉把最后一个磨坊工人赶走，那间老磨坊就孤零零地立在那里，旁边的磨坊屋子也空了出来。它们都属于佩特娜拉一个人了，再也没人霸占她的花园。

可是现在，突然出现了五个人——三个大人、两个小人。

"卢休斯！"小女巫紧张地叫起来，"卢休斯，你躲到哪里去了？真讨厌，需要你的时候，到处都找不着你！"

"来了，来了，哪里着火了吗？"一只鹿角甲虫睡眼惺忪地晃进了客厅。

"没有东西着火。"佩特娜拉不高兴地说，"磨坊屋子那边有人来了！"

卢休斯费力地把佩特娜拉挤开，在窗前占了个位置，向窗外张望起来。"你不会另外找一扇窗吗？"佩特娜拉埋怨了一句，走到另一扇窗前。现在可不是和甲虫吵架的时候，说不定有什么坏事发生了。于是她又拿起望

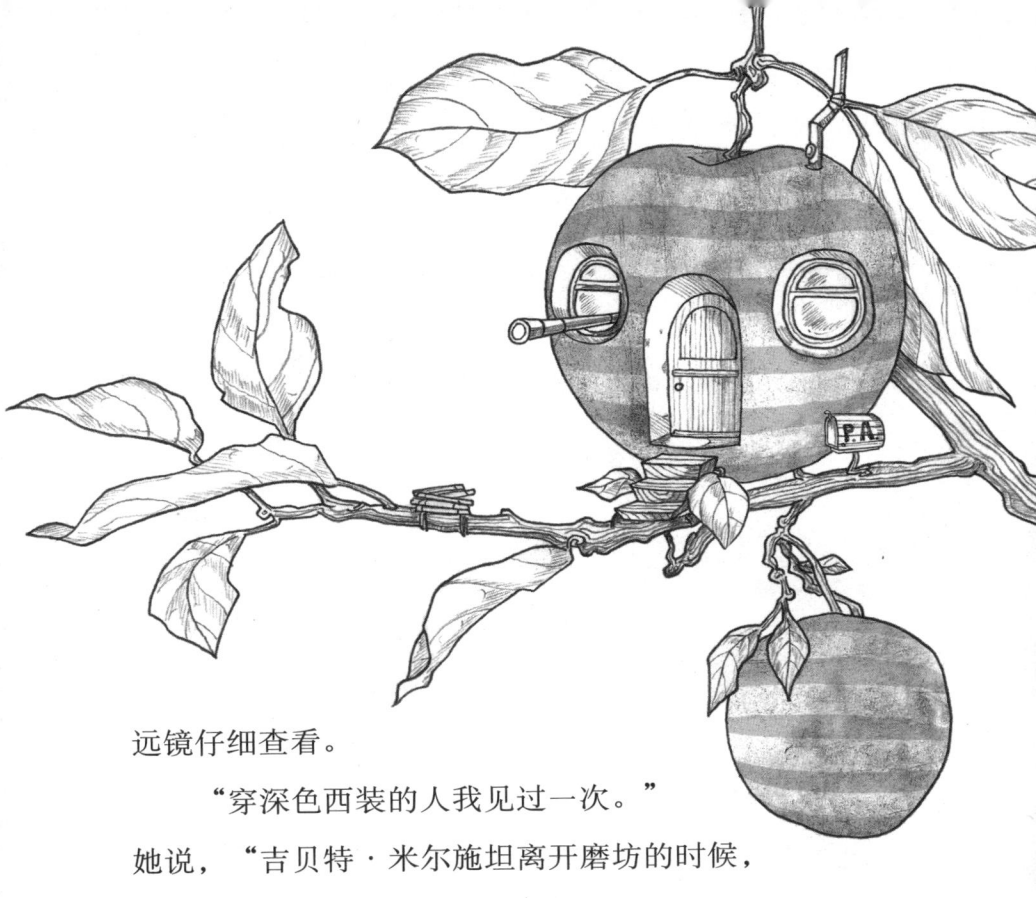

远镜仔细查看。

"穿深色西装的人我见过一次。"她说,"吉贝特·米尔施坦离开磨坊的时候,把钥匙交给了他。"

这时,穿西装的男人动作夸张地打开磨坊屋子的门,招呼其他人进去。

"那两个小个子似乎很冷。"佩特娜拉说。

"他们是小孩。"

"什么?"佩特娜拉不耐烦地看了一眼卢休斯。

"那两个小个子是小孩。"它解释道。

"他们看起来冻得够呛。"佩特娜拉说。

那两个孩子站在冷风里,缩着脖子瑟瑟发抖,肩

膀都快耸到耳朵旁了。而那个女人拼命摇着头,显然不想走进屋子里。

"看来只有她是个脑子清楚的人。"佩特娜拉下了评语。但另一个男人直接拉着她的袖子把她带了进去,孩子们也跌跌撞撞地跟了上去。

"看起来是一家人吧。"卢休斯猜测说。

"我才不管。"佩特娜拉哼了一声,眼睛却一直牢牢盯着望远镜。

两分钟后,磨坊屋子的门又打开了。那个女人跑了出来,她的丈夫和孩子们快步跟在后面。穿深色西装的男人最后出来。他小心翼翼地锁好门,跟着那一家人离开了花园。佩特娜拉皱着眉头,放下望远镜。现在她真的有点担心了。因为她永远也不会忘记,她是花了多少心思才把吉贝特·米尔施坦从磨坊赶走的。

"你怎么看?"佩特娜拉问。

卢休斯摇了摇头,它还没有得出最后的结论。

"总之我们得阻止他们搬进来!"佩特娜拉坚定地说。

"不用担心啦!屋子又破又旧,谁会愿意搬来住?"说着,它笨手笨脚地离开窗边。

"或许你是对的。不过我们还是把屋子再仔仔细细检查一遍。我得确保屋顶和我印象中的一样到处都是破洞。我们现在就绕着屋子转一圈!"佩特娜拉说完,坚决地站了起来。

她等不及卢休斯回答,就披上绿色小斗篷,戴上黑色女巫帽,冲出了房门。她身手敏捷地跳到苹果房子下方一根粗壮的树枝上,不耐烦地等着卢休斯。这样的天气里,卢休斯真是一点也不想出门。"快点啊,卢休斯!难道你想眼睁睁地看着我被下一阵狂风卷走?"甲虫嘟嘟囔囔着走到门边,啪嗒一声落到佩特娜拉站着的树枝上。"起飞吧,我的好伙伴!"佩特娜拉爬到甲虫的背上,愉快地喊道。

卢休斯发出低沉的嗡嗡声,助跑了一小段后一跃而下,全速俯冲。这是个高难度动作!

佩特娜拉不得不非常小心,才不会从它背上滑下去。紧接着,卢休斯猛然调转方向,几乎是垂直地冲向空中,它绕着树冠盘旋了一圈后,向磨坊屋子飞去。

可惜,屋顶的状况竟然不算太糟糕,比佩特娜拉记忆中的好多了。只是这里那里缺了几块瓦片而已,不见得会漏雨。要是真的有人要搬进这栋老房子,她还得来好好地"加加工"。

佩特娜拉绝对不会眼睁睁地看着那些人占用磨坊,就像吉贝特·米尔施坦和他的妻子那样。他们为了能一览无余地看到山谷,竟然想砍掉这些生长多年的苹果树。他们种植散发不出花香的玫瑰,用修剪指甲的小刀修剪草坪,还喷洒杀虫剂,让小甲虫们无处藏身。总而言之,他们要把花园变成毫无生气的装饰品。

佩特娜拉还在气呼呼地东想西想时,卢休斯已经在屋顶上盘旋了一圈又一圈。"你看清楚了没有?"它大喊。

"看清楚了!"佩特娜拉大声说,"事情比我想的更糟——屋顶还相当牢固。恐怕我得去向黄瓜帽子和他的伙伴们求助了。带我去找他们吧!"卢休斯点了点头,向花园最深处的那棵苹果树飞去。

黄瓜帽子是最年长的苹果树小人。他住在一棵粗壮的苹果树树根里,和其他伙伴一起肩负着保护苹果树的重任。没有人能比苹果树小人更早发现苹果树的异样,不管是虫害还是腐烂。他们是果园里的牧人。只要树根里住着苹果树小人,苹果树就能一直健健康康的。

这个时候,卢休斯已经降落在苹果树脚下,打理它那对有力的触角。佩特娜拉笨拙地从它的背上滑下来,敲响藏在粗壮树根背后的门。等了好一会儿,门开了,走出来一个棕色的小人。他就像一根长了手脚的短木棍。

"晚上好,黄瓜帽子!"佩特娜拉和小人打招呼,"希望没打扰你的重要工作。"

"完全没有。"黄瓜帽子愉快地说,"天气这么糟,你还来看我,我高兴都来不及呢!你来得正好,讲个恐怖故事给我听吧!"黄瓜帽子喜欢各种骇人听闻的故事,只不过他听完故事就不敢出门,只想把大门紧紧锁上。"你一定又听说了新的恐怖故事,是不是?"

"我当然有一肚子新鲜的恐怖故事。"佩特娜拉回答,"不过我今天要讲的故事,比之前讲的都更吓人。"

黄瓜帽子舒服地往扶手椅上一坐。

"讲吧。"他热切地说。

"今天有人来过磨坊!"佩特娜拉表情严肃地吐出

一句话,便不再往下说了。

"然后呢?"黄瓜帽子问,"他们当中有人被磨坊幽灵缠住了?"

"别打岔,"佩特娜拉回答,"他们是来看房子的。"

"然后呢?"黄瓜帽子着急地追问。

"然后,然后就没了。"佩特娜拉在黄瓜帽子旁边的扶手椅上坐了下来,"两分钟后他们就飞快地离开了磨坊,好像有妖怪在后面追他们一样。"

"就这样?"黄瓜帽子的声音听起来很失望。

"是的,就这样!"佩特娜拉显然有点生气,"你不知道这意味着什么吗?"

黄瓜帽子摇了摇头。

"吉贝特·米尔施坦要把房子租出去了。总之，早晚又要有人搬进来了。"佩特娜拉深深叹了口气，"这样的事绝对不能发生。你和你的伙伴们得一起帮我把他们赶走。你们最了解磨坊屋子的屋梁结构，知道怎么样在最短的时间内把它弄得腐朽不堪。你们知道怎么让窗框和大门扭曲变形，可以用最快的速度把这栋屋子搞得破破烂烂！"

黄瓜帽子摇了摇头。"你说得没错，这对我们来说只是小事一桩，但是这违背我们的天性。我们苹果树小人的使命是保护树木，不是破坏木头。不过呢，如果非要这么做不可，我可以向你保证，全包在我们身上。"黄瓜帽子也清楚记得上一任磨坊主人的事情，"我会向胡萝卜衬衫、芦笋牙齿，还有其他人转达你的请求。不过，事情可能没有你担心的那么糟。"

"但愿你说得对。"佩特娜拉说着，从扶手椅上站了起来。

"怎么啦？"黄瓜帽子叫起来，"你这就要走了？开玩笑吧？连一个小小的恐怖故事都没说呢！"

佩特娜拉叹了口气，又坐回扶手椅上。

"那好吧，"她说，"不过只讲一个小故事哟。"

黄瓜帽子点了点头。

"我不知道你听过没……"佩特娜拉压低了声音说,"故事是这样的……在一个很黑很黑的森林里,有一栋很黑很黑的小房子。在这栋很黑很黑的小房子里,有一个很黑很黑的房间。在这个很黑很黑的房间里,有一张很黑很黑的桌子。在这张很黑很黑的桌子上面,放着一本很黑很黑的书。在这本很黑很黑的书里,写着一句很黑很黑的话——**别自己吓自己!**"说最后这句话时,佩特娜拉突然提高了音量,同时把桌子捶得砰砰响。黄瓜帽子一直聚精会神地听着，突然被这最后一句吓得从扶手椅上跳了起来。

"天哪，佩特娜拉！"他喘着粗气，大声喊，"你想吓死我吗？我的心跳差点停了。"

佩特娜拉心满意足地咧嘴一笑。"恐怖故事听够了吧？"

"够了。"黄瓜帽子绷着脸回答，"不过……我这就把这个故事讲给伙伴们听，看看他们会不会和我一样也被吓个半死。"他露出一个狡猾的微笑。

佩特娜拉站起身来，准备回家。黄瓜帽子送她到门口。

"你也别太小题大做了。"告别的时候，黄瓜帽子宽慰佩特娜拉，"那些人不是转头就走了吗？看起来他们连一秒钟也不想多待。我看他们不太可能回来，更别说搬进去住了。"

不过，黄瓜帽子这回完全错了。

蝙蝠偷听耳

几天后,风暴渐渐平息,可是树上的苹果也被大风刮得没剩几个了。佩特娜拉走出苹果房子,下到花园里。小女巫发明了一个魔法绳梯,踩着这个梯子每往下走一步,人就会长高一点点。等佩特娜拉到达地面时,她就和一般的小女巫一样高了。

她深吸了一口气。空气里有湿湿的青草气息,还有成熟果实的香气。她很爱这个花园,这是她费了好大的劲儿才从磨坊主人手里抢回来的。除了苹果树小人,没人会注意到这里藏着什么宝贝。就在那些栅栏的后面,生长着最最古老的苹果树种,比如秋王子、红色冬驯鹿、亚兰德松饼苹果……

佩特娜拉把所有的园艺工具都存放在一辆圆溜溜的拖车里。拖车藏在高高的黑莓灌木丛后面。那儿还有一张摇摇晃晃的长桌和一把站不稳的椅子,在小女巫工作的时候还能派得上用场。

今天,她准备用耙子把被大风刮落到地上的果子扫成一堆。可是她才刚开始劳动,就听到了一个可疑的声音。她迅速转过身——是发动机的声音!

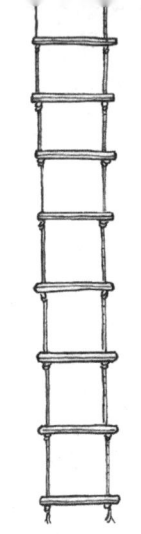

她慌忙把耙子扔进草堆里，小心翼翼地躲到黑莓灌木丛后面向外张望。"我的老天啊！"她的耳朵没有听错。一辆搬家卡车轰隆轰隆地驶过花园，停在磨坊屋子的前面，还呼哧呼哧地冒着气！门开了，几个人从车上跳下来。

两个大人，两个小孩。

"是那一家人！"佩特娜拉躲在灌木丛后忍不住喊起来，"我就知道！这下子怎么办？"她气冲冲地迈着大步走开，差点踩到两个苹果树小人——他们正在包扎折断的黑莓枝条。

黄瓜帽子和芦笋牙齿飞快地跳到灌木丛后面，逃过了被踩扁的命运。

"嘿，佩特娜拉！你想把我们踩进泥土里吗？"

"什……什么？"小女巫吓了一大跳，低头一看，"黄瓜帽子、芦笋牙齿！我伤到你们了吗？"

"还好我们命大。"芦笋牙齿说着，伸手把裤子上的土拍干净，"你在这里跳来跳去干什么呢？"

"那些人就在磨坊屋子前面。"佩特娜拉压低声音焦急地说。

黄瓜帽子和芦笋牙齿从树枝的空隙里往外看。"或

20

许他们只是经过,不然就是车子开错路了。"黄瓜帽子想了一下说。

"半路经过?坐着一辆搬家卡车?"芦笋牙齿疑惑地问。

尽管如此,佩特娜拉内心还是抱有一线希望。或许这一家人真的只是路过,或者确实是迷路了。这样的话,佩特娜拉当然不会为难他们。她只好又竖起耳朵,努力偷听他们的谈话。不过离得这么远,这样做实在太傻了,她必须离那些人近一点。于是她看准一个好时机，嗖的一声躲到一棵粗壮的苹果树后面。她就这么一棵树一棵树地往前挪，一点一点靠近那辆搬家卡车。

可是她偷听到的第一句话，就让她的希望像肥皂泡一样破灭了。

"这房子在这么个鸟不拉屎的地方，"男孩说着，用脚踢着一粒小石子，"我不想住在这里！我得坐一个

小时的公交车才能参加足球训练。"一旁的女孩看起来和他差不多大，什么也没说。

"好了，来吧，路易斯，我觉得一切会好起来的。"他爸爸摸了摸他的头，"这里没那么糟。快把箱子搬进去。再说我们现在也住不起其他房子。"两个孩子默默地把一个纸箱抬进屋里去。没多久，里面传出了一声尖叫："啊——"小女孩从屋里连滚带爬地跑了出来。"我房间里挂着五只这——么大的蜘蛛。"她边说边用手比画一个鞋盒大小的东西，"我再也不会踏进去一步！"

"别这么夸张，蕾娅。"她的妈妈开口了，把她手上的一个大纸箱又推回卡车上。"来吧，我们进去看看！"她们一起走进了屋子。

不一会儿，传出了第二声尖叫。"保罗，保罗！快来！蕾娅的房间里真的有五只小怪兽。你得抓住它们，把它们扔出去！"

佩特娜拉已经听得够多了。"好吧，原来你们这么害怕蜘蛛，"她自言自语道，"那我就要看看，能不能再多弄几只过来。"她狡猾地笑了笑，迅速地爬上魔法绳梯，然后把它收了上去。"卢休斯！"她激动得大喊，"卢休斯，发生了可怕的事！"一阵低沉的嗡嗡声响起，甲虫飞过来了。佩特娜拉还没反应过来，它就哗的一声贴着她降落在树枝上。佩特娜拉吓得倒抽一口气。"我的老天,小心点!你降落的时候竟然没压死人,还真是个奇迹。"

甲虫感觉被冒犯了,它理了理自己有力的触角说:"你怎么这么说呢?我哪次不是带着你平平安安地降落?"

"我有任务给你。"佩特娜拉说。她可没兴致继续和甲虫拌嘴。

"噢,你有任务给我。不好意思,我从不接受不知感恩的女巫委托的任务。不过嘛,要是你非常礼貌地请我……"

佩特娜拉深吸了一口气说:"好吧好吧!我是说,我要找你帮忙,满意了吧?"

"这还差不多。"

"那家人搬进了磨坊。"

卢休斯竖起耳朵。"开玩笑的吧?"

"我才没这个心情呢!"佩特娜拉说,"我得弄清楚,磨坊屋子里到底发生了什么事,所以我要请你帮个忙。"佩特娜拉特意强调"帮个忙"三个字,"把巨大的蝙蝠偷听耳装到屋顶上去,或许我们就能找到机会,尽快把他们赶出去。"

"没问题。"卢休斯不再闹情绪,爽快地答应了。只要遇到类似事情,它都是一个可靠的好伙伴。

佩特娜拉从外套口袋的深处掏出蝙蝠偷听耳,交给卢休斯。"最好装在屋顶上,这样我就可以听到屋子里面和周围的动静了。"小女巫才刚说完,卢休斯就出发了。

卢休斯把耳朵直接粘在了烟囱上。那只耳朵立刻开始膨胀。它不断变大、变大，最后长到和卫星天线一样大，然后就开始运作了。

库恩布兰特一家

库恩布兰特家的蕾娅和路易斯是双胞胎。其实呢,应该是路易斯和蕾娅,因为路易斯比他妹妹早两个小时出生。所以,当他们意见不一时,一般是由路易斯来做决定。不过,今天他们的意见倒是非常一致。

"这几天简直和看牙医一样糟糕。"吃早饭的时候,路易斯说。蕾娅心里一百个同意,因为今天他们正式搬进了磨坊屋子。

孩子们终于看清楚这栋位于城市边缘的屋子。它跟第一次看到时一样糟糕,又小又旧,满是霉味,

每个裂缝都透着冷风。不过他们的妈妈觉得如果用心打扫一番,再布置上他们搬来的东西,屋子看起来就好多了。

蕾娅可没这么乐观。她刚为自己选好房间准备搬进去,就发现了那些大蜘蛛。五只又肥又壮的大蜘蛛挂在天花板上,其中四只躲在角落里,第五只挂在房间正中央。

蕾娅最讨厌蜘蛛。一回过神来她就宣布:"我绝不会在这个房间里待上一分钟!"尽管这时她爸爸已经把蜘蛛抓到花园里放生了。

蕾娅拒绝再踏入这个房间半步,而且态度十分坚决,于是只好先睡在哥哥的房间里。

"你可以搬到我这里来,"路易斯用施舍的口吻说,"不过只能睡到你的房间解除蜘蛛警报为止,而且你必须保证,不能在我房间里乱丢东西。"

其实他心里暗暗庆幸,在磨坊屋子里的第一个夜晚,可以不用一个人睡了。他总感觉这栋屋子里不时会传出奇怪的动静。

屋子周边的环境他也不喜欢。附近竟然一个邻居都没有,也没有可以一起玩的小孩,这实在太奇怪了。只有一座没人照料的花园、一间老磨坊和磨坊屋子后面一

个黑漆漆的池塘。

蕾娅似乎不觉得这栋屋子位置偏僻是件坏事。她往黑漆漆的池塘里扔石头,打发了好长一段时间,然后在草地上坐下来。

"或许这里没那么糟糕。"她咕哝了一句。

路易斯惊讶地看着她。"你说真的吗?"

蕾娅点点头。"你看,这个池塘越看越奇怪,像是有魔法。或许里面住着一个精灵,或是一个被施了魔法的公主。"

路易斯拍了一下自己的额头。"你是不是童话看太多了?这里面住的肯定不是什么公主,而是一头满身鳞片的水怪,一到晚上就吧唧吧唧地从池塘里跑出来,把你拖到水里去。"他龇牙咧嘴地笑起来,他知道妹妹的胆子小得很。

"别说啦!"蕾娅果然大叫着从地上跳起来,"你不要讲得那么恶心嘛!我去花园里瞧瞧。你就待在这里等着你的水怪吧!"

不过路易斯可没兴趣待在原地。他立刻追过去,跟

在妹妹后面。

蕾娅很喜欢这个花园。它看起来像是小精灵和小仙女会居住的地方,而且里面到处都是苹果,还有成堆成堆的莓子。

"这个黑莓味道真好,快尝尝!"她说着,把一串黑莓递到哥哥的鼻子下面。路易斯摇了摇头,他不爱吃水果。比起水果,他宁愿吃水果冰沙,不用拼命嚼,只要直接吞下去就行了。

"这个花园是不是我们的了?"蕾娅问。

路易斯耸了耸肩。"不知道啊，你得去问妈妈。"

"妈妈！"蕾娅大声喊，朝妈妈挥手。

"呵！这些都是苹果树啊。"妈妈走到孩子们身边，"每棵树的树根旁都有一块黄铜制的标牌。你们看到了吗？"

路易斯和蕾娅好奇地靠过去看。确实如此！每个树根边都固定着一块小牌子，上面刻着苹果的种类。这些苹果树的名字都很好玩，什么秋王子、柏林羊鼻子、红色冬驯鹿……

"有人花了很多心思呢！"库恩布兰特太太说。

"现在这些都是我们的了？"蕾娅问。

"应该是吧，花园也算是磨坊的一部分。"

"用这些苹果可以做好几吨的苹果泥。"路易斯已经想得很远了。

"或是苹果果酱、苹果汁、苹果蛋糕、糖渍苹果、苹果馅饼……"蕾娅说得停不下来了。

"好了好了！"妈妈忍不住笑起来，"要是我没别的事做，倒是可以考虑！回屋里去吧，要吃晚饭了。我还要去把装盘子和餐刀的纸箱找出来。"于是他们一起离开了花园。

佩特娜拉怒气冲冲地放下望远镜。她听够了，也看够了,该想想具体的对策了。

小女巫的床底下藏着一个箱子,这是她的百宝箱,里面放着女巫施展魔法时要用到的一切东西——最重要的当然就是魔杖了。缺了这根魔杖可什么都干不成。除了魔杖,还有护身符、鞭炮、玻璃瓶里的浓雾幽灵、橡胶蜘蛛。佩特娜拉觉得橡胶蜘蛛是此刻最合适的武器。它有手掌那么大,只要朝它吹口气就能活过来。这下有好戏看了。

要是连蜘蛛也不能让这家人从磨坊屋子搬出去,那就得继续升级了。佩特娜拉肚子里有用不完的点子!现在先试一下蜘蛛的魔法吧,肯定能把他们吓得膝盖发抖。

佩特娜拉一直等到孩子们上床睡觉了,才放下魔法绳梯。她每往下走一步,身体就变大一点点。

她像一个影子,嗖的一声穿过了黑漆漆的花园,没一会儿就站在了磨坊屋子的门口。她瞥了一眼门上的姓名牌——是这家的爸爸钉上去的,上头刻着几个歪歪扭扭的字:库恩布兰特家。佩特娜拉点了点头。她现在至少搞清楚了,眼前这个等着她解决的"问题"到底叫什么名字。她蹑手蹑脚地绕着屋子走了一圈,往亮着灯的窗户里张望了一下。

梅格·库恩布兰特正在客厅里拖地板。她的丈夫保罗想要在壁炉里生火，却一直没点着。他忙活了半天，弄得一屋子都是黑色的浓烟。

佩特娜拉笑了，她知道这些浓烟是怎么回事。早在吉贝特·米尔施坦住在这里时，她就往烟囱里塞了一个老乌鸦巢。

她准备先小试一下身手。她打了个响指，一个又大又重的木桶就在地板上滚来滚去，轰隆隆的声音一直传到了花园里。

梅格·库恩布兰特一下子站得笔直。"怎么回事？"她尖声问。

佩特娜拉得意地笑起来，又让那个木桶滚回到原来的位置。

"声音是从阁楼上传来的，听起来像是有东西从地板上滚过。"保罗·库恩布兰特紧张地说。

"会是什么东西？"他妻子问。

保罗·库恩布兰特耸了耸肩说："可能是老鼠吧！"

"老鼠？"库恩布兰特太太几乎尖叫起来。

"我不知道。也有可能就是什么东西倒了。"

"然后呢？你不打算上去看看？"

保罗·库恩布兰特摇了摇头。"你去我才去。毕竟你是空手道蓝带，我可什么都不是。"

"好吧！"库恩布兰特太太只好答应，顺手把拖把紧紧握在手里，"拿好你的手电筒，我

们走吧!"他们轻手轻脚地穿过过道,走上通往阁楼的楼梯。

"他们得忙上一阵子了。"佩特娜拉咕哝了一句,又往前走过两扇窗,来到孩子们的房间。女巫的眼睛不用灯光就能看清楚黑夜里的东西。她看到两个小家伙在黑暗中睡得非常安稳。不过,这幅宁静的画面维持不了多久了。

窗户的木框已经扭曲变形,和佩特娜拉记忆里的一样。靠近最下面角落的地方,有一大条裂缝。她正好可以把橡胶小玩意儿从裂缝里塞进去。

佩特娜拉对着自己的袖子挥动了三下魔杖,里面就有东西动了起来。不一会儿,一只巨大的黑蜘蛛从她袖子里爬了出来。其实这只橡胶大蜘蛛是她几年前从杂货铺里买来的,

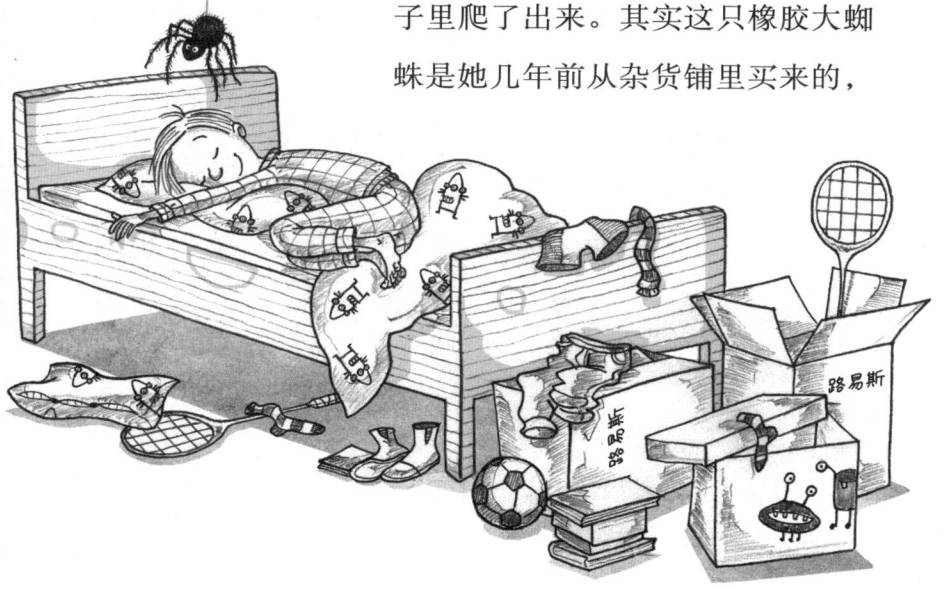

就是那种什么杂七杂八的宝贝都卖的小店。幸亏别人并不知道这点。她把大蜘蛛从窗框的裂缝塞进孩子们的房间。公平起见嘛,每人一只,她立刻又放了第二只进去。

蜘蛛一进房间马上爬过地板,沿着墙面爬到了天花板上,然后垂下一根粗粗的黑色蜘蛛丝,一直垂到离孩子们的脸只有几厘米的地方。

"醒醒吧,我的小甜心们。"小女巫轻声说。

蕾娅不知道是什么东西吵醒了她。她躺在自己的小床上,微微抬起眼皮。一旁的路易斯发出均匀的呼吸声。蕾娅只要伸一下手,就能够到她哥哥的床。这让她感觉很安心。同一间卧室,在夜里看起来和白天很不一样。尤其是这个到处堆着纸箱的陌生房间,到了晚上显得更加可怕。

蕾娅转头望向窗户,突然吓了一跳。她觉得有一张脸在窗前出现,然后又消失了。同时她还听到了脚步声,仿佛有几百只小脚从地上踏过,然后一切又安静下来。突然,她感觉有东西掐了她的鼻子。

蕾娅大叫一声,立刻从床上坐起来。

"啊!这是什么啊?"路易斯突然尖叫起来。他也醒了,双手乱挥,好像在拍打什么东西。

蕾娅打开床头灯，接着发出她这辈子最震耳欲聋的尖叫声。

就在她脑袋的正上方，挂着一只巨大的蜘蛛，简直有一个茶杯垫那么大。

她猛然拉起被子蒙住头，在被子底下大声喊着："路易斯……把它弄死……拍死它……赶快，一下就把它拍死！妈妈！爸爸！"

突然，有个东西打了她一下，接着又是一下，还有第三下。这时，他们的爸爸妈妈冲了进来。

"路易斯，你疯了吗？快把羽毛球拍放下来，不准打你妹妹！"

"这是橡胶做的！"蕾娅听到哥哥惊讶的声音，小心翼翼地从被子下探出头来。路易斯站在一旁，还在打地板上那个黑乎乎、毛茸茸的东西。每打一下，那个东西就像弹力球一样蹦得好高。

"是橡胶做的！"路易斯大叫。蕾娅这才敢仔细观察那个东西。她用指尖捏起趴在被子上的另一只橡胶蜘蛛，发现其实它被系在一根橡皮筋上，从天花板上垂下来。

"这里怎么会有这种东西？"妈妈问。蕾娅和路易斯也疑惑地互看了一眼。

　　佩特娜拉用手捂住嘴巴,忍住不让自己笑出声来。她飞快地跑回苹果房子,关上房门,才把憋了半天的大笑释放出来。她笑得停不下来,眼泪都流出来了。

　　"看起来你大功告成了。"卢休斯说。

　　"太棒了,我的好伙伴!"佩特娜拉说,"你真该去看看他们那不知所措的表情!好戏才刚开始呢!"

影子大戏

第二个星期，佩特娜拉没去找库恩布兰特一家的麻烦。一天到晚偷窥别人，连她自己都感到厌烦了。她现在要小心的是千万别暴露了自己的踪迹。

那对父母倒是问题不大。整个白天，妈妈都在小餐馆工作，爸爸通常在床上躺到中午，等到孩子们放学回家，才拖着脚步进厨房做饭。

佩特娜拉担心，最大的威胁就是那两个小孩。只要一放学，他们就在磨坊周围的花园里乱转。不过小孩子爱玩是天性。经过了这几天的偷窥，佩特娜拉惊讶地发现，自己开始有点期待在花园里看到他们的身影。不过不能再这样下去了。

这对兄妹和所有调皮捣蛋的小家伙一样，好奇心十足。他们早就发现了那辆拖车，现在又开始对爬树产生了狂热的兴趣。佩特娜拉觉得她被发现的危险正在一天天变大。

就在这天，佩特娜拉把卢休斯派到她的姐妹那里。她们是住在东边的天气女巫。佩特娜拉打算向她们预订一个暴风骤雨、电闪雷鸣的夜晚，时间就在今天晚上。

这时，库恩布兰特一家坐在摆好晚餐的餐桌旁，一点也没发觉他们的屋顶上已经聚集了大片乌云。

"这个花园比我想象的好多了，"路易斯一边嚼着满嘴的食物一边说，"可以尽情地爬树。蕾娅和我准备明天就搭一个树屋。对吧，蕾娅？"

蕾娅摇了摇头。"我才不要搭什么树屋，好蠢啊！如果你是一棵树，你会喜欢有人在你的树枝上钉难看的木板吗？"

"噢，老天，你真是个小姑娘！我为什么就没有一个弟弟呢？"路易斯抱怨着说，"我要去问问奥勒和约纳斯愿不愿意帮忙。等树屋搭好了，不准你进去。"

"我才无所谓呢！反正你们也搭不成！"蕾娅哼了一声，然后咬了一大口黑面包，"对了，我们在花园里发现了一辆拖车。"

"拖车？"他们的父母惊讶地看着他们。

"有人住在里面吗？"爸爸问。

蕾娅和路易斯笑了起来。"有呀有呀，里面住着咕噜牛怪*呢！"路易斯说。

"没有人住在那里，里面放了好多园艺工具，还摆着一张桌子、一把椅子。"蕾娅说。

"还有人把掉下来的苹果耙成了一堆。"路易斯接着说。

"奇怪，这么说，好像有人在照料这个花园。"妈妈感到不可思议。

这个时候，佩特娜拉等卢休斯等得不耐烦了。终于，一阵低沉的嗡嗡声响起，卢休斯回来了。

小女巫冲到门口，赶快把甲虫请进门。"怎么样了？"她充满期待地问它，"你见到我的姐妹了吗？"

---

*1999年英国出版的图画书《咕噜牛》中的大怪物形象，作者为朱莉娅·唐纳森，插图由德国插画家阿克塞尔·舍夫勒绘制。

卢休斯点点头。"她们让我问候你,并转告你——欢迎随时去拜访她们。"

佩特娜拉立刻挥了挥手。"哎呀,我之前才去过嘛!她们那儿可不是随随便便散个步就能到的。爬上她们的山头,就要好几个小时呢!一路上还有冰雹、风暴、雷雨……等我好不容易到了那儿,看起来就像刚刚和巨人打了一架。"

"原来是这样,你自己不想被淋湿,就把我派过去。"说到这里,卢休斯考虑是不是该借机发个火什么的。想了一会儿之后,它决定还是算了。"午夜的暴雨已经搞定喽。她们还问是不是要再加点浓雾,我也顺便订了一个。"

"卢休斯,你太棒了。今天晚上,我们就十八般武艺都用上!你也做点准备吧!"卢休斯的外表本来就令人过目难忘,要是站到灯光照亮的雾气里,再高高举起两对前脚,被放大的身影就更加狰狞了。如果它再挥动几下大钳子,真的会把人吓破胆了。

磨坊屋子里这时安静了下来。除了佩特娜拉,没人注意到雷雨正慢慢向这块土地靠近,随之而来的还有冰雹、闪电和浓雾。小女巫兴奋地摩拳擦掌。"已经开始啦!卢休斯,马上就有好戏看了。"

今天晚上,她不打算再用魔法绳梯了,免得被人发现。她爬到卢休斯的背上,飞到孩子们卧室窗前的一棵大柳树上。

"你马上就要看到,我导演了一出多么精彩的闹鬼戏。"苹果树女巫嘿嘿笑了一声。

甲虫只是远远地往孩子们房间的窗口望了一眼。

"你看看,他们睡得多么安稳。"

"哼,"佩特娜拉气呼呼地说,"要不是他们搬到

我这里来,我也可以睡得很安稳。"她故意忽略悄悄爬上心头的罪恶感,那只会让她施展不开手脚。

这时,雷雨终于抵达磨坊的上空。佩特娜拉又挥了挥魔杖,召唤来一片浓雾,厚重到仿佛可以吞掉一切。磨坊屋子瞬间就不见了,苹果树、池塘通通不见了,连坐在柳树上的佩特娜拉也被雾气包围了。

"大柳树,摇摆起来吧!让你的枝条在风中舞动吧!"她大喊,又用魔杖招来了暴雨。暴雨夹杂着狂风,呼啸着把整栋屋子围得严严实实。柳枝像陌生人的手指一样,把窗户敲得砰砰响。

紧接着,佩特娜拉又用魔杖指向乌云。一瞬间,闪电像烟花一样划过天际。"卢休斯,轮到你上场了!"小女巫在风雨的怒号中大喊。

暴风雨中的浓雾,像一块白色的绸布笼罩住整个花园;在闪电的照耀下,又如同一块完美的幕布,一场盛大的影子戏即将上演。佩特娜拉用魔杖画了一个圈,卢休斯的身影顿时开始膨胀。它的影子在浓雾中越变越大,最后它举起两对前脚,后脚直立,同时挥舞着一对大钳子,看起来就像一只磨刀霍霍的巨大怪兽。

连佩特娜拉自己都觉得这个场景令人毛骨悚然。就在这时,突然响起一阵刺耳的声音。孩子们房间的玻璃窗被树枝敲成了碎片。佩特娜拉不禁缩了下脖子大骂:"该死的,大柳树!你用得着这么夸张吗?"

当雷雨即将来袭的时候,蕾娅和路易斯醒过来了。他们听到来势汹汹的雷声,都吓坏了。在之前租的大房子里,他们是从来不害怕雷声的。这里却不一样,在这样一栋磨坊屋子里,所有的东西都和以前不一样。划过天空的每一道闪电,把窗前大柳树的阴影投射在窗户上,就像一张恐怖的面孔正在朝窗里张望。路易斯完全不敢朝那个方向看。大柳树还把树枝伸过来，不断地敲打窗户。一开始只是轻轻地，然后越来越用力，越来越急促。"快打开，让我进去！"它仿佛在孩子们的耳朵边咆哮。最后，树枝用力一敲，把玻璃窗砸得粉碎。冰冷的风立刻钻进房间。紧接着，有东西出现了！浓雾中的幽灵！它有四只手臂，没有头，咔嚓咔嚓地开合着一把大剪刀。

蕾娅和路易斯吓呆了。他们僵在那里，愣愣地瞪着窗前的大怪物。过了好一会儿，蕾娅才回过神来。她强迫自己把视线从窗户移开，伸手去拉她的哥哥。路易斯仍旧像中邪似的瞪着那个怪兽。"快走，路易斯！"蕾娅一边喊一边把哥哥从床上拉下来。他们冲到漆黑的过道上。爸爸妈妈听到了玻璃打碎的声音，急忙跑了过来。两个孩子一头扑进父母的怀抱。

当他们看到孩子们的卧室里碎了一地的玻璃，也吓了一大跳，同时一股怒火从心底蹿起来。"我们真不该搬到这样的房子里来！"妈妈抱怨着说，"幸好孩子们没有受伤。"

蕾娅和路易斯浑身颤抖，一半是因为寒冷，一半是因为惊恐。直到他们来到厨房里，喝下一大杯妈妈煮的热可可，脸上才恢复了血色，又能开口说话了。他们争先恐后地说:"窗户外的大树一直偷窥我们的房间,还用树枝打碎了窗户。"

"它看起来火气很大。"路易斯说。

"它很生气?"妈妈惊讶地问。

"它要把我们拖进池塘里!"妹妹接着说。

"池塘里?"

"还出现了一个幽灵!"

"噢噢,还有一个幽灵!"爸爸妈妈若有所思地交换了眼神。

"那个幽灵看起来像一只大甲虫,举起前脚,用后脚站立!"

"也有可能是变形金刚!"路易斯想了一下说。

"可怜的孩子们!"妈妈边说边把他们紧紧搂进怀里,"要你们住在这样的房子里,真是对不起你们啊!"

库恩布兰特夫妇把两个孩子安顿在他们的大床上,走进厨房商量了好久。最后他们做出了决定:找一个新的住处,尽快搬离这栋可怕的房子。

"要先把那棵柳树的树枝锯掉。"库恩布兰特先生说,"明天一早,我就去园艺市场买一把最大的剪刀。我把孩子们也带去。"

"可怜的孩子们!"佩特娜拉和卢休斯回到苹果房

子的时候，卢休斯感叹了一声。

"干吗？闹鬼就是这样闹的嘛！"佩特娜拉不想承认，但她心里其实也有一点过意不去，而且玻璃窗打碎的时候，她也吓了一跳。那两个孩子当时那么害怕，就像白杨树叶一样簌簌发抖。他们吓得连话都说不出来。或许这回她做得真的有点过头了，下一次让苹果树小人登场吧。佩特娜拉暂时放弃了继续闹鬼的念头。

黄蜂、马蜂、成群的蜜蜂

幸好蕾娅和路易斯身体强健,而且胆子不小。第二天早上,云开雾散,温和的太阳从云层中探出脸来。兄妹俩又走到花园里,准备仔细查看昨天晚上闹鬼的蛛丝马迹。

太奇怪了,不光是闹鬼的痕迹,连暴风雨来过的迹象也完全不见了。地上没有被压烂的苹果,窗前也没有变形金刚的脚印。昨晚的狂风暴雨竟然也没把树叶和树枝吹得七零八落。要不是地上有碎玻璃,一切仿佛只是一场噩梦。

这天清晨,佩特娜拉也没闲着,她去找蝙蝠偷听耳了。昨晚的暴风雨把它从屋顶上刮了下来。还好很快就找着了,偷听耳被缠在大柳树最高的枝丫上。佩特娜拉把它变回原来的大小,这样就可以方便地放进外套口袋了。

回来的路上,小女巫发现那一家人都去搭公交车了,于是决定利用这个上午在花园里好好劳作一番。她卷起袖子,兴致勃勃地走到那辆存放园艺工具的拖车旁,找

出一副耐磨的手套戴上,又提了一个小铁桶。

那些晚熟的果实,比如野蔷薇果或者黑刺李,现在也已经成熟了,正等着有人来采摘。这些黑刺李可以酿出非常美味的甜酒。寒冬腊月,坐在沙发上,拿本好书,喝上一小杯亲手酿造的黑刺李甜酒,对于佩特娜拉来说,再没有比这更惬意的了。

小女巫沉浸在工作中,直到兄妹俩站在花园里了,她才听到他们的声音。

"真讨厌!这两个小捣蛋不是应该在学校里吗?"

佩特娜拉飞快地冲向梯子。她没忘记拿走装满果子的铁桶,要是把它留在花园里就会暴露自己。她手脚并用,像松鼠一样爬上绳梯,消失在苹果房子里。好险,差一点就被发现了。她偷偷从窗户向外望了一眼,确定没有人看到自己。不过这两个小孩到底要干什么呢?

这时,苹果树女巫倒抽了一口气。她看见库恩布兰特先生手里握着一把大剪子,爬上一架靠在大柳树上的梯子。这两个孩子的爸爸想对大柳树做什么?他要锯什么东西吗?他是神经错乱了吧?天哪,必须采取行动了!麻烦事怎么没完没了呢?佩特娜拉果断地拿起了魔杖,开始念咒语:

黄蜂、马蜂、成群的蜜蜂，
快快现身！
快来拯救大柳树于险境！
那个男人要取它性命！

虽然这个时候蜂群大多都在休息，但转眼间还是传来了一阵嗡嗡声。所有的蜂群集合起来，赶来保护大柳树。它们在磨坊池塘的上方盘旋了好几圈，等待队伍集结完毕。

"嘿，爸爸，你看那边池塘的上面聚集了一团嗡嗡叫的黑云，一定是蜜蜂之类的东西。"路易斯第一个发现了那团东西。

"什么？"库恩布兰特先生不敢转头看，因为他一不小心就会从这把又旧又破的梯子上摔下去。

"不只是普通的蜜蜂，好像还有大黄蜂。"蕾娅紧紧盯着那团黑云，感觉大事不妙，"我觉得它们在准备进攻。"

"进攻？"库恩布兰特先生正想着如何对付大柳树，听到了这句话，不由得抬头张望。没错，几百只黄黑相间的昆虫正朝着大柳树的方向前进。

"快进屋！"他大喊，然后从梯子上跳了下来。不用等爸爸喊第二次，蕾娅和路易斯就往屋里跑了。"爸爸，快呀！"蕾娅大声喊，一边替爸爸挡住门。库恩布兰特先生立刻掉头冲进屋里。蕾娅砰的一声关上门。

她突然咔咔地笑了起来。

"有什么好笑的？"爸爸表情严肃地看着她。

"我还真不知道你能跑那么快，爸爸。"蕾娅调皮地笑着说。

"就是啊，你刚才逃跑时像只兔子那么快。"路易斯附和着说。

他们躲在屋子里，看着一大群昆虫绕着柳树飞了几圈，最后全部停在树枝上。

"看起来那棵柳树是它们的家。你别想再去修剪树枝了。"路易斯说。

库恩布兰特先生抓了抓后脑勺。"那么我的大剪刀白买了？"

孩子们点了点头。

事情圆满解决，佩特娜拉满意极了。看来大柳树可以过一段平平安安的日子了。她愉快地吹着口哨去酿甜酒,却忘了一件非常重要的事。小女巫一刻不停地忙到傍晚,就在她称白砂糖的重量时,听到了轻微但非常激动的说话声。

"哇,不可思议!"

"等等我!太神奇了!路易斯,捏我一下。啊,别那么用力!还有多高?"

"不知道啊!不过我觉得我们快到顶了。"

佩特娜拉吓出一身冷汗。她意识到下面发生了什么事。之前她惊慌失措地逃离花园的时候,忘了把魔法绳梯收上来了。这下麻烦大了。那两个好奇的小捣蛋正向她的苹果房子进军。怎么办啊?

"快看这些大树叶,还有这些树枝,粗得就像树干。"蕾娅说。

"太不可思议了。你看过这么巨大的苹果吗?"路易斯兴奋地说,"我们头上那个是最大的!"

"为什么突然间所有的东西都变得巨大无比了?"

路易斯看着他的妹妹,同样摸不着头绪。"肯定是我们缩小了,就像爱丽丝梦游仙境一样。"

"什么?"蕾娅叫起来,"缩小了?像爱丽丝梦游仙境一样?你疯了吗?我又没吃缩小饼干!你也没吃。要是我们不能变回去,可怎么办?"

她的哥哥耸了耸肩膀说:"不知道,反正现在也来不及了。大概和这个绳梯有关吧。一直往上爬,就会一直缩小。如果走运的话,倒过来就相反,一直往下爬,我们又会变回去。"

"那我现在下去。"蕾娅说,"让我过去。"

"噢,老天,你怎么这么扫兴!"路易斯叫嚷,"先到上面到处看看。比如我们头上的这个大苹果,你没看到它有窗户吗?"

蕾娅愣了一下。刚才她心慌意乱的，还真没发现，现在看清楚了。"还有三级台阶通向一扇房门呢。是不是有人住在那里？"

"我们敲门试试吧。"路易斯提议。

拜访小女巫的家

佩特娜拉最担心的事发生了。一扇紧闭的门可阻止不了这两个好奇的小家伙。她慌慌张张地四下张望。此时又响起了第二次敲门声。

佩特娜拉急得团团转。她得立刻藏起来，可是要藏到哪里去呢？她当然能让自己隐身不见，也能把自己变成一盏落地灯之类的东西。只不过这会儿，她一句合适的咒语都想不起来了。每次万分紧急的时候，小女巫总会忙中出错。她只好冲进卧室，一下子钻到床底下，里面全是灰尘，还窄得要命。

这时，门被小心翼翼地推开了。两个孩子轻手轻脚地走进狭小的门厅。"我们不能擅自进来吧？要是被抓个正着怎么办？"

"就说我们迷路了。再说我们又不搞破坏。你别乱碰，知道吗？"

"快看，路易斯。一个圆圆的小客厅，好可爱啊！"

"这里的客厅当然是圆的，因为我们在一个苹果里面。太好玩了！你看那个望远镜。我打赌这里是杰克船长的家。"

"赌错啦！"佩特娜拉在床底下恼火地嘀咕。她沾了一头的灰尘，鼻尖痒得要命。

"看呀，这里不止一个房间，后面是厨房，这里是卧室！"孩子们的声音越来越近了。

"让我看看！这张床看起来……"孩子们突然安静了。佩特娜拉深深吸了一口气，然后屏住呼吸。但已经太晚了，她被发现了。"这里伸着两条腿。"路易斯悄悄说。

"腿！"他妹妹惊呼，"下面藏着一个人，是不是死了？"

"不是吧，刚才腿好像在动。我去掐一下，你看看到底是不是活的。"

佩特娜拉再也忍不住了。"你敢！"她大叫一声，倒退着从床底下爬了出来。她从没有这样狼狈过，不过她也顾不上优雅的姿态了。现在她的心里冒着一股怒火。这两个调皮捣蛋的小鬼竟敢踏进她神圣不可侵犯的领地！她麻利地站起身来，恢复成一个苹果树女巫的正常身高，愤怒地瞪着两个孩子。"你们在我的房子里干什么？"她眼睛里的怒火仿佛要喷射出来。

蕾娅和路易斯一步一步退回到客厅里。他俩张大着嘴巴，看着眼前这位奇怪的女士。她个子小小的，穿着

一件绿色的连衣裙,围着一条鲜红的围裙,头上歪歪地戴着一顶黑色的帽子,上面全是灰尘。

"那是一顶女巫帽!"蕾娅小声说。

"眼力不错嘛,小甜心。"佩特娜拉双手叉着腰说。她还没从这次突如其来的拜访中回过神来,还没想好怎么处置这两个闯入者。最简单的做法就是把他们从树上扔下去。不过不知道为什么,她并不打算这么做。很少有人类拜访她。确切地说,还从来没有人类走进过她的苹果房子。她颇有兴趣地打量着这两个小孩,他们给她的印象倒是不坏。

"您是一位女巫吗?"路易斯问。

蕾娅用胳膊肘捅了他一下。"闭上嘴巴!"她用嘴形对他说,"别惹她。"

"对不起……打搅了……我们这就走。"她结结巴巴地说,拉着她的哥哥朝门口走去。

路易斯可不想就这么走了。"你疯了吗?我可不想走。这种事不会碰到第二次。"他压低声音说。

"你才疯了,"蕾娅轻声对他说,"你没听过糖果屋的故事吗?"

佩特娜拉不怀好意地笑起来。"你说得没错,小不点儿。不过呢,那个是饼干女巫,是一种非常阴险、令人讨厌的女巫。对这种女巫得多加小心!她们最喜欢早餐时吃几个小孩。"

"那您是什么样的女巫呢?"路易斯一边问,一边朝门口瞄。

"我是佩特娜拉·苹果泥,我的名字已经说得很清楚了,我是苹果树女巫,"佩特娜拉自豪地挺起胸膛,

"花园的保护者和守护人。我……"突然，一阵响亮的嗡嗡声打断了她的话。接着房门打开了。

孩子们被吓到了，朝声音的方向看去。"这是卢休斯，它和我一起住。"佩特娜拉介绍道，"你们不用害怕。"

"是那个变形金刚。"路易斯小声说。

卢休斯不敢相信地揉了揉眼睛，问："他们是怎么进来的？"

佩特娜拉耸了耸肩。"因为我的一个小疏忽。"她咕哝了一句，"我回头告诉你。"然后她大声说，"我来介绍一下，这是蕾娅和路易斯，住在磨坊屋子里。你们是叫这两个名字吧？"孩子们点点头。"这是和我一起住的好朋友——卢休斯，一只鹿角甲虫。"

"太酷了！"路易斯又小声喊了一句。

"好吧。"佩特娜拉揉了揉自己的鼻子，她不太擅长招呼别人。"你们已经参观过这个屋子了，那个时候我正……"她故意清了清嗓子，"现在我来招待你们喝茶吃蛋糕吧，然后你们就可以回家了。来吧！"

孩子们默默地跟着小女巫走进厨房。桌子上已经摆好了餐具，好像佩特娜拉早有准备一样。杯子里的茶冒着热气，桌子中央的白色钩花餐垫上放着一个可口的苹果蛋糕。"好啦,请坐吧!"小女巫客气地对孩子们说。她给每个人切了一大块蛋糕放在盘子上,然后看着孩子们津津有味地吃起来。

"下面的花园是您的吗?"蕾娅吃着蛋糕,趁机提了个问题。佩特娜拉点了点头。

"那您看到我们搬进磨坊屋子,还占了花园,不生气吗?"

"噢,当然,我很生气。"佩特娜拉回答,"别用'您'来称呼我。我们女巫从来不用尊称。我当然很生气,简直气死了。"

"你生气到要赶我们走吗?"路易斯笑了出来。

佩特娜拉点了点头。

蕾娅惊讶地看着小女巫。她渐渐明白哥哥到底想问什么了。她深吸了一口气,直接问:"那昨天晚上是你……"

佩特娜拉又点了点头,她的脸微微泛红了。

"那卢休斯就是……"蕾娅说。

"那个变形金刚!"路易斯帮妹妹把话说完了。

"猜对了。"佩特娜拉爽快地承认,"不过我能怎么办呢?我又不知道搬进来的是什么样的人。我之前有过一次非常非常糟糕的经历。"

"太酷了!"路易斯欢呼起来,"那你是一个真正的女巫,千真万确、非常酷的女巫?"

佩特娜拉再次点头。"那当然!"

"而且你真的会魔法……"蕾娅接着说。

"完全正确,就像我现在活生生地坐在你们面前这样真实。"佩特娜拉骄傲地回答。

"噢,拜托你,变一个小小的魔法给我们看吧!"蕾娅恳求道。

"噢,是呀,拜托你!"路易斯激动得叫起来。

佩特娜拉微微一笑。"你们想看我施魔法?好吧,要变什么呢?"

"比如说,你可以让蕾娅长出一对兔子耳朵。"路易斯热心建议。

"你疯了吧!"蕾娅很生气。

"你想要兔子耳朵,这样啊……"佩特娜拉说着拿起了魔杖。路易斯兴奋极了。

我对女巫沼泽说,路易斯想要一对兔耳朵。

沼泽女巫快快回应我!

呼特、波特、崔勒波、

左边和右边,各有一只兔耳朵。

噼里啪啦一阵声响之后，路易斯两边的耳朵越变越长，越变越长。他害怕地伸手摸了摸耳朵，毛茸茸的。"哎呀，不是我呀！"他大叫起来，"你应该让蕾娅的耳朵变长！"

"怪你自己，谁让你想出这么个坏主意。"蕾娅说着又想到了些什么，"佩特娜拉，你能让东西飞来飞去吗？"

"这个最简单了。"小女巫回答她，"来个最经典的怎么样？"她挥了挥手里的魔杖。橱柜所有的抽屉和门突然都打开了，杯子、盘子、刀子、叉子、茶壶、水罐，全都腾空而起。

佩特娜拉又挥了一下魔杖，厨房里响起了华尔兹的乐曲。所有的餐具都开始翩翩起舞，它们围成一个大圈，舞姿优雅舒展。

"我头上这对毛茸茸的东西怎么弄掉？"路易斯只想解决这个麻烦。

佩特娜拉用魔杖轻轻碰了一下两只耳朵。兔子耳朵消失了。

路易斯松了口气。"它们能跳霹雳舞吗?"他指了指那些餐具,调皮地笑起来。

"你呀,路易斯。"蕾娅叹了口气。

佩特娜拉又一挥魔杖,一串闪光小球立刻穿过屋子。她召集了一支由十八个成员组成的金龟子合唱队,它们唱起了最拿手的《水手之歌》。

终于到了分别的时候。

"天色晚了,"佩特娜拉对孩子们说,"你们该回家了,不然你们的爸爸妈妈会担心的。"

孩子们只好不情愿地站起来。刚才的奇妙画面,还在他们的脑海中嗡嗡作响。蕾娅依依不舍地把女巫的家又细细打量了一遍。"要是我能留在这里就好了。"她有点遗憾地说。路易斯轻轻地把她往门口推。

兄妹俩小心翼翼地走下三级陡峭的台阶,然后转过身说:"能来你这儿做客,真是太开心了!"路易斯又补充了一句:"下次我们还可以来吗?"孩子们的眼神里充满了渴望,佩特娜拉不禁心头一暖。"当然可以再来,只要看到我放下的魔法绳梯,就表示你们可以来玩。"

"谢谢!"兄妹俩眼睛发亮,欢呼了一声,飞快地往下爬。

"你对那两个孩子挺不错嘛!"卢休斯下了这样的结论。

"我有什么办法?他们突然出现在我的卧室里。"佩特娜拉回答。

"当然啦!昨天你还闹鬼、打雷吓唬他们,今天就邀请他们来喝热茶、吃苹果蛋糕。一切再自然不过了。"

说完，卢休斯爆发出甲虫独有的浑厚笑声。

"好啦，反正我喜欢有好奇心的小孩。"佩特娜拉为自己辩解，"而且这两个小孩很聪明。他们不是立刻就看穿昨天晚上闹鬼是我捣的鬼吗？"

"我们要把佩特娜拉·苹果泥的事告诉爸爸妈妈吗？他们肯定不会相信我们的话。"兄妹俩在门厅挂外套的时候，蕾娅在思考着这个问题。

"没错，"路易斯赞同妹妹的看法，"我担心到了明天，我们自己也不相信今天发生的事呢。还是不要提佩特娜拉比较好。你知道的，爸爸妈妈多么容易大惊小怪。"

"我明天还要去小女巫家，说不定她会变点别的魔法。"蕾娅说。

"好主意！真讨厌，我们还得先上学。"路易斯说。

浓雾幽灵

　　事情没有双胞胎兄妹想的那么简单。他们不时溜到佩特娜拉的树下查看情况,但是连绳梯的影子也没看到。佩特娜拉根本就没把它放下来过!

　　倒不是苹果树女巫不想见这两个小孩,完全不是!现在是秋天,秋天是佩特娜拉一年里最辛劳的季节。没有哪个季节像秋天一样,有那么多受伤的小动物来向佩特娜拉求助,有那么多事等着她处理。其实这一切都和苹果有关系。熟透的苹果从树上掉下来,要是没及时收集起来,就会发酵,产生大量酒精。所以一到秋天,每天都能遇上几只醉醺醺的甲虫、刺猬或者浣熊。夜晚时分,它们晃晃悠悠穿过花园,不是唱着小曲儿,就是吱吱哇哇地大喊大叫。佩特娜拉和苹果树小人得帮助它们平安回家,忙得没有一点儿闲暇时间。那些还来不及被苹果树小人照料的,就暂时在苹果房子的餐桌旁落脚,等着小女巫来医治。她最擅长处理被扯坏的翅膀或是扭伤的爪子。

　　蕾娅和路易斯当然不知道佩特娜拉每天得完成这么

多繁重的工作。连着四天,他们每天下午都溜到那棵挂着苹果房子的树下。他们等啊等,鼻子都冻红了,一直等到妈妈喊他们回家。

可是他们什么也没有等到,连女巫帽的一个尖角也没看到,魔法绳梯更是从没放下来过。

"也许佩特娜拉根本就不存在?"当蕾娅再次坐在苹果树下苦苦等待,却什么也没见到的时候,她伤心地说。

"胡说!"路易斯站起来,迈着大步朝磨坊屋子走去,"我们两个都看见了。我现在就去拿望远镜来。"

不一会儿，路易斯回来了，拿着望远镜站在大树下往上看。

"我看到她的小房子了。"他激动地说。

"快让我看看！"蕾娅从哥哥手里抢过望远镜，"没错，挂在那儿，好像还亮着灯。"

"那她肯定在家。她为什么不愿意见我们呢？"路易斯垂头丧气地说。

"或许她没时间吧。"蕾娅安慰哥哥。

"也有可能她觉得我们很蠢。"路易斯说着，伸出拳头捶打苹果树的树干。

"嘿，你们两个，看什么看得那么津津有味？"

蕾娅迅速把望远镜放下来说："噢，没什么……嘿，是你呀，爸爸。我们……我们……"

"我们看到了一只松鼠。"路易斯帮妹妹找借口。

"松鼠？指给我看看！"库恩布兰特先生从他女儿手里抢过望远镜，往树上看去。"我什么都没看到。"他失望地说，"不过，树上那儿，那上面是什么东西？"

蕾娅和路易斯惊慌地对看了一眼。他们的爸爸这时看得更清楚了。

"上面挂着一颗个头最大、看起来最好吃的苹果，我还从没见过这样的苹果！"库恩布兰特先生惊讶地叫道,"等我一下……"

"不要,爸爸!"蕾娅和路易斯大喊。

但是库恩布兰特先生兴致勃勃,立刻跑进屋后的工具间。没一会儿,他从里面出来了,一只手里拿着一个摘苹果的网兜,一只手臂底下夹着一把旧梯子。

"你拿这些干吗?"路易斯问。其实他已经猜到爸爸的打算了。

"这是采摘苹果的网兜。儿子,我让你猜三次,你猜我想干什么。"库恩布兰特先生边说边摩拳擦掌。

"快想办法呀!"蕾娅用手肘撞了下哥哥,小声地说。但路易斯一时也不知道该怎么办。

"这可不是什么好主意,爸爸!"蕾娅忍不住尖叫起来,但她的声音绝对盖不过库恩布兰特先生高昂的兴致。

"不是好主意?你说错了吧!这是一个多美妙的主意啊!"库恩布兰特先生已经站到了梯子上,用手里的大网兜去够佩特娜拉的苹果房子。

"那颗苹果还没熟透呢!"蕾娅总算想出了一个理由。

"熟了!等我把它从树上弄下来,你们看好了……"库恩布兰特先生全神贯注地动起手来。孩子们只能眼睁

睁看着他们的爸爸用网兜去捞佩特娜拉的苹果房子。

"这是怎么回事?"整个房子开始震动,卢休斯害怕地叫了起来。佩特娜拉也吓了一跳。她差一点就和椅子一起被震倒在地上。"赶紧去看看发生了什么事。"小女巫说着,走到窗边。窗前的景象让她倒抽一大口凉气。这么不可理喻的事情,这几年还是第一次发生!

"这个男人真叫人生气！必须马上阻止他再爬上梯子一步！"佩特娜拉怒气冲天地说。这时苹果房子又受到了第二次重击。这颗果子剧烈地摇晃起来，卢休斯在窗台前滑了个六脚朝天，佩特娜拉不得不死命抓住门框。

"这个蠢蛋，"她气得龇牙咧嘴，"我要让他看看，打女巫房子的主意会有什么后果。"她跑回卧室，从床底下的百宝箱里翻出装着浓雾幽灵的玻璃瓶。她握着宝贝瓶子气呼呼地冲向门口，旋开盖子，用魔杖敲了一下瓶身，瓶子里乳白色的幽灵就开始转起圈圈。

歪脖子树，捣蛋王，
快从瓶子里出来，浓雾幽灵！
乌鸦脚和猫咪屎，
快抽走他愚蠢的梯子！

佩特娜拉愤怒地念着咒语，挥出魔杖向库恩布兰特先生一指。这位先生这时还在用网兜去够小女巫的房子呢！

佩特娜拉的咒语从来没有失效过。浓雾幽灵咻的一声从瓶子里蹿出来。它们是白色的飘浮物，一接触到新鲜空气就开始不断膨胀变大。它们狭长的绿眼睛立刻发

现了库恩布兰特先生,兴高采烈地朝他飞去。

它们像巨大的白色蝙蝠,成群地从树间滑翔而出,劈头盖脸地向库恩布兰特先生扑过去,用它们冰冷潮湿的白色长袍把他团团围住。它们抓他的脖子,扯他的耳朵,还把霉烂的气息吹到他的脸上,最后拉住了他的胳膊,直接把他从梯子上抬了起来。

库恩布兰特先生不知道这是怎么回事，立刻扔掉网兜大叫起来，双手双脚胡乱地挥舞。蕾娅和路易斯根本帮不上忙，只能眼巴巴看着浓雾幽灵把他们的爸爸抬起来，把梯子抽走，最后一松手把他丢下去。库恩布兰特先生砰的一声摔在地上。那些绿眼睛在雾气中一闪一闪，好像是在嘲笑他。

"这是怎么回事？"库恩布兰特先生一头雾水地大声问，"莫名其妙就被浓雾包围了。感觉好像有人把我从梯子上抬起来，又把我摔下去。"

孩子们互看了一眼。"一定是佩特娜拉。"路易斯低声说。他妹妹也点点头说："她用了魔法。她肯定是……"路易斯赶紧把一根手指竖在嘴巴前，示意妹妹闭上嘴巴。

"很痛吗，爸爸？"路易斯问。

"还好。"库恩布兰特先生一边揉着屁股，一边说。

"那把梯子实在太老太破了，突然就塌了。"蕾娅故作轻松地说。

"有可能吧，"她爸爸说，"可是梯子到哪去了？"

是呀，梯子呢？孩子们四下张望，到处都不见梯子的踪影。

"至少网兜还在那里。"路易斯指了指草地上的一根断杆。

库恩布兰特先生搔了搔头皮，左思右想。"奇怪了。"他自言自语，"真是奇怪呀。一把梯子怎么凭空消失了呢？"

"哎呀，别乱想了。"蕾娅安慰爸爸。

"世界上总有些解释不清楚的事情。"路易斯故作深沉地说，"走吧，我们回屋里去。"他搀起爸爸往屋里走。

库恩布兰特先生不甘心地再次环视四周，最后只好摇了摇头，跟着孩子们往回走。

发现苹果树小人

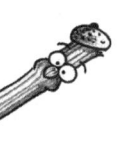

蕾娅和路易斯不光胆子大，还非常执着。第二天下午，他们又坐在佩特娜拉的苹果树下。

"我要一直坐在这里，直到她把那个梯子放下来。"路易斯表达了他的决心。蕾娅也跟着点了点头。他们已经在佩特娜拉的树下等了很久。突然间，身旁的草丛里有东西唰唰地穿过。

"那是什么？"路易斯问。蕾娅耸了耸肩。就在这个时候，又有东西从他们身边经过，一波接着一波。

"他们躲到树后面去了！"蕾娅激动得叫起来。

"快！"两个小孩一下子跳起来。"快看那儿，路易斯。"蕾娅指着树干，上面划了一道道凹槽。

"我什么都没看到啊！"

"那儿，就在树干上……他会伪装。"

路易斯都快要把鼻尖贴在树干上了。他忽然猛地向后弹开。"啊，有东西在动！"

"看起来像一小段木头,但是有手有脚。"蕾娅轻声说。

路易斯用手肘捅了一下蕾娅。"那儿还有几个!"他呼吸都急促起来。

黄瓜帽子和他的伙伴们被发现了。虽然他们已经紧紧地贴在树干上,几乎和树干融为一体了,但还是被发现了。他们害怕得不知所措。然后黄瓜帽子做了一个手势,苹果树小人们立刻飞奔起来。他们真不愧是世界上最厉害的爬树能手,只听到唰的一声,就已经蹿到上面去了。蕾娅和路易斯根本来不及看清他们的身影。几秒钟后,他们就消失在茂密的树叶后面了。

"你看清楚了吗?"路易斯问。

"嗯……我觉得是地精之类的东西。"

"你是说,我们的花园里不仅有一个女巫,还有一群地精,或者还有小矮人、仙女、独角兽、被施了魔法的王子,还有你们小姑娘才相信的东西?"路易斯很想知道答案。

蕾娅笑了一下说:"你可以自己去问佩特娜拉。"

"你说得没错。我们一定要和她谈谈。"路易斯仰起头看着佩特娜拉的苹果房子,"我要喊她的名字,一直喊到她的耳朵被震痛为止。"他下定决心后,便使出浑身的力气,大声呼喊小女巫的名字。接着他用力撞树干,用牙齿啃树皮,还用拳头拼命砸脚下的泥地。他甚至拿起一个地上的苹果朝苹果房子扔去。可是做什么都没有用,佩特娜拉仍旧没有现身。

"真是糟糕,"他气急败坏地说,"她为什么不出现呢?她是去度假了还是有什么事?"

"我觉得她是不喜欢我们。"蕾娅说,有点失望地把头靠在树干上。

"瞎说,她为什么不喜欢我们?"路易斯不相信。这个时候蕾娅突然戳了他一下。

"快看,路易斯!"她叫起来。就在这时,魔法绳梯降了下来。

"嘿,真是想什么来什么!"路易斯调皮地笑起来。

兄妹俩喜出望外,飞快地爬上绳梯。

和上次一样,他们每往上爬一点,树叶看起来就大一点,他们周围的一切也都跟着变大。最后他们攀上了最高处的树枝。蕾娅偷偷抬头看佩特娜拉家的房门。门开着,但是没有苹果树女巫的身影。

两个孩子有点狐疑地对看一眼。这个时候,卢休斯出现在门口,朝他们挥了挥手。屋子里传来愤怒的声音。

"把你的触须从我面前移开,不然要你好看!"

"你再说一遍试试!小心我给你的下巴来一记勾拳,把你打得耳鸣眼花!"

"好,我倒要看看你有多厉害!"

"停!停下来!"佩特娜拉的声音传了出来。

小女巫站在餐桌旁,双手都没闲着,努力把两只好斗的蟋蟀分开。"够了!"她大吼一声,从桌子旁拎起一只蟋蟀,"贝尔特拉姆先走,科比尼安等五分钟再走。我可没兴趣再给你们疗伤。卢休斯,你看好它们,让它们分两条路走。"

"知道了。"卢休斯的个子是那两只蟋蟀的两倍,它一手抓住一只蟋蟀的后颈,连拖带拽地把它们弄到门口。

"终于结束了!"佩特娜拉疲倦地坐到椅子上,"太讨厌了,两个小伙子为了个小姑娘打架。"

蕾娅和路易斯小心翼翼地走进厨房。苹果树女巫正在闭目养神。

"咳咳!"路易斯清了清嗓子。

"对不起,打扰了,"蕾娅礼貌地说,"我们想问你一些事情。"

佩特娜拉睁开眼睛,先睁开左边那只,接着是右边那只。"又有人打扰我,真叫人受不了!"她生气地说。

孩子们吓了一跳,相互看了一眼。

"哎呀,我早该知道,没那么容易摆脱你们这两个小缠人精哟!"苹果树女巫故作正经地看了一眼这个,又看了一眼那个,然后脸上露出了微笑,"你们要问我什么事?等什么呢?你们想知道什么?"

蕾娅飞快地看了她哥哥一眼。"快问吧。"她小声说。

"咳咳！"路易斯清了清嗓子，然后深吸一口气，开口问，"你的花园里到底有没有地精之类的东西？"

佩特娜拉惊讶地看着他们，然后若有所思地摇摇头说："这个问题，很遗憾我不能回答你们。"随后她又补了一句，"你们得自己找出答案。"

"怎么样才能找出答案呢？"蕾娅现在也和哥哥一样好奇。

佩特娜拉眨了眨眼睛。"首先得对一切敞开心扉，还要时刻准备好聆听自己内心的声音，如果能再加一些耐心和一把蜂蜜糖，就更好了。我只能透露这些。"

"蜂蜜糖？"

苹果树女巫又闭上了眼睛。

"昨天真是酷毙了，幽灵什么的……"路易斯不想这么快就被打发走。

佩特娜拉舒舒服服地靠在椅子上，用责备的语气说："你们得看好你们的爸爸，他差点摘了我的房子。"

"他才没那本事，你不会让他得逞的，对吧？"蕾娅问。

"当然不会，所以昨天我把浓雾幽灵放到了他的脖子上。"

"浓雾幽灵！"路易斯和蕾娅一脸崇拜。

"坐吧！"佩特娜拉指着厨房里的两把餐椅说，"说点你们的事吧。你们的爸爸后来怎么样了？幽灵把他丢下去的时候，他摔疼了吗？"

孩子们摇了摇头。"他完全不知道那些是幽灵。不过我觉得他很受打击呢！"蕾娅说，"他不会再瞎折腾了，他是这么说的。他觉得自己的身子骨已经僵硬了，连爬上树摘苹果都会从梯子上摔下来。"

佩特娜拉有点难过地看着这两个孩子。

"可怜的爸爸，"路易斯咕哝了一句，"早知道我们应该摘一打苹果给他。"

"才不是！"蕾娅摇了摇头，"这跟苹果没什么关系。爸爸需要一份新工作。以前他都高高兴兴的，自从没了工作，就总是闷闷不乐。"

"是呀！我真想去踢那个什么库莫林先生的屁股，他是爸爸的老板，是他把爸爸解雇了。"路易斯解释说，"他几乎赶走了面包房所有的员工，然后买了几台做面包的机器，就因为机器能生产更多东西。"

佩特娜拉听了非常气愤。"多么讨厌的一个人啊，怎么可以这样对待别人！"她越说越气。

"库莫林先生就是这么做的。"蕾娅也气呼呼地说。

"那他可真是个没有良心的坏家伙。"佩特娜拉高声说,气得脸都涨红了。孩子们笑了起来,他们从没见过气得火冒三丈的女巫。

"你们是因为这样才搬到磨坊屋子来的?"

孩子们点了点头。"一个人要是没了工作,就会没钱,没钱的话,就住不起漂亮的大房子了。爸爸是这么说的。所以我们才搬到了这里。"蕾娅一口气说完。

"是啊,结果我们搬到了这个到处漏风、一点也不暖和的磨坊屋子来了。"路易斯接着往下说。

佩特娜拉有点担心地看着这两个孩子。"真的这么糟吗?"

兄妹俩点了点头。蕾娅笑了起来,又说:"不过现在,我们认识了你,事情就不那么糟糕了。"

佩特娜拉被这句话感动了。"好吧,"她心软地说,"我没法帮你们的爸爸找到一份新工作,不过呢,我可以让你们的磨坊屋子变得暖和、舒服一点。"

"怎么做呢?"路易斯问。

"她可以变魔法。"蕾娅说。

佩特娜拉摇了摇头。"不是每次都得用魔法,有时候好朋友也管用。我会去拜托苹果树小人,让他们去整修屋子。他们是我所认识的最出色的工匠。"

"苹果树小人?"孩子们惊讶地问。

佩特娜拉点了点头。"我相信你们已经见过他们了。来吧，伙伴们，到客厅里来。"

竟然是真的！这些小人他们见过！两个孩子瞪大了眼睛，望着眼前的黄瓜帽子和他的伙伴们。

不可思议的北极熊鼻涕

蕾娅和路易斯以为的地精其实是苹果树小人。可是苹果树小人长得和他们想象的完全不同。苹果树小人不是应该更小一点、更圆一点吗?眼前却坐着五个又细又长、像棍子一样的小人。他们都穿着棕色工作裤和彩色上衣,细细的身子在衣服里晃荡。

"我来介绍一下。"佩特娜拉说,"这几位是黄瓜帽子、芦笋牙齿、甜菜小溪、胡萝卜衬衫、豇豆脖子,他们都是苹果树小人。"

苹果树小人们站起来,挨个儿弯腰鞠躬。

"先生们,这是蕾娅和路易斯,住在磨坊屋子里。"

"你不用向我们介绍了。"黄瓜帽子说,"我们来你家的路上,差一点被他们抓到。"

"你不是地精?"蕾娅问。

"当然不是!"芦笋牙齿有点生气地叫着,"难道你觉得我们看起来像那些粗野的家伙?"

蕾娅和路易斯拼命摇头。

"好了,"佩特娜拉说,"既然说清楚了,我现在就把库恩布兰特一家的故事和你们说一下,请你们帮他们一个忙,然后我们就可以舒舒服服地坐下来好好聊天了。"

黄瓜帽子瞪大眼睛看着佩特娜拉,接着跳起来,一把将苹果树女巫拉到房间外面。

"这是怎么回事?"他压低声音说,"你得跟我说清楚,有什么事情瞒着我吗?几天前我们还在帮你把他们赶出磨坊屋子,怎么一眨眼,你们就一起坐在厨房里喝茶聊天了?现在又请我们帮他们的忙,你还想把他们赶出去吗?"

佩特娜拉气呼呼地回答:"你以为我心肠很坏,像个黑心老妖婆吗?我现在不想把他们赶出去了,这次是请你们来帮助他们一家的。好了,快来吧!"

他们回到了客厅。孩子们和苹果树小人都没有说话,却掩饰不住强烈的好奇心,拼命地打量对方。

"亲爱的朋友们,"佩特娜拉开口了,"库恩布兰特一家需要你们的帮助……"她飞快地把事情的来龙去脉说了一遍——他们为什么会搬进磨坊屋子,遇到了什么困难……然后她请苹果树小人帮忙修缮磨坊屋子。苹果树小人是天生的工匠,他们当然乐意帮这个忙。

"我们明天就开始吧。"黄瓜帽子说,"明天要是有什么奇怪的声音从天花板上或者窗边传出来,可不要害怕哦！我们准备了特有的黏合剂，到时候可能会发出奇怪的声音。"他的伙伴们傻笑起来。

蕾娅和路易斯点了点头，并向他们表示感谢。正当他们准备坐到地板上，仔细听听苹果树小人的故事时，下面传来了妈妈的声音。外面天色已经暗了，他们要是再不回家，爸爸妈妈恐怕会担心得到处找了。他们只好依依不舍地和佩特娜拉还有新朋友们告别。"我们还会再来！"蕾娅说。

"这点我毫不怀疑。"佩特娜拉微笑着说。

"你可不可以弄一个像门铃的东西？每次等待魔法绳梯放下来，实在太麻烦了。"路易斯说。

"你过了五天才把梯子放下来，我们一直在树下等呢。"蕾娅在一旁附和。

"五天？在树下等五天真够长的。"佩特娜拉说，"不过你们很难想象，这几天我接好了多少条甲虫腿，补好了多少对破掉的翅膀。有时候病人实在太多，我忙得都不知道该从哪里开始，所以没时间关心你们了。"佩特娜拉揉了揉鼻子，"我这就去弄一个门铃。你们有什么好办法吗？把铃铛吊在长长的绳子上怎么样？这样你们就能随时来找我了。要是我忙得实在没有时间，至少会和你们说一声。"

第二天一早,孩子们就被窃窃私语声和奇怪的声响吵醒了。

"你听到了吗?"路易斯问。

蕾娅用胳膊肘支起身子说:"到底是什么声音?"

"我不知道。是从外面传进来的,听起来有点恶心。"路易斯说,"好像有吧唧嘴的声音,太滑稽了。"

蕾娅站了起来,踮着脚溜到窗边。她正准备把头伸出窗外,一坨绿绿黏黏的东西吧嗒一声被甩到了窗户上,还有几个声音叽叽喳喳说着悄悄话。她先是吓了一跳,然后露出一个灿烂的笑容,朝路易斯招了招手。原来黄瓜帽子和甜菜小溪正站在窗前的梯子上,把黏糊糊的绿色东西往窗框上抹。他们也朝孩子们招了招手。

"好了,你把他们吵醒了。我不是说了吗?你不能把北极熊鼻涕就这样朝窗户上乱扔。"黄瓜帽子说。

"我跟你说过,我今天状态不好,瞄不准。"甜菜小溪抱怨着说,"是你坚持要我把这玩意儿涂上去的。再说你既然知道今天要涂北极熊鼻涕,干吗穿得这么好!"

"胡扯。"黄瓜帽子嘀咕了一句,不过他理不直气不壮,因为甜菜小溪说得没错。再也没有比北极熊鼻涕更适合用来做房屋防寒保暖材料的了,但是也没有比它更黏糊、更难闻、更令人恶心的东西了。谁要是沾上了，一股像闷了很久的脚臭味，好几天都不会散。

苹果树小人刚把北极熊鼻涕抹在窗框上不久，孩子们的房间里就渐渐有了暖意。

"我觉得好像在做梦。这一切真是超级、超级酷！"路易斯兴奋地说着，向后倒在床上。

"这里的一切都充满了神奇的魔力！"蕾娅笑着说。

"太开心了，我们认识了神奇的苹果树小女巫。"路易斯激动地说。

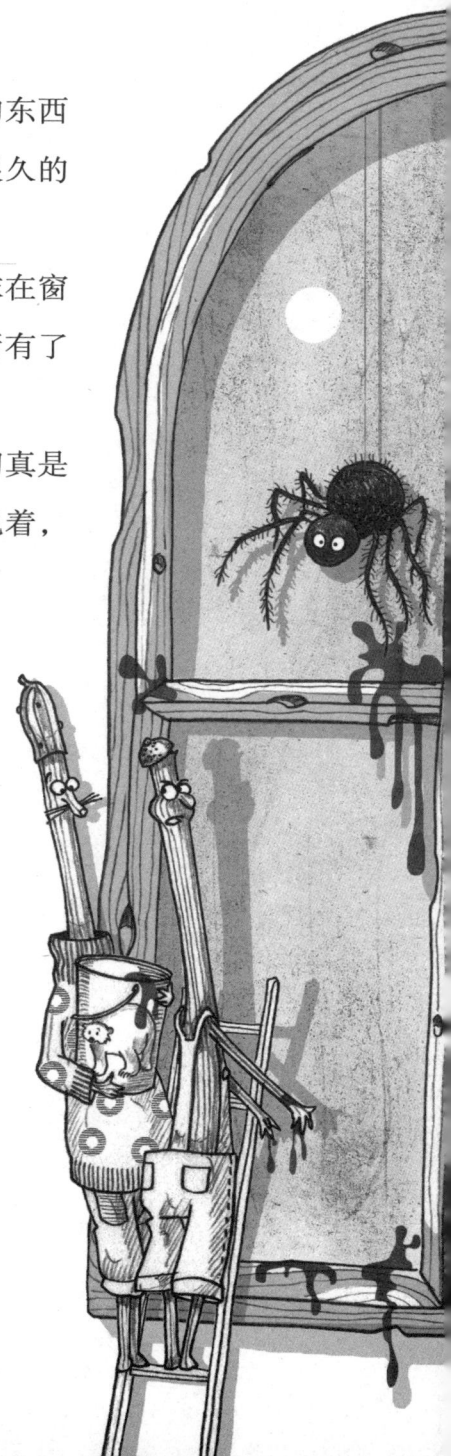

一个神奇的配方

从那之后,孩子们经常去佩特娜拉家做客。有时候,他们甚至在她家做作业。佩特娜拉能把乘法表解释得妙趣横生。13乘以13不再简单地等于169,而是一对哼着歌儿、并排行走的花朵精灵。

这天,两个孩子兴冲冲地爬上苹果树。还没从梯子迈上台阶,蕾娅就兴奋地挥动起一张黄色的纸条。

"佩特娜拉!佩特娜拉!"她喊道,"快来看,面包店门口发的广告单!"

苹果树女巫打开门,笑着说:"你们这副样子,别人还以为长着鳞片的水怪在追你们呢!"

"快看这张纸上写着什么!路易斯刚才还不愿意拿呢!"蕾娅气喘吁吁地说。

"没错。"路易斯说。这一回他难得跟在妹妹后面爬上来。

"给我看看。"

蕾娅把纸条递给了佩特娜拉。"上面说,面包师协会……之类的……随便啦……反正他们要举办烤蛋糕比赛，还有很不错的奖品！"

佩特娜拉扫了一眼上面的字。"啊哈，谁烤了最美味的蛋糕，就可以获得二百五十欧元的奖金。不错啊。"

"继续看，最棒的在后面。"蕾娅催促她。

佩特娜拉继续往下念："获奖者还能得到五只下蛋的母鸡。"

蕾娅跳了起来。"五只母鸡，毛茸茸的好可爱啊，而且能下蛋。我们一定要把它们赢到手。不然谁知道它们会有什么样的下场。"

"或许会被炖成鸡汤。"路易斯闷闷不乐地说。

"噢，拜托你，佩特娜拉，你肯定知道什么特别美味的蛋糕配方吧？"

"是呀，你的蛋糕配方肯定能让我们得第一名。"路易斯又说。

小女巫微微一笑，想了一下。"嗯，"她揉了揉鼻子说，"我当然知道许多可口的蛋糕配方，不过最棒的还是苹果蛋糕的配方。可惜我不能随随便便泄露出去。"

"哎呀，拜托你，佩特娜拉！"

"这是一个非常非常古老的配方，在女巫之间传了好几代。烤这种蛋糕需要一种非常古老的苹果品种，叫作'长条纹的冬天小脸蛋'。它已经稀少到几乎要绝种了。"

"哈，一个苹果怎么能叫作'冬天的小脸蛋'呢！"蕾娅扑哧一声笑了出来。

"而且绝种了。"路易斯接着说。

"几乎要绝种了。"佩特娜拉纠正他，"但是事情就是这么巧，我的苹果房子正好挂在这个品种的苹果树上。"苹果树女巫露出了微笑。

"真的？噢，那你一定会给我们配方，顺便再给我们几个这样的苹果喽？"蕾娅兴奋地跳上跳下，"我们得抓紧时间了，比赛就在这个周末。"

佩特娜拉又考虑了一下。毕竟一般来说，女巫是不会轻易把配方给别人的，不管是调制魔法饮料的配方，还是烤苹果蛋糕的配方。在这一点上她们非常一致。但是这一次，佩特娜拉准备打破惯例。

"那好吧，"过了一会儿，她终于开口说，"我可以把这个配方给你们，但是你们绝对不能告诉其他人，明白了吗？"

"我们保证。耶！"蕾娅和路易斯欢呼起来。

"你们自己能做出蛋糕来吗？"小女巫问。

"当然可以，不行的话，我们还可以向爸爸请教。他可是面包师！我们不给他看配方就行了。"

"好,坐到桌边去吧,我把配方写给你们。"

佩特娜拉挥了挥魔杖,一张纸和一支钢笔就飘了过来。"首先,需要……"她开始背配方,钢笔在纸上唰唰地写起来。写完后,佩特娜拉把纸折好交给孩子们。

蕾娅喜出望外地把纸按在胸口。

"比赛的时候你会来吗?"

苹果树女巫摇了摇头。"我可受不了挤在一大堆人中间。"

"那我们就等比赛完了,把整个经过说给你听。"

孩子们心满意足地回家了。

"接下来,我们只要说服爸爸把搅拌器和其他工具借给我们就好。"路易斯边说边从苹果房子跳到下面最粗的一根树枝上。

"等等!"佩特娜拉喊了一声,"差点把最重要的事忘了。"她啪啪打了两个响指。六颗苹果就从树枝上跳了下去,乖乖跳进

忽然出现在孩子们身边的一个篮子里。"真希望我也会魔法。"蕾娅不禁叹了口气说。佩特娜拉微笑地看着两个孩子消失在磨坊屋子里。

库恩布兰特先生对参加烤蛋糕比赛兴致不高。他一点也不想再遇到他的前老板,也不觉得自己能赢得这场比赛。他觉得实在没有必要给孩子们一点希望,最后又让他们失望。但蕾娅和路易斯坚决不肯放弃,妈妈也站在他们这边,库恩布兰特先生只好妥协了。孩子们立刻开始工作,他们的爸爸在一旁指导,这样他们就能按照佩特娜拉给的配方顺利做出蛋糕了。没多久大功告成了,一个散发香气的大蛋糕摆在他们面前的桌子上。库恩布兰特先生为孩子们感到骄傲。胜利仿佛近在眼前!"看来我们肯定是大赢家了!"他两眼发光,切了一小块尝起来。蛋糕一入口,他就愣住了。这个蛋糕不仅看起来令人垂涎欲滴,尝起来更是美妙绝伦。

孩子们不安地看着他又切了一大块放在自己的盘子上。

"快尝尝,孩子们!梅格,这蛋糕你一定得尝尝。

太美妙了,好吃得简直像听见天使在天上歌唱!"

"可不能吃光!我们还要用来赢得比赛呢!"蕾娅抗议。

"我们当然能赢了。"他们的爸爸嘴里塞满了蛋糕嘟囔着,"可我们得先知道这个蛋糕到底有多美味。"

"我们可以再烤一个。不过你们是从哪里找来的配方?"库恩布兰特太太问。

"这个嘛……呃……"路易斯的大脑飞速运转。

"这是佩……"他支支吾吾。

蕾娅赶紧帮忙把话说完:"是一个邻居给我们的。"

"我们有邻居吗?"库恩布兰特太太疑惑地问。

"有啊,她住在花园的另一边。"蕾娅回答。

"那我们一定得邀请她来做客。"他们的妈妈这么打算。

"对对,但是她很少在家……"

"没错!"路易斯在一旁附和,"她总是在度假。"

库恩布兰特太太更加疑惑地抬起眉毛。"这样啊,那这个不常现身的邻居怎么称呼呢?"

"她叫苹果泥女士。"蕾娅回答。

"苹果泥?"库恩布兰特先生扑哧一声笑出来,"她叫苹果泥,还给你们苹果蛋糕的配方?这可真新奇呀!"爸爸妈妈都笑了。

蕾娅和路易斯有点生气地看着他们。"别笑了。佩特……苹果泥女士是个心肠很好的人。我现在就去问问她,可不可以再给我们几个苹果。我们需要的配料是非常特别的苹果。"蕾娅一脸认真地说。

"哇!"爸爸妈妈露出惊奇的表情。"我真想一起去……"库恩布兰特太太说。

"她不见得愿意见你。"路易斯说。

库恩布兰特太太又困惑地抬起眉毛。"为什么不愿意呢?"

"她……她……有点害羞。"蕾娅解释。

"对,没错。她很害羞,又有点疑神疑鬼,看到陌生人来就会起疹子。"路易斯接着说。

蕾娅忍不住翻了白眼。"说得有点夸张了。走吧,路易斯,我们再去拿点配料。"她赶紧拉着哥哥走出屋子。

"你别这么夸张行吗?"当他们走过花园的时候,蕾娅责怪哥哥,"你差点把事情搞砸了。幸好妈妈没再追问下去。还起疹子……我的天哪!"

路易斯耸了耸肩。每次他感到尴尬时,就会做这个动作。"我刚才也想不出更好的理由嘛。"他有点懊恼地说。

蕾娅在黑暗中摸到从铃铛上垂下的绳子,那是佩特娜拉特意为他们布置的。她用力扯了三下绳子。上面的门立刻打开了,苹果树女巫伸出头,朝黑漆漆的花园里张望。

"让我猜猜,蛋糕太好吃了,你们一尝就停不下来了,是不是?"佩特娜拉问。

兄妹俩有点尴尬地互看了一眼。"是啊,你怎么知道的?"

"爸爸怎么吃都不过瘾!"路易斯解释说,"剩下的已经不够参加比赛了。你能不能再给我们几个那种有条纹的苹果？"

佩特娜拉笑了起来。"我早知道会这样了。把篮子扔上来吧！"

"扔上去？"蕾娅问。

"快扔，快扔！"路易斯不耐烦地催促，"你听见佩特娜拉说的话了吗？"

蕾娅甩了几下空篮子，把它用力抛到半空中。"扔上去了吗？"她有点担心地问。天已经黑了，她看不清楚篮子有没有扔上去。

"亲爱的，正好扔到了我的树枝上！等着，我把苹果装好。"

"呃，佩特娜拉！"这是路易斯的声音，"要不你别给我们苹果了，你施点魔法，直接给我们一个做好的蛋糕吧！"

蕾娅生气地瞪了他一眼。"你发神经吗？我们必须自己烤，否则就是作弊。"

"为什么？我们已经烤过一遍了呀……烤这么一个蛋糕还是很费时间的，但是对佩特娜拉来说就是小菜一碟……"

这时小女巫也开口了："你们想赢的话，就必须自己烤这个蛋糕，没有其他偷懒的办法。你们得小心翼翼，心里充满着爱来做这件事，不然不会成功！"

路易斯叹了口气说："我会努力尝试的，不过能不能把我的爱放进去……"

蕾娅拍了她哥哥一下。"嘘，别再乱说了！"

佩特娜拉被这对兄妹逗乐了。"苹果来了。你们这两个小捣蛋鬼，把手臂张开，接住篮子！"

树叶发出一阵沙沙声，小篮子瞬间又回到蕾娅的臂弯里，里面放着六个"长条纹的冬天小脸蛋"。这些足够再烤一个大蛋糕了。孩子们飞快地向佩特娜拉挥挥手，急匆匆跑回磨坊屋子里。

佩特娜拉坐在窗边，用海盗望远镜观察两个小面包师。孩子们十分投入地忙碌着，他们的爸爸不时在旁边出主意或搭把手。烟囱里冒着白烟，旧炉子发出扑哧扑哧的声响。不一会儿，一个新鲜的蛋糕上桌了，还冒着热气。

等到夜深，孩子们已经躺到了小床上，他们的爸爸妈妈舒舒服服地坐在电视机前。佩特娜拉偷偷从后门溜进厨房里，往香气四溢的蛋糕上撒了一把亮晶晶的魔法粉。她要确保孩子们能赢得比赛，所以呢，施点小魔法也无伤大雅。

蛋糕大赛

第二天，库恩布兰特一家坐公交车来到购物中心。烤蛋糕比赛就在这里举行。热闹的商场让人兴奋。人们带着自己烤的各种蛋糕和水果馅饼，从各地涌入商场。蕾娅、路易斯和他们的父母也排在门口的队伍里，耐着性子等着为自己的蛋糕领取参赛号码。场地里摆放着好几张长桌，每位参赛者把蛋糕放在桌上后，由评审团逐一品尝评分。

库恩布兰特先生很快就排得不耐烦了，他四处转了一圈，碰到了不少老同事，聊得非常愉快。倒霉的是，他也遇到了库莫林先生。

"看呀，这不是库恩布兰特嘛！你在这里做什么？"他的前老板跑来和他打招呼。

"让你猜三次。"库恩布兰特先生语气有点生硬。

"你该不会是来参加比赛的吧？"库莫林先生大笑起来，露出了闪闪发亮的大金牙。

"是啊，我们是来参赛的。"

"你们？啊，可爱的小朋友也来了？你怎么能做这种事呢？孩子们要是输了的话，会非常失望的！"库莫林先生的嘴巴咧得更开了,"我们面包房的面团,是用最高级的5000型搅拌器打出来的。多么松软、多么可口,谁能比得上?亲爱的,明天我们面包房就要大大出名啦!"说完,他故作亲切地拍了拍库恩布兰特的肩头。

"你等着瞧吧。"库莫林先生又补了一句。

这个时候,蕾娅和路易斯正在仔细打量其他人带来的蛋糕。那排成一长列的蛋糕,有香蕉蛋糕、草莓蛋糕、糖霜蛋糕,还有双层巧克力大蛋糕,一眼看去都非常美味。而编号13的蛋糕,更是让其他蛋糕相形失色。这是一个七层的浅蓝色奶油大蛋糕,巧妙地点缀着杏仁糖做的花环和皇冠。孩子们好奇地看了看立在旁边的牌

子,想知道是谁烤了这个蛋糕——果然不出所料,是库莫林面包房的蛋糕!

"真漂亮!"蕾娅惊叹得叫出声。

"我觉得这个颜色有点奇怪。"路易斯说,"我敢打赌,这样的蛋糕吃下去肯定不好消化!"

蕾娅笑了起来。"看呀,那些母鸡在那边。"购物中心的大厅中央有一小块空地,五只白色的母鸡在那儿挤成一团,浅色的眼珠子警惕地瞪着来来往往的行人。

"哎呀,它们看起来好可爱!"蕾娅欣喜地说。

"你们不久就能搬到磨坊屋子里去住啦。"路易斯向母鸡们承诺。激动人心的时刻马上就要到来了。

"我们快回到桌子旁边吧。"蕾娅说着轻轻推了哥哥一下。

"你们终于回来了。"库恩布兰特太太松了口气,"评审团已经开始给第一个蛋糕评分了。"

库恩布兰特先生刚才在和一个老同事聊天,现在拨开人群挤了过来。"成败就在这一刻了。"他小声地说。

蕾娅和路易斯的苹果蛋糕拿到的参赛号码是23号。时间还早,可以好好观察评审团的每个成员。评审团由三位面包师、一位家庭主妇和一位电视台主持人组成。他们慢慢地从一个蛋糕走向另一个蛋糕,先细细观察每一个蛋糕的外观，然后凑上去闻香味，最后才品尝。每个评审团成员都会把评分结果记录在一张表里。

现在轮到库莫林面包房了。评委们围着这个七层大蛋糕，纷纷露出赞赏的表情，然后低下头做笔记。最后大家都尝了一块，再次赞许地点了点头。

库莫林先生满脸发光，那颗大金牙也更加闪闪发亮。他以胜利者的姿态向库恩布兰特先生点了点头。

"恶心的库莫林开心得像中了彩票，他肯定觉得自己赢定了。"路易斯不以为然地说。

"等着瞧吧，"库恩布兰特先生说，"笑到最后的人才是赢家。"

评审团终于来到了库恩布兰特一家面前，审视起蕾娅和路易斯做的蛋糕。"外观上非常出色。"一位面包师作了这样的评价。蛋糕也轻松通过了闻气味的评分。就剩下品尝这一关了！评审团成员们各咬了一口，让蛋糕在舌头上慢慢融化，咂巴几下嘴细细品味，最后吞进肚子里。他们互相交换了一个眼神，却什么也没说。

蕾娅和路易斯紧张得跺起脚来。评委们的眼神到底是什么意思？

评审团提出要尝第二口。他们又咂巴着嘴，好好品尝了一番。第一位面包师闭上了眼睛，完全沉浸在蛋糕的美味之中。家庭主妇叹了口气，而电视台主持人一直在自言自语："不敢相信啊，我能不能再……"库恩布兰特先生又切下五块蛋糕。评委们再次把蛋糕送进嘴里，这一回他们的脸上浮现出笑容，然后急切地做好笔记，才走向下一张桌子。

蕾娅用疑惑的眼神看了她爸爸一眼。"爸爸，他们到底觉得好不好吃呢？"

"当然好吃。"爸爸回答，"不过我们还是得等到最后宣布结果。"

大家不得不耐心地等待。毕竟一共有四十多个蛋糕参加比赛呢。

"真希望佩特娜拉也在这里。"蕾娅悄悄对路易斯说,"她只要挥一挥魔杖,评审团就会把第一名颁给我们。"

"对啊!"路易斯也这样想,"不过谁知道呢,说不定她已经在这里了。"说着他四处张望了一下。

"她不在呢。"蕾娅说,"我已经到处找过了。"

美妙的苹果蛋糕

但其实蕾娅想错了。

佩特娜拉心神不宁地在苹果房子里等待着,走过来走过去,差点一脚踩在卢休斯身上。最后,她深吸了一口气说:"我实在等不了了。我们直接飞过去吧,亲眼看看我的配方能不能获胜。"

"我就知道。"卢休斯咕哝了一句。它和佩特娜拉一样,受不了拥挤的人群——这样一个比赛,肯定是人山人海。尽管如此,它还是让佩特娜拉跳到自己的背上,向购物中心飞去。

就在颁奖前一刻,他们赶到了。卢休斯降落在一棵葡萄藤上,这棵高大粗壮的葡萄藤是秋天的季节性装饰,从购物中心的天花板上垂下来,微微晃动着。他们找了个正对颁奖台的位置坐了下来。台上的评委们凑在一起,交换彼此手里的小纸条。然后,电视台主持人率先起身,走到麦克风前面。

"各位尊贵的来宾、亲爱的面包师们,这是由库莫林面包房主办的第一届烤蛋糕比赛。我首先向参赛的选手们以及来观摩比赛的朋友们,致以衷心的问候,欢迎大家的到来!"

库莫林先生登上舞台,朝各个方向鞠躬致意。观众们热烈鼓掌。

"真是个自以为是的家伙。"佩特娜拉用鼻子哼了一声,从卢休斯的背上往前滑了一点,好把舞台上的情况看得更加清楚。"孩子们在那儿!"她喊了一声,"他们就在颁奖台前面。"

"你能不能坐安稳点?要在这圆溜溜、光秃秃的葡萄藤上停稳,可不是那么容易的事。"卢休斯抱怨了一句。

"要从四十二个精美可口的蛋糕里挑出最出色的一个,真是难倒了我们的评审团。好在我们最终还是得出了结论。我不想再用漫长的等待来折磨我们的观众了。那么……"主持人停顿了一下,把紧张的气氛推向高潮。

路易斯紧张地把手指扭来扭去。"好了,快说呀!"他在台下轻声催促。

"获得第三名的是——"

"不是我们,不是我们!"蕾娅不断默念。

"获得第三名的是巧克力海绵蛋糕。参赛编号为38号,制作者是苏西·桑德。恭喜您,桑德女士!"

台下传来一阵兴奋的欢呼,一位年轻女士登上了颁奖台。她自豪地接过铜牌和证书。

库莫林先生挤到库恩布兰特先生身后,贴着他的耳朵对他说:"怎么样,库恩布兰特,还不死心吗?"

库恩布兰特先生气得满脸通红,耐住性子假装什么都没听到。

"这个自吹自擂、自以为是的家伙,简直像个吹胀的气球。"这一幕也被佩特娜拉看在眼里。愤怒的她忍不住拿起了魔杖,指向库莫林先生。"魔法草药和巫师汤汁……"咒语念了一半,就被卢休斯打断了。

"你疯了吗?你想施魔法吗?再怎么样也得等评审团公布最终结果再说吧。"

卢休斯说得没错。在这么多人面前使用魔法,真不是一件明智的事。佩特娜拉有点后悔地把魔杖收了回来。

"获得第二名的是一个新颖、独特的七层大蛋糕。参赛编号为13号,制作者为库莫林面包房。衷心祝贺!"

库莫林的脸色一下子变得苍白,一下子又红得像一块猪肝。"什么?只有第二名!"他冲上颁奖台,满腔的怒火直往上蹿。当然,他注意把自己的声音控制在只有评委能够听到的范围。观众们正竖着耳朵,密切注意台上的一举一动呢!

"第二名!"他怒吼着说,"你们搞错了吧?我就得到一块银牌？这场比赛完全是我的主意！钱全是我出的！就连奖金也是从我的口袋里掏出来的！气死人了！"

"请您冷静一下，库莫林先生。别让台下观众看笑话……"主持人劝他。

这句话奏效了。库莫林先生深吸了一口气，接过了奖牌和证书。他强迫自己走到麦克风前，摆出一个灿烂的微笑。"对我们库莫林面包房来说，这是一份多大的荣誉啊！从明天开始，获奖蛋糕就会在我们店里公开出售。欢迎各位光临品尝！"说完，他走下颁奖台，转眼就把奖牌和证书扔进了旁边的垃圾桶里。

"现在到了宣布冠军的时候了。"满脸笑容的主持人兴奋地说，"获得冠军的是一个苹果蛋糕……"

"耶！"兄妹俩欢呼起来，击掌庆祝。

"这个蛋糕让我们每个人都如痴如醉。"

"快说呀，我受不了了……"蕾娅紧张得声音都变了。

"好了好了，快说呀，到底谁赢了，急死人了！"路易斯心急地催促。他的妈妈按着他的肩头，让他稍微冷静一点。

"我所说的这个苹果蛋糕，真是太美妙了。它像棉花云一样蓬松。恰到好处的苹果酸味，能把舌头彻底唤醒。咬上一口，真是一种至高无上的享受，这正是我们每个人都在追寻的一种味觉体验。另外，在制作方法上，它并不复杂……好了，话不多说！我说的这个蛋糕，正是参赛编号23号，由蕾娅和路易斯制作的苹果蛋糕。请到颁奖台上来！"

"耶！我们赢了，耶！"库恩布兰特一家跳起来欢呼。

库恩布兰特先生得意地对着库莫林先生笑。库莫林先生气得鼻子喷气,转眼消失在人群里。

蕾娅和路易斯登上颁奖台,接过了评委颁发的金牌和奖金。

"这是一个来自小女巫的配方,加了一点点魔法作为调料,美味至极!"佩特娜拉热情洋溢地评论。她激动得站了起来,在卢休斯的背上跳起欢快的舞蹈。

没想到,小女巫突然失去了平衡。她挥动着手臂,试图站稳,但还是摔了一大跤,同时拽着卢休斯一起掉了下去,一头栽进人群里。还好参观的人多到挤在一起,他们的外套和大衣起了缓冲作用。

可是这里的人很少有机会看到迷你女巫和巨型甲虫。他们掉在一位女士的衣领上,这位女士看到甲虫就立刻尖叫起来,拼命甩手把它撑开。佩特娜拉再也拉不住卢休斯了,一松手就掉在了地上。鹿角甲虫又被甩到了一位老先生的衣领上。老先生捏起它的脚,转而一挥手甩进了人群里,这下可热闹了。

"啊!一只虫子!一只巨大的虫子!有可能是一只捕鸟蛛!"人们大叫起来,疯狂地拍打着自己的衣服。卢休斯结结实实地摔在地板上,又被一个男人发现了。

"那玩意儿在这里!"他喊叫起来。这下真的危险了,站在周围的人立刻开始跺脚，想要踩死卢休斯，看起来像在开一场踢踏舞会。幸好甲虫身手矫健，才逃过了被踩得稀巴烂的命运。

佩特娜拉的处境也好不到哪里去——她逃到一把椅子底下，思考对策。她迅速地把手伸进外套口袋，摸出一个木头小瓶子。瓶子里有七颗魔力苹果籽——用右手握住瓶子摇一摇，人就会变大；用左手摇一摇，人就会缩小。佩特娜拉时时刻刻带着这个瓶子，因为魔法绳梯没办法随身携带。

佩特娜拉用右手握住瓶子，摇了几下，立刻变成了正常人的大小。虽然她看上去只能算个小个子，但至少摆脱了被人踩死的危险。她左右开弓用手肘在人群里挤开了一条通道，直冲卢休斯所在的地方。再晚可就来不及了！要找到甲虫的位置并不难，看看哪里的人群手舞足蹈得最激烈就行了。

卢休斯好不容易逃到一个大花盆的下面。佩特娜拉终于来到她朋友的身边。她迅速弯

下腰,抓起甲虫放进外套口袋里。

"那个女人好奇怪呀!"一个胖女人突然怪叫起来。

"她戴了顶奇怪的帽子。"

"她把那只虫子藏起来了。"有个长络腮胡的男人大叫,"肯定是她把虫子放出来的。"

现在,所有人都盯着佩特娜拉。苹果树小女巫赶紧逃之夭夭。

昏死的甲虫

刚才在颁奖台上领奖牌和奖金时,蕾娅在人群中瞥见一顶帽子。那顶帽子看起来非常眼熟,但是很快就消失在出口。

蕾娅戳了一下路易斯,说:"那不是佩特娜拉吗?"

"在哪?"路易斯问。

"出口的那个女人。她怎么跑了?我多想给她看看我们的奖牌啊!"

这时,主持人走过来拍了拍孩子们的肩膀。"好了,现在我们要颁发最后一个奖励——五只母鸡。请你们到颁奖台旁边来。五只母鸡已经在这里等你们很久了。它们在一个大纸箱里,方便你们带回家。"

"耶!"孩子们欢呼着冲下颁奖台。这会儿,他们早就把佩特娜拉抛在脑后了。

库恩布兰特先生和太太互看了一眼,异口同声问:"母鸡?"

"之前跟你们说过呀!"路易斯面露惊讶,"奖品不止二百五十欧元,还有五只母鸡呢!"

"五只母鸡!噢噢!你们肯定没跟我们说这件事。"

库恩布兰特先生严肃地说,"我们要这些毛茸茸的家伙做什么!"

"把它们留在这儿吧。"妈妈在一旁说。

蕾娅和路易斯一下子急了。"不,不行!妈妈,你不能这样做!"兄妹俩争先恐后地反对。

"我当然可以这么做!"妈妈回答。

"我们不能丢下它们不管!我们是为了这些母鸡才参加比赛的。难道就这样抛弃它们?你忍心看到别人把它们炖成鸡汤?"路易斯大声说。

蕾娅急得流出了眼泪。"你们太不讲道理了。"她一边抽泣着,一边说,"先是把我们拖进讨厌的磨坊屋子,还说要好好装饰一番,现在却连几只白色母鸡都不让我们养。"

这番话一下子让库恩布兰特夫妇感到深深的愧疚。库恩布兰特太太把她的丈夫拉到一旁,窃窃私语了一阵子。过了一会儿,库恩布兰特先生转过身来。

"好吧,你们可以留下这几只母鸡。不过之后呢,你们就不能再怨我们了。不许再抱怨磨坊屋子。那屋子住起来还是很舒服的。现在没有风漏进房间了,炉子也能点着了。"

蕾娅和路易斯高兴得像两个皮球一样跳上跳下。

"一言为定！"他们喊起来，"爸爸，奖金给你，母鸡归我们。"他们高兴地抬起纸箱往外走。

库恩布兰特夫妇再次向评审团表达了谢意，然后加快脚步追上孩子们。两个孩子抬着纸箱，巴不得一步就跑回家里。这时，库莫林先生趁没人注意的时候，走上颁奖台，迅速地尝了一块苹果蛋糕。

佩特娜拉也正加紧脚步离开购物中心。她的好朋友一动不动地躺在她的外套口袋里。她担心极了。她冲进停车场，躲到一排垃圾箱的后面，心惊胆战地把手伸进口袋里摸鹿角甲虫。

"卢休斯，"小女巫轻轻地呼唤，"卢休斯，你还好吧？你为什么不说话？我的老天，你浑身冰凉！"她小心翼翼地把甲虫掏出来，吓得全身发麻。卢休斯不仅浑身冰冷，而且十分僵硬。它六脚朝天，每条腿都伸得直直的。佩特娜拉的心瞬间凉透了。"卢休斯！卢休斯！"她大声喊，"你到底怎么了？你说句话啊！"但卢休斯还是没有半点动静。

佩特娜拉轻轻摇动着手里的卢休斯，又搔它的肚皮。但是没用，卢休斯还是毫无生气地仰天躺着。

"好，好，"佩特娜拉自言自语，"别紧张，别紧张,好好想想。你不是女巫吗?你应该试试魔法啊。但是用哪一个呢?哪一个管用?一句合适的咒语也想不出了。噢,我的老天哪……"佩特娜拉真想把自己痛骂一顿。"试试这条吧:兔子脚,老鼠嚎,卢休斯马上咯咯笑。霍库斯泼库斯,1,2,3,魔法奏效!"佩特娜拉念完咒语,静静等了几秒钟,什么也没发生。这个该死的咒语,怎么一点作用都没有?肯定是哪里背错了。正当她准备再次念起咒语,突然传来一个清亮的声音:"它没事,它只是处于假死状态。"苹果树女巫惊讶地四下张望,可是没有发现任何人。

"我在这儿呢,在你的袖子上。"佩特娜拉低头一看,是一只很小的瓢虫,背上有七个斑点。

"你是说,卢休斯是装死?"佩特娜拉的心里又充满希望。

瓢虫点了点头。

"你是怎么知道的呢?"

"看出来的啊。"瓢虫说。

"这样啊,看出来的……你能告诉我从哪里看出来的吗?"佩特娜拉还从没遇到过装死的甲虫。

"你看它眯着眼睛,而且能听到它在呼吸。"瓢虫告诉佩特娜拉。

"是吗?能听到呼吸……"佩特娜拉把耳朵贴在甲虫身上,但还是什么也没听到。

"它到什么时候才会停止?"她问。

"停止呼吸?"瓢虫问。

"什么嘛!我是说停止装死!"

瓢虫耸了耸肩说:"这我不知道,得看它当时受到多大的惊吓。"

"它怕是受了相当大的惊吓。"佩特娜拉伤心地说,"它当时差点被踩死。"

"那可能要过几个小时才能醒过来了!"

"那我最好还是先把它带回家吧!"小女巫这样想着,把甲虫放回口袋里。

"你也可以叫醒它。"小小瓢虫又说话了。

佩特娜拉瞪着它,简直不敢相信自己的耳朵。"你现在才说?"她气呼呼地说。

"你没问我啊!"瓢虫为自己辩解。

佩特娜拉深吸了一口气,她感觉自己的忍耐已经到了极限。"那——好吧,"她把语音拖得长长的,"我现在正式问你一遍:怎么样才可以唤醒一只正在装死的鹿角甲虫?"

"朝它吹口气就行了。"瓢虫简短地回答。

"朝它吹口气?我怎么就没有想到……"

"好吧,就算是女巫,也不是万能的。"瓢虫平静地说。

"看起来是这样。"佩特娜拉还是有点生气。她把卢休斯放在摊开的手掌上,弯下身子,十分轻柔地朝它吹了口气。

"吹三下!你得吹三下。"瓢虫在一旁指点。

佩特娜拉又补吹了两口气,拼命在心里祈祷:这只甲虫可千万别出事。幸好它真的没事!小女巫吐出来的气息刚从卢休斯身上拂过,它就开始动了。先是睁开眼睛,然后那对叉角也试探性地晃了晃,最后,它一个翻身站了起来。

"怎么了……我在哪儿?发生什么事了?我是活着,还是已经死了?"

佩特娜拉心头的大石头终于落地了。她露出灿烂的笑容。"你还活着,我的小甲虫!你还活着!但是你得好好休养一下。我现在就带你回家。"

"你准备一路走回去?"

"为什么不呢?受了这么大的惊吓,走一走有好处。"佩特娜拉把甲虫搁在自己的肩膀上,踏上了回家的路。

"连声谢谢也不说!"瓢虫清亮的细小嗓子又开口了。

佩特娜拉立刻停住了脚步。"真抱歉!"她满脸愧疚地说,"我差点就这样走了,连一声谢谢都没说。好了,真的非常感谢你,小瓢虫,感谢你帮了我这么大的忙!"佩特娜拉说着向小瓢虫鞠躬道歉。然后她把手伸进外套口袋,掏出一张名片。"这是我的名片,上面有我的名字和地址。如果你遇到了什么困难,请随时来找我。"佩特娜拉用手握住名片,等到她张开手,名片已经变成了适合瓢虫的大小,随后她带着卢休斯继续往前走。

瓢虫仔细地看了看名片，小心翼翼地把它塞进自己的壳里——毕竟你永远都不知道什么时候会需要女巫的帮助。

一个荒诞的提议

就在佩特娜拉一步步走回苹果树的时候,库恩布兰特一家正在公交车站等121路公交车。

"母鸡们都要冻死了,讨厌的公交车什么时候才来啊?"蕾娅抱怨着。在四面透风的候车亭里等车,确实再难熬不过了。冷风呼呼地吹个不停,天也快黑了。

就在这时,一辆黑色的高级轿车拐过街角,正好停在公交车站前。深色的车窗降下来,一颗闪亮的金牙露了出来。

"恭喜你得了第一名,库恩布兰特。当然还得祝贺你赢得了这些母鸡。"库莫林先生咯咯笑起来,"有句话怎么说的来着——瞎眼的母鸡也能啄到谷粒。你今天大获成功,真是走运。"他停顿了一下继续说,"在这里等公交车肯定冻坏了吧!为什么不和你漂亮的妻子,还有可爱的孩子们一起搭我的车呢?可别拒绝我诚心的邀请哦!"

库恩布兰特先生握紧了拳头。"库莫林,请你从我们眼前消失!站在这里感觉挺好的,空气很新鲜……你听懂了吗?"

"瞧你,还是这么傲慢。不过有句话说,不要高兴得太早。你现在是失业状态,还是已经找到新工作了?"

这番话彻底惹恼了库恩布兰特先生。库恩布兰特太太不得不奋力拉住她丈夫,不然他非把库莫林先生从轿车窗户里揪出来不可。

"好吧,好吧,"库莫林试图平息库恩布兰特的怒火,"我们也没有什么必要非得成为朋友。不过呢,生意还是可以做的。我现在就出个价给你,就在这儿,在这个四面透风的候车亭里。你听好了,库恩布兰特,我出五千欧元买你的蛋糕配方。你觉得怎么样?这笔钱对你来说可不是什么小数目。"说完,他咯咯地笑起来。

孩子们也都气坏了。这个丑陋的男人到底在想什么,竟然和爸爸说这样的话?

路易斯拉着爸爸的袖子,轻声对他说:"我们不能把配方告诉别人。我们向佩……苹果泥女士保证过。"

"我也没打算把配方交出去。"他们的爸爸向他们保证,声音里透着怒火。

"怎么样,库恩布兰特?你对我的提议有什么想法?"

"我要真心诚意对你说,不行!"

"不行?"库莫林先生难以置信地扬起了眉毛,"你说不行?"

库恩布兰特先生点点头。

"我的字典里从来没有'不行'这两个字。"库莫林先生咧开嘴,露出邪恶的笑容。

"好了,我最后出价……六千欧元。你好好考虑一下,库恩布兰特。明天晚上我再来听你的答复。"他敲了敲前座的靠背,司机便踩下油门,黑色的高级轿车像箭一样嗖地飞了出去。

"这个人真可怕。"蕾娅说。

"不用怕他。"她的爸爸安慰她,"有些人竟然以为用钱可以买到一切。看,车来了!"他看起来松了口气。

库恩布兰特一家坐在最后一排座位上。蕾娅和路易斯把装着母鸡的纸箱放在两人中间,夹得牢牢的。蕾娅还想着库莫林的嘴脸。"要是那个讨厌的库莫林明天晚上真的来了,我们怎么办呢?"蕾娅担心地问。

库恩布兰特先生一把搂过女儿说:"宝贝,我们就一脚把他踢飞。就这么简单!"

路易斯说:"太棒了,我一脚踢在他的屁股上,他立马飞得老远。"蕾娅笑了起来。

"好了,路易斯,"库恩布兰特太太板着脸说,"你们最好想一下,今天晚上这些母鸡在哪里睡觉,总不能挤在纸箱里吧。"

"当然不能!今天晚上它们就睡在路易斯和我的房间里。明天我们就把它们放到屋后的菜园里。"蕾娅说了她的想法。

"放菜园可以,但绝对不能待在你们的房间里。它们会到处乱跑。"

"我可不想房间里到处都是鸡屎!"路易斯也表示反对,"为什么不能在客厅过夜呢?我是说,就待到它们有自己的鸡舍为止。"

"客厅?你倒是出了个馊主意!"库恩布兰特先生生气地皱起眉头,"你觉得你们的妈妈和我愿意跨过鸡毛和鸡屎去看电视吗?放弃这个念头吧,年轻人。"

路易斯叹了口气。只要爸爸摆出这副样子,基本上就没什么好商量的了。

"今天晚上我们就把它们安置在老磨坊里,就是放着石磨的那间。明天我们再好好想想怎么办。"库恩布兰特太太提出了这样的建议,于是大家就按照妈妈说的做了。

这一段路真是漫长啊!佩特娜拉的脚都痛了。要是现在能坐在卢休斯的背上直接飞回家,该有多好啊!可鹿角甲虫正累得趴在她的外套领子上呼呼大睡呢!等她好不容易走到磨坊屋子的时候,天色已经像乌鸦一般黑了。库恩布兰特一家人也早就进入了梦乡。只有老磨坊里传来了轻轻的、不安的咯咯声。

佩特娜拉轻轻地把卢休斯放在了草丛里。

甲虫立刻睁开了眼睛。"你要干什么?"

佩特娜拉挥了下手说:"好好睡。我去和母鸡们道声晚安,顺便安抚一下它们。"

说完,苹果树女巫飞快地钻进了老磨坊。五只母鸡害怕地挤成一团,紧张地咯咯叫。

"咯咯咯。"佩特娜拉发出让它们平静下来的声音,差不多是在说:"别怕,我不会伤害你们。""咯咯,叽咯噗,"佩特娜拉又用母鸡听得懂的话说了几句,"我叫佩特娜拉,我住在旁边的花园里。你们在老磨坊里会过得很惬意。把你们赢回来的孩子是有爱心的好孩子,所以完全不用担心。咯咯,如果遇到什么问题,叫我一声就行了。"

突然,老磨坊里安静了下来。不一会儿,角落里传来了几声羞涩的"吐咯,吐咯,噗"。那是在说:"谢谢你的安慰。我们安心多了,现在可以睡个安稳觉了。"

"太好了。"佩特娜拉说。她向它们挥挥手告别,走到门外。

"好了,我们终于可以回家去了。"她对卢休斯说,"我已经累得像条狗,两只脚都没知觉了。"她小心翼翼地拎起鹿角甲虫，放到自己的肩膀上。

卢休斯疲惫地打着哈欠说："黄瓜帽子和芦笋牙齿也刚从磨坊屋子的屋顶上下来。黄瓜帽子说，他们已经完成了粗略的修补，可以安心地等待冬天来临了。"

"他们真好心，"佩特娜拉说，"我要好好说一个最吓人的故事给他们听。"说着她爬上了魔法绳梯，回到苹果房子里，倒在床上眨眼间就睡着了。

第二天清晨，天还没完全亮，佩特娜拉就被一阵响亮的铃声吵醒了。她睡眼惺忪地爬起来，拿起望远镜往

下面的花园看去。她没听错。那两个小捣蛋正站在下面,拼命地拉门铃的绳子。佩特娜拉立刻放下绳梯,然后回到卧室拿起自己的衣服。她还没把两只手伸进袖子里,门就敲响了。

"你们快得和闪电一样。"佩特娜拉一边开门一边说,"今天不用上学吗?"

"要呀,不过要到九点呢。去上学前我们要把所有事情都讲给你听呀!"蕾娅气喘吁吁地说,"再不说,路易斯都要憋坏了。"

"好吧,我们不能冒这个险,说吧说吧!"小女巫笑起来。

蕾娅和路易斯走进来,两眼发亮地看着佩特娜拉。"你是不是已经知道了?"路易斯问。

"不知道啊。"佩特娜拉撒谎了。她不想破坏孩子们的兴致。再说了,她和卢休斯的遭遇太狼狈,还是不要谈起的好。

"你没有偷偷溜来看颁奖吗?"

佩特娜拉快速地摇了摇头,脸却涨得有点红。

"那可奇怪了,蕾娅说昨天看见你了。不过,无所谓了……你猜猜发生了什么事?"

两个小孩根本没给佩特娜拉猜测的时间。"我们赢了！"他们喊着，一边高兴得手舞足蹈，"赢了，赢了，赢了！用你的配方！"

"母鸡也归我们了！"蕾娅补充了一句。

佩特娜拉略微发红的脸颊也放出了光彩。"我就猜会这样。"她十分满意地说。

"评审团完全被我们征服了。他们试吃的时候满脸洋溢着幸福，还说美味在他们的舌头上跳跃，蛋糕蓬松得就像棉花云。"路易斯激动地描述着当时的场景。

"对呀，那个愚蠢的库莫林，他那蓝色杏仁糖蛋糕怎么比得上！"蕾娅开心地笑起来。

"我们得了第一名，把他气坏了。"路易斯得意扬扬。

蕾娅突然皱起了眉头。"他坐在车里从我们身边经过，还向爸爸买这个配方，出价五千块！"

"是六千块，"路易斯纠正她，"爸爸拒绝了他，他还往上加了一千块。爸爸可讨厌这个家伙了。"

"我也讨厌他。"蕾娅轻声说，"今天晚上他还要到磨坊屋子里来，问我爸爸愿不愿意把配方卖给他。他说他不接受爸爸说不。"

"有这样的事？"佩特娜拉也皱起了眉头。

不过路易斯挥了挥手说："你不用担心。爸爸当然不会卖给他,也没法卖给他,因为配方只有我们知道。"

孩子们走了之后,佩特娜拉泡了一杯茶,还为卢休斯准备了一小碗蜜露。昨天受了不小惊吓的鹿角甲虫终于缓过神来,津津有味地大口吃起早餐。

"你还记得昨天那个恶心的家伙吗,镶着金牙,自以为是得像个鼓起的气球?"

卢休斯点点头。"他怎么了?"

"我现在还不是很确定,不过要是我女巫的直觉没有错的话,这个家伙还会来招惹我们。"佩特娜拉对甲虫说。

"你怎么感觉出来的?"卢休斯问。

"你睡觉的时候,孩子们跑来跟我说了昨天比赛的情况。"佩特娜拉说到这儿,忍不住微笑起来,"还跟我说了那……那个自以为是的坏家伙。"

"你是说那个库莫林还是什么来着?"

"库莫林!"佩特娜拉大声叫道,"就是他!这个家伙对我的配方虎视眈眈。他打算出价六千块,还说不会善罢甘休。他今天晚上要来听最终答复。"

"你是说,他可能是个危险的人?"卢休斯把眼睛瞪得圆圆的,紧张地捏着触须。

"不管怎么说，我们得处处小心。"佩特娜拉说，"你再去把屋顶上的蝙蝠偷听耳加固一下比较好。我很好奇他又会胡扯些什么。"

假惺惺的坏家伙

整个下午，库恩布兰特先生和孩子们都在忙碌，他们要搭建一个完美的鸡舍。库恩布兰特先生从他最喜欢逛的建材市场找来各种合适的材料。现在鸡舍快要完工了，蕾娅感到十分满意。屋顶上甚至盖着用防水油毡布做的绿色瓦片。

"母鸡们住在里面肯定很舒服。"蕾娅说。

路易斯在鸡舍的横梁上做了个引体向上的动作。"要是把这个鸡舍再粉刷一下，那就更完美了。现在看起来有点单调。"他说。

库恩布兰特先生刚刚把他的工具摆放整齐，抬头说："谢谢你的批评指教！你们就不能给你们的老爸一点称赞吗？小小的称赞，行吗？"

"你做得真是太棒了，爸爸！你是世界上最出色的鸡舍专家。"蕾娅连忙说。

库恩布兰特先生心满意足地笑了。

"没错，在我们的帮助下终于搭好了鸡舍。"路易斯调皮地说，"要是再加点颜色就更好了……"

库恩布兰特先生站起身，捧着工具箱回屋子里去了。

"我现在去叫妈妈,她肯定会赞美我们的杰作。"

库恩布兰特太太确实非常惊喜,不过是在听到鸡舍的花费之前。"噢,不,保罗……你知道我们这个月手头有点……"她叹了口气。

"不过,你一定也想吃到幸福的母鸡下的蛋,对吧?"路易斯打断妈妈的话。

"那倒是。"妈妈回答,"可是除了鸡蛋,我们也得吃别的东西。"

不管怎么说,这几只母鸡显然高兴坏了,感觉就像回到了自己的家。它们拍着翅膀飞上横杆,用爪子翻弄

草料，还在菜园里扯出几根杂草。库恩布兰特一家人站在栅栏边，心满意足地看着。

"这些母鸡还没有名字吧？"库恩布兰特太太突然想起来。

路易斯一拍额头叫起来："我们竟然把这件事忘了！来吧，我和蕾娅每人想两个名字，爸爸和妈妈一起想一个名字。"

"嗯，"蕾娅想了想说，"我的就叫白雪和红玫，名字来自我最喜欢的童话。"

"真无聊，"路易斯撇撇嘴，"我的要叫巨蟒和狼蛛！"

"哪有人给鸡取这么蠢的名字！"蕾娅说。"你们的母鸡叫什么呢？"她问爸妈。库恩布兰特夫妇互相看了一眼。

"你觉得娜芙蒂蒂怎么样？"库恩布兰特先生问。

"我觉得应该叫阿加莎。"库恩布兰特太太回答。

库恩布兰特先生转了下眼珠子说："这个名字多无趣啊！"

他的妻子笑着说："好吧，我们就叫它娜芙蒂蒂！"

吃晚饭的时候，蕾娅有点心不在焉，她担心库莫林先生会突然闯进来。其他人却好像早就把这件事抛到了九霄云外。建造鸡舍时,库恩布兰特先生的大拇指被两块木板夹伤了,他正跷着大拇指给大家看。这时门铃响了。蕾娅吓了一跳。

库恩布兰特先生还没反应过来,路易斯第一个从餐桌旁跳起来,冲到门口。"如果是库莫林,我就把他送去沙漠!"他转过头来对大家说。

真的是库莫林先生!但是送他去沙漠没可能了,路易斯才把门开了一条小缝,库莫林先生便唰的一下把脚伸了进来。

路易斯心头一紧。除了库莫林先生本人,门口还站着另外两个男人,一个又高又瘦,一个胖得像个啤酒桶,两人都阴沉着脸看着他。

"我的孩子,你不让我进去吗?"

路易斯想关上门,但来不及了。库莫林先生的脚已经牢牢地伸了进来。

"我……我们不会卖的!"路易斯有点结巴,绝望地转过头寻求支持。

"我要你们的父亲答复我。好了,让我们进去。"库莫林先生从牙齿缝里挤出几句话。他轻易地推开门,擅自踏进磨坊屋子。另外两个男人也跟着走了进去。

这时,库恩布兰特先生不客气地说话了:"你到这里来要做什么？"

"你的儿子非常好意地请我们进来。"库莫林先生若无其事地回答，他已经自顾自地走进客厅。"你在这里住得很舒服啊！"他假惺惺地摆出一副恭维的样子，"老苹果树环绕的小磨坊屋子……我带了两个助手，哈勒和肖利，他们可以为我们的交易做证。六千块现金就

在我手里,我希望你再考虑一下这件事。肖利,给库恩布兰特先生看看我们是认真的。"

那个叫肖利的男人走上前来,从夹克口袋里掏出一叠钱。"这样的生意不是每天都有。怎么样?握手成交!"说着,库莫林向库恩布兰特先生伸出手。

库恩布兰特先生一脸嫌恶,干脆地摇头。"你以为只要肯花钱,就可以让老天爷下雨,是吧?不过,这回算你倒霉。就算我同意,配方也不能卖给你,因为配方是孩子们的。"

"原来是这样啊,可爱的孩子们才是配方的主人!"库莫林先生若有所思地搔了下头,"那好,我来和两个孩子谈谈。他们看起来是聪明的小孩。好了,你们觉得我的提议怎么样?你们两个人,每人三千块。这些钱可以买不少糖果呢!"库莫林先生露出阴险的笑容。

这时,大家都看着蕾娅和路易斯。兄妹俩迅速对看一眼,然后蕾娅深吸了一口气说:"不论出什么价格,我们都不卖,我们答应过……"

"我们花园里的苹果你也休想得到。"路易斯抱起手臂,愤怒地看着面前的三个人。

库莫林先生脸上夸张的笑容消失了。"你说什么……不卖?你们不满意我开出的条件吗?"

"够了，库莫林！"库恩布兰特先生打断了他前老板的话，"孩子们的答复你已经听清楚了。现在请你出去，不然我就把你扔出这个屋子！"

库莫林先生怒气冲天地往屋外走。"这件事还没完。"他临走时还不忘从牙齿缝里挤出一句话威胁库恩布兰特一家。他的两个助手脸色更阴沉了，跟着他们的老板走了出去。

库恩布兰特先生跟着他们走到了门口。"库莫林先生，还有一句话要跟你说明白。"他说，"你要是再踏进我家一步，我就报警。听懂了吗？"他看着他们离开，直到库莫林的黑色轿车消失在夜色中。

从库莫林先生出现在磨坊屋子，到他离开，小女巫一直在用海盗望远镜观察，她还通过蝙蝠偷听耳，把库莫林和库恩布兰特一家的谈话，听得清清楚楚。库恩布兰特一家对待库莫林的态度，让她十分欣慰。

"你可以把屋顶上的偷听耳收起来了,卢休斯。那个自吹自擂的气球走了。"小女巫对卢休斯说,"太好了,库恩布兰特一家直接回绝了他的提议,不留一点余地。"

深夜的惊吓

第二天，佩特娜拉一直等着孩子们到来。她必须问问他们，库莫林先生来访后发生了什么事。下午门铃终于响了，苹果树女巫一大步跨到门口的树枝上。

"鸡舍造好了，看上去棒极了！"蕾娅站在花园里朝上面喊，"你不想来参观一下吗？"

"当然想，不过你们的爸爸现在在哪儿？"佩特娜拉不放心地问。

"他正泡在浴缸里，仔细清洗昨天忙了一整天留下的污垢呢。"路易斯的声音传了上来。

"好，那我现在就下去！"佩特娜拉放下魔法绳梯，几秒钟后就站在花园的地面上了。

孩子们自豪地带着她参观围起来的鸡圈和里面的鸡舍。"看起来真不错啊！"佩特娜拉大为赞叹，"那几只母鸡可以在这里舒舒服服地生活了！泼克，噗克，噗克！"她愉快地叫起来。

蕾娅和路易斯惊讶地看着她。

"托克，托克，咕噜克。"两只母鸡叫了起来。

"噶克。"佩特娜拉回答它们。

"你是在和它们说话吗?"蕾娅问。佩特娜拉点点头。

"那它们说了什么?"路易斯一脸好奇。

"它们很感谢你们造的漂亮鸡舍,它们在这里已经住得很习惯了。"

"没错,鸡舍是挺漂亮的。"蕾娅说,"如果刷上一点颜色,那就更漂亮了。"

"小菜一碟。你们想刷成什么颜色呢?"佩特娜拉问。孩子们互相看了一眼。

"粉红色!""黑色!"他们同时喊。

"好吧,好吧!"佩特娜拉从袖子里抽出魔杖,皱起眉头思考了一下,然后露出了微笑。

"到底是粉红色还是黑色?"路易斯问。

"等着。"小女巫神秘兮兮地说。她握着魔杖在空中画了几个圈圈,一股蓝色的烟雾立刻从魔杖的顶端喷出来,把整个鸡舍围绕起来。

哎纳、麦纳、蓝色的乌鸦,
小房子,快把新的颜色刷。
棕色走开,粉红色出来,
再加几个女巫也不坏,小小矮矮!

烟雾散开了，蕾娅和路易斯简直不敢相信自己的眼睛。他们面前的鸡舍变得粉粉嫩嫩，上面还有好多骑着扫帚飞来飞去的黑色小女巫。"怎么样？你们喜欢吗？"

"太棒了！""酷！"两个孩子大叫。

"母鸡们住在里面要比之前幸福多了。"蕾娅一边说，一边把母鸡们放出来散步。"你看，它们和我们越来越亲近了，"她笑着说，"有时候还愿意让我抚摩！"

"昨天晚上，库莫林先生来了吧？一切还好吗？"佩特娜拉拿着一根蒲公英逗弄母鸡，不经意地问了一句。

"还好。我们跟他说我们绝对不会卖的。一开始他很生气，但是后来就走了。我觉得他也没有别的办法。"路易斯说。

"是的，事情就是这样。"蕾娅说。

"这样最好了。因为我要出门几天。"佩特娜拉说。

"你要去哪里？"蕾娅好奇地问。

佩特娜拉揉了下鼻子。"我要飞去月亮山，那里每年都会举行女巫节。"

"月亮山？"孩子们惊奇地瞪大了眼睛。

"你可以带我们去参加一次女巫节吗？"蕾娅问。

佩特娜拉果断地摇了摇头说："不行。女巫节可不是你想象的那样。去年有个倒霉鬼想混进去，他用大衣和头巾乔装打扮了一番,可是根本没用。女巫们发现后十分生气。为了惩罚他,她们让他的鼻子倒过来长,还把他的耳朵变长了。你们想象得出那是什么模样吗?后来她们把他扔在了森林深处。这样的遭遇你们不会喜欢吧?"

蕾娅和路易斯的眼睛瞪得更大了。佩特娜拉讲的真是个超级精彩的故事。路易斯还想继续追问的时候,一个熟悉的声音传了过来。"孩子们,你们又藏到哪里去了?"

"糟糕,爸爸来了。他总是挑我们正忙的时候出现。"路易斯无奈地说。

佩特娜拉到处乱钻,最后跳进了玫瑰花丛里。这时,库恩布兰特先生已经出现在转角处。他突然止住脚步,就像脚底生根了一样,他不敢相信地揉了揉自己的眼睛。

"这是什么?"他惊讶地指着鸡舍问。

孩子们吓了一跳,互相看着对方。"呃,这个……我们碰巧在老磨坊里找到了一些涂料。"路易斯结结巴巴地说。

"还……还有喷漆的模板……"蕾娅赶紧补充。

"是吗?涂料和模板?你们以为我会相信?"

"呃……"路易斯无助地耸了耸肩。

"好吧,你们不肯跟我说。不过总有一天,我要认识一下这位做好事不留名的人。不管怎么说,这个鸡舍看起来……嗯……真是很醒目啊!"爸爸说着又走回屋里。

佩特娜拉立刻从玫瑰花丛里钻出来。"你们看,你们的爸爸也很满意这个粉红色和黑色的鸡舍呢!"

"大概是吧。"孩子们有点怀疑地互看了一眼。

"反正他肯定不相信这一切是我们自己搞定的。"蕾娅说,"总有一天,你得去和我们的爸爸妈妈认识一下。"

苹果树女巫一听连忙摆手。"还早呢!还早呢!"她说,"我现在要先去打包行李了,我可不想错过开幕舞会!"她潇洒地向孩子们挥挥手,爬上了苹果树。

佩特娜拉一秒钟也没有浪费,一走进苹果房子就朝手上唾了三口唾沫,然后抓起魔杖。可不能光打包牙刷啊、保暖袜啊,不,一旦佩特娜拉准备出远门,那就得把一切都打包起来,全部的家当。因为她可没有兴趣和油腻腻的女巫们挤在五层床铺上。要是运气不好的话,上铺睡着一个呼噜震天响的天气女巫,下铺躺着一个臭烘烘的沼泽女巫,简直就是无处可逃。所以她把橱柜和床，连同所有的家居用品，全都打包进了那个深不见底的棕色旅行包。最后，她把苹果房子也一块儿带走了。

小女巫愉快地站在空荡荡的树枝上，一声口哨召唤来自己的扫帚。像这样的长途旅行，她就不坐在卢休斯的背上了，毕竟那个好心的伙伴已经不年轻了。小女巫的扫帚嗖嗖地穿过一棵棵苹果树，它和它的主人一样无比期待这次旅行。佩特娜拉把旅行包挂在扫帚柄上，然后让卢休斯在扫帚头上找了个好位置。"坐好了？别掉下去哦。"她做了出发前的最后确认。

"准备就绪，出发吧！"甲虫回答，又往扫帚头里钻进去一点。

"好，抓紧了！"小女巫愉悦地高喊一声，旅行的兴致特别高昂。

爬得高高，不要撞到。

让我尽兴去舞蹈！
咔嚓咔嚓，咔嗒咔嗒，齐格扎格，
大步飞奔，别小跑！

小女巫的扫帚期待这天已经很久了，它根本不需要听到第二次吩咐，一声号令就笔直地冲向空中，画出一段圆弧后，无声地向远处飞去。

蕾娅在上床睡觉前又用望远镜看了一眼佩特娜拉的苹果树，不禁吓了一大跳。"她不见了！"蕾娅大叫一声，又仔细看了一遍。

"她当然走了，她说了要出远门。"路易斯说着，继续翻他的漫画书。

"不，她真的走了，连房子都带走了。"

"什么！"路易斯从蕾娅手里抢过望远镜。"真的呀……"他小声说，"树上是空的！"

"可是她还会回来的，对吧？"蕾娅担心地问。

"当然会。"路易斯回答，不过听

起来不太有把握。此时兄妹俩都还没意识到，这并不是今天晚上的最后一次惊吓。

可怕的盗贼

下雨了。灰色、冰冷的雨从天而降。双胞胎兄妹此刻的心情也像在下雨。

这个夜晚,两个孩子都翻来覆去睡不着。他们一再地从床上爬起来,拿起望远镜寻找佩特娜拉的小房子。平时它会在夜里发出微光,可是今天夜里一切都是黑漆漆的。

蕾娅失望地把望远镜丢在床上。"佩特娜拉一出远门,我们就坐立难安,这可不行。她只是把苹果房子打包带走了而已。"蕾娅安慰自己,"她只是出了趟远门。要是她两个星期之后还不回来,我们再着急也不迟。"

"我睡不着。"路易斯说,"我的脑子里好像有无数只蚂蚁在爬。"

他们说着把灯关了,可是黑暗中,两人依然不安地瞪着天花板。午夜过了很久,他们才勉强入睡。要是他们醒着的时间更长一点,或是仍然时不时地用望远镜向外看,那么他们就会看到,一辆黑色的轿车爬上了磨坊屋子所在的小山坡,还会看到那群人怕被发现,熄灭了车灯,然后偷偷把车停在路边黑刺李灌木丛的后面。

有那么一会儿没什么动静，接着，三个黑衣人从车里出来，他们都戴着绒线帽子和围脖，把脸遮得很严实。他们蹑手蹑脚地走进花园，确认磨坊屋子里所有人都熟睡了以后，便破坏了客厅的窗户，从窗台翻进屋里。

路易斯被响声吵醒了。他迷迷糊糊地坐了起来，竖起耳朵听。他听到了很轻的说话声，心想可能是爸爸起来上厕所，却又找不到路了。自从他们搬进磨坊屋子，爸爸经常在半夜找不到厕所。

路易斯从床上爬下来，想跟着爸爸一起去厕所。他打开卧室的门，顿时僵住了。一束手电筒的光扫过过道的墙面和门。接着，一个沙哑的嗓子压低声音说："肯定在孩子们的房间里。"

路易斯一下子清醒过来。这不是爸爸！是小偷！他的脑海中闪过好几个念头。他慢慢地、轻轻地关上门，在原地不知所措地转了好几圈。"蕾娅，蕾娅，"他轻轻地叫，伸手去摇醒妹妹，"有小偷闯进来了，蕾娅。"

"什么？"蕾娅一边迷迷糊糊地问，一边推开哥哥的手。

"赶紧起来，不然就要和他们撞个正着了。小偷就在过道里，朝我们房间来了。"路易斯着急地轻声说。

"什么？"蕾娅一下子清醒了。

"听见没？"

真的。蕾娅听到了门口轻轻的脚步声，过道里有一块地板被踩得吱呀作响。

"就是这间，没错。"那个沙哑的嗓音又说。

"快躲起来！"路易斯朝他的妹妹喊。说时迟那时快，他们钻到了床底下，躲在一些毛绒玩具和乐高积木的后面。

不到一秒，门打开了，手电筒的光束照了进来，扫过四面墙，最后落在床上。

"怎么回事？他们不在。床上是空的！"那个沙哑的嗓子咒骂了一声。

"什么意思，他们不在？"另一个声音问。兄妹俩觉得这个声音有点耳熟。

"孩子们不在。床上没有人!"

"大概到朋友家过夜去了。"第三个声音响了起来,"我们家的小淘气也经常这样。"

"那正好,我们就不用把他们关到衣橱里去了。把灯打开。"那个熟悉的声音发出命令。

房间里一下子变亮了。

"把整个房间彻底搜一遍,包括床底下。"那个声音再次下令。

蕾娅和路易斯屏住了呼吸。他们一点一点地往床底下最深的地方挪去。手电筒的光束扫过地板,眼看他们就要被发现了。

这时,突然传来敲击窗户的声音。声音很响很有力。

闯入者一下子慌得团团转。"怎么回事?"

"我怎么知道?去看看怎么回事,必要的话一并抓起来!"窗户被打开了。

"没有人。"那个嗓音沙哑的人说,"肯定是风。"

"好吧,赶紧找那该死的配方,找到就走,越快越好。我有不祥的预感。"

抽屉一个个被拉了出来,橱柜的门一扇扇被打开。路易斯小心翼翼地从自己躲藏的地方向外张望。房间里站着三个黑衣男人,一个又高又瘦,一个胖得像个啤酒桶,剩下的那个腰围和身高都很平常,总是在发号施令。这不是库莫林先生和他的跟班吗?路易斯抬起头看了一眼窗户,看见了黄瓜帽子和芦笋牙齿。他们把鼻子紧紧压在玻璃窗上,正在朝路易斯眨眼睛。当一个男人转过身去的时候,他们消失了。

"在这里,配方钉在墙上呢。快走!不要从客厅走,从窗户出去!"窗户又一次被打开了。他们带着佩特娜拉的配方从窗户翻了出去。

孩子们仍然躲在床底下,还没有从惊吓中回过神来。冰冷潮湿的空气不断从窗户钻进屋子里。他们仿佛又听到了各种可疑的声响,但其实除了雨滴声,没有其他声音了。

"你还好吧,蕾娅?"路易斯轻声问。

"还好,你呢?"

"还好,只是我的鼻尖都快结冰了。"

"我想他们应该走了。"蕾娅小声说。

兄妹俩小心地从床底下伸出头来,查看屋子里的情况——房间里没人了,只有那扇窗户大开着。

"好险。他们差点就发现我们了,幸亏黄瓜帽子和芦笋牙齿把他们引开了。"

孩子们又躺到床上。"小偷真的进了我们的卧室?"蕾娅惊魂未定地问。

"千真万确!"路易斯回答,"我知道那几个小偷要找什么东西。"

"佩特娜拉的配方!还能是什么。"蕾娅气愤地说。

墙上贴小纸条的地方,只留下可怜兮兮的半截纸片还被图钉钉在墙上。那张配方确实被偷走了。

"真应该放出浓雾幽灵陪库莫林好好玩玩。"蕾娅说着,伸手去关窗户。

路易斯拦住她。"别碰,上面有指纹!我读过大侦探小卡莱*的故事。这种情况应该报警。走吧!我们去找爸爸妈妈。"

库恩布兰特夫妇从睡梦中惊醒,着实吓了一大跳。他们无法想象,在他们熟睡的时候,竟然有一伙歹徒大摇大摆地在他们的房子里走来走去。简直是无法无天!库恩布兰特先生感觉自己的心脏都抽筋了,他查看孩子们的卧室之后立刻报了警。警察带来两位现场采样的专家,也发现了客厅里被破开的窗户。

---

*瑞典作家阿斯特丽德·林格伦的侦探故事三部曲中的主角,少年侦探卡莱·布鲁姆奎斯特。家喻户晓的儿童文学作品《长袜子皮皮》系列,也是这位瑞典女作家的作品。

这一夜的平静被彻底打破了。库恩布兰特一家挨个接受警察的询问。大家敢肯定,这笔账应该算到库莫林的头上。警察做了笔录,向他们一家保证会追查到底。所有的现场痕迹都采样好之后,天已经蒙蒙亮了。一家人坐到厨房里,库恩布兰特太太为大家做了火腿炒蛋,还给每个人倒了一杯热可可。

"不知道警察能不能在库莫林那里找到配方……"埋头喝可可的库恩布兰特先生抬起头,咕哝了一句。

上午,库恩布兰特先生打电话到警察局,询问调查进度。警察局的人客气地告诉他,他们已经调查过库莫林先生了。他一整夜都在和两个朋友玩扑克牌,所以有完美的不在场证明。

"好啊,如果他那两个朋友正好叫哈勒和肖利的话,那真是感谢警察先生了。"路易斯说。

"佩特娜拉也正好不在。"蕾娅叹了一口气,眼巴巴地看着空荡荡的苹果树。

"我猜她正跳舞跳得脚后跟都快磨平了吧!"路易斯垂头丧气地说。

粘在苹果树上

路易斯说得没错。佩特娜拉赶上了开幕舞会，女巫派对也和往年一样热闹疯狂。不过这一次，小女巫不像往常那样沉浸在派对热闹的气氛中。她总是不由得想到蕾娅和路易斯，还有那个自大又浮夸的库莫林先生。佩特娜拉心里有点不安，因为她觉得那个库莫林什么坏事都干得出来。于是第二天，她就打包了所有行李，踏上回家的路。

这正好称了卢休斯的心意。它本来就对嘈杂的女巫节没什么兴趣。舞会上挤满玩疯了的女巫，几乎每个女巫都带着一只猫或者一只乌鸦。在乌鸦的菜单上，脆脆的鹿角甲虫可是数一数二的美食。

他们骑着扫帚赶了回来，但降落在苹果树上的时候，天已经全黑了，四周一片寂静。佩特娜拉迅速地把苹果房子挂到树枝上，然后用魔杖划过大旅行包，所有的东西瞬间回到了原来的位置上。

她瞪大眼睛仔细查看花园里的情景，看看到底有什么不寻常的情况让她如此心神不宁。可是什么也没有，一切都和她离开时一样。

"我再去看看那些母鸡。"她对卢休斯说，然后顺着魔法绳梯下到了花园里。

鸡舍里没有任何异常情况，偶尔有一两声轻轻的咕咕或咯咯。母鸡们都睡得很熟，沉浸在愉快的梦乡里。

最后再看一眼孩子们，佩特娜拉就能彻底放心了。房间里亮着一盏小夜灯，孩子们正安稳地躺在床上熟睡着。

正当她准备回到树上的时候，附近传来了一个很轻的声音。"嘿，嘿，佩特娜拉！"原来是黄瓜帽子，他站在自己家门口的树根旁，激动地朝佩特娜拉挥手。佩特娜拉摇了摇装着苹果籽的木头瓶子，瞬间缩小成一个苹果树女巫的大小。"黄瓜帽子，你吓我一跳。"她轻声说，"这么晚了，你站在外面干什么？"

"我听到你穿过花园的脚步声。你肯定想知道你不在的时候，这里发生了什么事。"

佩特娜拉顿时紧张起来，她的直觉果然没错。"发生什么事了？"她着急地问。

"这里可不是聊天的地方。"黄瓜帽子疑神疑鬼地四下张望了一下，"来我家吧！我们可以不受打扰，慢慢说。"佩特娜拉便跟着苹果树小人来到他在树根下的家。

"好了,别卖关子了,快告诉我到底出了什么事!"小女巫催促他。

"有人闯进了磨坊屋子。"黄瓜帽子说完这句话,就停了下来。

"闯进屋子?"佩特娜拉紧张地大叫起来,"孩子们没事吧?"

黄瓜帽子摇摇头回答:"他们没事,只是配方被偷走了。"

"我的配方?"

"是的,被偷走了。"苹果树小人说。

佩特娜拉揉了揉鼻子。"一定是那个自吹自擂的气球干的。"她忍不住骂了一句。

"就是他。这里的每个人都很清楚。"黄瓜帽子说,"但是没用,警察审问了那个坏蛋,他有不在场证明。"

"这可怎么办?"佩特娜拉急躁地在房间里走来走去,鼻子都快被她揉下来了。最后她叹了口气说:"算了,今天晚上我什么办法也想不出来。我刚回到家,累坏了,得先去睡觉了。明天再想办法。"她说着站起来准备告辞。走到门口,她转过身对黄瓜帽子说:"谢谢你告诉我这件事。晚安,小黄瓜帽子,睡个好觉。"

刷牙的时候,佩特娜拉把黄瓜帽子对她说的话告诉了卢休斯。鹿角甲虫越听越气,把两只叉角磨得霍霍响。"这个库莫林,我要在他耳朵上打两个大洞。"它骂完又问佩特娜拉,"你打算怎么办?"

"我准备先睡觉。"佩特娜拉打了个哈欠,爬到床上,用柔软的被子把自己裹得紧紧的,"明天我肯定会想到好办法的。"不过用不着等到明天,又有事情发生了。

佩特娜拉刚刚进入梦乡,一阵奇怪的声音跟着钻进她的梦里。一开始,她感觉是那只和她跳舞的灰色蜥蜴,不小心把一块大岩石撞进了山谷,但奇怪的是,轰隆隆的声响却没有停止。佩特娜拉醒了过来。

那声音听起来像发动机的轰鸣。小女巫气呼呼地爬起床,用海盗望远镜查看情况。千真万确,一辆没有开车灯的货车开了上来,停在黑刺李树篱的后面。三个男人鬼鬼祟祟地下了车。每个人的肩上都挂了一个空袋子,还背了一个梯子。手电筒的光束扫过来扫过去,在每一棵苹果树的树根旁稍作停留,好像在搜寻什么东西。

佩特娜拉愤怒地紧紧抵住嘴唇。她很清楚这些人在找什么,她也知道他们为什么跑到这里来。

"卢休斯,"她轻轻地喊,"快来看!有客人来了。"

甲虫迷迷糊糊地爬到窗台边,接过佩特娜拉递过来的望远镜往外看去。它顿时清醒了。"这……这……这是……"它结结巴巴地说。

"库莫林和他的同伙,"佩特娜拉确认了它的猜想,"猜猜看他们是来干什么的。"

卢休斯看着这三个男人从一棵树溜到另一棵树,在树干下面找东西,就明白了一切。他们在找芦笋牙齿为每棵树插的黄铜标牌,因为上面工工整整地刻着每棵苹果树的品种名称。

就在这时,花园里响起了一声口哨。"找到了,老板!长条纹的冬天小脸蛋!我们找的就是这个品种吧!"

三人中个子最矮的那个人冲了过去,手电筒照到的地方有一颗金牙闪过。"干得好,肖利!"他夸奖说,"好了,别磨蹭,立刻爬上树。一个小时之后,我们让这棵树一个果子都不剩。"

"是吗?你们是这样盘算的?"佩特娜拉生气地说。等她从刚才的惊吓中回过神时,已经想到了一个绝妙的计划。

"我保证一个小时之后你们会发现这是在做梦。"佩特娜拉这时一点也不着急,她耐心地等待那三个人全都爬上梯子,准备动手摘苹果。

这时她抽出魔杖,走到门口,大喊:

巫师和魔法帽,糨糊搅拌好。

小苹果树,抖一抖,挠一挠,一个也逃不了。

兹比利,卒比利,

蜗牛黏糊糊,通通粘在原处!

整棵树一阵枝叶乱颤,紧接着一道耀眼的闪光划过,库莫林和他的同伙就在他们所处的位置上,动也动不了,仿佛三只被粘在捕蝇网上的苍蝇。三个男人东张西望地挣扎了一番,忍不住咒骂起来。

"见鬼!这是什么东西?比我丈母娘做的土豆泥还要黏。"

"我的手指都粘住了,老板。"那个叫肖利的哭诉着说。

"手指算什么,哼哼!"那个大胖子说,"我连屁股都粘住了。"

"活见鬼!我怎么就不知道树脂会黏成这个鬼样子。"库莫林咒骂一声。三个人想尽各种办法想要从树上挣脱,但是一点儿用也没有。他们碰到树的任何地方,就被粘在那里,怎么也扯不下来。

"我不知道库恩布兰特在树上抹了什么东西,但我们必须想办法从这里下去!"库莫林恼怒地四处张望。

"现在怎么办，老板？你有办法吗？"

"当然，难道指望你们想办法？"库莫林臭着脸说，"我们需要锯子！我们把树枝锯断，就可以离开这儿了。你们谁有锯子？"

肖利和哈勒把脑袋摇得像拨浪鼓一样。"我们是来摘苹果的，谁会想到要带……"

"你们这两个废物！什么办法都得我自己想。"库莫林对哈勒咆哮，"幸好我们之中还剩一个人有头脑。我带着手机呢！我立刻打电话给我老婆，让她带一把锯子过来。对了，你们最好也把老婆都叫过来，人多我们就能快点下去。要是明天早晨我们还粘在这儿，就太丢人现眼了。我已经能看到库恩布兰特脸上幸灾乐祸的表情了。"

库莫林用他那只没有被粘住的手拨通了手机。

不一会儿，两辆轿车开了过来，同样停在黑刺李灌木丛的后面。七个人影从两辆车里出来，很快就消失在花园里。三个女人和她们的儿子带着锯子赶来。他们慌慌张张的对话都传到了佩特娜拉的耳朵里。

苹果树女巫在苹果房子里耐心地等待着，得意地笑了起来。剧情越来越精彩了。

"快到这儿来，罗希。"库莫林压低声音说，"我们就在这棵该死的树上。"

女人和儿子们终于发现了这几个倒霉蛋,赶紧冲过去救援。库莫林太太率先爬上了梯子。

"锯子来了。科特,你可以吗?"

"当然,赶快递过来!"

库莫林赶紧伸手去抓。

同样的戏法再次上演!库莫林和他的老婆都没法把自己的手从锯子上扯下来。不仅是库莫林太太,其他赶来支援的人也一样,碰到哪里就粘在哪里,怎么摇晃、怎么拉扯都没有用。他们只能不知所措地瞪着彼此。

小小的敲诈

第二天一早,路易斯唰的一下拉开了窗帘。他刚打算再到床上躺一会儿,就发现了佩特娜拉的苹果树上非同寻常的情形。

"太酷了!"他不禁大叫一声。蕾娅也立刻跑过去。她朝窗外望去,被眼前的景象吓得深深吸了一口气。

"哇!"她哑口无言。他们就这样呆呆地站在窗前,看着花园里的情景。

"佩特娜拉树上的那些人里,有一个看起来像是库莫林。"蕾娅确信自己没有看错,"可是他在干什么呢?为什么在那儿一动也不动?"

路易斯拿来他的望远镜。"佩特娜拉回来了!"他喊了起来,"耶,太好了!你看到了吗?她的苹果又挂在那儿了。"路易斯把望远镜递给妹妹。

蕾娅也高兴得跳起来。"现在我们不用担心了,也用不着去管库莫林为什么站在梯子上不下来啦!"

"没错,不过我们还是去看个究竟吧。"路易斯迫不及待地穿好衣服。

"不用先跟爸爸妈妈说一声吗?"蕾娅一边穿牛仔

裤一边说。

"待会儿再说吧,我们先去看看到底发生了什么事。"

他们飞快地跑到佩特娜拉的苹果树下,目瞪口呆地打量着眼前的这一幕。库莫林先生在梯子上摆了一个高难度的平衡动作。他一只手抓住一根树枝,另一只手抓住一把锯子,而锯子的另一端握在一位女士手里。这位女士仿佛长在梯子中间,看起来糟透了。这也难怪,她的腿上还挂着一个年轻人,正绝望地踢来踢去。

两个孩子张大着嘴,围着树转了一圈。树上靠着不止一把梯子,每把梯子上都站了几个人,相互粘成一串。

"你们在下面傻愣着干吗!"库莫林先生对孩子们大喊,"快来帮我们一下!先把最下面的那个男人从梯子上拉下去。你们以为挂在树上很舒服吗?"

兄妹俩犹豫地互相看了一眼。正当蕾娅准备去拉那个抓住库莫林太太小腿肚的男人时,一个很轻的声音叫住了她。

"嘘,我在这儿呢……不对,下面!"蕾娅吃惊地左看右看,终于发现了卢休斯和佩特娜拉。他们躲在高高的草丛里。

"我们在拖车那儿碰头。"佩特娜拉悄悄说完,便爬上卢休斯的背飞走了。蕾娅和路易斯连忙追上去,等他们跑到拖车那里,佩特娜拉已经变成一个正常人的身高,躲在玫瑰花丛的后面。

"看来我回来得正是时候。"她微笑着说。

"看到你真是太高兴了!"蕾娅欢呼起来,"可是那些人在你的树上干什么呢?"

佩特娜拉摆摆手。"待会儿再跟你说。你们先说说看,我不在的时候发生了什么事?"

"有人闯进来偷东西。"路易斯说。兄妹俩你一言我一语把整件事情都告诉了小女巫。

"嗯嗯,"佩特娜拉不断地点头,"嗯嗯!"

"我们当然知道是库莫林偷走了配方,但没有证据。"路易斯说。

"这就是为什么库莫林和他的同伙会被粘在我的树上。"佩特娜拉说,"库莫林发现缺少正确的苹果,配方也起不了作用。所以他昨天晚上开着货车来偷苹果,结果笨手笨脚的,被我发现了,接下来他就粘在那儿了。"

"所以说,库莫林这伙人要在你的树上粘一辈子了?"蕾娅瞪大眼睛问。

"正是如此!"佩特娜拉愉快地回答,"我想让他们粘多久,他们就得粘多久。"她说着忍不住笑起来,"而且每个去碰他们的人都会被粘上去。走运的话,粘在上面的人会越来越多。"

"可是你不能用魔法把人一直粘在树上吧。"蕾娅脸上露出担心的神色。

"对待库莫林这种人,没什么不可以的。"佩特娜拉固执地回答。

"嘿,你在我的树上干什么?赶快下来,不然我就动手赶人了!"

孩子们和佩特娜拉一听就知道是谁在说话了。

"是爸爸!"孩子们惊慌地说,"快点,佩特娜拉,你知道他的脾气!他肯定要粘……"

"见鬼!这是怎么回事?快把我放开!"

"没有人拉住你!"那是库莫林的声音。

不需要用大脑想也能猜到此时的画面了。

"爸爸也粘上去了!"蕾娅十分惊慌。

"听起来是这样。"佩特娜拉一点也不意外。

"那你快把他们放下来。"路易斯说。

"那当然,"佩特娜拉说,"不过这回我们得聪明一点。现在正是和库莫林谈判的好机会。"

"你是说,现在是敲诈他的好机会?"路易斯问。

佩特娜拉叹了口气说:"你不要总是这样大惊小怪,好吗?"

"但这真的是敲诈呀!"蕾娅也说。

"好吧,好吧!我会把他放下来。不过在这之前,你们可以要求狡猾的库莫林把配方还回来,然后重新雇用你们的爸爸。只要他满足你们的要求,就不会被粘在树上了。怎么样?"

孩子们惊讶地交换了一个眼神。"这还是敲诈啊!不过确实是个好办法。你太厉害了,佩特娜拉!"

"好了、好了,去吧。记住,什么东西也别碰。"

兄妹俩朝苹果树跑去。

"嘿,爸爸!"他们在老远的地方就叫起来,"你在那儿干什么?"

库恩布兰特先生气呼呼地看着孩子们,反问:"你们觉得我在干什么?"

"看起来像是你想抓住那个男人的夹克,把他从梯子上拉下来。"

"一点儿也没错。倒霉的是,我没法把他拉下来。他的夹克上不知道涂了什么万能胶水。你们还在等什么?快点把我拉下来!"

蕾娅和路易斯站在原地,一动也不动。

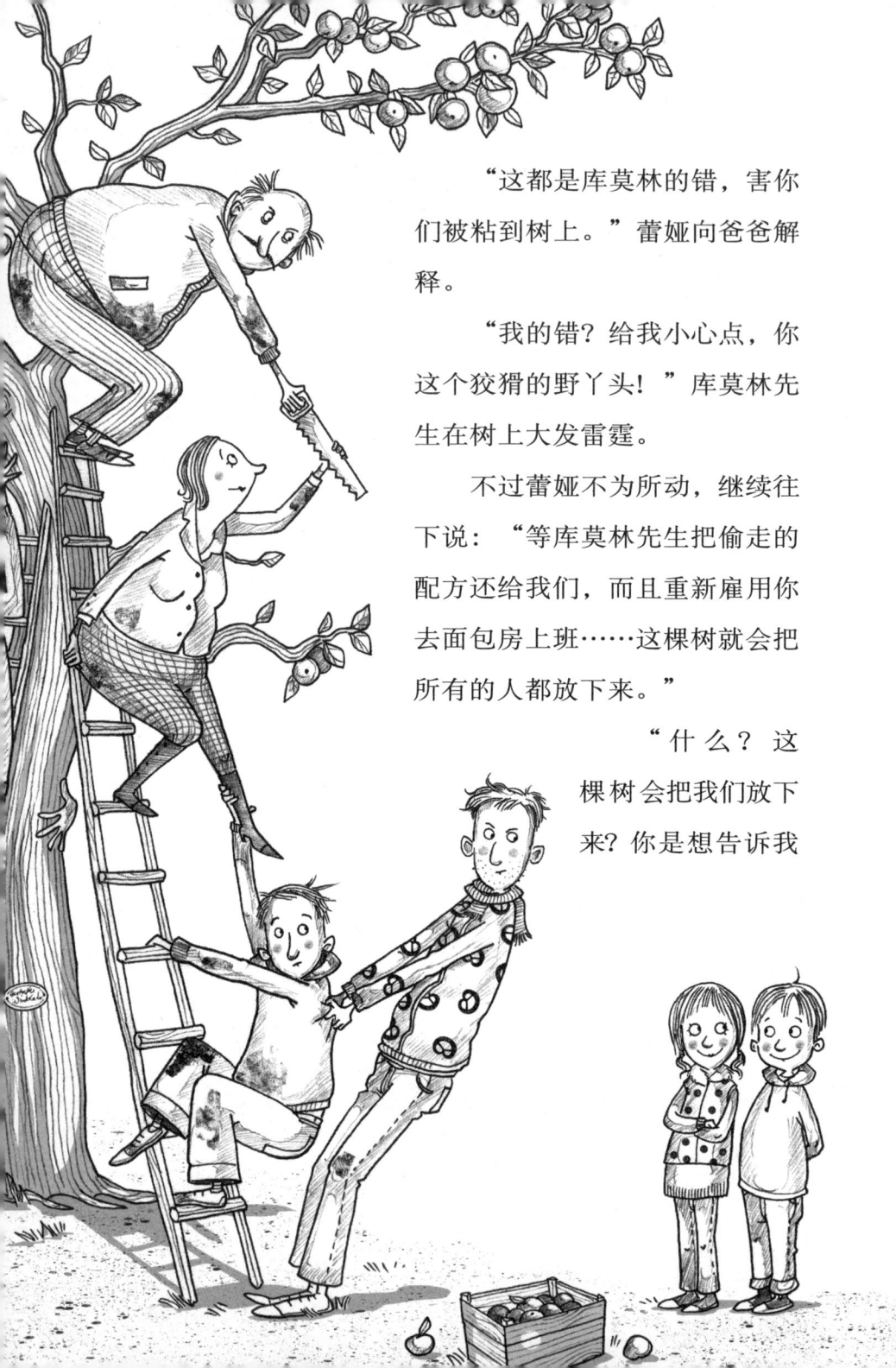

"这都是库莫林的错,害你们被粘到树上。"蕾娅向爸爸解释。

"我的错?给我小心点,你这个狡猾的野丫头!"库莫林先生在树上大发雷霆。

不过蕾娅不为所动,继续往下说:"等库莫林先生把偷走的配方还给我们,而且重新雇用你去面包房上班……这棵树就会把所有的人都放下来。"

"什么?这棵树会把我们放下来?你是想告诉我

这是魔法吗？我才不信，小丫头！这不是什么魔法，这是敲诈，小心去坐牢！"库莫林先生气得大喊大叫。

蕾娅耸了耸肩。"那你好好考虑吧。你要么雇用我爸爸，要么就一直挂在那儿。"

"等等！"库恩布兰特先生也表示抗议，"我是不是也有资格说点话？我搞不懂这到底是怎么回事。我不想粘在这个家伙身上，但是我也不想再回面包房……给这个……这个饭桶工作，一点都不想！"

孩子们吃惊地看着他们的爸爸。库恩布兰特先生突然沉默了，接着他脸上露出微笑。"我想到一个好主意。"他说，"我说过绝对不会再为库莫林工作，但是我喜欢烤蛋糕。我们为什么不自己开一家小面包房呢？就在老磨坊里。一家小小的咖啡馆，让客人们吃到我们亲手烤的面包和蛋糕。"库恩布兰特先生满怀期待地看着孩子们。这一刻，他把自己眼下的窘境忘得一干二净了。

"噢，太好了！"蕾娅和路易斯欢呼起来。

"不过事情没那么简单。"库恩布兰特先生又往下说，"我们没有合适的烤炉和揉面机。不过，库莫林先生，或许你可以帮助我们。你把淘汰的机器卖给我们怎么样？"

"你们想得美！"库莫林先生发怒地说，"我把烤炉和揉面机给你们，让你们来和我竞争……我永远也不会答应！"

"那好吧，你得在上面多待一会儿了。"路易斯对他说。

"这是敲诈！"库莫林先生再次咆哮起来。

"别那么小气了，科特！"库莫林太太开始教训他，"我可不想待在这里，反正那些机器你也不要了呀！"

库莫林先生深深吸了一口气。"我这样一个正直的面包房主人，面对你们的敲诈勒索，还能有什么办法呢？"他假装哽咽，但终于让步了，"那好，烤炉和揉面机归你了，库恩布兰特，你满意了？"

"还有配方。"路易斯提出了要求。

"好，还有配方。"库莫林先生说。

"你最好说到做到，不然下次就把你粘在你的面包房里！"蕾娅说。她觉得加个小小的威胁没有坏处，因为她不确定库莫林先生说的话能不能信。

"我向你们保证，我会满足你们所有的要求。"库莫林先生把牙齿咬得咯咯作响。

他刚说完，魔法就解除了。所有粘在树上的人立刻活动自如。库莫林先生和他的同伙飞快地爬下梯子，跑出花园消失了。

"我倒是要看看他能不能说到做到。"路易斯说。

魔法磨坊咖啡馆

库莫林先生兑现了他的诺言。他大概打从心底害怕，哪天真的会被粘在自己的面包房里。

当天下午，面包房的送货车开了过来，司机把库莫林先生许诺的揉面机和烤炉搬了下来。

库恩布兰特一家喜出望外，立刻把老磨坊布置成面包房。他们一家人在崭新的面包房里烤的第一样东西，是自己吃的小面包。小面包的滋味真是太棒了。这一点也不奇怪，因为做面包用的鸡蛋是那五只母鸡下的。孩子们打包了一些小面包，来到佩特娜拉的苹果房子前。

"快开门，佩特娜拉！"路易斯一边喊，一边急切地敲着门，"我们给你带礼物来了。"

门立刻打开了。"我没听错吧？你们给我准备了礼物？我最喜欢礼物了！"

"那快让我们进去！"蕾娅催促着说，"我们带来了非常好吃的礼物，还热乎乎的呢。"

"你猜猜看是什么？"路易斯说。

"热乎乎又好吃？那是什么呢？"佩特娜拉揉了揉鼻子说，"是不是卷心菜猪肉卷？"

孩子们笑了起来。"错了!"

"错了?怎么可能?我从来不会出错。"

"想想之前发生的事,佩特娜拉。"蕾娅说。

"好吧。"佩特娜拉用调皮的眼神看了孩子们一眼,"这个礼物是不是和我的手掌差不多大,外表酥脆?"

孩子们点点头。

"闻起来香喷喷的?"

孩子们又点了点头。

"涂上点草莓酱,就更好吃了?"

兄妹俩笑了起来。

"所以……我猜是你们亲手烤的第一批小面包?"

"耶,猜对了!""快说,你是不是一开始就知道了?"

佩特娜拉笑了。"不不,我发誓!没这么容易猜到的。好了,快给我看看,你们烤了什么?"

大家坐在餐桌边,津津有味地吃起小面包。

"爸爸现在忙得停不下来。"路易斯说,"他打算在两周后开张,接待第一批客人。新咖啡馆的名字他都想好了,叫'魔法磨坊咖啡馆'。因为他觉得这里发生的事情太不可思议了。"兄妹俩调皮地笑了起来。

佩特娜拉把最后一口面包塞进嘴里，舒服地靠在椅背上。"这样的话，空了很久的磨坊屋子又要热闹起来了。只要你们的客人守规矩，不来惹我和苹果树小人，那我就不反对。"

库恩布兰特先生真的忙得停不下来。他印了好多份请柬，发送到市区，邀请大家来光顾魔法磨坊咖啡馆。他把老磨坊彻底改造成面包房，一切焕然一新。库恩布兰特太太从她工作的小餐馆找来桌子和椅子，还请当地报社的记者来报道。接下来就是等待开业的日子了。

这一天终于到来，库恩布兰特先生相当紧张。好在一切顺利，连天气都十分配合。太阳从柔和的蓝天中露出笑脸，温度计上的水银上升到了二十度。

蕾娅和路易斯已经在入口站了足足半个小时，又兴奋又紧张，片刻不离地盯着下面的公路。第一批客人让他们等得好心急。他们的爸爸认为会有很多到山里徒步的人来光顾，不过到目前为止，连一只登山鞋都没看见。

"一个人都没有。"蕾娅丧气地说，"爸爸的请柬上写着两点开业。可是客人呢？怎么可能一个人也没有？那我们烤的蛋糕只能自己吃了。"

"别乱说。"路易斯对妹妹说，"这又不是来参加小朋友的生日宴会,不用掐着点来。我们只是说两点开门营业,他们什么时候来都可以!"

"那他们也可以陆陆续续来呀。你看马上就要三点了。"蕾娅继续发牢骚。

突然,他们听到汽车发动机的声音。一辆老旧的游览车沿着上山的路朝这儿开来。车子打着灯,慢慢地开过来。车上坐满来郊游的人,全是冲着魔法磨坊咖啡馆来的。蕾娅用胳膊肘撞了一下她哥哥。"他们都是来我们这儿的,快呀!去告诉妈妈和爸爸。"他们边跑边喊,"有人来啦!一整辆车,坐满了饿肚子的游客!"

库恩布兰特太太也紧张起来。"保罗,你都准备好了吗,蛋糕,还有咖啡?"

"亲爱的,别紧张。所有东西都准备好了。"库恩布兰特先生克制着紧张的情绪,小声嘀咕了一句,"不过我没想到一来就来了整车的游客。"

这时,佩特娜拉和卢休斯坐在大柳树上,轻松地摇晃着两条腿。

"你的良心不会过意不去吗?"甲虫带着责备的语气问,"那辆车本来是去勋豪森堡公园的,不是来磨坊屋子的。"

佩特娜拉摆摆手。"别激动。你看，他们看起来多么开心啊。没人知道司机是被催眠了才拐到这里来的。再说也只有这批乘客被施了点魔法，后面还有好多人要来，我可没有动手脚。"

这是真的，后面还有一大批客人。一辆车接着一辆车，路边都停满了，黑刺李灌木丛后面还停着十几辆自行车。

库恩布兰特一家都快忙不过来了。"我们没有座位了。"库恩布兰特太太经过她丈夫身边的时候，小声地说，"几位客人已经坐到草地上去了。"

库恩布兰特先生用力搔着头皮。他完全没想到会有这么多客人。不仅椅子不够了，蛋糕也得多烤三倍才行。他的妻子和孩子们都在招待客人，但后面还有人在排队。也就是说，这批蛋糕卖光后，就只能请客人回家了。这实在太糟糕了！蕾娅和路易斯也注意到了。"我们得去求佩特娜拉帮忙了。"路易斯悄悄对妹妹说。

"用不着，快看，她来了。"蕾娅小声告诉他。

真的是小女巫。这时，佩特娜拉踏进了咖啡馆。她是怎样的一副装扮呢？她穿了一身柠檬黄的套装，衣服上是许多只小河马奔跑的图案，头上戴了一顶粉红色的宽檐大草帽。

"嘘，是我。"她压低声音说，还偷偷地东张西望了好一会儿。然后，唰的一下，她变出一张桌子、一把椅子，自顾自地坐了下来。

"佩特娜拉！"孩子们立刻跑到她身边。

"小声点！"小女巫提醒他们，"我得好好四处看看，毕竟我很少来咖啡馆。"

"你这身打扮……"路易斯还没说完，蕾娅就瞪了他一眼。

佩特娜拉环顾了一下咖啡馆，然后目光又落在孩子们身上，随后问："怎么样？你们觉得我好看吗？"

"你看起来有点……"路易斯在找合适的词。蕾娅推了他一下。

"看起来很有趣。"蕾娅赶紧把话接过去。

佩特娜拉客气地点点头。"这里真热闹。"她说，"来的人都快把房子挤爆了。"

"对呀，"路易斯说，"他们简直就像蝗虫过境。我们缺桌子，缺椅子，还缺蛋糕。如果不赶快出现一个奇迹，我们只能把顾客直接打发走了。"

"怎么能发生这种事呢？"佩特娜拉微笑着，"就让奇迹快点出现吧，看好喽！"佩特娜拉消失在一旁的灌木丛后面，从袖子里抽出了魔杖。

兹比利，卒比利，
小店在这儿，快把桌椅配整齐！
蛋糕咖啡也补上，
今天每人吃个够！

念完咒语，她立刻笑了起来。

一眨眼，咖啡馆就有了足够的桌子椅子，自助台上的蛋糕也放得满满的。

库恩布兰特先生第二次搔起了头皮。"桌子和椅子突然都够了！"他困惑地对妻子说，"蛋糕也变多了！"库恩布兰特太太也发现有些不寻常。他们不敢相信地互看了一眼。

"我跟你说过，这里经常发生些怪事。"库恩布兰特先生说。"你看，那位

在和孩子们聊天的女士是谁?"库恩布兰特太太感到十分好奇,"她看起来……有点奇怪!"

于是,库恩布兰特夫妇一同走到佩特娜拉的桌边。"妈妈、爸爸,我来跟你们介绍苹果泥女士。"蕾娅连忙说。

爸爸妈妈对看了一眼,齐声说:"苹果泥女士?"

"您就是我们的邻居,是您给了我们那个神奇的苹果蛋糕配方?"库恩布兰特太太问。

"不只是这样。"路易斯小声嘀咕。

"很高兴终于和您见面了。"库恩布兰特先生握起佩特娜拉的手,上下摇晃,"您不知道我们有多感谢您的配方。可以说,没有这个配方,就不会有魔法磨坊咖啡馆。"

"真的吗?"佩特娜拉有点惊讶。

"真的,不过这件事说来话长。"库恩布兰特先生说。

"等您下次有空的时候,再说给我听。"佩特娜拉体贴地说,"您今天一定忙坏了。"

库恩布兰特先生亲切地看着佩特娜拉说:"您说得对。今天不是聊天的时候,下次请您一定要到我们家做客。"

"是呀,您一定要来。"库恩布兰特太太跑去下一张桌子招呼客人之前,向佩特娜拉发出了邀请。

"看起来他们很喜欢你呢。"蕾娅说。

"因为你打扮得像个艺术家,这么优雅……"路易斯笑着说。蕾娅又瞪了他一眼。

"过奖了,过奖了。"佩特娜拉心花怒放地回答,"你们太会夸奖人了。"

"想吃一块蛋糕吗?"蕾娅问。

佩特娜拉摇了摇头。"下次吧!我答应了苹果树小人,今天去他们那儿。其实是他们派我来侦察情况的,他们有点担心这么多人来会怎么样。好了,你们不用管我了,快去帮妈妈的忙吧。你们愿意的话,明天再见。"

蕾娅和路易斯飞快地跑开了。

南瓜脑袋和点点鬼火

佩特娜拉找了一个合适的时机,趁没人注意的时候消失在花园里。在玫瑰花丛的后面,客人的声音就不太吵了。她飞快地跑向黄瓜帽子的苹果树,摇了摇口袋里的苹果籽,转眼变成了苹果树女巫的大小。

一阵低沉的嗡嗡声响起,卢休斯来了。佩特娜拉赶紧缩起脖子,但鹿角甲虫的肚子还是从她的头上擦了过去。"我的老天!卢休斯,你想撞死我吗?"

"对不起,我看见你穿过花园,就跟着过来了。"

佩特娜拉戴好头上的帽子,敲了敲门。不一会儿,门就开了。

"啊哈,你终于来了。"黄瓜帽子愣了一下,"你看起来有点……有点奇怪。"

"奇怪?我看起来不是奇怪,而是很有趣。苹果树小人可能不懂这些。"佩特娜拉哼了一声,一边走进去。其他苹果树小人已经等在客厅里了。他们立刻围在一起,让佩特娜拉坐在沙发中间。

"快告诉我们那个咖啡馆怎么样?"甜菜小溪心急地问,"就这样让它开在我们旁边吗?还是说,我们得弄出点奇怪的声音,把客人们都赶走?"

"这还不简单,只要在花园的池塘里掀起一股洪水,"芦笋牙齿窃笑起来,"客人们就只好捧着蛋糕,比谁游得快了。"

佩特娜拉把手搭在芦笋牙齿细小的胳膊上,让他不要那么激动,然后摇了摇头。"等我说完,你就能安心了,小芦笋牙齿。这位邻居的咖啡馆不会给我们带来麻烦,反而会让花园更热闹。你想想,一下子能看到那么多人,比光看苹果树、蒲公英,还有荒废的磨坊要好玩多了。再说库恩布兰特一家都是心地善良的人。现在的情况再好不过了。"

苹果树小人松了一大口气,大家纷纷表示赞同。

"你说得没错,我们有机会大饱眼福了。光是今天下午看到的人,就超过我们上星期看到的全部了。"

"我们最后再给库恩布兰特一家和他们的客人安排一场好戏,你们觉得怎么样啊?"佩特娜拉用询问的眼神看着伙伴们,"就算是送给新咖啡馆的一场小小的欢迎仪式吧!"说完,小女巫笑了起来。

苹果树小人们不停点头,笑得咧开了嘴,他们都喜欢佩特娜拉的主意。

"那就一起到花园里来吧!我们在大柳树下碰头。"

佩特娜拉说着，便和卢休斯一起向花园飞去。苹果树小人们连忙跟上。三分钟后，他们肩并肩坐在大柳树一根粗壮的树枝上，那里既隐蔽，视野又好，能看见整个咖啡馆。虽然天色已经有点晚了，但还有好多客人继续坐在那里。这个时候，他们不点咖啡和蛋糕了，而是喝起可乐和啤酒，反正谁都不愿意早早回家。

"魔法磨坊咖啡馆。"佩特娜拉大声地把招牌读了一遍，"好了，我们要让这个名字成真！你们准备好了吗？"卢休斯和苹果树小人们都点了点头。佩特娜拉站了起来，抽出魔杖，在空中画了一个圈。魔杖的一端立刻喷出无数颗闪亮的小星星。

从菜园里升起来吧，南瓜脑袋。
集合吧，森森鬼脸、点点鬼火。
鬼影子穿过花园，
万圣节就在眼前！

突然间，一个个南瓜发出亮光，从菜园里升起来，贴着地面飘过黑漆漆的花园。路易斯第一个看到了它们。他又兴奋又害怕，赶快叫妹妹过来。

"我简直不敢相信，"他轻声说，"快看，花园里

飞来了什么东西?"

蕾娅转过头来,"啊"地叫出了声。那点亮的鬼脸着实把她吓了一跳。客人们这时也都看到了这精彩却又有点吓人的一幕。有人从座位上跳起来,有人想拔腿就跑,还有一些人只是张大着嘴巴,愣愣地看着南瓜脑袋向自己飘来。

路易斯冲回屋里,生怕爸爸妈妈错过这一幕。"外面很热闹,你们一定要亲眼去看看!"爸爸妈妈还没做出反应,他又跑回花园了。

库恩布兰特夫妇也被眼前的景象震撼到合不拢嘴。南瓜脑袋这时已经飞到咖啡馆里,高高地悬在半空中。"呜——呼——"它们发出呜咽的声音,好像有风穿过它们空空的脑瓜。

"啊——啊——"客人们不断发出惊叹声,紧接着爆发出热烈的掌声。照亮一张张桌椅的,不再是微暗的小台灯,而是成群的南瓜灯发出的神秘幽光。

"我的老天哪,快向我透露一下这是什么魔术吧!"一位报社记者一边惊叹,一边拿出了笔记本。

库恩布兰特先生故作镇定,仿佛一个个发亮的南瓜从花园里飞出来,是再正常不过的事了。接着,南瓜脑袋们转起了圈圈。库恩布兰特先生清了清嗓子。"哎呀，马上要过万圣节了，所以我想，要是……有点小小的惊喜……"库恩布兰特先生结巴得说不下去了。

"太惊喜了！"一位年轻的女士高声说，"这是一个与众不同的地方，是不是，孩子们？"孩子们拼命点头，出神地看着那些飘浮在空中、一闪一闪的南瓜。

库恩布兰特太太走到丈夫的身边，挽起他的胳膊。"我觉得老磨坊里有个好心的磨坊精灵。"她说。

"那我取的这个名字——魔法磨坊，真是再贴切不过了。"库恩布兰特先生得意地笑了起来，"不过，这会不会和那位神秘的邻居有关系？"

库恩布兰特太太微笑着回答："希望我们能早点搞清楚。"

蕾娅和路易斯已经猜到佩特娜拉会躲在哪里。他们一下就找到了大柳树上的苹果树女巫和苹果树小人。蕾娅环顾四周，确定周围没有人后，朝树上的佩特娜拉挥了挥手。"谢谢你的南瓜！太精彩了，有点吓人，又那么浪漫！"

"好酷啊！"路易斯说，"还有，到了万圣节，我准备打扮成骷髅出门，你是不是……"

佩特娜拉微笑着说："我当然能帮上一点忙。"接着，她爬上了卢休斯的背，和孩子们挥手告别。他们飞过夜空，消失在黑漆漆的花园的另一头。

出版人：常青
艺术总监：张杏如
责任编辑：高海潮
特约编辑：刘维中　马芳芳　谢雨
美术编辑：王素莉　汤静惠
责任校对：张舒平
责任印制：袁学团

PINGGUOSHU XIAONÜWU 1:
MOFANG LI DE XIN LINJU

| 书　　名：苹果树小女巫1：磨坊里的新邻居 |
| 作　　者：［德］萨比娜·斯塔丁 |
| 绘　　者：［德］萨宾娜·比希纳 |
| 译　　者：庄亦男 |
| 出　　版：四川少年儿童出版社 |
| 地　　址：成都市锦江区三色路238号 |
| 网　　址：http://www.sccph.com.cn |
| 网　　店：http://scsnetcbs.tmall.com |
| 经　　销：新华书店 |
| 特约经销商：上海上谊贸易有限公司 |
| 地　　址：上海市静安区南京西路1266号恒隆广场二期3906单元 |
| 电　　话：86-21-62250452 |
| 网　　址：www.xinyituhuashu.com |
| 印　　刷：上海当纳利印刷有限公司 |
| 成品尺寸：210mm×145mm |
| 开　　本：32 |
| 印　　张：6$\frac{3}{8}$ |
| 字　　数：130千 |
| 版　　次：2023年9月第1版 |
| 印　　次：2023年9月第1次印刷 |
| 书　　号：ISBN 978-7-5728-0916-3 |
| 定　　价：35.80元 |

版权所有　翻印必究

图书在版编目（CIP）数据

苹果树小女巫.1，磨坊里的新邻居 /（德）萨比娜·斯塔丁文；（德）萨宾娜·比希纳图；庄亦男译. — 成都：四川少年儿童出版社，2022.11
（信谊世界精选儿童文学）
ISBN 978-7-5728-0916-3

Ⅰ.①苹… Ⅱ.①萨…②萨…③庄… Ⅲ.①儿童故事—图画故事—德国—现代 Ⅳ.①I516.85

中国版本图书馆CIP数据核字(2022)第191562号

Petronella Apfelmus-Verhext und festgeklebt
Text by Sabine Städing
Illustrations by SaBine Büchner
Copyright © 2014 Boje Verlag in der Bastei Lübbe AG, Germany
Simplified Chinese translation © 2023 by Sichuan Children's Publishing House Co., Ltd. in conjunction with Hsinex International Corp.
Published by arrangement with Bastei Lübbe AG, Germany through Beijing Star Media Co., Ltd.
All rights reserved.

本简体字版 © 2023 由（台北）上谊文化实业股份有限公司授权出版发行

四川省版权局著作权合同登记号：图进字21-2023-146号

《较量——2020年安徽超长梅雨气象服务实录》
编 委 会

主　　任：胡　雯
副 主 任：张爱民　包正擎　汪克付　倪高峰
成　　员：罗爱文　张晓红　孔俊松　张　苏　张媛媛　王　兴
　　　　　管国双　高　展　张孝平　王东勇　吴必文　黄　勇　陆大春
　　　　　盛绍学　王业斌　杨　彬　琚书存　姚　远　张中平

本书编写组

主　　编：胡　雯
执行主编：汪克付
副 主 编：姚　远　张中平　魏文华
执行编辑：林　刚　邱学兴　陈汝龙　谢亦峰　张　薇　邱盛林
文本编辑：靳莉莉　曹爱琴　戴　娟　罗　艳
撰 稿 人：（按文本先后顺序）
　　　　　张中平　魏文华　田　红　戴　娟　程　智　王　胜
　　　　　曹爱琴　朱　洁　岳　伟　刘瑞娜　徐　阳　靳莉莉
　　　　　朱　珠　郝　莹　邱学兴　朱佳宁　汪晓鹏　蒋　曼
　　　　　周　超　张庆奎　吴大慧　孙大兵　洪　伟　陆太平
　　　　　李　冰　陈金华　王　晖　孙毅博　张淑静　李　姣
　　　　　陶　寅　温华洋　荀尚培　唐怀瓯　王　静　刘惠兰
　　　　　邱康俊　金素文　季　刚　安晶晶　邓汗青　罗　艳

安徽省委省政府领导指挥防汛救灾

▲ 2020年7月25日,安徽省委书记李锦斌(右三)在省水旱灾害防御调度中心主持召开防汛救灾工作调度汇报会。时任省气象局党组成员、副局长胡雯(左四)参加会议并做天气趋势分析及提出相关建议

▲ 2020年7月31日,安徽省省长、省防指总指挥李国英(左二)主持召开省防汛抗旱指挥部巢湖流域防汛会商会,强调要强化精准施策、实施联动作战,毫不松懈打好巢湖抗洪抢险攻坚战。时任省气象局党组成员、副局长胡雯参加会议并做天气趋势分析及提出相关建议

▲ 2020年5月16日,安徽省委常委、常务副省长邓向阳(前排中)在长江马鞍山段陈家圩堤防指导防汛备汛工作,时任省气象局党组成员、副局长胡雯(前排左一)陪同

中国气象局领导指导安徽防汛救灾气象服务

▲ 2020年7月13日,中国气象局党组成员、副局长矫梅燕(右三)在安徽省气象台了解流域气象服务、智能网格预报等情况,听取了安徽省气象局党组工作情况汇报

省气象局领导全力投入防汛救灾气象服务中

◀ 2020年7月13日，安徽省气象局参加中国气象局防汛救灾气象服务调度视频会，时任省气象局党组成员、副局长胡雯（前排中）做汇报，介绍安徽省入梅以来天气气候特征、灾情和防汛救灾气象服务保障情况

◀ 2020年7月24日，时任安徽省气象局党组成员、副局长胡雯（中）在省气象台与中国气象局水文气象专家共同分析巢湖雨情和研究气象服务举措

◀ 2020年7月23日，时任安徽省气象局党组成员、副局长胡雯（右四）在合肥市气象局指导汛期气象服务工作

▲ 2020年7月17日,安徽省气象局党组成员、纪检组组长张爱民(左一)在蚌埠闸查看淮河水情,指导气象服务工作

▲ 2020年7月5日,安徽省气象局党组成员、副局长包正擎(左二)率队到铜陵督导汛期气象服务工作,督导组一行在枞阳县马鞍山水库查看枞阳内湖水位上涨情况

▲ 2020年7月20日,安徽省气象局党组成员、副局长汪克付(右二)在巢湖沿岸圩口指导防汛气象服务工作,并接受中国气象报记者采访

▲ 2020年7月7日,安徽省气象局二级巡视员倪高峰(左二)一行到黄山市督导防汛气象服务,察看新安江水情

▲ 2021年1月7日,安徽省委省政府在合肥召开防汛救灾表彰大会,合肥市气象局机关党总支、六安市气象台、芜湖市气象局、宣城市气象局、安徽省气候中心获安徽省防汛救灾先进集体,王东勇、陶寅、徐倩倩、赵雪松、周超、颜俊、贾天山、洪伟、程铁军、徐进、孙卉、吴胜平、程若虎、汤俊彪、岳如画等15人获安徽省防汛救灾先进个人。安徽省气象局党组书记、局长胡雯参加表彰大会并与受表彰的先进集体和先进个人合影

　　2020年,考验中国人的不只是新冠肺炎疫情,还有极端天气气候事件。汛期,洪涝灾害袭击了我国江南、华南、西南等多个地区,而安徽的梅雨期汛情尤为突出,随着雨带南北大幅度来回摆动,先后发生10次强降雨过程,大别山区、皖南山区和巢湖流域成为全国强降水中心,梅雨期长达60天,暴雨日数之多、累计雨量之大、覆盖范围之广均为历史罕见,一时间长江沿线告急、淮河堤防吃紧、巢湖水位骤涨、新安江水势迅猛,安徽全省共有54条河湖超警、30条河湖超保、16条河湖发生超历史洪水。

　　面对历史罕见的超长梅雨带来的严重汛情,安徽省气象部门坚决贯彻习近平总书记"人民至上、生命至上"的重要指示,置人民利益高于一切,视防汛责任重于泰山,在各级党委、政府的坚强领导下,守土尽责、尽锐出战,围绕长江、淮河、巢湖三线作战的防汛救灾需求,突出"监测精密、预报精准、服务精细"的要求,以超常规的政治保障、指挥调度、技术支持、多方联动和科普宣传,提供了从服务专报、短期预报、短临预警、风险叫应、影响评估的全流程服务。期间向安徽省委、省政府报送服务材料478期,向3.5万防汛责任人发布突发气象灾害预警信号8109次,联合发布山洪灾害气象预警33次、地质灾害气象预警48次、内涝气象预警99次,充分发挥了气象防灾减灾第一道防线作用,为战胜超长梅雨带来的洪涝灾害做出了不可磨灭的贡献。

　　看似寻常最奇崛,成如容易却艰辛。在这场旷日持久的防汛救灾气象保障服务中,虽然没有烽火和硝烟,但有服务人员于暴雨面前向决策者汇报雨情的沉稳,有预报人员在会商会上奋力争辩的激情,有观测人员置身惊涛拍岸的堤坝读取浪高的细心,有保障人员逆风攀上风杆清除故障的血性……在全省气象服务总体战、新安江抗洪遭遇战、王家坝分洪伏击战、决胜巢湖保卫战、皖江城市带防洪协同战、大别山区和皖南山区多灾种阻击战中，安徽全省气象部门涌现出了一件件可圈可点的先进事例，一个个可敬可佩的先进典型，谱写了一曲气势恢宏的新时代抗洪赞歌，值得载入史册，永远铭记。

毫无疑问，安徽省气象部门已经经受住了这场超长梅雨带来的历史性大考，向党和人民交出了一份满意的答卷，这从各级党委、政府对气象部门的高度赞誉以及2021年1月7日安徽省委省政府召开的防汛救灾表彰大会上气象部门获得多项表彰得以佐证。而对于安徽气象部门的全体干部职工来说，得到的不只是肯定和荣誉，还有在危急中的凝聚、在磨难中的成长、在风雨中的进步，在经受了严峻考验的同时，也创造了丰富的经验，赢得了重要的信心，积累了十分宝贵的精神财富。这些宝贵的精神财富，与气象部门一直尊崇的"准确、及时、创新、奉献"的气象人精神一脉相承。

浏览全书可以发现，安徽省气象部门在这次持续性高强度气象服务中之所以取得成功，最为紧要的启示：一是安徽省委省政府和中国气象局的坚强领导和关心指导。省政府适时出台《关于推进气象事业高质量发展助力现代化五大发展美好安徽建设的意见》，各级地方政府对气象服务都高度信任及认可，使预报预警信息真正成为"指挥棒""消息树"。中国气象局从装备保障、会商指导、技术研发、派员帮助等多方面给予大力支持，解决业务技术实际困难。二是气象部门超常规工作部署应对严峻汛情。特别是省气象局党组始终保持政治定力，认真贯彻落实习近平总书记对防汛救灾以及气象工作的重要指示精神。首次执行局领导分片点对点管理地市气象服务；首次采取大会战的方式组成省、市、县业务技术支撑保障组，实时解决基层业务问题；天气专报首次针对重点流域提供精细化产品。三是始终把科技创新作为第一发展动力。聚焦防汛急需，集中力量攻关核心技术，并快速实现业务应用。

风雨多经人不老，关山再度路犹长。历史只是理解未来的钥匙，一切回望都是为了更好地前行。安徽省气象部门要继续深入贯彻习近平总书记关于气象工作重要指示精神和考察安徽重要讲话指示精神，把握新发展阶段，贯彻新发展理念，构建新发展格局，以推动安徽气象事业高质量发展为主题，巩固这场由超长梅雨期间的防汛救灾气象服务成果，乘风破浪，扬帆远航，为经济强、百姓富、生态美的新阶段现代化美好安徽建设贡献气象力量。

愿安徽气象事业越来越美好。是为序。

2021年11月

前言

2020年安徽出现历史罕见的特大洪涝灾害，梅雨期之长、暴雨日之多、累计雨量之大、覆盖范围之广都达到有完整气象记录以来的历史第一位。长江、淮河、巢湖全线超警，防汛抗洪面临"三线"作战，安徽成为全国关注的焦点。我们在中国气象局和安徽省委省政府的正确领导下，未雨绸缪、迎难而上、不畏艰险、团结协作、指挥若定，集全省气象之智，举全省气象之力，以超常规标准，尽最大的努力，万无一失地完成了汛期气象服务保障工作，充分发挥了气象防灾减灾第一道防线作用。

面对复杂多变的天气，全省气象部门贯彻习近平总书记关于气象工作重要指示精神和考察安徽重要讲话指示精神，坚持"生命至上、人民至上"的理念，在全省气象工作者的共同努力拼搏下，气象预报准确、服务及时，充分发挥气象服务的"消息树"作用，先后打赢了新安江抗洪遭遇战、王家坝分洪伏击战、巢湖保卫战、皖江城市带防洪协同战、皖南山区和大别山区多灾种阻击战、灾后恢复重建突击战和补种改种与秋收秋种歼灭战。

在防汛抗洪中，气象服务工作得到中国气象局和安徽省委省政府的充分肯定和高度评价，全省涌现出了一大批先进集体和先进个人，安徽省气象部门有7个集体、18名个人获省部级表彰。2020年超长梅雨气象服务取得的成绩，归功于为之奋力拼搏的广大气象工作者。气象工作者所表现出的国家利益高于一切的责任感、使命感，无私奉献的精神和家国情怀，展示了当代安徽气象人的风采，为全省打赢防汛抗洪战役交上了一份满意的答卷。

通过本书我们可以清楚地了解到 2020 年超长梅雨气象服务是以精密的气象监测为基础，以精准的气象预报为核心，以精细的气象服务为目的的气象服务成功案例。

在编写本书时，我们尽量做到对内容分类科学合理，文字体例协调统一。但由于时间仓促，加之经验不足，书中难免出现错误，不当之处还请读者谅解。

本书在编辑出版过程中，得到了气象出版社的鼎力相助，在此一并感谢。

记录历史、铭记历史。我们期望通过这本书留下史料，以志纪念，供后人借鉴、查询，使读者对 2020 年那个夏天的气象工作、气象科技和气象工作者在防汛救灾中发挥的重要作用有一个全景式的了解，并记住那个与惊心动魄同在的一切。

本书编委会

2021 年 10 月

目录

序

前言

特载 ………………………………………………………………… 1

第一章　超长梅雨 …………………………………………………… 15
　　第一节　梅雨综述 ………………………………………………… 16
　　第二节　灾害情况 ………………………………………………… 26
　　第三节　异常气候事件监测 ……………………………………… 37

第二章　决策指挥 …………………………………………………… 39

第三章　服务实录 …………………………………………………… 51
　　第一节　气象服务总体战 ………………………………………… 52
　　第二节　新安江抗洪遭遇战 ……………………………………… 65
　　第三节　王家坝分洪伏击战 ……………………………………… 69
　　第四节　决胜巢湖保卫战 ………………………………………… 74
　　第五节　皖江城市带防洪协同战 ………………………………… 78
　　第六节　大别山区、皖南山区多灾种阻击战 …………………… 82

第四章　科技支撑 ······································· 87

　　第一节　监测网络 ································· 88
　　第二节　数据环境 ································· 88
　　第三节　预报预测 ································· 93
　　第四节　风险评估 ································· 97
　　第五节　技术研发 ································· 99

第五章　综合保障 ······································· 111

　　第一节　政治保障 ································· 112
　　第二节　组织保障 ································· 113
　　第三节　工作机制保障 ····························· 115
　　第四节　装备后勤保障 ····························· 116
　　第五节　制度标准保障 ····························· 118

第六章　先进集体和典型人物 ························· 121

　　第一节　先进集体 ································· 122
　　第二节　典型人物 ································· 127
　　第三节　2020年防汛救灾气象服务突击队和突击手 ······ 139

第七章　媒体报道 ······································· 141

2020年安徽省汛期气象服务大事记 ······················ 157

后记 ·· 165

特载

中央领导重要指示批示

6月以来，我国江南、华南、西南暴雨明显增多，多地发生洪涝地质灾害，各地区各有关部门坚决贯彻党中央决策部署，全力做好洪涝地质灾害防御和应急抢险救援等工作，防灾救灾取得积极成效。

当前，我国多地进入主汛期，一些地区汛情严峻，近期即将进入台风多发季节。国家防总等部门要加强统筹协调，指导相关地区做好防汛、防台风等工作。

各地区和有关部门要坚持"人民至上、生命至上"，统筹做好疫情防控和防汛救灾工作，坚决落实责任制，坚持预防预备和应急处突相结合，加强汛情监测，及时排查风险隐患，有力组织抢险救灾，妥善安置受灾群众，维护好生产生活秩序，切实把确保人民生命安全放在第一位落到实处。

——2020年6月28日习近平总书记对防汛救灾工作作出重要指示

近期，长江、淮河等流域，洞庭湖、鄱阳湖、太湖等湖泊处于超警戒水位，重庆、江西、安徽、湖北、湖南、江苏、浙江等地发生严重洪涝灾害，造成人员伤亡和财产损失，防汛形势十分严峻。

当前，已进入防汛的关键时期，各级党委和政府要压实责任、勇于担当，各级领导干部要深入一线、靠前指挥，组织广大干部群众，采取更加有力有效的措施，切实做好监测预警、堤库排查、应急处置、受灾群众安置等各项工作，全力抢险救援，尽最大努力保障人民群众生命财产安全。国家防总、应急管理部、水利部等部门要加强统筹协调，科学调配救援力量和救灾物资。驻地解放军和武警部队要积极参与抢险救灾工作。

各地区各有关部门要在抓好防汛救灾各项工作的同时，精心谋划灾后重建，尽快恢复生产生活秩序。要认真做好受灾困难群众帮扶救助，防止因灾致贫返贫。

——2020年7月12日习近平总书记对进一步做好防汛救灾工作作出重要指示

防汛救灾关系人民生命财产安全，关系粮食安全、经济安全、社会安全、国家安全，做好防汛救灾工作十分重要。各有关地区、部门和单位要始终把保障人民生命财产安全放在第一位，采取更加有力措施，切实做好防汛救灾各项工作。

当前，全国防汛进入"七下八上"阶段，长江流域中上游地区降雨仍然偏多，黄河中上游、海河、松花江、淮河流域可能发生较重汛情，必须统筹抓好南北方江河安全度汛，加强组织领导和责任落实，坚持预防预备和应急处突相结合，加强统筹协调，强化协同配合，抓实抓细防汛救灾各项措施。各有关地区都要做好预案准备、队伍准备、物资准备、蓄滞洪区运用准备，宁可备而不用，不可用时无备。

要精准预警严密防范，及时准确对雨情、水情等气象数据进行滚动预报，加强对次生灾害预报，特别要提高局部强降雨、台风、山洪、泥石流等预测预报水平，预警信息发布要到村到户到人。

——2020年7月17日习近平总书记研究部署防汛救灾工作时发表重要讲话

全面建设社会主义现代化国家，要提高抗御灾害能力，在抗御自然灾害方面要达到现代化水平。要认真谋划"十四五"时期淮河治理方案。

坚持以防为主、防抗救相结合，结合"十四五"规划，聚焦河流湖泊安全、生态环境安全、城市防洪安全，谋划建设一批基础性、枢纽性的重大项目。坚决扛稳粮食安全责任，提高农业质量效益和竞争力。

——2020年8月习近平总书记考察安徽期间关于防灾减灾的重要讲话指示精神

防汛抗旱事关人民群众生命财产安全，事关经济社会发展大局。各地区各部门要坚持以习近平新时代中国特色社会主义思想为指导，认真贯彻落实党中央、国务院决策部署，坚持以防为主、防抗救相结合，全面压实各地各部门和各环节责任，立足防大汛、抗大旱、抢大险、救大灾，细化优化防控方案，提前做好各项准备，强化监测预报预警，加强应急抢险救援队伍建设，保障抢险物资充足到位，扎实做好江河水库防洪调度和巡查防守，抓好台风、山洪和城市洪涝等灾害防范，确保必要时群众及时转移避险。国家防总要加强统一指挥和组织协调，各地要进一步完善防汛抗旱指挥体系和协调机制，统筹社会各方资源，形成防汛抗旱整体合力，为促发展、保安全提供支撑！

——2020年4月李克强总理对防汛抗旱工作作出重要批示

当前仍处在防汛抗洪救灾关键期，要继续指导和帮助南北方相关省份毫不松懈地抓好大江大河大湖和重要水库、河流防汛抗洪救灾工作，加强山洪泥石流等灾害防范，周密安置好受灾群众生活，支持地方灾后恢复生产、重建损毁房屋和设施，扎实做好沿海地区防台风准备，尽最大努力保障人民群众生命财产安全。

——2020年7月31日李克强总理对全国安全生产电视电话会议作出重要批示

风云气象卫星是我国重要的空间基础设施，是气象现代化的重要标志。50年来，一代代气象人和航天人携手共进，勇于创新、接续奋斗，推动我国民用遥感卫星发展取得举世瞩目的成就。在此，谨向广大气象和航天工作者致以诚挚问候！要坚持以习近平新时代中国特色社会主义思想为指导，认真贯彻党中央、国务院决策部署，始终践行服务国家、服务人民宗旨，聚焦国家重大战略和经济社会发展新需求，不断开拓创新、勇攀科技高峰，实施好气象卫星规划，深化成果运用，加强国际合作，加快建设气象强国，进一步提升防灾减灾救灾能力，为保护生命安全、服务生产发展、促进生活富裕、建设生态文明提供有力支撑，为推动高质量发展作出更大贡献！

——2020年10月10日李克强总理对风云气象卫星事业50周年作出重要批示

要深入学习贯彻习近平总书记重要指示精神，落实李克强总理批示要求，按照党中央、国务院决策部署，加快建设气象强国，为经济持续健康发展和社会和谐稳定提供更加有力的气象服务保障。加快把我国建成气象强国，大力推进气象现代化建设。要加强党的全面领导，切实把党和国家制度、治理体系的显著优势转化为气象事业的发展成效。要把确保人民群众生命财产安全放在首位，更好保障人民群众生产生活需要。要着力提升服务保障经济社会发展的能力，有效降低气象灾害损失，要对标世界先进水平强化科技创新，加强关键核心技术攻关。要深化改革开放，积极参与全球气候治理和建设，奋力书写新时代气象事业发展新篇章。

——2019年12月9日胡春华副总理对新中国气象事业70周年作出讲话

要深入贯彻落实习近平总书记重要指示精神，按照党中央、国务院决策部署，坚持防疫和防汛抗旱两手抓，最大限度减少水旱灾害损失，确保农业生产稳定发展，为全面落实"六保"任务提供有力保障。

胡春华指出，防汛抗旱是水利等有关部门义不容辞的职责。必须牢固树立底线思维和忧患意识，狠抓各项防灾减灾措施落实，确保人民群众生命安全，确保农业特别是粮食抗灾夺丰收。

胡春华强调，水利部门要按照国家防总的统一指挥部署，积极主动落实防汛抗旱责任，全面加强超标洪水、水库、山洪灾害等风险防范，充分发挥骨干水利工程防灾减灾作用，完善抗旱水源工程体系，确保农田涝能排、旱能浇。农业农村部门要高度重视农业防灾减灾工作，夏粮生产重点防好干热风和烂场雨，秋粮生产重点防好夏伏旱和早霜，降低台风对渔业生产造成的损失，及时做好灾后生产恢复工作。气象部门要切实做好防汛抗旱气象保障服务，做到及早预警、精准预报、及时高效发布，强化联合监测会商，及时组织开展人工影响天气作业，切实发挥好气象防灾减灾第一道防线作用。

——2020年5月19日胡春华副总理对切实做好防汛抗旱夺丰收工作作出讲话

要深入贯彻习近平总书记重要指示精神，按照党中央、国务院决策部署，切实加强农业灾后生产恢复，毫不放松抓好秋粮生产和生猪产能恢复，确保完成全年农业丰收目标任务。

胡春华指出，做好农业抗灾夺丰收工作，必须以钉钉子精神一季接着一季抓，直到实现全年丰收为止。要迅速组织农民全面开展在田作物灾后生产恢复，抓紧修复灾毁农业设施，强化资金、物资和技术等支持保障，最大限度降低灾害的不利影响。要抓好秋粮田间管理，加强草地贪夜蛾、稻飞虱和稻纵卷叶螟等病虫害防治，严密防范台风、洪涝、干旱、早霜等气象灾害，确保秋粮全面丰收到手。要加大生猪生产恢复力度，坚决如期完成猪肉稳产保供目标任务，确保供应明显改善，同时统筹抓好禽肉、禽蛋、牛羊肉、水产品等生产，稳定市场供应。

——2020年8月19日胡春华副总理对农业灾后恢复生产夺取秋粮丰收工作的讲话

要深入贯彻习近平总书记重要指示精神，落实李克强总理批示要求，大力推进风云气象卫星事业高质量发展，加快建设气象强国，为全面建设社会主义现代化国家提供更加有力的气象服务保障。

胡春华指出，50年来，在党中央、国务院高度重视和亲切关怀下，一代代气象人和航天人接力艰苦奋斗、不断开拓创新，推动风云气象卫星事业取得举世瞩目成就，成功走出一条独立自主的发展道路，高效服务经济社会发展和人民生产生活，有力促进了多领域多行业科技进步，有效提升了我国负责任大国的国际形象。

胡春华强调，面对新形势新任务，必须把全面加强党的领导落实到风云气象卫星事业发展的全过程、各领域，坚定不移走中国特色气象卫星事业现代化发展道路。要坚持贯彻以人民为中心的发展思想，更好满足人民群众对高质量气象服务的需要。要围绕国家重大战略实施和经济社会发展新需求，努力提高气象预报预测的精准度，加强防灾减灾预警能力建设。要加大科技创新力度，完善研发体制机制，大力推进自主协同创新。要积极参与国际交流合作，为促进全球防灾减灾和气象事业发展贡献中国智慧。

——2020年10月10日胡春华副总理在风云气象卫星事业50周年座谈会上的重要讲话

安徽省委省政府领导讲话

深入学习贯彻习近平总书记重要指示批示精神
全力做好防汛救灾坚决打赢长江禁捕退捕攻坚战

据《安徽日报》报道，2020年6月29日下午，省委书记李锦斌主持召开省委常委会会议，传达学习习近平总书记6月28日关于防汛救灾工作的重要指示及国家防总办公室《关于认真贯彻落实李克强总理重要批示切实做好防汛抗洪救灾工作的通知》精神，研究部署当前我省防汛救灾工作；传达学习习近平总书记重要批示及长江流域重点水域禁捕和退捕渔民安置保障工作推进电视电话会议精神，研究我省贯彻落实工作。

会议指出，入梅以来，我省暴雨明显增多，全省防汛形势日趋严峻。近期预计还将有强降雨天气，各级各部门要认真贯彻习近平总书记和李克强总理重要指示批示精神，立足防大汛、抗大洪、抢大险、救大灾，切实绷紧防汛救灾之弦，统筹做好疫情防控和防汛救灾工作，切实把确保人民生命安全放在第一位落到实处。要突出工作重点，把牢预警关，密切关注天气变化和雨水汛情发展，加强汛期天气监测预报，及时完善方案预案和应对措施，及早做好防灾避灾准备。

学习贯彻习近平总书记重要讲话指示批示精神
统筹长江淮河巢湖防汛救灾实现"三线"安全度汛

据中安在线报道，2020年7月25日上午，省委书记李锦斌在省水旱灾害防御调度中心主持召开防汛救灾工作调度汇报会，深入学习贯彻习近平总书记关于防汛救灾工作重要讲话指示批示精神和考察吉林重要讲话精神，分析研判当前形势，对我省"一江一河一湖"防汛救灾重点工作进行再部署、再推进。省委副书记、省长李国英出席会议并讲话。省领导邓向阳、张曙光出席会议。

李锦斌在讲话中指出，入汛以来，我们坚决贯彻习近平总书记重要讲话指示批示精神，按照党中央、国务院及国家防总的统一部署，坚持"人民至上、生命至上"，抓实抓细抓紧防汛救灾各项工作，取得了阶段性成效，就安徽而言，实现了长江基本稳住、淮河整体可控、巢湖全线加强，全省没有发生重大人员伤亡事件，长江、淮河干堤等重要设施没有出现损毁，经济社会发展重点工作没有受到影响。

李锦斌强调，当前我省防汛正处"七下八上"的关键阶段，抗洪斗争进入十分紧要的相持阶段，面临长江、淮河、巢湖"三线作战"，形势尤为严峻。要深入学习贯彻习近平总书记重要讲话指示批示精神和考察吉林重要讲话精神，按照党中央、国务院及国家防总统一部署，坚持把保障人民生命财产安全放在第一位，统筹长江、淮河、巢湖防汛救灾，推深做实"四个准备""五个到位"，全力强化预警预判、巡堤查险、强基固坝、人员转移、应急处突、灾后重建等措施，确保干流及重要支流堤防不决口，确保大中型水库不垮坝，确保城市防洪大堤不出事，确保重要设施不受冲击，实现长江沿线、淮河沿线和巢湖水域岸线"三线"安澜、安全度汛。

李锦斌指出，要树立打大仗、打硬仗、打多面仗、打持久仗的意识，以最严态度、最实作风、最硬担当抓好防汛救灾各项工作。长江防汛要在"稳住"上再加力，稳住思想，越是人困马乏越要绷紧思想之弦；稳住干堤，严密防范持续超警、高水位浸泡带来的防洪压力，加大巡堤查险力度、密度、宽度、频度，发现险情第一时间处置准、处置好；稳住调度，精准掌握上游来水、预期降水、河湖入水，及时果断发挥相关水利工程作用；稳住安置，细化圩口分洪、人员转移预案及应对措施。淮河防汛要在"可控"上再加力，抓紧水利工程调度，加强与上下游的沟通协调，科学调度重要枢纽和水库群；抓紧险情处置，加强淮河干流和涉淮支流堤防加固、巡查、技术支撑和抢险救援；抓紧排涝设施检修、调试和运用，及时开机排涝；抓紧转移避险，及时发布地质灾害预警信息，迅速果断转移群众；抓紧恢复重建，及时抢修水电、交通、通信等设施，抓好新建及在建工程的安全度汛，认真做好农业抢种补种、生产自救工作，坚决防止因灾致贫返贫，同时要结合"十四五"谋划，组织开展新一轮"一规四补"，全面提高治理能力。巢湖防汛要在"全线加强"上再加力，全力分洪，有序做好圩区运用准备，最大限度分流入湖来水；全力固坝，强化物资、人力、技术等保障，做好巢湖大堤堤防加高、防风挡浪、险情处置等工作，加强入湖河道堤防等重要部位防守；全力拦截，密切跟踪上游雨情汛情变化，加强对相关水库的运行调度；全力抢排，精准调控通江闸站，确保裕溪河堤安全。

李锦斌强调，做好当前防汛工作，关键要把政治责任落实落细落到位。省防指要加强统筹调度、及时会商研判，省直有关部门要协调联动、密切配合，各级领导干部要深入一线、靠前指挥，有关市县要落实主体责任、勇于担当作为，宣传部门要及时总结、大力宣传防汛救灾中涌现的先进典型，军地双方要协同作战、增强合力。要加强督查，全程跟进，坚决推动以习近平同志为核心的党中央决策部署落实落地，全力打赢防汛救灾这场硬仗。

李国英在讲话中指出，要充分认清严峻形势，进一步提振精神状态，克服厌战情绪、麻痹思想，抓紧抓实抓细长江、淮河、巢湖流域及大别山区防汛救灾各项工作。要加大巡堤查险力度和频次，做好技术方案和物资准备，上足力量、健全机制、落实责任，确保各种险情早发现、早报告、早处置。要密切关注新一轮降雨对大别山区地质灾害防范的影响，采取更加超前周密的举措，及时撤退转移受威胁区域人员，全力保障人民生命财产安全。

会议听取了省直有关单位的汇报，对涉及长江、淮河、巢湖流域的7个省辖市防汛救灾工作进行了视频调度。

中国气象局领导讲话

在贯彻落实习近平总书记重要指示精神做好防汛救灾气象服务工作视频会议上的讲话（节选）

中国气象局党组书记、局长　刘雅鸣

（2020年6月29日）

今年以来，我国气候形势复杂，极端天气频繁。特别是6月以来，江南、华南、西南地区暴雨明显增多，多地发生暴雨洪涝和山洪地质灾害。党中央、国务院高度重视防汛救灾工作。6月28日，习近平总书记对防汛救灾工作作出重要指示，要求全力做好洪涝地质灾害防御和应急抢险救援，坚持人民至上、生命至上，切实把确保人民生命安全放在第一位落到实处。李克强总理等中央领导同志也就做好防汛救灾工作作出批示，提出工作要求。下面，我就贯彻落实习近平总书记重要指示精神，做好今年防汛救灾气象服务工作谈三点意见。

一、深入学习贯彻落实习近平总书记关于防汛救灾工作重要指示精神，进一步增强责任感使命感

习近平总书记在防汛救灾关键时刻作出重要指示，准确判断了当前防汛救灾的严峻形势和艰巨任务，充分肯定了前期防汛救灾工作的积极成效，对下一步工作提出明确要求，充分体现了党中央对防汛救灾工作的高度重视和执政为民情怀，为进一步做好防汛救灾气象服务工作指明了方向、提供了根本遵循。各级气象部门要切实把思想和行动统一到党中央决策部署上来，统一到习近平总书记对防汛救灾工作的重要指示精神上来，增强"四个意识"、坚定"四个自信"、做到"两个维护"，发扬连续作战、勇于斗争的精神和不怕苦不怕累的光荣传统，坚决打赢汛期气象服务这场硬仗。

二、坚持人民至上、生命至上，扎扎实实做好今年防汛救灾气象服务各项工作

（一）强化组织领导，狠抓责任落实。各级气象部门要把做好防汛救灾气象服务作为当前头等大事来抓。严格落实汛期气象服务责任制，主要领导总负责，遇有灾害性天气要靠前指挥，直接向当地党委、政府领导及相关部门通报情况。南方各地要防止因连续作战滋生的疲劳厌战情绪和松劲心态，北方各地要防止侥幸心理、麻痹思想，保持良好的精神状态，进入汛期气象服务实战状态。进一步强化谋划部署、值班值守和监督检查，确保汛期气象服务人员队伍组织到位、各项工作任务落实到位、各项制度执行到位。

（二）加强会商研判，扎实做好气象监测预报预警服务。各级气象部门要认真贯彻落实习近平总书记在新中国气象事业70周年提出的监测精密、预报精准、服务精细的重要指示精神，按照"早、准、快"要求，强化气象监测预报会商研判，提早发布气象灾害预警。滚动做好汛期气候预测服务，动态分析研判雨带变化和台风活动趋势，及时做好更新后的气候预测意见报送和跟踪服务。要进一步强化对气象卫星、天气雷达、自动气象站等资料的实时监测分析应用，重点做好短时临近预报预警服务。持续推进研究型业务成果的转化应用，依托科技创新提升预报预测能力。要进一步强化气象灾害预警信息发布，确保预警信息第一时间直达防汛抗旱责任人、气象灾害防御重点单位责任人、易燃易爆场所安全生产责任人、气象信息员等骨干用户。要进一步规范预警信息发布后关键用户的叫应机制，做到预警信息发得出、收得到、用得上。

（三）发挥体制优势，强化业务指导和天气联防。各级气象部门要树立汛期气象服务一盘棋思想，建立健全分级负责，相互协同的汛期气象服务业务流程，强化上下互动、左右联防。国家级、省级要强化对市县两级的指导和提醒，帮助基层提高灾害性天气实时监测、精准化预报和精细化预警服务能力。抓好重点区域天气联防，上游气象台站要及时向下游气象台站通报强天气的实况和监测分析、预报预警信息。国家级业务单位要切实发挥好"领头羊"作用，指导各地气象部门做好强降雨落区、强度、起止时间的精准化预报；指导各级气象部门切实做好雷达、自动气象站等关键设备，以及预警信息发布系统等核心业务系统的运行维护。

（四）深化部门合作联动，形成综合防灾减灾合力。进一步加强与应急管理、水利、自然资源等部门联合会商、联合预警、联合发布，强化暴雨诱发的中小河流洪水、山洪地质灾害及城市内涝气象灾害风险预警。加强与农业农村、交通运输、文化旅游、城市运行管理部门的沟通协作和联防联动，共同研判暴雨、台风等灾害可能对农业生产、暑期旅游以及交通干线、重要电力等重大基础设施、安全生产等造成的影响，不断提高气象灾害防御针对性和有效性。联合应急管理部门抓好易燃易爆场所防雷安全监管和雷电灾害预警服务工作，避免雷电灾害对安全生产造成影响。

（五）及时总结评估，提升汛期气象服务能力。各级气象部门要认真对入汛以来重大天气过程监测预报预警服务工作进行复盘总结和检视评估，既要分析总结成功经验，也要坚持问题导向，从业务、技术、流程、责任、制度等方面查找暴露出来的漏洞和短板，做到即知即改，坚决消除各类风险隐患。对于今年汛前检查和监督检查中发现的短板和薄弱环节，各单位要高度重视，按照"一省一单"要求逐项整改落实，真正做到汛期不过、检查不停、整改不止。要坚持目标导向，优先考虑服务效果和社会效益，进一步提高气象灾害预警服务的针对性和实效性。

（六）做好科普宣传工作，提高全社会防灾减灾意识和能力。各级气象部门要加强汛期气象科普宣传的组织策划，建立重大气象灾害新闻发布制度，抓住关键天气、紧扣社会关切，主动发布各类信息。借助社会媒体资源，特别是新媒体、短视频等新手段，广泛传播气象灾害监测预警信息和气象防灾科普知识，提高全社会防灾减灾能力。坚持传播正能量、弘扬主旋律，及时宣传报道防汛救灾监测预报服务中的典型案例，树立好的榜样，为防汛救灾气象服务工作营造良好舆论氛围。

三、抓党建促服务，为防汛救灾气象服务提供坚强政治保证

各级气象部门党组织要扎实推进防汛救灾气象服务与党建工作深度融合，教育和引导广大党员把做好防汛救灾气象服务作为当前最重要的政治任务来抓，从讲政治的高度全力投身到防汛救灾气象服务工作中去，在关键时刻冲得上去、危难关头豁得出来，争做先锋表率、彰显责任担当。各单位要切实发挥基层党组织战斗堡垒作用和党员先锋模范作用，对于在汛期气象服务涌现出来的先进党组织和优秀党员典型、党建和业务深度融合先进事例要及时进行表彰和宣传报道。

省气象局领导讲话

在全国汛期气象服务再动员电视电话会议上的发言

安徽省气象局党组成员、副局长　胡　雯

（2020年6月9日）

入汛以来我省天气复杂多变，合肥以北降水明显偏少，发生中等以上气象干旱；沿江江南6月2日入梅，较常年明显偏早。根据预测，今年汛期我省气候年景偏差，极端

天气气候事件偏多，处于洪旱并存区域内。面对严峻复杂的形势，安徽省气象局党组高度重视，加强组织领导，狠抓责任落实，下面我就汛期气象服务各项工作做简要汇报。

一、充分认识特殊形势，强化防灾减灾责任意识

一是提高政治站位，强化责任意识。多次召开会议，认真贯彻落实习近平总书记对防灾减灾救灾的重要指示、李克强总理对防汛工作的批示精神，贯彻落实全国两会精神，贯彻落实全国防汛抗旱工作电视电话会议及胡春华副总理在防汛抗旱专题会上的讲话精神。按照中国气象局做好今年汛期气象服务工作及安徽省委省政府工作要求，强化底线思维，深刻认识做好今年汛期气象服务的极端重要性，切实做好疫情防控常态化条件下的各项气象服务工作，把党中央做好"六稳"工作、落实"六保"任务的要求贯穿到气象服务各个环节。

二是紧盯复杂形势，细化工作部署。提前安排部署汛期气象服务，开展了2轮汛前检查整改，建立了问题清单和整改台账，截至5月底，已全部完成整改。5月28日，省气象局再次组织召开全省汛期气象服务暨"三夏"气象服务工作部署会，并下发通知，细化工作责任，对重要工作环节再次进行风险隐患排查。

三是立足省情，坚持防汛抗旱两手抓。按照5月27日安徽省政府办公厅印发的《关于推进气象事业高质量发展助力现代化五大发展美好安徽建设的意见》（以下简称《意见》）要求，坚持立足省情，突出做好防汛抗旱气象服务，及时滚动发布汛期气候趋势预测，加强梅雨和北部干旱监测，做好人工影响天气作业安全检查，从组织、制度、装备、技术、应急等方面做好防汛抗旱各项应对准备。

四是扎实推动党建与业务深度融合，为汛期气象服务提供坚强政治保障。下发《关于大力推进党建与业务深度融合，在汛期气象服务中充分发挥基层党组织和广大党员"两个作用"的通知》，扎实开展"党建＋气象服务"活动，充分发挥各基层党组织和广大党员在汛期气象服务中的积极作用，切实增强基层党组织的政治功能和组织力，努力建设"四强"党支部，创建"让党中央放心、让人民群众满意的模范机关"。

二、围绕服务需求，努力提升监测预报预警能力

以业务技术体制改革和研究型业务为抓手，通过科研和业务的充分融合，努力实现监测精密、预报精准、服务精细。

一是围绕关键技术短板，开展研究型业务攻关。设立六项重点业务科技攻关项目，重点围绕实况业务应用、强对流预警、智能网格客观预报、重大天气过程延伸期预报、暴雨诱发的中小河流洪水气象风险评估与预警等关键技术开展攻关研究，相关成果已在汛期气象服务中开展应用。

二是围绕"早、准、快"，强化突发性强天气监测预报预警能力。开发快速更新的

高分辨率数值预报产品，与水文部门联合开展基于小时雨量监测预报的中小流域洪水风险预报。完善从服务专报、跟踪预报、监测预警、及时叫应的服务标准，面向各级党委、政府及相关部门强化分级递进式服务。与广电部门联合制定突发事件预警信息发布系统与应急广播系统对接管理办法，分区域、分灾种进行预警信息精准靶向推送，提升发布效率。

三是围绕地方服务需求，抓实关键技术落地应用。建立省市高层次人才定点下派上挂机制，围绕皖北强对流和农业气象服务、淮河流域气象服务、皖南山区山洪地质灾害等服务重点派出雷达应用、中短期预报、农业气象遥感等多名高层次专业技术人员驻点基层，加强对口技术指导，提升基层气象防灾减灾服务能力。

三、突出服务重点，全力做好汛期气象服务工作

一是面向重点流域，全力做好防洪安全精细化气象保障服务。按照"河长制"的管理要求，强化精细化智能网格预报产品应用，面向长江、淮河、新安江等重点流域，开展流域暴雨洪水风险产品研发应用，紧盯重要过程，加强降水时程分配以及降水区域分布等关键要素的服务，力求重大过程早预报、早预警。为水库蓄水和流域防汛提供决策支撑，李国英省长多次在气象服务材料上作出批示。

二是突出农业农村，全力做好抗旱及关键农时农事气象服务。扎实推进农业气象服务供给侧改革，改善服务有效供给。提前部署春耕春播、夏收夏种服务工作，与农业部门联合开展田间调查、发布病虫害风险预报，推出专家在线服务。特别是小麦赤霉病防控期间，及时启动特别工作状态，有力保障了我省夏粮"十七连丰"，精准高效的服务获李国英省长、张曙光副省长高度肯定。

三是强化部门联动，更好发挥综合防灾减灾气象服务效益。修订了《安徽省气象灾害应急预案》，制定了地质灾害、森林防火、道路交通等专业气象服务规范，进一步完善以气象预报预警为先导的应急联动和灾害防御机制。和应急管理厅建立人员互派机制，与住建部门联合开展城市内涝预警，和自然资源厅共建共享地质灾害监测站网，完善预警机制，提前20天联合开展地质灾害风险预警。

会后，我们将按照本次会议要求，特别是刘雅鸣局长的重要讲话精神，准确把握防汛抗旱面临的新任务、新要求，以贯彻落实省政府《意见》为契机，进一步完善部门合作机制，扎实推进能力建设，保持高度的警惕性和责任心，以科学严谨的作风、扎实有效的措施，全力做好汛期气象服务工作。

第一章

超长梅雨

第一节　梅雨综述

2020年梅雨期安徽省天气气候异常，全省出现大范围持续性强降水，大别山区、皖南山区和巢湖流域为全国强降水中心。6月2日入梅，8月1日出梅，梅雨期长度为60天，期间全省平均降水量为856毫米，是常年同期的2.1倍。梅雨期之长、暴雨日数之多、累计雨量之大、覆盖范围之广、梅雨强度之强，均为历史第一位。

一、梅雨特点

（一）入梅时间早，梅雨期为历史第一长

2020年安徽省6月2日入梅，较常年提早14天，8月1日出梅，梅雨期60天，为历史第一位，其中沿江江南入梅时间为6月2日，偏早14天，出梅为7月30日，偏晚19天；江淮之间入梅时间为6月10日，偏早11天，出梅为8月1日，偏晚20天（图1-1）。

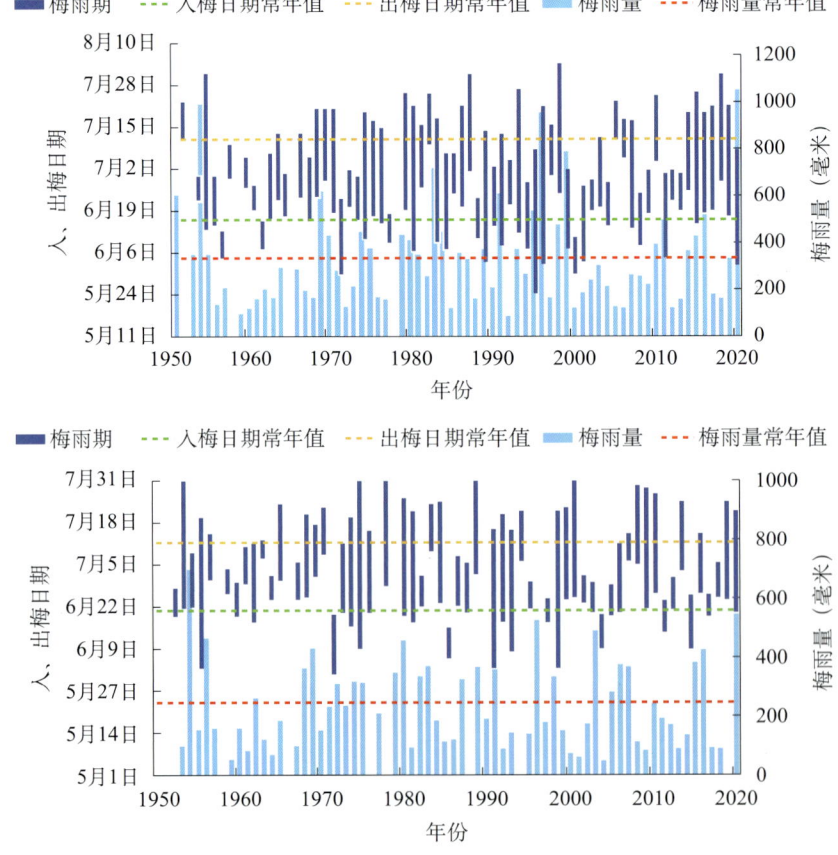

图1-1　1950—2020年沿江江南（上）和江淮之间（下）历年梅雨特征值

— 16 —

（二）累计雨量大，降水总量为历史第一多

1. 安徽省累计雨量历史同期最多

梅雨期安徽全省平均降水量为856毫米，是常年同期（401毫米）的2.1倍，为有完整气象记录以来（以下简称"历史"）同期最多（图1-2）。

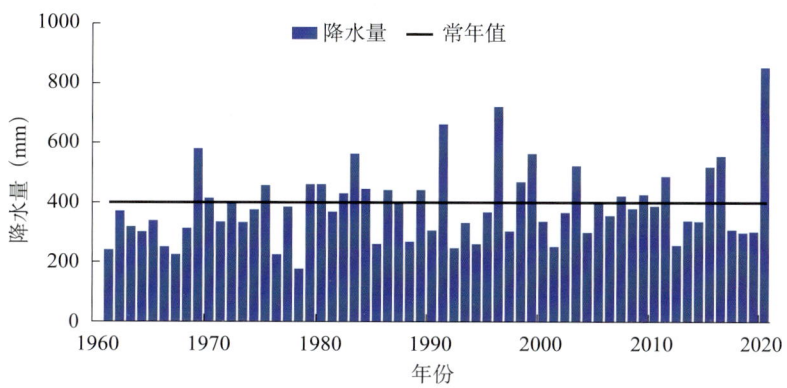

图1-2　1961—2020年6月2日—7月31日全省降水量历年变化

全省最大降水量在岳西鹞落坪，为2179毫米（图1-3左）。全省有60%的国家气象站累计降水量排在历史同期前三位，主要分布在淮河以南，其中25%为历史同期最多（图1-3右）。

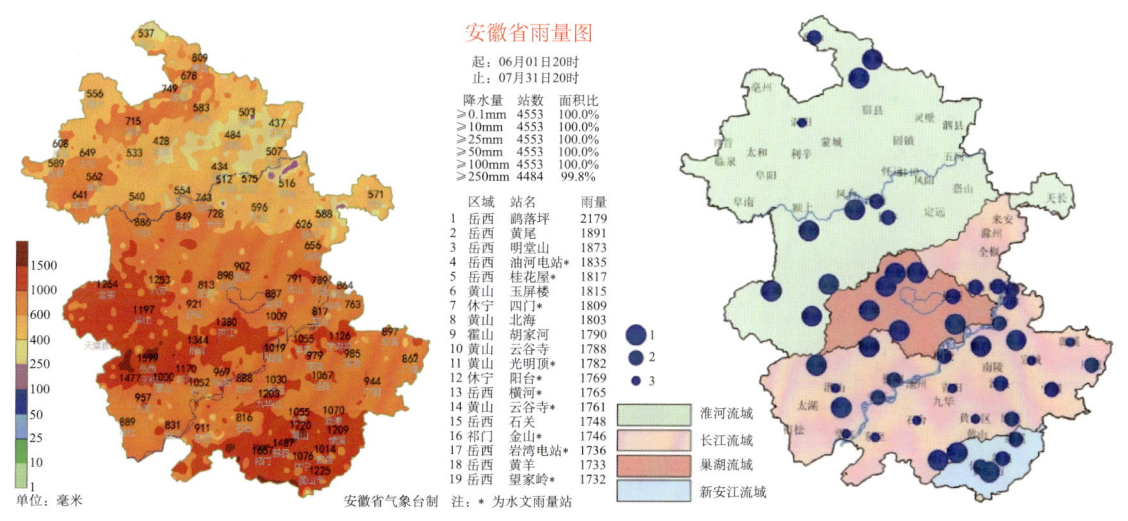

图1-3　2020年6月2日—7月31日全省累计雨量（左）及排名历史前三位站点（右）

2. 重点流域平均降水量多为历史第一

2020年6月10日入梅以来，梅雨期淮河流域安徽段平均降水量为656毫米，是常年同期（334毫米）近2倍，为历史同期第一；长江流域安徽段平均降水量为967毫米，

是常年同期（424毫米）的2.3倍，为历史同期第一；新安江流域安徽段平均降水量为1202毫米，是常年同期（531毫米）的2.3倍，为历史同期第二，仅次于1996年（1255毫米）；巢湖流域平均降水量为931毫米，是常年同期（321毫米）的近3倍，为历史同期第一。

3. 安徽省大别山区、皖南山区和巢湖流域为全国强降水中心

2020年6月2日以来，梅雨期全国超过1000毫米以上强降水中心主要位于安徽省大别山区、皖南山区和巢湖流域（图1-4）。全国超过1200毫米的16个国家气象站中安徽占12个（表1-1）。

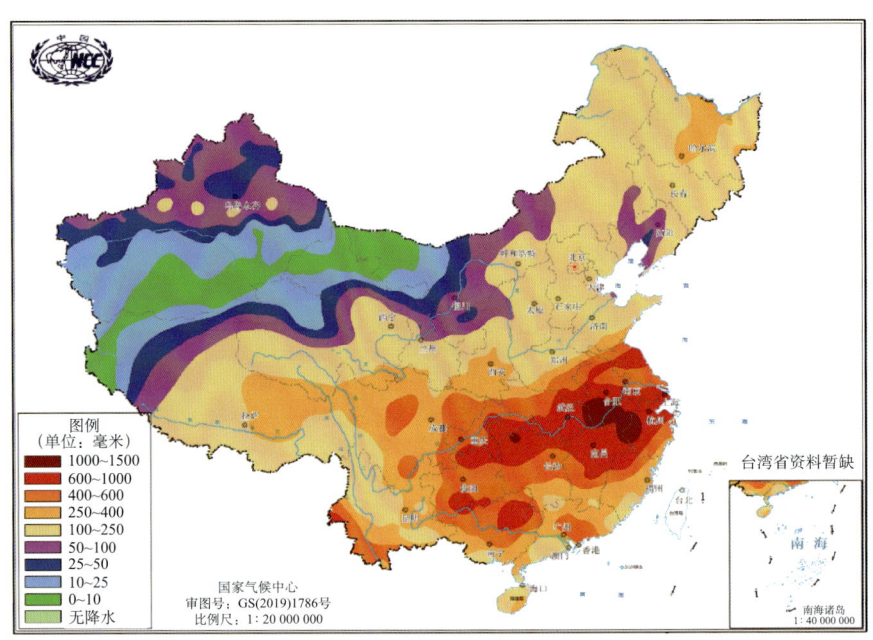

图1-4 2020年6月2日—7月31日全国累计降水量分布

（三）雨带南北摆动，强降雨范围为历史第一广

梅雨期雨带在安徽省南北摆动，出现10次强降水过程。6月2—6日雨带首先位于大别山区及沿江江南；10日雨带北抬，10—16日江淮之间出现集中强降水；17—18日雨带再次北抬至淮河以北；19—25日雨带南落，维持在淮河以南；26日起雨带再次北抬，26—29日主雨带位于江北；7月2日起主雨带再次南落，7月2—10日位于合肥以南；11日起主雨带北抬后南落，11—17日位于沿江江北及江南东部；18—20日位于大别山区及江淮之间中部；21日主雨带再次北抬，21—23日位于沿淮淮北；24日主雨带再次南落，24—29日位于沿淮淮河以南（表1-2）。

表 1-1 2020 年梅雨期全国累计降水量超过 1200 毫米以上台站情况

站号	站名	降水量（毫米）	为常年同期的倍数	全国排位
58437	黄山光明顶	1720	2.3	1
58520	祁门	1657	3.0	2
58317	岳西	1599	3.3	3
57543	鹤峰（湖北）	1525	2.7	4
58523	黟县	1486	2.6	5
58112	天柱山	1477	/	6
58327	庐江	1380	3.3	7
58402	英山（湖北）	1376	2.8	8
58319	桐城	1344	3.1	9
58529	婺源（江西）	1336	2.3	10
58401	罗田（湖北）	1267	2.6	11
58306	金寨	1263	2.8	12
58311	六安	1245	3.6	13
58531	黄山市	1225	2.4	14
58438	绩溪	1210	2.4	15
58423	九华山	1203	/	16

表 1-2 2020 年梅雨期雨带位置及不同等级降水量站数（含区域自动气象站及水文站）

日期	主雨带位置	累计雨量超过 100 毫米站数（个）/占全省面积比例	累计雨量超过 250 毫米站数（个）	过程最大雨量（毫米）/站点
6 月 2—6 日	大别山区及沿江江南	493/6.1%	10	331.5/休宁白际
6 月 10—16 日	江淮之间	2292/48%	280	448.4/潜山孔士
6 月 17—18 日	淮河以北	257/7.6%	/	238.3/界首新马集
6 月 19—25 日	淮河以南	2227/38%	232	438/安庆岳西岩湾电站（水文）
6 月 26—29 日	江北	809/16%	/	218.8/岳西明堂山
7 月 2—10 日	合肥以南	2239/39%	1578	893/黄山云谷寺（水文）
7 月 11—17 日	沿江江北及江南东部	2713/58.3%	81	357.1/芜湖花桥
7 月 18—20 日	大别山区及江淮之间	1736/34.1%	479	641.7/六安裕安区狮子岗
7 月 21—23 日	沿淮淮北	137/3.6%	/	224.1/砀山曹庄
7 月 24—29 日	沿淮淮河以南	794/9.6%	/	206.5/肥西官亭（水文）

累计雨量超过 600 毫米的地区占全省面积的 65.3%；淮河以南大部超过 800 毫米，占全省面积的 42.0%；超过 1000 毫米的地区占全省面积的 18.5%；超过 1200 毫米的地区占全省面积的 6.5%。

与历史典型梅雨年不同等级降水量覆盖范围相比，2020年超过600毫米、800毫米、1000毫米、1200毫米的站数均为历史最多（表1-3）。

表1-3 典型梅雨年不同等级降水量覆盖站数（个）

降水等级	1969年	1991年	1996年	1999年	2016年	2020年
≥600毫米	19	48	48	33	31	61
≥800毫米	4	17	26	25	16	48
≥1000毫米	2	4	20	2	1	26
≥1200毫米	0	1	11	0	0	12

（四）多地降水强度创极值，梅雨强度为历史第一强

梅雨期全省平均暴雨日数为4.9天，是常年的2.2倍，为历史同期最多；其中江淮之间中部、大别山区及沿江江南暴雨日数超过6天，最多为桐城、黟县、祁门和黄山光明顶，达12天。

从日雨量来看，6月5日、10日、13日、15日、21日、28日，7月2日、5—7日、11—12日、15日和18—20日降水强度大，每日均有10个以上县（市）达暴雨；其中6月28日全省有18个县（市）暴雨、10个县（市）大暴雨；7月6日全省有5个县（市）暴雨、18个县（市）大暴雨；7月7日全省有6个县（市）暴雨、6个县（市）大暴雨、1个县（市）特大暴雨；7月18日全省有12个县（市）暴雨、9个县（市）大暴雨、2个县（市）特大暴雨；7月19日全省有17个县（市）暴雨、8个县（市）大暴雨（图1-5）。黟县（7月7日262.9毫米）、金寨（7月18日309.5毫米）、六安（7月18日290毫米）三个国家气象站出现特大暴雨，日雨量最大为金寨；铜陵（7月6日209.1毫米）、金寨（7月18日309.5毫米）、六安（7月18日290毫米）三个国家气象站创本站日雨量历史极值。

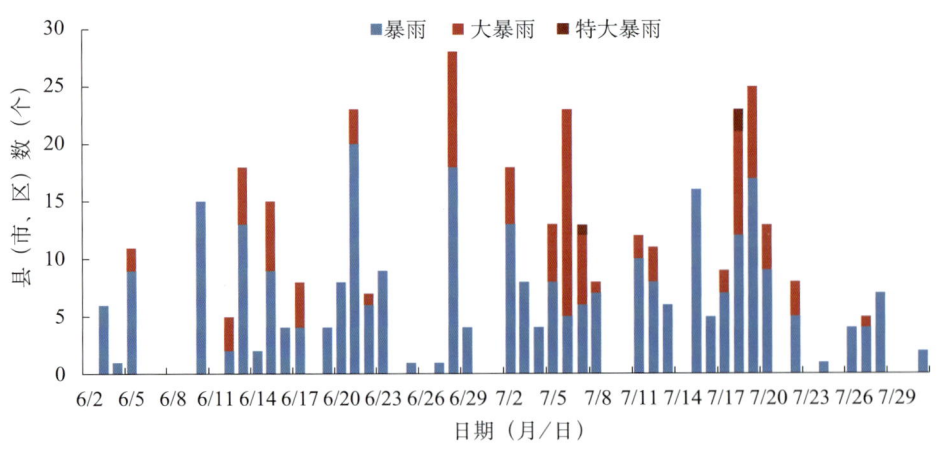

图1-5 2020年6月2日—7月31日逐日暴雨、大暴雨和特大暴雨县（市）数

从最大小时雨强来看，全省有762个区域站小时雨量超过50毫米，4个站超过100毫米，最大青阳牛桥水库达122毫米（6月5日16时）。繁昌（6月15日13时88.7毫米）、宣城（6月5日14时77.5毫米）和铜陵（7月6日13时76毫米）三个国家气象站最大小时雨量创本站历史极值。

综合考虑梅雨期长度和梅雨量，根据《梅雨监测指标》（GB/T 33671—2017）分析计算，江淮之间和沿江江南梅雨强度均为历史第一位。

二、气候诱因

（一）副高前期偏北、后期偏南，导致入梅偏早、出梅偏晚

西太平洋副热带高压（副高）脊线的南北位置对夏季风进退和中国东部夏季主雨带的南北位置起到了非常重要的作用，副高脊线位于19°～27°N有利于安徽省梅雨的维持。2020年入夏以来，西太平洋副热带高压脊线的南北位置存在明显的阶段性变化特征（图1-6），6月上中旬北抬至20°N以北，较常年同期明显偏北，导致我省入梅异常偏早；6月下旬开始总体稳定维持在22°～26°N，南北略微摆动，导致入梅以来全省范围内出现多轮强降水；7月中下旬，副高位置和常年同期相比持续偏南，使得2020年出梅异常偏晚。

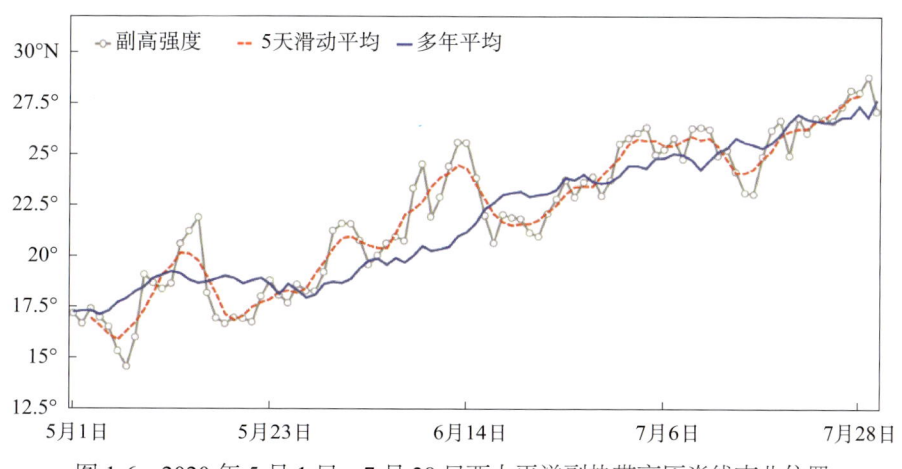

图1-6　2020年5月1日—7月28日西太平洋副热带高压脊线南北位置

（二）副高异常偏强，导致南方暖湿气流异常偏强

受2019年11月发展起来的弱厄尔尼诺事件、2020年春季印度洋海温偏暖等因素的影响，东亚夏季风强度偏弱（图1-7a），2020年夏季西太平洋副热带高压的强度持续偏强（图1-7b）、面积持续偏大，西伸脊点持续偏西（图1-7c），这些特征导致副高西侧向中国东部输送的南方暖湿气流偏强，从梅雨期850百帕风速距平场上（图1-7d）可以看出，从长江中下游至淮河流域都存在非常明显的西南风异常，这为安徽省梅雨期内强降水的发生提供了充沛的暖湿气流。

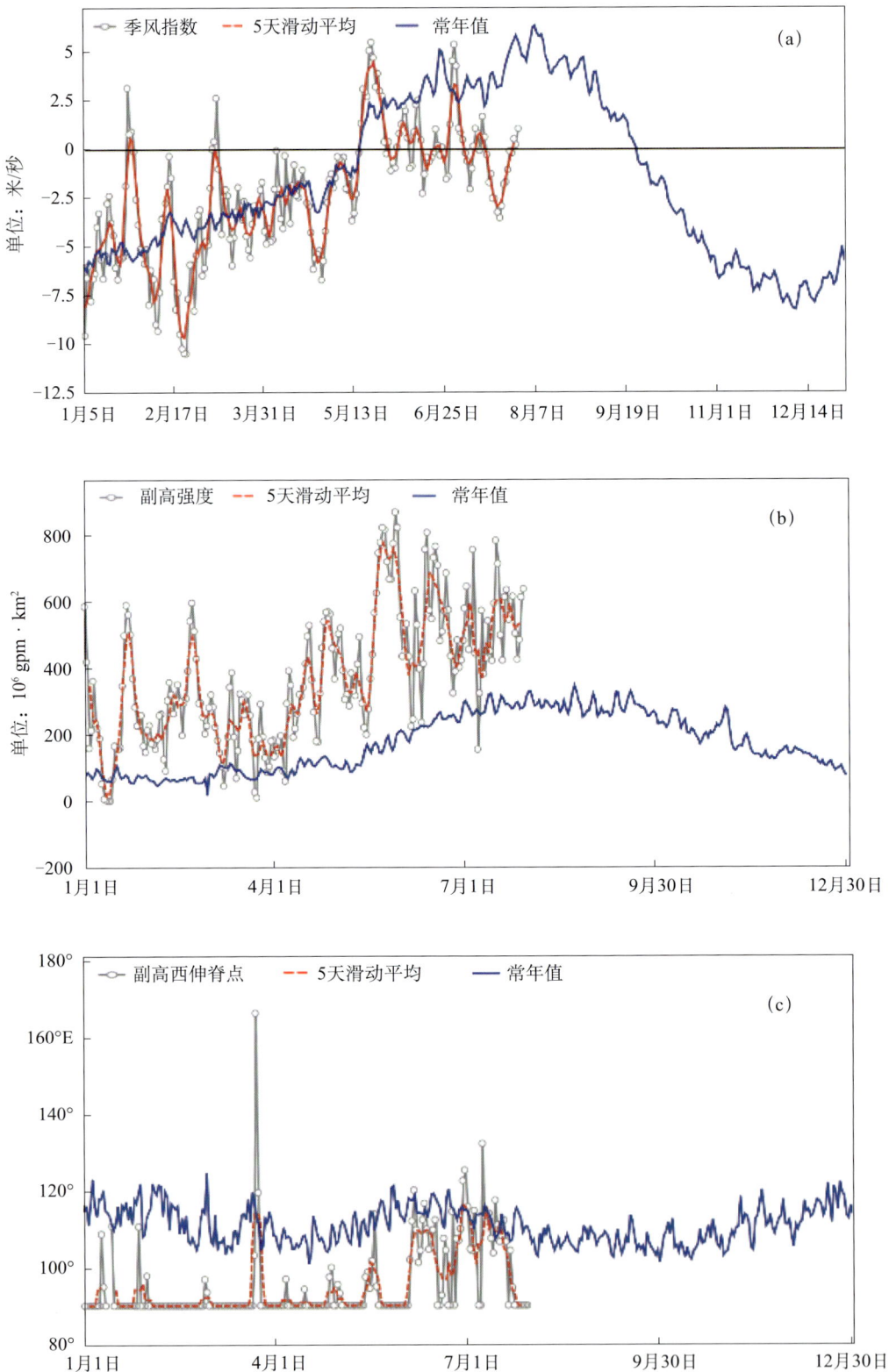

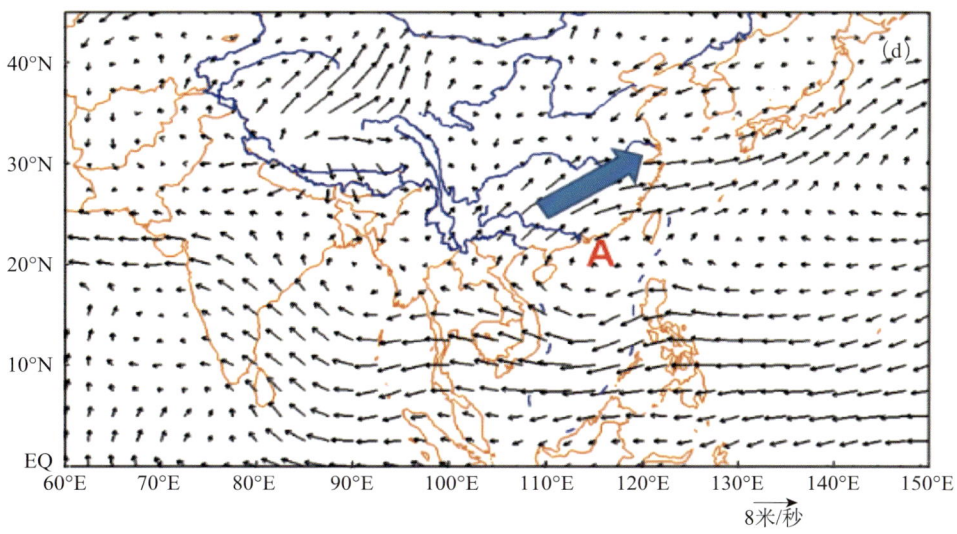

图 1-7 2020 年南海夏季风强度指数（a）、西太平洋副热带高压强度（b）、西伸脊点（c）逐日监测和梅雨期 850 百帕风速距平场（d）

（三）北方冷空气频繁南下，冷暖气流持久交汇

在梅雨期 500 百帕位势高度场上，北极区位势高度场较常年偏高（图 1-8 左），北极涛动为弱的负位相，有利于极区冷气团扩散，欧亚中高纬地区在纬向上呈"+-+"的距平分布，其中乌拉尔山及以西地区、鄂霍茨克海附近高度场异常偏高，有利于阻塞高压的发展和维持，中纬度 80°~140°E 地区为宽广的位势高度低值区，这些环流配置使得东亚中高纬环流经向度加大，沿海槽加强，有利于北方冷空气频繁南下，与副高西侧的暖湿气流相遇，冷暖气团持久交汇于长江中下游至淮河流域，安徽省为明显的水汽辐合中心（图 1-8 右），导致梅雨量异常偏多、梅雨强度偏强。

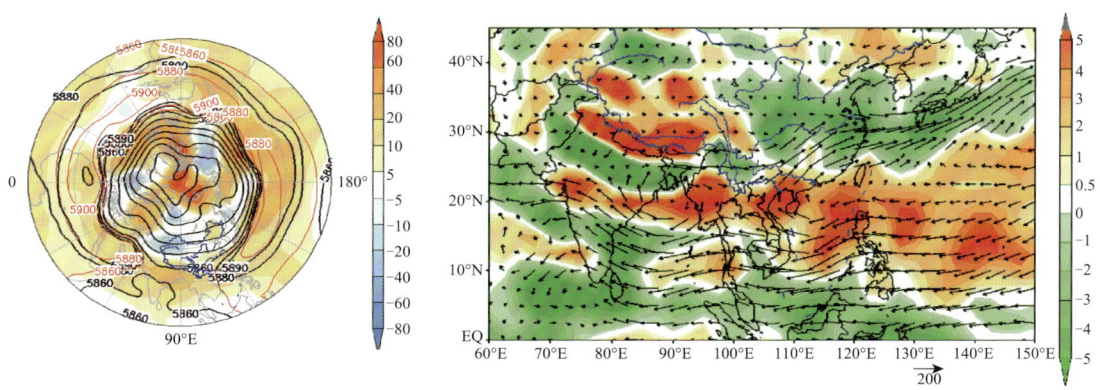

图 1-8 2020 年梅雨期 500 百帕位势高度（等值线）、距平场（填色）（左）和整层水汽输送通量距平（风矢）及散度距平（填色）场（右）

三、降水过程

梅雨期雨带在安徽省南北摆动，共经历了10次强降水过程，具体如下。

（1）6月2—6日主雨区位于安徽省大别山区及沿江江南（图1-9左），累计降水量超过50毫米，其中493个站超过100毫米，占全省的6.1%，10个站超过250毫米，最大为休宁白际（331.5毫米）。

（2）6月10—16日主雨区位于江淮之间（图1-9右），有2292个站超过100毫米，占全省的48%，其中280个站超过250毫米，占全省的5%，最大为潜山孔士（448.4毫米）。

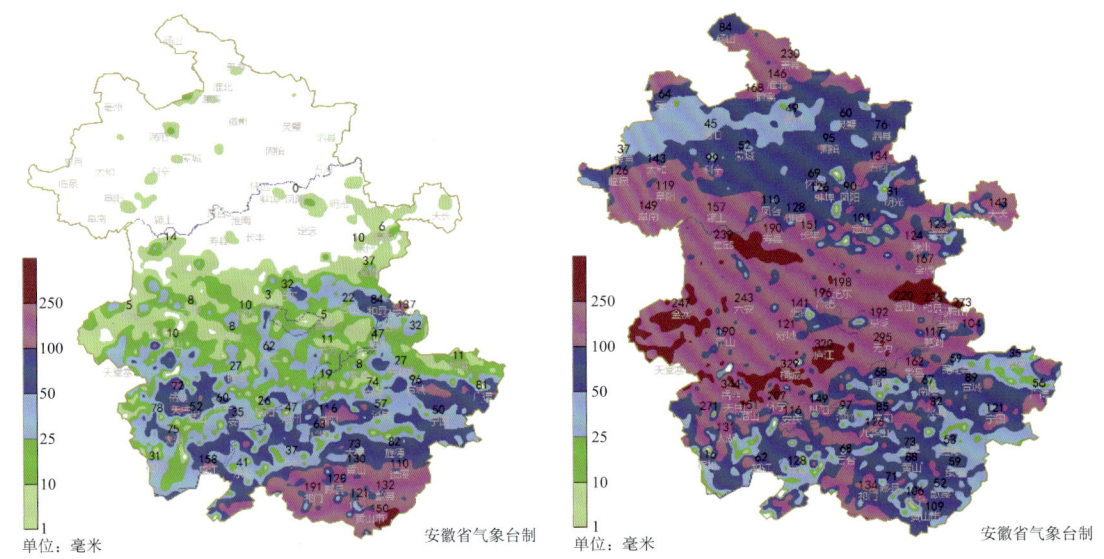

图1-9　2020年6月2—6日（左）和10—16日（右）累计降水量分布

（3）6月17—18日主雨区位于淮河以北（图1-10左），有257个站超过100毫米，占全省的7.6%，最大为界首新马集（238.3毫米）。

（4）6月19—25日主雨区位于淮河以南（图1-10右），有2227个站累计雨量超过100毫米，占全省的38%，其中232个站超过250毫米，最大为岳西岩湾电站（水文站，438毫米）。

（5）6月26—29日主雨区位于江北（图1-11左），有809个站累计雨量超过100毫米，占全省的16%，最大为岳西明堂山（218.8毫米）。

（6）7月2—10日主雨带位于合肥以南（图1-11右），有2239个站累计雨量超过100毫米，占全省的39%，其中有1578个站超过250毫米，最大为黄山云谷寺（水文站，893毫米）。

（7）7月11—17日主雨带位于沿江江北及江南东部（图1-12左），有2713个站累计雨量超过100毫米，占全省的58.3%，其中81个站超过250毫米，最大为芜湖花桥（357.1毫米）。

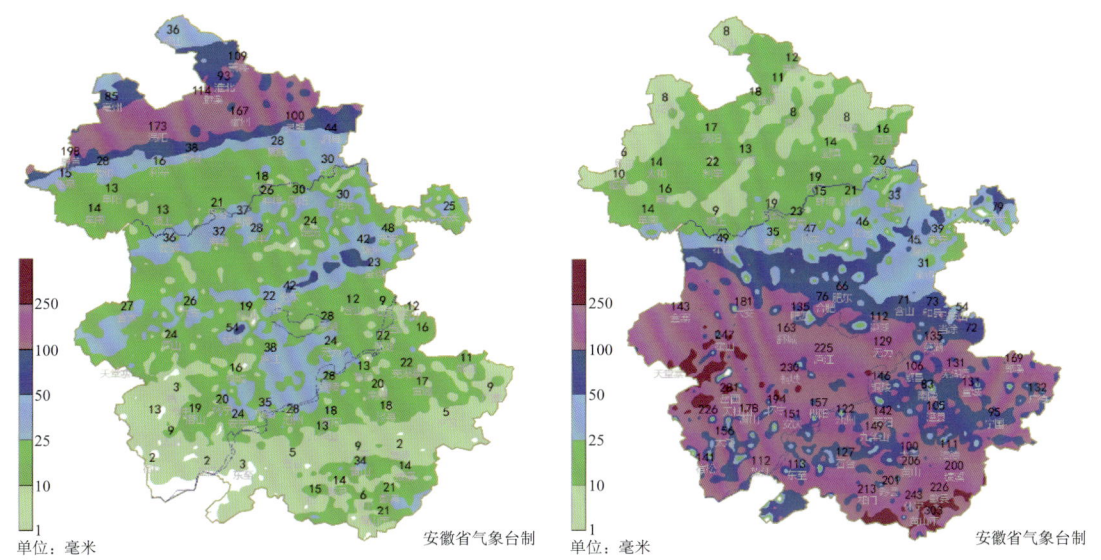

图1-10　2020年6月17—18日（左）和19—25日（右）累计降水量分布

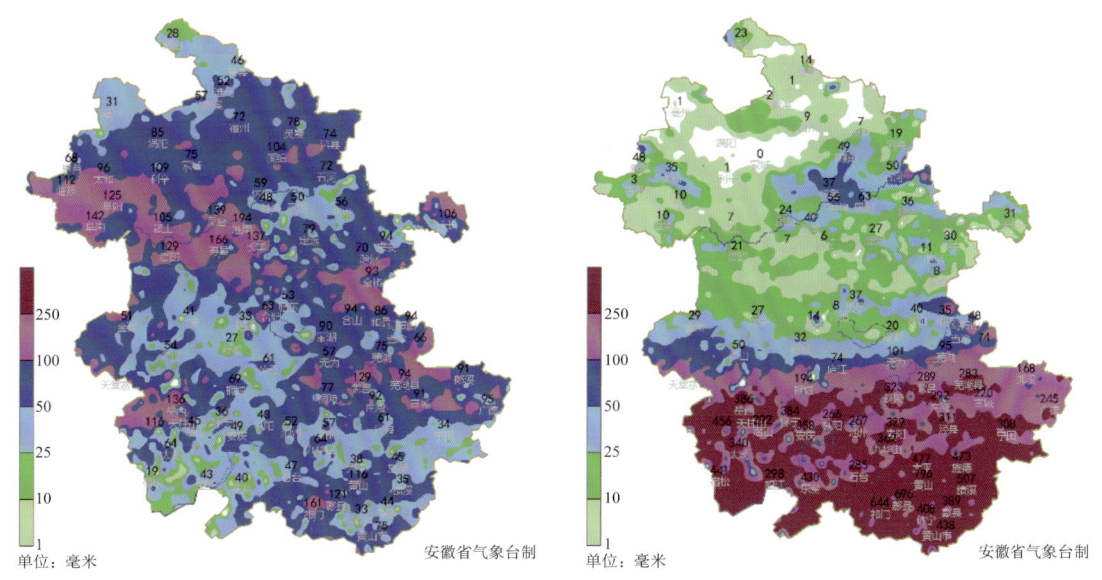

图1-11　2020年6月26—29日（左）和7月2—10日（右）累计降水量分布

（8）7月18—20日主雨带位于大别山区及江淮之间（图1-12右），有1736个站累计雨量超过100毫米，占全省的34.1%，其中479个站超过250毫米，最大为六安裕安区狮子岗（641.7毫米）。

（9）7月21—23日主雨带位于沿淮淮北（图1-13左），有137个站累计雨量超过100毫米，占全省的3.6%，最大为砀山曹庄（224.1毫米）。

（10）7月24—29日主雨带位于沿淮及淮河以南（图1-13右），有794个站累计雨量超过100毫米，占全省的9.6%，最大为肥西官亭（水文站，206.5毫米）。

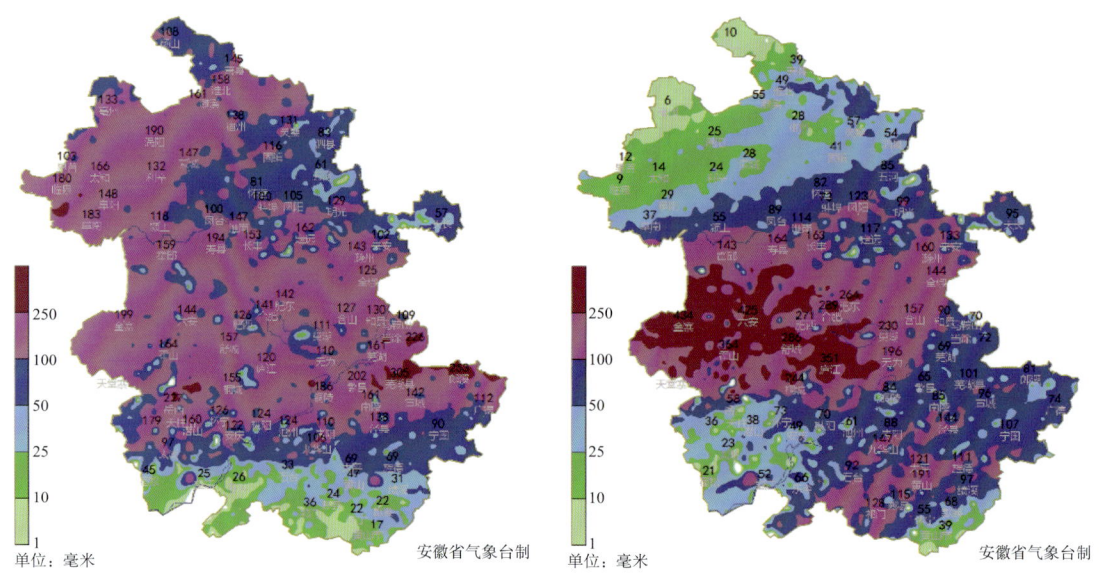

图 1-12　2020 年 7 月 11—17 日（左）和 18—20 日（右）累计降水量分布

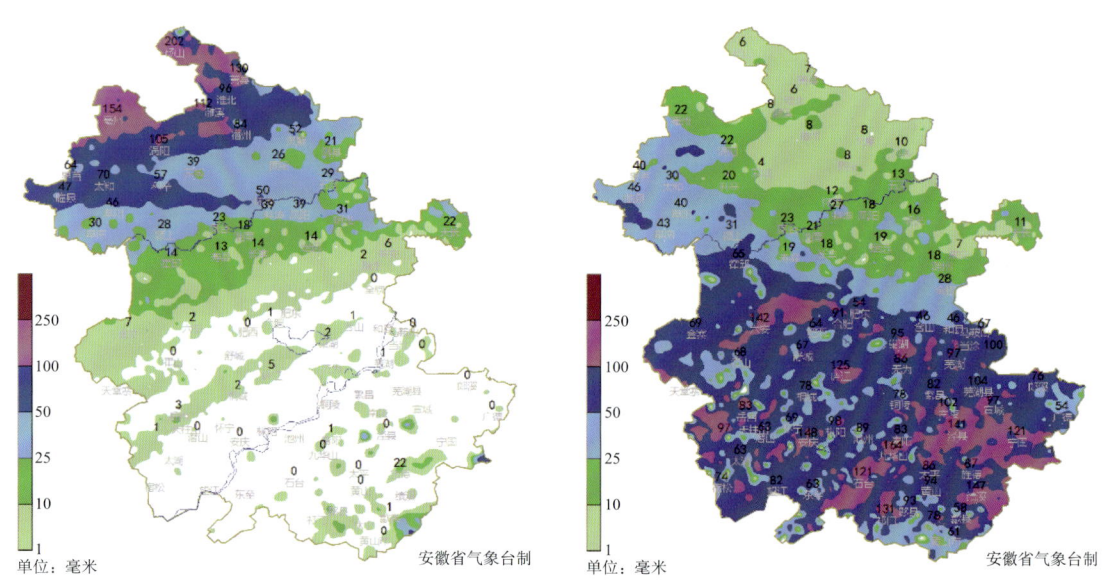

图 1-13　2020 年 7 月 21—23 日（左）和 24—29 日（右）累计降水量分布

第二节　灾害情况

超长梅雨期间，安徽省气象部门利用气象卫星、高分卫星、雷达卫星等多种卫星遥感数据，对全省涝灾情况开展跟踪监测（图 1-14）。监测结果显示：淮河流域安徽段最大水体面积达 2346.5 平方千米，比汛前增加了 1813.6 平方千米；巢湖流域最大水体面积达 1192.8 平方千米，比汛前增加了 378.7 平方千米；长江流域安徽段最大水体面积达 2417.1 平方千米，比汛前增加了 1120.8 平方千米。安徽省主要河流、湖泊水位先后超警，洪涝灾害严重。超长梅雨同时还带来其他直接或次生灾害，造成人员和财产损失。

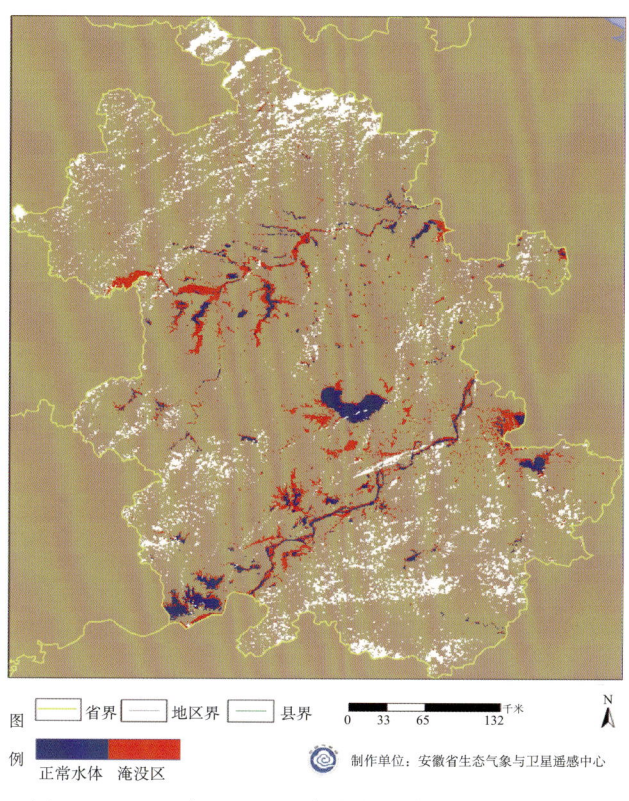

图 1-14　2020 年 8 月 3 日安徽省水体面积变化监测图

一、流域洪水

（一）长江流域安徽段洪水

2020 年汛期长江干流先后发生 5 次编号洪水。7 月上中旬，受长江第 1 号洪水影响，特别是鄱阳湖流域超历史大洪水直接影响，长江干流安徽段水位快速上涨，自 7 月 7 日起全线超警，共维持 33 天（7 月 7 日—8 月 8 日）。7 月 12 日起大通以上陆续出现洪峰水位，均接近 1998 年洪水水位，大通以下受安徽省支流洪水汇入及潮汐影响，水位持续缓涨至 21 日，芜湖站和马鞍山站最高水位分别为 12.76 米和 11.67 米，均超过 1998 年洪水水位，其中马鞍山站居历史第一位，芜湖站居历史第二位。

入汛以来，长江流域安徽段受淹面积 1120.8 平方千米，长江支流水域面积增加 1 成至 2 倍不等（表 1-4）。宿松水体面积增加最多，达 210.9 平方千米（41%）。

表1-4 安徽省部分县（市、区）2020年汛期增加水域面积统计

地级市	县（市、区）	比入梅前增加面积（平方千米）	增加比例（%）
安庆市	大观区	15.1	35
	怀宁县	37.6	90
	潜山市*	4.7	70
	桐城市	65	76
	望江县	50.3	29
	宿松县	210.9	41
	宜秀区	18.9	33
	迎江区	15	26
池州市	东至县*	97.3	58
	贵池区	63.3	52
	青阳县	8.1	108
	石台县*	0.8	53
铜陵市	枞阳县	155.1	75
	郊区	13.8	68
	铜官区	0.1	10
	义安区	41.4	61
芜湖市	繁昌县	6	45
	镜湖区	4.7	62
	鸠江区	32.5	44
	南陵县	8.5	46
	三山区	13.2	38
	无为市	40.1	63
	芜湖县	14.3	62
	弋江区	4	45
马鞍山市	博望区	6.6	31
	当涂县	86.5	47
	含山县	8.4	51
	和县	32.7	62
	花山区	9.2	73
	雨山区	1.2	23
宣城市	泾县	6.2	52
	宣州区	49.3	29
滁州市	定远县	86	28.4
	凤阳县	86.9	28.4
	来安县	44.9	10.1
	琅琊区	9.2	1.9
	明光市	196.5	34.4
	南谯区	31.5	7.2
	全椒县	50.9	20.7
	天长市	144.9	59.2

注："*"号表示该地区卫星影像覆盖部分区域，未达到全部覆盖。

（二）淮河流域安徽段洪水

安徽省淮河干支流 5 月 1 日至 6 月上旬水势整体平稳。受梅雨期强降雨及上游来水影响，淮河干流发生 2020 年第 1 号洪水，安徽段干流全线超警戒水位 9 天（7 月 21—29 日），其中淮南以上各主要控制站水位超过保证水位，润河集至汪集河段、小柳巷段水位超历史纪录。王家坝最高水位达 29.76 米，居历史第二位，最大合成流量 7260 米^3/秒；润河集最高水位 27.92 米，超历史最高水位 0.10 米，相应流量 8690 米^3/秒，居历史第二位；正阳关站最高水位 26.75 米，居历史第二位，鲁台子最大实测流量 9120 米^3/秒，居历史第二位，五河以下控制站最高水位均居历史前三位。淮河支流洪河、史河、颍河、茨淮新河、窑河、池河、白塔河、川桥河、焦岗湖 9 条河湖发生超警戒水位洪水，其中洪河下段、史河出现超保证水位洪水，史河下段桥沟站最高水位仅低于历史最高水位 0.01 米，城西湖上游沣河、城东湖上游汲河控制站最高水位均超建站以来历史纪录。淮河流域部分县市新增水体面积见表 1-5。其中，蒙洼蓄洪区受淹面积 153.3 平方千米（图 1-15），占蒙洼蓄洪区总面积（180.4 平方千米）的 85%。

表 1-5　安徽省淮河流域部分县（市、区）2020 年汛期水域面积统计

地级市	县（市、区）	新增水体面积（平方千米）
蚌埠市	蚌埠市	36.5
	怀远县	154.9
	五河县	84.2
	固镇县	10.4
淮南市	淮南市	136.6
	凤台县	88.5
	寿县	184.7
阜阳市	阜南县	203.3
	颍上县	229.6
合肥市	长丰县	64.8
滁州市	凤阳县	71.5
	明光县	93.7
六安市	霍邱县	376.7
	裕安区	78.3
合计		1813.6

（三）新安江安徽段洪水

新安江干流受强降雨影响，屯溪站 7 日 06 时起涨水位 122.75 米，11 时达警戒水

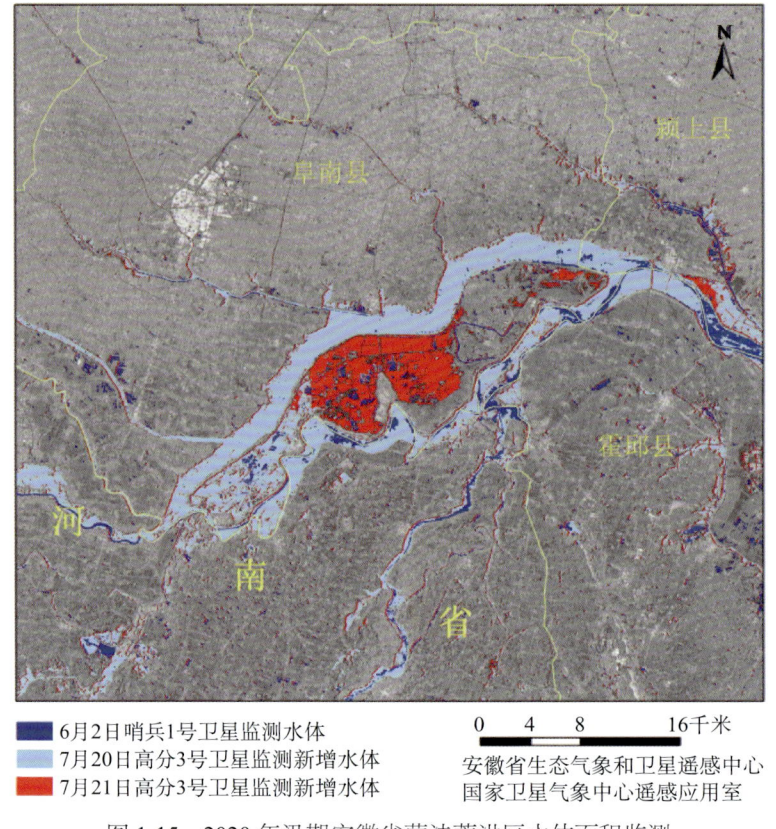

图 1-15　2020 年汛期安徽省蒙洼蓄洪区水体面积监测

位 124.8 米，16 时 24 分到达洪峰，洪峰水位 126.51 米，超警戒水位 1.71 米，洪峰流量 5100 米³/秒，洪水重现期 15 年一遇。率水月潭站 7 日 06 时起涨水位 137.93 米，8 日 04 时 30 分到达洪峰，洪峰水位 142.89 米，洪峰流量 1780 米³/秒。支流练江渔梁站 7 日 00 时起涨水位 113.03 米，之后水位迅猛上涨，09 时 18 分洪峰水位 118.31 米，超警戒水位 3.81 米，洪峰流量 5200 米³/秒，洪水重现期 50 年一遇。本次洪水洪峰水位低于 1969 年（120.74 米）、1996 年（118.71 米），洪峰流量大于 1996 年。横江受强降雨影响，6 月份以来已发生 5 场洪水。7 月 7 日发生大洪水，洪水等级为 2020 年最高。横江休宁站 7 日 01 时起涨水位 135.98 米，之后水位迅猛上涨，7 日 03—05 时水位涨幅 1.65 米，04—05 时水位涨幅 1.01 米，12 时到达洪峰，洪峰水位 140.81 米，洪峰流量 2900 米³/秒，居历史第二位，比原万安水文站实测最大流量 3010 米³/秒仅小 110 米³/秒，洪水重现期约 30 年一遇。此次洪水致使近 500 年历史的古桥——镇海桥被冲毁。

（四）巢湖流域洪水

湖区忠庙站水位超过 1991 年最高洪水位，为建站以来极值（表 1-6）。除湖区外，先后有西河、兆河、永安河、裕溪河、牛屯河、杭埠河、丰乐河、派河、白石天河、柘皋河、南淝河等支流发生超警戒水位、超保证水位洪水。除西河缺口站、无为站仅次于

1954 年历史最高水位外,其余各支流均处有资料以来第一位。流域内各闸站均全力向长江抢排洪水,为分蓄洪水,启用了东大圩行蓄洪区,蓄洪 2.61 亿米³。流域内大房郢水库均为建库以来最高水位,龙河口水库、董铺水库接近建库以来最高水位。

表 1-6　2020 年汛期巢湖忠庙站洪水特征统计表

河名	站名	警戒水位（米）	保证水位（米）	本次洪水特征值						历史特征值		
				最高水位（米）	超警水位（米）	超保水位（米）	超历史水位（米）	最大流量（米³/秒）	出现时间（月/日/时）	超警历时（天）	最高水位（米）	最大流量（米³/秒）	最高水位日期
巢湖	忠庙	10.5	12.5	13.43	2.93	0.93	0.63		7/22/10	78	12.80		1991-7-13

安徽省各大流域中,巢湖流域受灾最为严重,受淹面积 591 平方千米,庐江县、巢湖市、肥东县、肥西县水体面积分别增加 197.7、61.5、47.9、28.3 平方千米,分别占国土面积的 8.6%、3.8%、2.2%、1.3%（表 1-7）。

表 1-7　安徽省合肥市 2020 年汛期受淹面积统计表（平方千米）

县（市、区）	7月15日淹没面积	7月27日淹没面积
包河区	3.7	5.9
巢湖市	9.4	61.5
肥东县	21.3	47.9
肥西县	6.4	28.3
庐江县	24.0	197.7
长丰县	17.8	37.4

十八联圩、东大圩等地相继蓄洪,受淹农田面积分别为 3.76 万、6.5 万亩[①]。裕溪河、柘皋河、白石天河、兆河、蒋口河、丰乐河以及西河等流域出现大量新增水体。其中,白石天河流域、兆河流域、西河流域水体面积分别增加 87.3、81.4、75.2 平方千米（图 1-16）。

二、山洪灾害

安徽省皖南山区和大别山区为山洪易发地区,其中以 7 月 2—7 日皖南山区和 7 月 18—20 日大别山区发生的山洪灾害影响最为显著。

---

① 1 亩 ≈ 666.7 米²。

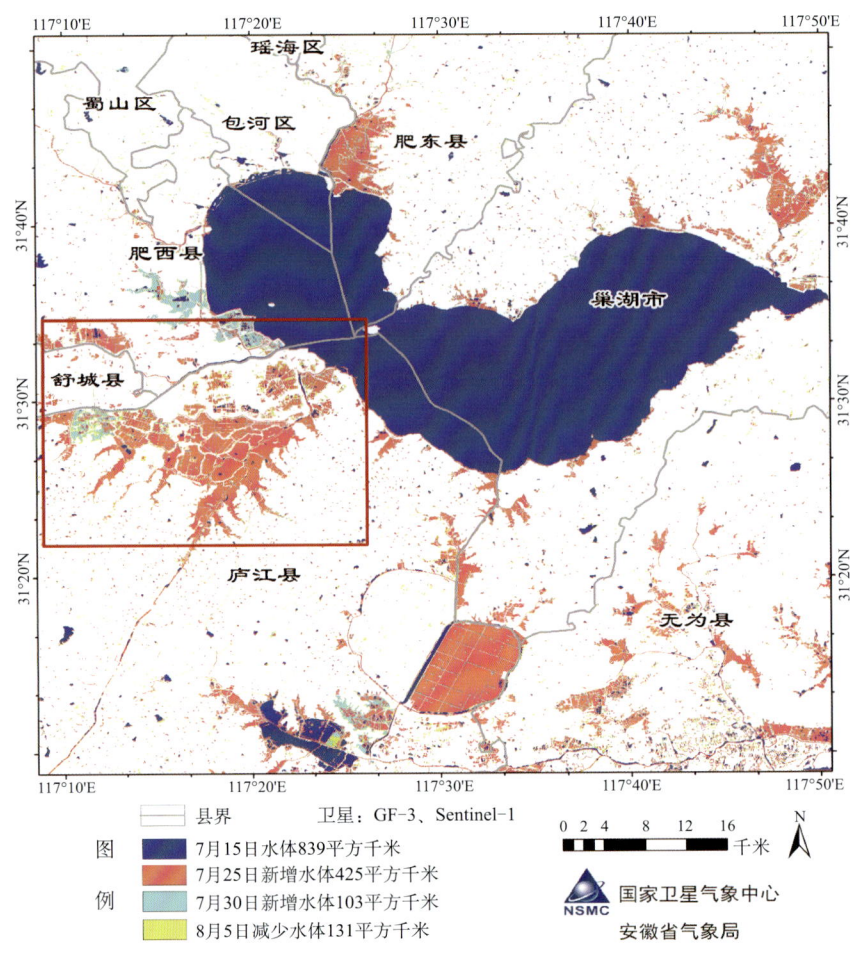

图1-16　2020年汛期卫星遥感监测巢湖主体及附近水域水体面积变化

（一）皖南山区

7月2—7日降水总量多，其中黄山市大部地区累计降水量超过300毫米，有77个站超过500毫米，最大黄山玉屏楼站达705毫米。全市平均降水量为457.2毫米，较常年同期偏多5倍，为1961年有完整气象记录以来同期最多。与历史最大6天降水量相比，为1961年有完整气象记录以来第三位，仅少于1996年（545.2毫米，6月27日—7月2日）、1999年（482.1毫米，6月26日—7月1日）。最强降水出现在7月7日，黟县出现特大暴雨，日降雨量262.9毫米，为该站日雨量历史第二位，祁门（220.0毫米）、屯溪（165.7毫米）、休宁（148.3毫米）、歙县（129.8毫米）、光明顶（127.8毫米）为大暴雨，黄山区（75.2毫米）为暴雨。全市平均降水量为161.3毫米，为1961年有完整气象记录以来第四位，仅少于1996年（184.5毫米，6月30日）、1969年（179.0毫米，7月5日）、1993年（165.4毫米，6月30日）。降水具有极端性，最大1小时降雨量有81个站超过50毫米，31个站超过60毫米，5个站超过70毫米，最大为黟县泰山站（80毫米，7月7日05时），超过黟县本站历史极值。歙县溪头站最大1小时降雨量为61.5毫米（7月7日04时），突破歙县本站历史7月极值，最大的1小时、3小时、6小时、12小时、24小时降雨量分别为62.4毫米、134.7毫米、174毫米、219.4毫米、239.7毫米，均远超该站历史（2006—2019年）最高值。

受此次梅雨期强降水影响，7月7日歙县高考语文、数学科目考试延期举行。

（二）大别山区

7月18—20日主雨带位于大别山区及江淮之间中部，其中大别山区累计降水量普遍超过300毫米，最大六安裕安区狮子岗为641.7毫米。从大别山区国家气象站日降水量来看，7月18日，金寨（309.5毫米）和六安（290.0毫米）出现特大暴雨，均创本站日雨量历史极值，霍山（242.3毫米）出现大暴雨；7月19日，金寨（124.0毫米）、六安（134.8毫米）、霍山（121.6毫米）3个站出现大暴雨。

受强降水影响，大别山区发生严重的山洪灾害，致使该地区百余万人口受灾，上万间房屋倒塌或损坏，六安市舒城县梅山镇汪冲村进山组、霍山县上土市镇陡沙河村剪刀石岭组2名村民因山洪受灾身亡。

三、地质灾害

超长梅雨期间安徽省发生崩塌、滑坡、泥石流、地面塌陷等突发性地质灾害灾情345起，其中崩塌171起、滑坡167起、泥石流5起、地面塌陷2起。灾害规模中型1起、小型344起，无人员伤亡，直接经济损失2207.9万元。与2019年同期相比，灾害发生数上升93.82%，直接经济损失增加10.80%。

（一）两大山区是灾害主要发生地区

地质灾害的发生和分布在宏观上有着明显的区域性特点。地质灾害的形成受区域自然地理、地质条件的制约各有不同。2020年皖南山区发生150起，占全省灾害总数的43.48%，直接经济损失606.7万元，占总经济损失的27.48%；大别山区发生193起，占全省灾害总数的55.94%，经济损失1550.7万元，占总经济损失的70.23%（表1-8）。

表1-8 2020年全年安徽各地貌单元灾害发生情况统计表

地貌单元	灾害数量	崩塌数量	滑坡数量	泥石流数量	地面塌陷数量	人员伤亡 死	人员伤亡 伤	直接经济损失（万元）
皖南山区	150	60	86	3	1	0	0	606.7
大别山区	193	111	80	2	0	0	0	1550.7
沿江丘陵	0	0	0	0	0	0	0	0
江淮丘陵	1	0	1	0	0	0	0	50.0
淮北平原	1	0	0	0	1	0	0	0.5
合计	345	171	167	5	2	0	0	2207.9

（二）5—8月是灾害主要发生期

2020年5—8月共发生地质灾害332起，占全年灾害总数的96.23%，直接经济损失2161.5万元，占全年灾害损失的97.90%，是灾害的主要发生时期。其中7月份发生灾害最多，共发生229起，占全年灾害总数的66.37%，直接经济损失1348.5万元，占全年灾害损失的61.08%；6月份发生灾害其次，共发生90起，占全年灾害总数的26.09%，直接经济损失711万元，占全年灾害损失的32.20%。

四、雷电灾害

2020年安徽省发生雷电灾害4起，造成3人死亡、1人受伤，直接经济损失超过10万元，其中有3起雷击造成人员伤亡。从灾害规模上看，重大雷电灾害1起，较大雷电灾害2起，一般雷电灾害1起。

从雷电灾害发生时间上看，3月和7月各发生2起，从3月开始已进入闪电高发期，而7月为闪电发生密集期。从雷电灾害发生地域分布上看，灾害主要发生在安庆市、黄山市、合肥市和池州市，与安徽省雷电高发区域较为一致。另根据灾害调查结果，雷电灾害多发生在野外、空旷等区域。

受梅雨期持续强降水影响，安徽省多个地区出现局部雷雨大风等强对流天气过程，造成多地区发生闪电过程。根据安徽省ADTD二维闪电定位系统数据，梅雨期发生的闪电达109129次，其中负地闪101751次、正地闪10978次，负地闪占总闪比例为93.24%。闪电主要分布在沿江江南和皖南山区（图1-17左），而闪电强度高值区主要分布在皖北和淮河以北地区（图1-17右）。

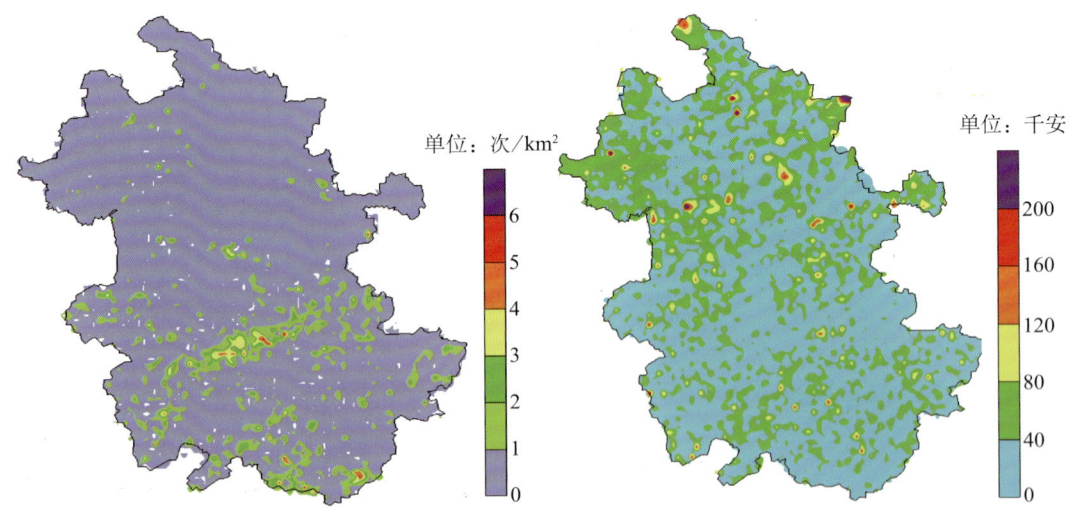

图1-17　2020年梅雨期安徽省闪电密度分布（左）和闪电强度分布（右）

五、农业灾害

梅雨期农业气候条件总体较差,受持续强降雨影响,安徽省出现洪涝和持续阴雨寡照灾害,在地作物灾情相对较重。

(一)农业气候条件总体较差

累计雨量和雨日数显著偏多。梅雨期全省平均降水量849毫米,是常年同期的2.2倍,其中沿江江南大部、江淮中西部及大别山区为900～1200毫米,较常年偏多1～2.5倍;其他地区为400～800毫米,较常年偏多2成至1倍。全省雨日数为24～47天,其中合肥以南达35天以上;平均暴雨日数为4.9天,其中江淮之间中部及江南暴雨日数超过6天,为1961年以来同期最多。光热资源明显不足。梅雨期全省大部≥10 ℃的积温为1440～1540 ℃·天,较常年偏少20～90 ℃·天;尤其是7月以来≥10 ℃的积温偏少30～110 ℃·天,为1961年以来同期最少。日照时数沿淮淮北为210～300小时,偏少50～120小时;淮河以南为120～200小时,偏少120～230小时(图1-18)。

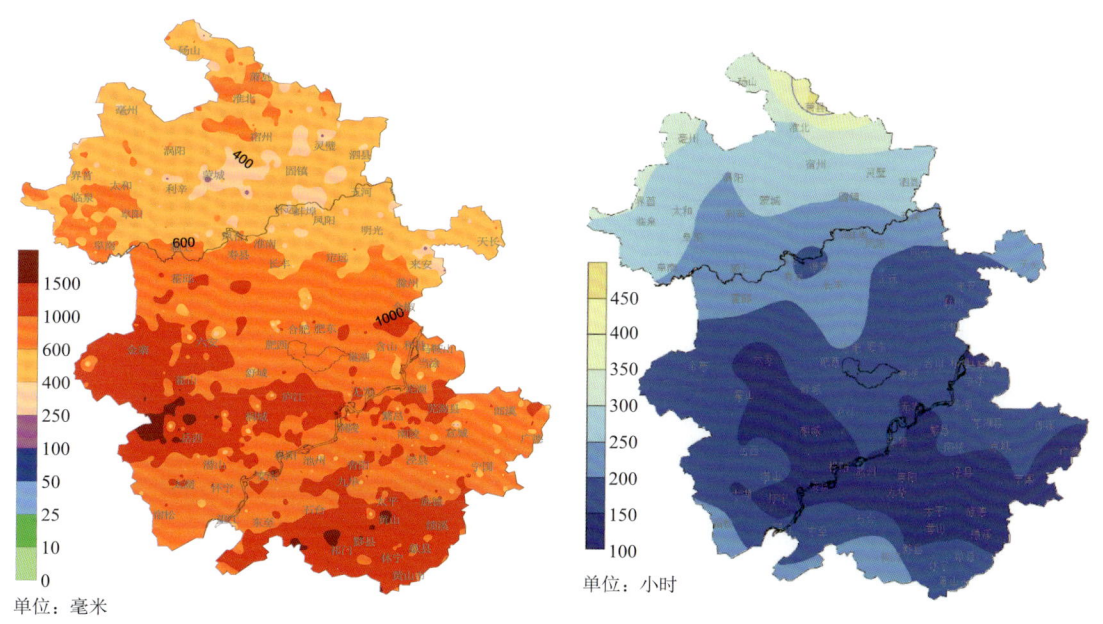

图1-18　2020年梅雨期安徽省降水量(左)和日照时数(右)

(二)对在地作物的影响分析

部分圩区、低洼、沿河环湖田块受灾严重。入梅以后长江、淮河和巢湖流域农业受灾较为严重。卫星遥感监测显示,7月20日安徽省淮河流域约295万亩农田受灾,7月26日蒙洼蓄洪区水体淹没区面积约19万亩,7月27日淮河流域、巢湖流域新增水体面积约41万亩。据省应急管理厅统计，截至7月29日，全省农作物受灾面积达1698.6万亩，成灾面积1071.5万亩，绝收面积507.4万亩。在地作物长势较弱，发育进程迟缓。受持续降水及低温寡照天气影响，在地农作物生长量明显不足，据作物模型计算结果显示，淮河以南一季稻生长量普遍较去年偏少1～3成，其中沿江地区作物生长量偏少2～3成。光热资源偏少，同样也导致在地作物发育迟缓。据全省农业气象观测站点监测显示，水稻生育期推迟7～10天，夏玉米、夏大豆等旱作物推迟4～6天。病虫害发生气象风险偏高。适温高湿条件有利病虫害滋生；持续阴雨寡照天气不利在地作物健壮生长，降低了抗病虫能力；持续降雨天气影响及时施药和防治效果。据省植保总站监测，水稻病虫害发生情况重于去年同期，特别是纹枯病、稻纵卷叶螟和二化螟等主要病虫害明显重于常年。

六、灾害损失

依据《自然灾害情况统计调查制度》相关规定，经综合调查评估，据省应急管理厅初步统计，安徽省因洪涝灾害造成全省16个市95个县（市、区）受灾，受灾人口1046.53万，紧急转移安置132.88万人；农作物受灾面积1221.31千公顷，其中绝收面积393.7千公顷；倒塌房屋5927间，严重损坏房屋2.75万间，一般损坏房屋15.2万间；直接经济损失600.65亿元、其中农业损失199.29亿元、工矿企业损失84.31亿元，基础设施损失241.58亿元、公益设施损失19.88亿元、家庭财产损失55.38亿元。

据安徽省应急管理厅调查核实，全省因超长梅雨造成的洪涝等灾害死亡14人，从死亡原因来看，1人因江河洪水冲淹死亡，3人因房屋倒塌死亡，2人因落水死亡，2人因滑坡死亡，3人因救援救灾死亡，3人因雷击死亡。

由于预报预警及时、应急指挥调度科学有效、防汛抢险救灾各项工作有力有序，2020年暴雨洪涝灾害因灾死亡人口、农作物受灾面积较典型梅雨年明显偏轻（表1-9）。

表1-9 典型梅雨年安徽省暴雨洪涝灾害损失情况

灾害损失	1991年	1996年	1998年	1999年	2003年	2007年	2016年	2020年
农作物受灾面积（千公顷）	5108.1	2161	2174.2	1050.3	2863.6	1616.7	1137.2	1221.3
受灾人口（万人）	4314.7	2007.6	2080.9	1479.1	2811.4	1881.9	1289	1046.5
因灾死亡人数（人）	921	177	93	69	14	33	34	14
直接经济损失（亿元）	275.3	242.8	162.5	182.4	203.2	127.5	547.2	600.7

第三节 异常气候事件监测

一、汛期气候前兆信号监测

安徽省气候中心通过对影响汛期气候的因子进行了全面梳理和滚动监测，以寻找出现异常信号并诊断其对汛期气候的可能影响。分析认为，出现梅雨明显异常的前兆信号特征如下。

（1）厄尔尼诺事件强度弱。历史上强厄尔尼诺事件次年夏季安徽省降水均异常偏多，而弱厄尔尼诺与我省降水异常对应关系不明确。

（2）多种前兆信号对汛期降水趋势指示意见不一。春季印度洋海温异常偏暖和副高异常偏强、偏西的信号有利于预测夏季降水偏多，但前冬青藏高原积雪、春季北极涛动这两个有利于我省夏季降水偏少的因子在冬、春出现了明显异常。这些前兆信号对2020年汛期气候的预测意见不集中，给气候预测工作带来很大困难。

面对这些情况，安徽省气候中心深入开展了多预测因子协同的研判，并应用近年开展的海温、大气环流因子与我省气候统计关系年代际变化的研究成果，更多地采信了春季印度洋海温异常偏暖和副高异常偏强、偏西这两个因子，对国家气候中心预测安徽省大部地区夏季降水正常到偏少的指导预测进行了订正，预测我省淮河以北和沿江江南地区夏季降水偏多。

二、汛期滚动气候监测

（1）对海气异常信号的滚动气候监测。针对赤道中东太平洋海温在春季转为正常状态、东亚夏季风爆发时间较常年略偏早、安徽省春季降水偏少、气温月际波动大等异常气候特征，及时进行了分析诊断，并综合多种异常气候因子对后期气候趋势开展了滚动订正，准确预测6月全省大部地区降水偏多的形势；此外，在前期印度季风爆发偏早及西太平洋副热带高压异常偏强、偏西的背景下，严密监视夏季风和副高月内波动，特别是副高脊线的变化特征，分析其对安徽省强降水的影响，以此订正数值模式对后期强降水过程的预测，从而提前两周准确预测了我省入梅首场暴雨过程。

（2）对梅雨的滚动气候监测。利用自主研发的安徽省梅雨监测模块，每日监测安徽省沿江江南和江淮之间梅雨分区的雨日、梅雨量、梅雨期长度等关键指标，并将这些关键指标及后期形势预测及时反馈给全省气象业务技术人员会商讨论。当7月底监测到副高有北抬迹象时，及时开展出梅预报会商讨论，并将会商结果通过梅雨期专题新闻通气会进行发布。同时，每天三次更新气候监测评估业务产品，第一时间为各级防汛救灾会议提供决策服务材料。

决策指挥

第二章

大雨，暴雨，大暴雨，特大暴雨……2020年安徽梅雨期长达60天，创历史纪录。

面对严峻的汛情，安徽省气象部门上下一盘棋，坚守岗位，不怕疲劳，连续作战，履职尽责，以大无畏的气概赢得了超长梅雨、超历史洪涝抢险救灾气象服务的全面胜利，谱写了一曲新时代气象人"召之即来、来之能战、战之能胜"的壮丽凯歌。

一、梅雨将临，严阵以待

2020年的汛期气象服务注定是不寻常的，从两个细节可以窥见一斑。一是4月9日，安徽省政府调整省防汛抗旱指挥部，省气象局主要负责人胡雯同志首次新增为省防汛抗旱指挥部副总指挥。23日，在全省防汛抗旱工作电视电话会议上，宣布了省防汛抗旱指挥部组成人员和责任分工调整情况（图2-1），明确省气象局主要负责人胡雯同志协助李国英省长、邓向阳常务副省长指挥调度的职责。二是5月18日上午，省长李国英主持召开省政府第101次常务会议，审议《关于推进气象事业高质量发展助力现代化五大发展美好安徽建设的意见》时特别强调，"要深入学习贯彻习近平总书记关于气象工作的重要指示精神，全面提升气象监测预报预警能力，加强流域气象，充分发挥气象在防汛抗旱等防灾减灾监测预警、指挥调度、抢险救援系统建设中的功能作用。"防汛抗旱气象保障服务工作受到省委省政府的高度重视。

图2-1　2020年4月23日，省防指副总指挥、省气象局党组成员、副局长胡雯在全省防汛抗旱工作电视电话会上介绍2020年汛期气候趋势预测意见，并提出汛期气象灾害防御建议

4月29日，安徽省政府办公厅印发修订后的《安徽省防汛抗旱应急预案》细化了部

门职责分工,健全应急管理、水利、气象等部门配合和衔接机制。突出以防为主,针对暴雨、洪水、山洪、台风、干旱等不同类型预警,分级分部门应采取的防范措施,共同做好水旱灾害防范工作。5月8日,省长李国英在全省防汛抗旱工作电视电话会议上强调,立足防大汛、抗大旱、抢大险、救大灾,以万全准备防范万一发生,坚决打赢防汛抗旱这场硬仗。要加强监测预警,加密预测预报频次,提高定时、定点、定量预报准确性,延长预见期。中国气象局先后多次召开全国汛期气象服务准备工作部署视频会、再动员再部署电视电话会议等,时任中国气象局党组书记、局长刘雅鸣多次强调要充分认识汛期气象服务面临的严峻形势,在思想上要高度重视,在行动上要抓好组织落实,扎实做好各项工作。

安徽省气象局认真贯彻落实安徽省委省政府和中国气象局的各项要求,多次组织召开汛期气象服务动员会、工作部署会、再动员再部署会议,全面部署落实汛期气象服务各项工作。抓住汛期气象服务这个关键业务和时间节点,2020年4月初,安徽省气象局印发了《关于扎实推进党建与气象业务工作深度融合在汛期气象服务中充分发挥基层党组织和广大党员"两个作用"的通知》。汛前及时修订了《安徽省气象灾害应急预案》,建立完善了多部门的应急联动工作机制和预警信息联合发布机制,组建了气象灾害应急专家组。联合省应急管理厅、省地震局等单位,积极推动基层防灾减灾能力建设,综合减灾示范社区创建取得积极成效。围绕服务需求,以业务技术体制改革和研究型业务为抓手,通过科研和业务的充分融合,聚焦关键技术短板,开展研究型业务攻关,着力提升突发性强天气监测预报预警能力,全面完成了基层防灾减灾标准化"六个一"建设,完善了从决策服务专报、短期跟踪预报、短时临近预警、风险提示叫应、影响分析评估的全流程服务标准,面向各级党委、政府及相关部门强化分级递进式服务。着力加强气象灾害预警信息发布工作,突发事件预警信息发布平台与省应急广播实现无缝对接,省、市、县、乡各级气象灾害预警责任人数量达6万人,信息发布"最后一公里"问题进一步改善。

二、大汛面前坚守防线

2020年汛期,安徽省遭遇历史罕见的大范围严重汛情,近两个月的超长梅雨期内,雨带在省内南北摆动,出现了10轮强降水,长江流域、新安江流域、淮河流域、滁河流域及巢湖流域洪水肆虐。

在安徽省委、省政府和中国气象局的坚强领导下,安徽省气象局党组统揽全局,认真学习贯彻习近平总书记关于防汛救灾工作的重要指示精神,全面、准确、及时贯彻落实防汛救灾气象保障服务的决策部署和要求,各级气象部门立足于防大汛、抗大灾,以连续50天全天候超长应急响应状态,强化责任落实,决战超长超强梅雨,全面参与党委、政府抗洪抢险救灾应急决策和调度指挥,根据重点流域防汛救灾决策指挥需求,超常规组织大规模、立体化应急观测,强化面雨量精细化预报服务。与水利、自然资源、住建部门联合发布山洪、地质灾害和城市内涝等风险预警信息。加强与应急部门交流互动,联合会商研判，及时组建工作组和技术保障组，强化对基层工作指导、技术支持和快速响应，全方位做好长江、淮河、巢湖"三线"防汛救灾气象保障服务工作，坚守防灾减灾第一道防线，确保人民群众生命财产安全。

（一）6月2日江南地区入梅，气象部门启动Ⅳ级应急响应应对

6月2日，经综合研判，给出未来几天主雨区位于大别山区及沿江江南的预报结论，省气象局宣布安徽皖南山区和沿江西部入梅。当日11时，省气象局启动暴雨Ⅳ级应急响应，省委书记李锦斌、省长李国英在接报《安徽省气象局启动气象灾害（暴雨）Ⅳ级应急响应的命令》《地质灾害气象预警信息》等信息后分别作出批示。李锦斌要求加强监测预警，细化预案措施，严密防范强降雨可能引发的山洪、泥石流、城市内涝等灾害，及时转移受威胁区域人员，确保群众生命财产安全。李国英要求省防指立即通知各地防指做好防范工作，特别要做好强降雨导致中小河流洪涝、地质灾害的防范工作，要求地质灾害预测预警系统和指挥系统密切跟踪。

6月8日，省气象台在新的一期《气象信息专报》上指出"9—11日全省以阴雨天气为主，11日后我省将出现持续性强降水"。省长李国英对此再次作出批示，要求省防指提前作出防汛部署。6月8日，省气象局认真贯彻李克强总理重要批示和省委省政府主要领导批示精神，发出《关于进一步做好汛期气象服务工作的通知》，要求全省各级气象部门进一步增强做好汛期气象服务重要性紧迫性的认识，严格落实汛期气象服务责任制，强化监测预报预警，全面排查整治风险隐患，提升汛期气象服务能力，做好气象防灾减灾科普工作。入梅后，安徽汛期气象服务工作受到中国气象局密切关注。6月9日，省气象局副局长胡雯在中国气象局召开的全国汛期气象服务再动员再部署电视电话会议上交流发言，汇报了安徽汛期气象服务工作情况。会后立即对近期服务重点进行再强调，要求全省各级气象部门突出做好面向重点区域、重点行业、重点人群的监测预报预警服务，全力做好汛期气象服务工作。

（二）6月10日江淮之间入梅，气象部门启动Ⅲ级应急响应应对

6月10日雨带北抬，主雨区位于江淮之间，省气象台预报"未来10天我省多强降水"，宣布安徽省江淮之间入梅。当日11时，省气象局启动暴雨Ⅲ级应急响应。省领导对本轮强降水高度关注。省长李国英6月10日在《重大气象信息专报》上批示，要求省防指据此提前作出防汛部署，气象局密切跟踪加密滚动预报。

随着雨势不断加强，部分地区山洪灾害的发生概率不断上升。6月12日18时，省气象局、省水利厅首次联合发布山洪灾害气象预警，提示六安市、安庆市密切关注降雨情况，强化山洪灾害监测，及时发布预警信息，提前组织群众转移避险。6月13日，省防汛会商会议召开，研究部署近期强降雨防范应对工作，要求气象部门加强短时精细分区预

报。6月14日，李国英省长针对"19日前我省多强降水过程"的预报结论作出批示：本次降水过程发生于前次降水过程之后，因前期降水过程已致土壤含水量饱和，故本次降水过程发生洪水、山体滑坡等灾害的可能性加大，要特别注意防范。当日，省气象局联合省自然资源厅、省住建厅、省水利厅发布地质灾害预警、城市内涝预警和山洪灾害气象预警。

6月15日，省防汛抗旱指挥部发电，要求贯彻落实省领导批示精神，切实做好当前防汛工作，要强化责任制落实，精准监测预报预警，突出做好中小河流、中小水库防汛，加强山洪地质灾害防范，加强值班值守和信息报送。

除了防范暴雨洪涝，气象部门也密切关注着雷电灾害防御工作。6月10日，根据《中国气象局办公室关于进一步做好防雷减灾工作的通知》的要求，省气象局印发《关于进一步做好防雷减灾工作的通知》，要求特别是要做好汛期防雷安全监管。

（三）雨带再次北抬至淮河以北，省气象局专家组进驻王家坝开展精细化气象服务

淮河流域是安徽防汛工作的重中之重，为贯彻落实淮河防总2020年工作会议精神，6月11日，淮河流域气象业务服务视频会议在合肥召开，河南、安徽、江苏、山东四省共同商讨淮河流域气象年度服务工作。中国气象局党组成员、副局长余勇通过远程视频出席会议。水利部淮河水利委员会副主任杨卫忠分析了在水旱灾害防御、水资源安全利用、水资源优化配置、大江大河大湖生态保护治理等方面需求。余勇指出，要加强淮河流域省际之间气象部门的协同配合，强化气象、水利等相关部门的密切合作，加强跨学科的科技融合与创新，切实提升灾害天气监测预报预警和风险防范能力。

6月16日，省气象台在《气象信息专报》中对新一轮强降雨给出准确预报，指出"16—18日主雨区位于淮河以北，我省仍有持续强降水"。李国英省长当日作出批示，要求省防指据此作出有关地区防汛精准部署。除防范城市内涝、中小河流洪水、地质灾害外，中小型水库、尾矿库亦为重点防范对象。为进一步绷紧汛期气象服务这根弦，省气象局对各市气象局夜间值班及领导带班情况进行突击检查。由于雨带再次北抬至淮河以北，淮河防汛气象保障服务压力逐渐增大。6月17日，省气象局党组派出张爱民带队的气象服务专家组进驻王家坝气象监测预警中心，滚动开展精细化面雨量监测与预报服务。王家坝气象监测预警中心成立临时党支部，切实发挥基层党组织和党员的战斗堡垒作用和先锋模范作用。

（四）坚持"人民至上、生命至上"，全面打响防汛救灾保卫战

6月19日开始雨带南落，维持在淮河以南。6月23日，受持续强降雨影响，巢湖流域西河及支流兆河、永安河，以及淮河流域洌河发生超警戒洪水。当日，省气象局胡雯副局长参加国家防总召开的长江流域防汛抗旱工作视频会议。

6月24日，省气象局胡雯副局长参加省防汛抗旱指挥部第一次全体会议，汇报当前

安徽天气情况及气象部门防汛相关工作，省长、省防指总指挥李国英强调，要做好监测预报预警工作，千方百计延长预见期、提高精准度，第一时间向社会和公众发布权威预警信息。当日，省气象局召开汛期气象服务领导小组会议，传达贯彻省防汛抗旱指挥部第一次全体会议精神，进一步部署汛期气象服务工作。6月24日，省气象局调整暴雨应急响应调整为Ⅳ级，6月27日变更为Ⅲ级。6月29日，随着降水过程逐步减弱，省气象局暴雨应急响应变更为Ⅳ级。

6月26日起雨带再次北抬，第五轮强降水主雨带位于江北。党中央、国务院高度重视防汛救灾工作。6月28日，习近平总书记对防汛救灾工作作出重要指示，要求坚持"人民至上、生命至上"，统筹做好疫情防控和防汛救灾工作，切实把确保人民生命安全放在第一位落到实处。李克强总理就防汛工作作出重要批示，要求毫不放松抓好防汛和山洪地质灾害防御工作，保障人民群众生命安全。

安徽省委、省政府坚持把习近平总书记重要讲话指示批示精神作为防汛救灾工作的根本遵循，坚决扛起政治责任，打响了气壮山河的防汛救灾硬仗！省委书记李锦斌、省长李国英迅速作出批示，就学习贯彻落实重要指示批示精神提出明确要求。省委、省政府于6月29日、30日分别召开省委常委会会议、省政府常务会议，深入学习贯彻习近平总书记重要指示和李克强总理重要批示精神，研究部署防汛救灾工作，要求气象部门加强监测预警服务工作。6月29日上午，中国气象局召开视频会议，传达习近平总书记关于防汛救灾重要指示精神和李克强总理等中央领导同志批示精神，部署做好防汛救灾气象服务工作。中国气象局党组书记、局长刘雅鸣作重要讲话。

6月30日，省气象局召开气象服务工作领导小组会议，传达习近平总书记关于气象工作、防汛救灾工作的重要指示精神和安徽省委省政府、中国气象局近期有关防汛救灾及气象预报服务方面的要求，全力做好我省汛期气象服务工作。7月1日，省气象局副局长、省防指副指挥长胡雯陪同省委常委、常务副省长、省防指第一副总指挥邓向阳赴宣城市宣州区、宁国市、旌德县督导检查防汛救灾工作，邓向阳要求牢牢把握防汛工作主动权，加密天气、雨情、水情监测预报，实时研判重大风险，严格落实防范应对措施。同日，省气象局印发《关于进一步做好防汛救灾气象服务工作的通知》，要求强化组织领导，狠抓责任落实；强化省、市、县会商研判，提升预报预警精准度；紧盯重大过程，加强短时临近预报和实时监测预警；面向重点领域，加强气象灾害风险提示；做好科普宣传和总结评估；抓党建，促服务。

（五）加强指挥调度，全力保障"三线作战"防汛救灾工作

7月2日起主雨带再次南落，7月2—10日位于合肥以南地区。省气象局分析研判第六轮强降水将给中高考带来一定的影响，7月3日，下发《关于做好2020年高考和中考气象服务工作的通知》。胡雯副局长参加省防办组织的防汛会商，通报前期的累积雨量和后期天气形势，对防汛的重点地区和重点时段提出工作建议。7月4日，省气象局召开汛

期气象服务再部署会议，汪克付副局长对近期的强降水气象服务进行了再部署再要求，各业务处室对前期气象服务中存在的问题进行剖析，提出改进措施和要求。

根据雨带和降水强度变化，7月4日，淮河以南各市气象局变更暴雨应急响应Ⅳ级为Ⅲ级。7月5日安庆、池州、黄山、宣城、铜陵、芜湖、合肥、六安、马鞍山市气象局以及黄山和九华山气象管理处将暴雨Ⅲ级应急响应变更为Ⅱ级。同日，省气象局下发《关于开展汛期气象服务工作督导的通知》，建立局领导督导市级汛期服务工作机制，实行局领导牵头、内设机构和局直有关单位负责同志配合的分工负责制，具体包片联系市气象局督查指导汛期气象服务工作。7月5—6日，省气象局纪检组组长张爱民、副局长包正擎、二级巡视员倪高峰分别率气象服务督导组到安庆、芜湖、铜陵、六安、宣城、黄山进行检查指导和驻点督导。7月6日，省气象局副局长胡雯视频连线在基层一线的3个省气象局气象服务督导组，了解现场情况，对气象服务重点工作提出要求。同日，胡雯副局长陪同省长、省防指总指挥李国英到自然资源厅调研。

7月6日，受强降雨和长江中上游来水共同影响，我省长江干流水位持续上涨，据预报，我省长江干流各控制站将陆续超警戒水位，巢湖、水阳江、青弋江、沿江西南诸河及沿江湖泊将全面超警戒水位、局部超保证水位。我省长江流域防汛将面临外洪内涝双重压力，防汛进入关键阶段。面对"南北夹击、三线作战"的严峻形势，安徽省防指决定，7月6日15时将防汛Ⅳ级应急响应提升至Ⅲ级。不到一天，7月7日12时，省防指又将防汛Ⅲ级应急响应提升至Ⅱ级，省减灾救灾委将救灾应急响应等级由Ⅳ级提升至Ⅲ级。

7月7日受持续暴雨和上游洪峰影响，黄山市歙县遭遇50年一遇的洪涝灾害，县城多处洪水上路、道路受阻，高考无法正常进行。省委书记李锦斌临时改变调研行程，即刻冒雨赶往歙县，研究提出应对方案。7日上午，李国英省长、邓向阳常务副省长、张曙光副省长分别在受灾地区和省直单位调研指导，并视频指挥调度，强调要按预案迅速提升应急响应，强化防范应对措施，确保人民生命安全，加强高考考点保障，确保考生安全。当日，省气象局胡雯副局长陪同省长李国英在省水利厅、省应急管理厅等防汛重点单位调研，省气象局汪克付副局长陪同邓向阳常务副省长赴宣城调研防汛工作。当日，省气象局迅速落实省政府专题会议精神，紧急通知各市、县气象局密切关注强降水过程演变，及时向当地党委政府汇报，加强和教育、公安等部门的联动，加密服务频次，为党委、政府做好高考保障调度提供精细化服务支撑。与中国气象局、黄山及歙县气象局进行加密会商，重点分析黄山、歙县的降雨时段、强度以及对高考和流域防汛的影响，开展气象信息专报服务，派出专家赴省考试院现场提供高考驻点气象服务。

入梅以来的六轮强降雨导致全省10市56个县（市、区）不同程度受灾，并造成人员伤亡。为进一步做好洪涝灾害防范应对工作，坚决保障人民群众生命安全，7月9日安徽省减灾救灾委员会办公室发出通知，要求各部门压实压紧责任，加强监测预警，全面排查隐患，科学精准施救，注重自身防护。7月10日，省气象局召开汛期气象服务领导小组会议，对后期的强降水气象服务工作进行再部署再要求。

（六）启动特别工作状态，全方位做好防汛救灾气象保障服务

7月11日起主雨带北抬后南落，11—17日位于沿江江北及江南东部。面对紧迫的防汛形势，7月11日省防指召开防汛会商会，研判当前防汛形势，调度防汛抗洪救灾重点工作。省气象局迅速响应，当日下发《关于切实加强强降水气象服务工作的通知》，决定成立三个专家技术组，分别派驻到合肥、宣城、安庆，进行驻点现场预报预警技术指导等工作。省气象局成立气象监测预警预报督查工作组，分析全省预报预警服务情况，动态跟踪实况和预警发布情况。成立气象保障技术组，确保业务系统、观测设备、信息网络等的24小时稳定运行，确保各类监测预报信息第一时间到达业务服务人员桌面，确保以最短时间响应业务服务一线需求。

7月12日，习近平总书记对进一步做好防汛救灾工作作出重要指示，要求全力做好洪涝地质灾害防御和应急抢险救援，切实把确保人民生命安全放在第一位落到实处。安徽省委、省政府迅速贯彻落实，对防汛救灾工作作出部署安排，特别是对确保人民群众生命安全提出具体要求。为进一步加强长江防汛抗洪工作，12日，省防汛抗旱指挥部发出通知，要求各单位要牢固树立打硬仗打持久仗思想，严格落实防汛抗洪责任。7月13日，省委书记李锦斌主持召开省委常委会会议，要求抓好防汛救灾各项工作，坚决打赢防汛抗洪抢险救灾攻坚战，省气象局胡雯副局长列席会议并汇报天气趋势。同日，省长、省防指总指挥李国英主持召开省防指会商会，深入学习贯彻习近平总书记对进一步做好防汛救灾工作作出的重要指示精神，按照省委书记李锦斌的指示要求，分析研判雨情水情灾情和工程防守情况，部署当前防汛抗洪救灾工作。安徽省连续遭受入梅以来七轮强降雨袭击，多地发生严重洪涝灾害，鉴于灾情和灾害发展趋势，7月14日安徽省减灾救灾委员会提升救灾应急响应至Ⅱ级。

7月12日14时，中国气象局启动防汛救灾气象保障服务特别工作状态。13日，中国气象局召开防汛救灾气象服务调度视频会，省气象局胡雯副局长汇报了安徽入梅以来天气气候特征、灾情和防汛救灾气象服务保障情况。当日，省气象局召开进一步加强防汛救灾气象服务工作部署会，对后期气象服务工作进行再部署。

7月13—15日，中国气象局矫梅燕副局长率汛期气象服务指导组在安徽调研指导汛期气象服务工作，深入淮河流域气象中心、省气象台以及安庆市、岳西县等地实地指导汛期业务服务，听取了省气象局党组关于防汛救灾气象服务工作情况汇报，强调要深入贯彻落实习近平总书记重要指示精神，坚持"人民至上、生命至上"，牢固树立底线思维，切实做好防汛救灾气象服务。7月15日，中国气象局启动防汛救灾气象保障服务特别工作状态（Ⅱ级应急响应），安徽省气象局启动防汛救灾气象保障服务Ⅱ级应急响应。7月13—17日，省气象局纪检组组长张爱民陪同邓向阳常务副省长到宣城检查防汛工作。7月17日，省气象局胡雯副局长参加省政府常务会议，汇报天气形势和防汛救灾意见建议。当日，针对淮河流域强降雨过程，由省气象局纪检组组长张爱民带队的专家组赴阜阳王家坝开展督察指导。

（七）启动防汛救灾气象保障服务Ⅰ级应急响应，精细服务保障王家坝开闸泄洪

7月18—20日雨带位于大别山区及江淮之间中部。在全国防汛进入"七下八上"的关键阶段，长江中下游持续处于高水位，淮河发生2020年第1号洪水，汛情可能继续发展，气象防灾减灾形势十分严峻，党中央、国务院对此高度重视。7月17日，习近平总书记主持召开中共中央政治局常务委员会会议，研究部署防汛救灾工作。

7月18日，中国气象局召开学习贯彻落实中央政治局常委会会议精神、进一步做好防汛救灾气象服务工作专题视频会，安徽等7个省气象局汇报了汛期气象服务工作情况、存在的困难和措施建议。中国气象局党组书记、局长刘雅鸣要求全国各级气象部门坚决贯彻落实习近平总书记关于防汛救灾工作的重要指示精神，按照党中央、国务院决策部署，采取更加有力措施，抓实抓细防汛救灾气象服务各项措施，坚决打赢汛期气象服务攻坚战。

7月18日，省气象局胡雯副局长列席省委常委会扩大会议，汇报入梅后全省天气气候特征以及未来趋势，指出未来全省仍多强降水过程，须密切关注降雨对当前汛情的影响。省委书记李锦斌在会上强调，要认真学习贯彻习近平总书记重要讲话精神，牢固树立防大汛、抗大洪、抢大险、救大灾的意识，坚决打赢防汛救灾这场硬仗。要超前预警及时报到位，准确滚动预报雨情、水情等气象数据，加强对次生灾害预报，确保预警信息发布到村到户到人。省长李国英指出，要坚持把习近平总书记重要讲话精神作为全省防汛救灾工作的根本遵循，深入领会，全面对标，不折不扣落实到位。要强化雨情水情监测预警，加密频次、滚动预报，突出重点，强化巡堤查验，加强指挥调度，做好预案准备，全力保障人民生命财产安全。

7月18日18时，安徽省防指决定将防汛应急响应提升至Ⅰ级！当晚，省长、省防指总指挥李国英主持省防汛抗旱指挥部会商会，深入学习贯彻习近平总书记在7月17日中央政治局常委会会议上的重要讲话精神，按照省委常委会扩大会议要求，分析研判雨情水情工情险情灾情，部署防汛抗洪救灾工作。7月18日，以水利部副部长魏山忠为组长的国家防总安徽工作组一行到滁州市气象局检查指导气象服务工作并慰问一线干部职工。同日，安徽省气象局将防汛救灾气象保障服务Ⅱ级应急响应变更为Ⅰ级应急响应。

淮河是中国最难治理的河流之一。淮河安徽段最大的特点就是上游来水急而快，中游泄洪不畅，下游洪水出路不足。这一次，涨水之急、速度之快，超乎想象！

7月19日，省防汛抗旱指挥部发电通知，要求各部门秉持"人民至上、生命至上"理念，切实采取措施，确保防汛巡查抢险人员和场所防雷安全。当日，省气象局联合省应急管理厅起草《关于加强防汛查险人员防雷安全的紧急通知》，并由省防指下发。当日晚11时，省委书记李锦斌专门赴省水旱灾害防御调度中心，与有关部门和地方紧急会商，省长李国英连夜部署蒙洼蓄洪区运用准备工作。当日，省气象局胡雯副局长陪同邓向阳常务副省长督导检查防汛救灾工作，赴阜阳王家坝监测预警中心现场指挥淮河防汛气象服务工作。省气象局汪克付副局长列席省委常委会，汇报未来的天气趋势及淮河王家坝分洪建议。

7月20日零时许，王家坝闸上水位已达29.31米的保证水位，并以约6厘米/时速度

快速上涨。7月20日08时30分许，接国家防总命令，"千里淮河第一闸"王家坝开闸，启动了蒙洼行蓄洪区泄洪。浑黄的淮河水裹挟着狮吼，旋即冲向蒙洼蓄洪区。开闸时，王家坝的水位是29.75米，距离王家坝闸门顶层高度29.76米只差1厘米。开闸3个小时后，王家坝闸上水位下降了14厘米左右。7月20日16点48分，"淮河2020年第1号洪水"以3080米^3/秒的速度顺利通过王家坝。这次王家坝闸门开启总时长76小时28分钟，蒙洼蓄洪区蓄洪量达3.75亿米^3。

7月20日以来，安徽省淮河流域先后启用蒙洼、姜唐湖、南润段、邱家湖、上六坊堤、下六坊堤、董峰湖、荆山湖等8个行蓄洪区，为缓解淮河干流洪水压力发挥了巨大作用。面对严峻的汛情，安徽省通过"拦、蓄、泄、分、排"等措施和行蓄洪区、水库群的科学调度运用，疏堵结合、高效"调水"，大大减轻了重点流域的防洪压力。7月21日，省长李国英在淮河干堤督导检查中强调，要进一步升级战斗状态，把守护淮河干堤作为重中之重，不惜一切代价确保淮河干堤绝对安全。7月21日晚，省长李国英主持省防汛抗旱指挥部会商会，分析研判巢湖流域雨情水情灾情和工程防守情况，督促加强精准预警预报，全力保障人民生命财产安全。

7月20日，省气象局召开防汛救灾气象服务工作推进部署会，省气象局胡雯副局长对后期气象服务工作提出要求。当日，省气象局再次向中国气象局争取到移动自动气象站5套，并协调中国华云气象科技集团公司紧急支援10套移动自动气象站，调度淮南市气象局应急指挥车赶赴王家坝进行支援。7月21日，王家坝气象监测预警中心自启用以来首次参与淮河流域专题天气会商发言。7月21日主雨带再次北抬，省气象局胡雯副局长参加省长李国英主持召开的巢湖防汛调度会。当日，省气象局印发《关于做好防汛救灾气象保障服务Ⅰ级应急响应期间气象服务工作通知》，要求加强观测装备水毁恢复和应急现场观测，加强会商研判与技术指导，提高防汛救灾决策气象服务产品的针对性，重点关注做好雷电预报预警，强化科普宣传与信息发布，充分发挥基层党支部一线气象保障服务的作用。同时，根据巢湖的防汛形势，省气象局抽调业务骨干成立服务专班，针对巢湖流域的雨情、水情以及风的变化，开展专题气象服务，为巢湖抢险抗洪工作提供决策服务依据。并调度合肥市气象局的应急指挥车奔赴巢湖沿岸开展风浪观测。7月22日，省气象局组建应急保障突击队赴巢湖沿岸布设应急移动气象站，开展湖面气象要素和浪高观测，为巢湖保卫战提供气象数据支撑。

三、灾后服务从未停歇

7月29日，雨势暂缓，相关地市解除暴雨Ⅱ级应急响应状态。但是，超长梅雨及其引发的洪涝、内涝灾害导致安徽省部分农业受灾、受损，后期台风等强天气过程仍有明显的风雨影响。全省农业生产面临灾后恢复、补改种问题。7月27日，全国粮食安全省长责任制考核工作动员部署视频会议后，李国英省长就灾后农业生产恢复工作作了具体部署，要求"抢抓关键农时，为生产恢复创造条件，加强病虫害防治，千方百计完成全年粮食播种面积和产量目标"。

省气象局认真贯彻落实省政府灾后恢复重建工作部署安排，7月30日，省气象局发出《关于切实做好灾后农业生产恢复气象服务工作的通知》，要求相关单位组织开展灾后农业生产恢复需求情况调查，全力做好灾后农业生产恢复决策气象服务，做细做实面向农业生产经营主体气象服务，抓紧做好定点扶贫及脱贫攻坚气象服务。随即，省气象局组织专家团队先后3次赴沿江、环巢湖、沿淮等地重灾区开展灾情调查、现场服务，联合省农科院、国元农保，赴沿淮行蓄洪区开展灾后农业生产恢复现场技术指导。

7月31日、8月28日，安徽省气象局制作的专题服务材料《灾后农业生产恢复气象条件分析与补改种建议》《补改种作物秋季低温冷害防御建议》先后上报省政府，2次获李国英省长批示。

8月2日，安徽省气象局召开梅雨期专题新闻通气会，宣布"安徽8月1日出梅"，通报了梅雨期气候特征和防汛救灾气象服务工作情况，中央、省、市10余家新闻媒体记者参加。

8月4日，省委书记李锦斌在省气象局报送的《受"黑格比"影响，今明两天我省将有7～8级阵风》上作出批示：要密切关注台风动向，加强监测、科学应对，特别要做好高水位堤坝的防风挡浪工作，确保万无一失。8月6日，省委书记李锦斌在省委有关会议上就扎实应对新一轮强降雨、进一步做好防汛救灾工作作出批示：防汛形势依然十分严峻。要持续绷紧防汛救灾这根弦，树牢打持久仗思想，克服麻痹松懈心态，采取更加精准有效的应对举措，坚决巩固好防汛救灾阶段性成效。确保万无一失、"三线"安澜。省防办立即下发通知，就做好此轮强降雨防汛救灾应对工作提出具体要求。省长李国英在"李锦斌同志批示抄清"上再作批示，要求立即对防范工作，特别要对巡堤查险人员防雷电作出部署。

8月8日，我省淮河干流全线落至警戒水位以下，巢湖忠庙站水位落至保证水位以下，长江干流水位持续回落，主要防洪工程安全运行。省防指决定解除安徽省长江、淮河、巢湖流域相关地区紧急防汛期，并将防汛Ⅰ级应急响应调整至Ⅱ级。省气象局将防汛Ⅰ级应急响应调整至Ⅱ级；但淮河以南各地市仍有强降水风险，合肥、阜阳、六安、淮南、滁州、安庆市气象局启动重大气象灾害（暴雨）Ⅲ级应急响应，11日解除。

8月11日、14日，省委常委、常务副省长邓向阳主持召开省减灾救灾委员会、省防震减灾工作领导小组暨省抗震救灾指挥部全体会议，部署安排全省防汛救灾及防震减灾重点工作。

8月12日，省减灾救灾委员会就推进灾后恢复重建，尽快恢复灾区正常生产生活秩序有关事项发布通知，要求加快推进灾后恢复重建重点任务，突出抓好当前重建主要工作。

8月27日，安徽省长江、淮河干流全线落至警戒水位以下，巢湖等沿江超警河湖水位持续回落，防汛形势平稳，省防指将防汛Ⅱ级应急响应调整至Ⅳ级。28日，省气象局解除防汛救灾气象保障服务Ⅱ级应急响应。

9月15日，安徽省终止防汛Ⅳ级应急响应。9月17日，终止Ⅱ级救灾应急响应。至此，经过连续3个多月的奋战，安徽省安全度汛。

服务实录

第三章

第一节　气象服务总体战

一、重大暴雨过程预报

在两个月的超长梅雨期间，安徽省接连出现 10 次强降水过程，降雨落区重叠性极高，极端性显著。面对每一次强降水过程，省气象局精心组织、认真研判，对梅雨期出现的转折、重大、关键性降水过程均做出准确预报。

（一）提前谋划，发展研究型预报业务

安徽省气候中心根据汛期气候因子的全面梳理和汛期气候前兆信号监测，预测我省淮河以北和沿江江南地区夏季降水偏多。省气象台根据指导性预测的结果，多举措建立从技术支撑到服务产品的智能网格预报业务体系。依托研究性业务，从预报员中抽调精兵强将，组成了科研团队，研发了多元资料融合外推系统、预警信号检验系统、模式降水重定位技术、多模式降水融合技术、中气旋识别技术等，不断探索人工智能深度学习技术在智能网格预报领域的应用，形成的业务产品空间分辨率可精确至 3 千米，0～2 小时的预报甚至能达到 1 千米。智能网格预报文字引擎系统投入业务应用，采用相似个例检索方法实现智能网格预报数据产品生成短期天气文字预报、天气周报等文字类天气预报材料。这些业务产品的整合和创新，实现了站点预报到格点预报的转变，为汛期暴雨过程预报提供了强有力的技术支撑。

（二）密切跟踪，提供精准预报

1. 加密会商，加强天气形势分析

针对我省持续强降水和强对流天气，综合应用各种气象信息，充分使用上级预报指导产品，仔细对比同要素、同时效不同国家数值预报产品的差异，充分运用各种物理量特征、数值预报产品、卫星、雷达、自动站加密资料及本地天气指标经验等，加强对暴雨过程的环流形势、地面流场、散度及水汽通量散度空间上与时间上的综合分析。严格执行会商制度，注重会商效果，提高天气分析精细化水平。

梅雨期间，我省预报首席参加中央气象台预报会商发言 44 次，遇到重大转折性天气时，省气象台预报首席全员参加讨论并做出决策；受持续强降水影响，巢湖流域、长江流域和淮河流域汛情迅速发展，省气象台多次组织和参加淮河流域、新安江流域、太湖流域、巢湖流域会商，并与河南、江苏、浙江等邻近省份开展互动交流。

2. 检验评估，及时调整预报思路

梅雨期间，安徽预报检验平台正式启用，安徽气象台预报业务检验科也同步成立。每日安排专人员值班，根据不同天气灾害类型，搜集整理有关科研成果，确定引发灾害的气象要素临界指标；运用检验平台对几种数值模式产品进行检验评估，制作预报检验周报，形成一个系统的预报方法、流程，做到边预报、边服务、边研究、边检验、边改进。汛期结束后，制作了梅雨期预报检验评估报告。

3. 科学研判，准确预报暴雨过程

准确预报我省入梅时间。5月下旬开始，省气象台密切持续关注天气形势发展，与中央气象台、华东区域气象中心、邻近省份及省气候中心加强梅雨天气会商；6月2日，省气象台参加中央气象台预报会商，会商后得出初步结论："6月2日安徽省大别山区南部和沿江江南进入梅雨期"；从实况看，6月2—5日累计降水量超过50毫米的降水落区主要位于大别山区和沿江江南。6月10日，省气象台再次参加中央气象台会商交流，并集合全体首席预报员联合会商后，当即明确提出"6月10日起江淮之间进入梅雨期，未来10天省内多强降水"。从实况看，6月10—16日强降水位于江淮之间，17—18日主雨带北抬到淮北地区，19日起再次南压至淮河以南，6月中旬全省大部分地区累计降水量超过100毫米，沿淮至沿江和江南南部达170～350毫米，局部超过350毫米。

此后，一轮又一轮强降水接踵而来，安徽省气象台严密监测、科学研判、精准预报，不放过一个细节，不放过一次过程。为保障7月8日黄山歙县高考顺利进行，针对新安江上游练江等流域开展了逐小时的精细化降水预报并滚动更新；准确把握梅汛期内最强降水过程7月17—20日的主雨带走向、范围和量级，为7月20日淮河流域王家坝开闸泄洪提供实时更新的精细化面雨量监测与预报服务。7月20日后，安徽周边省份降水停止，各省相继宣布出梅，省气象台再次准确判断安徽省达不到出梅标准，后期依然多强降水过程，此后的实际雨情、水情更是验证了这一判断的精准和可靠。7月下旬，巢湖水位超历史最高，面对严峻的形势，省气象台强化与合肥市气象台的预报指导和沟通，在已精细化的11个子流域基础上紧急再加工，充分利用巢湖水面浮标观测数据、高精度智能网格预报产品和合理插值手段，增加巢湖水面子流域，最终形成巢湖12个子单元的精细化面雨量实况和预报产品，有效提高了巢湖水面实况监测和面雨量预报服务水平；同时，准确判断7月23—25日巢湖流域仍有40～60毫米的降水量，为安徽省、合肥市党委、政府及防汛部门部署巢湖周边的破圩抗洪工作提供了参考依据。

二、重大暴雨过程决策服务

（一）总结经验，细化完善产品模板

决策气象服务材料是政府部门开展防灾减灾工作的重要参考依据，做好决策服务工

作是有效减轻气象灾害损失的基础。决策气象服务从任务下达到产品编制再到上报是一个复杂的过程，这就要求气象部门对异常气候事件有明确的预判。省气象台基于现有的经验，对多年的预报服务产品进行梳理，改进和完善预报服务产品形式，实现了城市精细化各要素预报的自动生成；细化产品模板，在安徽省预报底图中加入淮河、长江和巢湖三大流域，并将各流域细化分成若干子流域，形成统一的表格或底图模板，为后期高效的气象服务和政府的有效决策争取时间。

（二）递进式跟踪预报服务，增强科学应对底气

根据重大暴雨过程不同时期的影响程度和范围，开展分阶段决策气象服务，提供不同形式和内容的服务产品，有利于增强气象服务的有效性和针对性。瞄准重要天气过程，建立延伸期、中期、短期、短临到预警叫应的递进式预报服务模式。延伸期预报实现常态化，提前20天向政府和相关部门通报重大天气过程预报，提前10天细化过程量级预报，提前3天细化落区预报，提前1天细化强度及时空分布预报并开展3小时短时预报，提前1小时开展重点区域极端天气叫应服务。应急管理等部门针对台风、暴雨等重大灾害性天气，平均提前3～4天开展应对部署，为防灾避险赢得先机。

（三）面向需求，服务内容和形式多样化

与省住建厅、省自然资源厅、省水利厅等部门沟通协作，联合发布城市内涝、山洪灾害、地质灾害气象预警等各级各类预警，与省应急管理厅联合起草《关于加强防汛查险人员防雷安全的紧急通知》。7月7日受强降水影响，黟县因城市内涝致高考中断，省气象台滚动制作精细化服务产品，开展专题气象服务，并派员到省考试院提供驻点气象服务。根据雨情和汛情发展，省气象局及时调整服务方案，7月18日18时启动全省防汛救灾气象保障服务Ⅰ级应急响应，面向巢湖流域防汛需求，每3小时滚动制作并发布巢湖流域天气快报、面雨量预报和实况产品；省气象台呈送省政府及相关部门的决策服务材料中及时增加了巢湖流域、长江流域和淮河流域精细化面雨量预报滚动服务，并跟随过程滚动发布"最新天气实况和短时临近落区预报产品"。此外，决策首席每天参加省防汛天气会商。

针对梅雨期间的持续强降水、强对流等高影响天气，共发布《重大气象信息专报》8期、《气象信息专报》59期、《呈阅材料》3期、《淮河流域专报》11期、《天气情况快报》370期、《专题气象服务》36期、《气象灾害预警信息快报》4期，向安徽省委、省政府及有关单位发送传真1.5万余次，其中有5期材料受到省领导的直接批示，预报信息被省防指和省级媒体转载引用40多次，为政府决策、部门联动等方面发挥了"指令枪"的作用。此外，分别于7月5日和12日召开了中、高考新闻通气会，向公众媒体、省教育相关部门及时发布最新天气形势和预报；为充分发挥微信公众号等新媒体在防汛

救灾中快捷高效的优势,在"安徽省气象台微信公众平台"增加城市精细化要素预报和短时天气预报栏目,"首席说天气"和卫视天气预报短视频深受广大用户欢迎(表3-1)。

表3-1 2020年安徽省梅雨期气象服务产品

产品名称	服务对象	服务频率	服务方式
重大气象信息专报	省委、省政府、相关单位	不定时	政府专线、纸质材料、传真、邮件
气象信息专报	省委、省政府、相关单位	不定时	政府专线、纸质材料、传真、邮件
天气情况快报	省委、省政府、相关单位	每3小时	传真、邮件
每日天气	省委、省政府、相关单位	每天	政府专线、传真
气象灾害预警信息快报	省委、省政府、相关单位	橙色及以上预警	政府专线、传真
呈阅材料	省委、省政府、相关单位	不定时	政府专线、传真
淮河流域重要专报	省委、省政府、淮委、相关省市和单位	不定时	政府专线、传真、邮件
淮河流域专报	省委、省政府、淮委、相关省市和单位	不定时	政府专线、传真、邮件
卫视天气预报短视频	微信公众号用户	每天	微信公众号
每日决策服务参考	微信公众号用户	每天	微信公众号
首席说天气	微信公众号用户	不定时	微信公众号

三、重大暴雨过程预警与应急响应

(一)超长梅雨期间应急响应情况

安徽省气象局于6月10日启动重大气象灾害(暴雨)Ⅲ级应急响应,7月5日升级为Ⅱ级,累计响应50天。及时启动防汛救灾应急响应,7月18日提升为Ⅰ级。加强基层工作督导,建立局领导督导市级汛期服务工作机制,派出4个工作组对重点市、县检查指导。强化组织人事保障,组建淮河王家坝和巢湖气象服务组、专家服务组、技术支撑保障组、预警监控组等11个特别工作组,加强对基层的技术支撑和跟踪提醒。

(二)超长梅雨期间预警发布情况

安徽省突发公共事件预警信息发布系统(以下简称省突系统)是国家突发公共事件预警信息发布系统的重要组成部分。2020年梅雨期间(6月10日至8月1日),通过省突系统共发布预警信号7375条,覆盖15789141人次。其中红色预警123条(暴雨122

条，雷电 1 条），橙色预警 881 条，黄色预警 5318 条，蓝色预警 1053 条；涵盖暴雨、雷电、雷雨大风、大雾、大风、高温、冰雹等不同类型。新增《每日降水和预警发布情况》服务材料，共发布 53 期，提供过去 24 小时降水实况和全省预警信号发布情况，详见表 3-2。

表 3-2　2020 年超长梅雨期间安徽省、市、县三级气象部门发布预警信号次数统计

单位	总计	预警级别				预警种类					
		蓝色	黄色	橙色	红色	暴雨	雷雨大风	雷电	大风	大雾	高温
省气象台	118	16	98	4	0	99	9	3	1	2	4
合肥	49	2	41	3	3	23	4	22	0	0	0
长丰	53	6	38	8	1	23	3	21	2	2	1
巢湖	62	7	50	3	2	25	10	23	4	0	0
肥东	63	5	46	10	2	26	7	26	4	0	0
肥西	48	4	39	5	0	21	3	24	0	0	0
庐江	114	11	83	16	4	38	4	69	3	0	0
淮北	45	7	27	11	0	17	5	8	2	4	9
濉溪	48	8	29	11	0	18	8	9	2	2	9
亳州	26	6	18	2	0	10	1	5	1	4	5
利辛	24	6	13	5	0	8	1	4	1	5	5
蒙城	31	7	22	2	0	9	3	6	1	7	5
涡阳	28	6	16	5	1	12	2	4	1	3	6
宿州	49	6	31	12	0	18	7	12	2	3	7
萧县	52	5	32	14	1	21	3	12	3	6	7
砀山	34	3	23	7	1	12	3	11	1	2	5
灵璧	42	7	26	9	0	13	7	10	2	3	7
泗县	31	6	18	6	1	10	8	4	2	2	5
蚌埠	21	2	15	4	0	7	3	4	2	2	3
固镇	29	6	17	6	0	9	6	4	4	2	4
怀远	32	3	20	9	0	13	8	0	2	5	4
五河	29	6	18	5	0	10	4	3	4	4	4
阜阳	36	8	22	6	0	16	7	2	4	3	4
阜南	39	10	23	6	0	21	4	3	4	4	3
界首	39	8	25	6	0	16	6	4	4	4	5
临泉	39	11	22	6	0	19	5	3	4	4	4
太和	41	8	27	6	0	18	6	4	5	3	5

续表

单位	总计	预警级别				预警种类					
		蓝色	黄色	橙色	红色	暴雨	雷雨大风	雷电	大风	大雾	高温
颍上	39	9	23	7	0	19	4	1	4	8	3
淮南	46	5	19	16	6	20	0	14	5	5	2
凤台	33	6	23	4	0	9	0	15	5	2	2
寿县	68	11	40	13	4	29	1	24	6	7	1
滁州	59	9	40	10	0	29	3	24	2	1	0
定远	62	10	45	7	0	24	6	24	3	5	0
凤阳	36	3	27	6	0	15	1	11	2	5	2
来安	60	8	46	6	0	16	10	20	5	9	0
明光	54	7	37	10	0	18	4	22	3	5	2
全椒	75	12	47	13	3	38	1	32	3	1	0
天长	36	6	26	4	0	10	13	10	3	0	0
六安	80	10	54	14	2	43	0	29	5	3	0
霍邱	75	3	51	20	1	38	0	32	1	4	0
霍山	115	12	79	21	3	56	1	42	4	10	1
金寨	132	14	84	30	4	63	0	58	6	5	0
舒城	65	8	50	6	1	25	0	35	4	1	0
马鞍山	60	14	40	3	3	33	5	19	2	1	0
当涂	70	19	46	4	1	34	9	19	4	4	0
含山	80	19	53	7	1	40	12	16	6	6	0
和县	73	19	43	10	1	40	5	22	4	2	0
芜湖	43	8	33	2	0	19	13	5	2	3	1
繁昌	51	9	40	2	0	17	23	6	2	3	0
南陵	83	18	57	8	0	34	30	10	2	6	1
无为	59	13	40	5	1	30	22	3	3	1	0
芜湖县	40	7	32	1	0	14	19	2	1	4	0
宣城	95	12	67	14	2	34	20	32	2	5	2
广德	100	13	67	18	2	39	9	44	3	3	2
绩溪	107	21	69	13	4	46	5	49	5	1	1
泾县	104	13	72	18	1	40	10	47	1	5	1
旌德	76	17	50	7	2	31	3	37	4	0	1
郎溪	87	14	57	14	2	30	11	39	2	3	2
宁国	74	11	50	13	0	29	7	31	1	5	1

续表

单位	总计	预警级别				预警种类					
		蓝色	黄色	橙色	红色	暴雨	雷雨大风	雷电	大风	大雾	高温
铜陵	101	18	68	14	1	34	4	47	9	7	0
枞阳	97	15	63	15	4	37	5	46	9	0	0
池州	131	25	57	40	9	67	1	41	16	3	3
东至	122	23	66	27	6	54	2	46	16	3	1
青阳	98	18	59	18	3	39	2	35	9	12	1
石台	91	21	52	16	2	33	1	38	14	1	4
安庆	67	6	49	10	2	26	9	28	4	0	0
怀宁	107	13	84	8	2	36	10	52	4	5	0
潜山	96	7	83	5	1	32	12	47	3	2	0
宿松	103	11	80	10	2	40	11	47	3	2	0
太湖	80	7	66	7	0	24	9	45	0	2	0
桐城	136	11	102	17	6	60	17	51	6	2	0
望江	87	15	63	6	3	26	11	38	9	3	0
岳西	145	15	102	23	5	58	22	51	3	11	0
黄山市	84	3	71	8	2	24	17	40	0	2	1
黄山区	94	8	73	10	3	34	13	40	3	3	1
祁门	135	7	98	24	6	56	24	49	0	5	1
歙县	120	9	97	11	3	44	23	43	3	7	0
休宁	124	5	101	14	4	49	28	45	0	2	0
黟县	117	8	88	19	2	50	10	51	2	4	0
总计	5594	785	3868	815	126	2317	615	1954	283	275	148

四、公共媒体信息发布

2020年安徽在6个省级频道的电视天气预报节目和手机APP"中国天气通""移动惠生活"语音天气预报中，每日为百姓提供及时有效的天气预报信息和生活服务内容，及时发布各类气象灾害预警信号和重大气象灾害应急响应命令。并通过"江淮气象"微博、"安徽气象"微信公众号及时发布气象预报预警信息，传播气象科普知识，为公众提供优质的气象服务，以及回复网友提问、收集舆情信息等。

防汛期间，气象影视节目密切关注梅雨期强降水天气过程，及时准确地发布各类预报信号。截至7月31日，在电视天气预报节目中累计发布预警信号262次，播出地质灾害预警预报和山洪气象灾害预报66次，播出灾害类预报信息189次。节目中频繁向公众普及有关如何应对短时强降水、雷电大风等强对流天气的相关防范措施，增加雷电服务指南、暴雨行车安全等气象服务板块。并联合省植保总站和省农气中心增加农业气象服务板块，多次发布农业病害趋势和防治措施，提醒农民朋友做好适当的防护措施。

2020年梅雨期间"江淮气象"共发布微博1324条，其中暴雨、大风等预警119条，地质灾害预警47条，山洪灾害气象预警29条，安徽省天气快报360条。微信公众号共发布文章230篇，其中地质灾害预警31篇、山洪灾害预警22篇。今日头条同步发布微信数据。

除了做好天气预报预警信息发布，针对2020年梅雨期长、暴雨日多、累计雨量大、覆盖范围广、梅雨强度强等特点，气象影视节目加播灾害天气下的应对措施，增加"如何防范泥石流灾害？""洪水来袭该如何避险？""雨天出行该注意什么？""淋雨后我们该做些什么呢？"等防灾减灾科普内容。

影视节目及时插播省气象局做出的重大决策部署，提醒公众和相关部门做好应对措施。加强与新闻媒体对接，借力宣传汛期气象服务工作。主动为地方新闻媒体提供通稿，汛期平均每周提供4篇供20余家新闻媒体采用，及时提供最新天气实况、天气预报信息以及气象专家建议。组织电视台专家访谈2场，联系新闻通气会2场，包含中考天气、高考天气新闻通气会和梅雨期专题新闻通气会。

围绕汛期气象服务典型，采写人物通讯，其中叶金印的稿件已刊登于《人民日报》，题为《走近天气预报员》。《橙色预警！强降水持续来袭》《战水患、保安澜，我们奋斗在一线》等反映汛期气象服务一线情况的报道在《安徽日报》等媒体刊登。

五、雷电安全的"保护神"

根据监测资料统计，2020年安徽省全年发生闪电278060次，闪电主要集中发生在夏季。汛期雷电灾害频发，造成人员伤亡和严重的经济损失。针对严重的防汛形势，安徽省气象灾害防御技术中心坚持"人民至上、生命至上"理念，按照习近平总书记关于气象工作重要指示和安徽省气象局部署要求，全天候做好罕见超长梅雨季雷电安全保障服务工作。

（一）雷电灾情调查

2020年7月2日，安庆市望江县高士镇箭坝村和漳湖镇红湖村发生雷击事件，造成2名村民死亡、1人受伤，引起省政府的高度重视。在安徽省气象局启动雷击事件调查后，安徽省气象灾害防御技术中心和省气象局应急与减灾处成立联合调查组，通过现场走访、询问勘察和收集气象资料，分析了雷电灾害发生的原因，给出了加强安徽省特别是农村地区雷电灾害防御的对策建议，并完成灾害调查报告上报省政府。呈阅材料《望江县"7·2"雷击事件调查报告》获得李国英省长批示。省防办据此出台《安徽省防汛抗旱指挥办公室关于加强防汛查险人员防雷安全的紧急通知》（皖防指办明电〔2020〕29号）。

2020年3月以来，安徽省皖南山区的东至、岳西、太湖等多个自动气象站先后遭受雷击，不仅造成数据采集和传输设备损坏，导致观测系统工作中断和数据传输终止，还造成严重的经济损失。安徽省气象灾害防御技术中心通过与省气象局观测与网络处及市、县气象局对接，对雷击现场进行勘察和原因分析，结合现行国家和气象行业标准的技术要求，对观测场现有防雷措施提供整改方案，并制定了雷电防护对策。

（二）应急保障、技术支撑

入汛后，根据省气象局防汛救灾气象保障服务应急响应级别规定，安徽省气象灾害防御技术中心成立汛期气象服务领导小组，对汛期气象服务工作进行安排部署，制定了汛期气象服务值班表，带班领导24小时在岗带班，业务人员24小时在岗值守，密切关注天气变化和气象灾害发生情况。不断分析防汛抗洪的严峻形势，动态调整应急策略，根据气象灾害防御工作特点，7月初成立了"气象灾害调查"和"防雷安全技术服务保障"两个应急小分队，24小时待岗，随时奔赴抗洪一线，为防汛救灾提供精细化技术保障服务。

（三）雷电防护

1. 巡堤查险防雷明白卡

7月18日，针对庐江县出现雷击伤人事件，为了确保广大群众尤其是巡堤查险一线人员的生命安全，省领导要求气象部门做好雷电防御的指导工作。当天夜里11时接到任务，安徽省气象灾害防御技术中心主任立即组织总工和业务骨干连夜开展工作，一直到凌晨03时，赶制出巡堤查险防雷明白卡，从预警、户外、急救3个方面介绍防雷科普知识，内容通俗易懂，措施科学合理。安徽省防汛抗旱指挥部当天就下文要求各级政府和相关单位通过发放"巡堤查险防雷明白卡"，全面提高防汛巡堤人员的风险意识和避险能力。据统计，"巡堤查险防雷明白卡"在全国各网站和平台被广泛转发，微信公众号、微博点击量已超百万。同时，制作防雷"三十六计"科普宣传册向社会群众分发。

2. 科普宣传

5月12日，安徽省气象灾害防御技术中心正研级高级工程师程向阳接受《防灾减灾大家谈》栏目访谈，向公众讲解了"防雷避险与自我保护"相关知识，从雷击途径、户外人员雷击高风险区、户外自身防护等方面做了科普宣传。7月22日，接受安徽卫视采访，向公众详细解读汛期巡堤查险防雷明白卡的相关内容以及"安徽省雷电易发区域及其防范等级""公共雷电灾害防御知识普及""雷电灾害风险普查""建设美好乡村、提升农村雷电灾害防御能力""标准助力气象服务"等汛期防雷安全相关气象服务内容。

3. 防雷装置检测公益性服务

作为省级雷电防护装置公益性检测实施单位，安徽省气象灾害防御技术中心主动向服务单位发送公益性检测预约联系函件或电话联系，开展雷电防护技术服务。2020 年共完成安徽省省委、省政府、省人大、省政协、财政厅、公安厅、民政厅等机关办公楼和信息机房以及省武警总队油库、弹药库等易燃易爆场所等 67 家单位的雷电防护装置检测工作，排查了雷电防护装置的潜在隐患，确保其运行的有效性，获得服务对象的一致好评。

六、上级指导

入汛前，中国气象局预报与网络司就针对 2020 年的汛期预报多方面进行部署，加强了科技支撑力量，国家级强对流客观短时预报产品、地面气象要素（温度、相对湿度、风、降水）24 小时逐时滚动订正网格预报产品、中国第一代全球大气 / 陆面再分析产品、全球客观天气预报产品等一系列最新预报产品业务化应用；GRAPES_MESO v5.0 数值预报系统、GRAPES_GFS 全球同化预报系统、东亚重要环流型预测业务系统和中高纬 – 极地大气遥相关、海冰 – 积雪监测预测业务系统等预报预测系统投入业务应用；加大了技术指导力度，通过召开汛前强对流预报技术准备会、GRAPES 模式应用汛前技术准备会、风云四号气象卫星天气应用平台（SWAP2.0 网络专业版）应用培训会等，进一步夯实汛期气象服务技术基础，组织国家气候中心召开全国汛期气候趋势预测视频会商会、汛期滚动气候趋势会商会，不断修订梅雨期天气预测意见；优化了预报流程集约度，进一步改进全国天气会商工作，进一步规范了降水实况图形产品绘制。

在开展汛期气候预测工作时，加强了与国家级气候业务单位的联系，除了参加国家气候中心组织的全国汛期气候趋势预测会商会和汛期滚动气候预测会商会外，还针对中部型厄尔尼诺信号对安徽省汛期降水影响、入出梅时间预测和淮北雨季开始时间预测等与国家气候中心汛期气候预测班组进行专门会商，相关工作加强了国、省两级汛期气候预测工作的协同发展。

针对流域洪水发生发展情况，主动联系上级部门寻求技术指导。在国家气候中心的指导下，基于 CIPAS2.3 绘制全国降水分布图，通过对比分析，得到大别山区、皖南山区及巢湖流域为全国强降水中心这一结论，为政府部门科学调度提供了有力证据。

2020 年 7 月 22 日淮河流域刚刚发生了超保证洪水，巢湖忠庙站水位又接连突破保证水位和历史最高水位，出现百年一遇的超历史水位汛情。巢湖流域防汛抗洪救灾进入最关键、最危险的时刻。面向"上拦、下排、边分、固堤"的针对性气象保障服务在巢湖有序展开，中国气象局多个业务单位给予紧急驰援。

（一）精细化面雨量预报指导

中国气象局公共气象服务中心针对巢湖超历史水位洪水过程，特别提供了巢湖流域逐 3 小时、6 小时和 24 小时的多模式面雨量预报产品，成为省气象台开展巢湖流域精细化面雨量预报的重要参考。

（二）流域精细化服务现场支援

7 月 25 日，中央气象台水文气象预报团队负责人、正研级高工包红军前往滨湖李荣村、肥东县长临河、巢湖忠庙、中埠大联圩大堤、双桥河大堤、西坝口大堤和巢湖闸等地，现场调研巢湖及各河流的天气、水情、汛情及气象服务情况，深入防洪前沿了解流域防汛需求，并根据巢湖气象服务产品和服务需求对进一步做好精细化气象服务进行了具体指导。

（三）巢湖风浪预报现场指导

7 月 23 日 08 时，在接到安徽省大气探测技术保障中心的请求后，中国气象局气象探测中心迅速派出风廓线雷达团队专家、高级工程师李瑞义前往安徽巢湖驰援一线。在抵达巢湖抗洪后，李瑞义立即协助制定了环巢湖 3 部风廓线雷达、25 个地面自动气象站、模式预报资料在湖面风力监测预报中的对比分析方案，为巢湖湖面风力监测预报提供支撑，在国、省气象部门联动下，环巢湖风力监测预报平台紧急上线，实现基于 INCA 的风预报以及现场人工观测浪高数据实时更新，这一系统也为防御台风提供了支持。

（四）数据及仪器支援

面对精细化监测及预报服务的需求，国家气象信息中心开放更多的中尺度模式产品用于高时空分辨率预报。中国气象局气象探测中心紧急往安徽调拨 7 部便携自动气象站，用于水毁站的重建和加密。

7 月 14 日上午，中国气象局气象探测中心启动应急响应期间国、省级观测业务会商，与重庆、江西、安徽、湖南、湖北、江苏、浙江省（市）气象局视频连线，确保观测业务国、省级之间信息畅通、指导及时、统筹调度等。7 月 16 日，中国气象局气象探测中心向安徽省气象局紧急调拨 2 套便携式应急气象站；20 日，观测与网络司再次从国家级应急储备库（西安）紧急调拨 15 套便携式应急气象站和部分野外帐篷支援安徽省气象局。针对巢湖风浪监测预报的突出需求，为加强巢湖流域风浪监测预报服务，7 月 24 日，中国气象局气象探测中心派驻雷达专家来合肥指导，构建国、省级观测业务协同机制。双方协同开发出"环巢湖风力监测预报平台"，实现了环巢湖风、浪监测预报等功能，为环巢湖大堤防汛救灾一线提供强有力的精细化气象服务保障。

2020年7月2—22日，针对安徽应急气象服务关键时期CTS通信系统中区域级自动气象站数据出现传输延迟现象，省级信息中心业务技术人员多次联系国家气象信息中心专家紧急会诊，深入分析成因，临时开发部署系统故障日志监控软件，定位故障节点，优化调整CTS系统软件，更新系统配置，国家气象信息中心专家不分昼夜实时跟踪指导，对安徽省气象服务数据的准确、及时、有效性提供了强大的支撑。7月18日，针对省级气象数据服务需求，国家气象信息中心紧急接入下发了ECMWF的9千米模式产品，优先提供给包括安徽在内的沿江沿淮等省份使用，有效满足了气象预报预测应用服务的需求。

2020年安徽省洪涝发生伊始，国家卫星气象中心即时展开重点关注，与安徽省生态气象和卫星遥感中心保持密切联系，编制卫星轨道程序调度GF3合成孔径雷达卫星与GF4静止轨道高分卫星对安徽省重点区域进行高频次监测，双方共享卫星数据和解译结果，对安徽省淮河、滁河、长江、新安江和巢湖流域水情展开实时监测，协同发布水情遥感监测材料，保证受灾面积等统计数据的一致性，分别向国务院和安徽省人民政府汇报。

七、部门联动

（一）及时修订气象灾害应急预案

为全面提升气象防灾减灾综合管理水平和应急处置能力，建立规范的重大气象灾害应急工作流程，形成反应迅速、处置高效的应对机制，2019年8月安徽省气象局启动《安徽省气象灾害应急预案》的修订，2020年完成了修订工作。2021年1月经安徽省政府常务会审定后予以印发。新的《安徽省气象灾害应急预案》具有以下特点。

一是气象灾害应急预案目标更精准。新预案编制过程中强化以习近平新时代中国特色社会主义思想为指导，全面贯彻落实"两个坚持、三个转变"防灾减灾救灾新理念，强化气象灾害监测预报预警、信息发布，建立健全气象灾害会商研判、联动联防和应急响应机制，最大限度地减轻或者避免气象灾害造成的人员伤亡和财产损失。

二是气象灾害应急组织指挥体系更完善。根据《安徽省机构改革方案》，完善了组织指挥体系中各成员单位名称和职责进行相应修改和调整。原国土资源厅、环保厅、农委、林业厅、新闻出版广电局、旅游局等分别改为自然资源厅、生态环境厅、农业农村厅、林业局、广播电视局、文化和旅游厅，新增应急管理厅及相应工作职责。

三是气象灾害应急响应分级应对措施更细化。在2017年版预案中，应急响应未划分级别，实际操作中和其他预案衔接不顺畅。为进一步增强应急预案可操作性，本次修订在应急响应中增加应急响应会商规定，强化各部门应急联动机制，为省防总指挥部提供决策支持。细化调整应急响应启动级别，将气象灾害应急响应等级分为一、二、三级，与《安徽省突发事件总体应急预案》进行有效衔接，并明确各级别响应措施，将具体应急任务落实到具体单位，使应急预案更具可操作性。

四是气象灾害应急响应保障措施更全面。考虑到应急预案操作流畅性，进一步完善了2017版应急预案的保障措施，增加灾害普查内容，为气象灾害防范应对提供基础支撑。

五是气象灾害预警标准更合理。突出气象灾害应急预案前置性，重新调整气象灾害省级预警标准，将之前事后预警调整为事前预警；根据安徽省气候特点以及多年统计分析，针对区域性较强的暴雨灾害，将安徽省划分为三个片区，即沿淮淮北、大别山区和皖南山区、沿江和江淮之间，进一步规范预警标准。

六是首次成立全省气象灾害应急专家组。为加强各成员单位应急联动，建立应急会商机制，成立气象灾害应急专家组，强化灾前会商研判、科学决策，专家组涉及17家单位29名相关行业应急管理专家，为发挥应急预案"定盘星"作用奠定基础。

（二）气象、水利部门联手抗山洪

2020年入汛以来，安徽省降雨极端性强，降水强度屡创极值，山洪地质灾害防治形势异常严峻，省气象局高度重视山洪地质灾害气象风险预警工作，首次与水利部门联动，全力做好山洪地质灾害气象风险预警服务，在6—9月水利厅每天发布高密度实况雨量信息以及面雨量预报，联合发布安徽省山洪灾害气象预警37期，其中蓝色预警7期、黄色预警13期、橙色预警8期、红色预警7期。最大限度地减少了灾害损失和人员伤亡，取得了明显的经济和社会效益。

2020年7月4日18时，安徽省气象局和安徽省水利厅联合发布山洪灾害气象预警：预计2020年7月4日20时至5日20时，芜湖市繁昌县、南陵县，铜陵市枞阳县、义安区、铜官区、郊区，宣城市泾县可能发生山洪灾害（蓝色预警）；安庆市、池州市、黄山市全境，宣城市广德市、绩溪县、郎溪县、宁国市、宣州区、旌德县发生山洪灾害可能性大（橙色预警）；其他地区也可能因局地短历时强降水引发山洪灾害。从实况来看，预警落区与实况雨量高度一致，最大限度地减少了灾害损失和人员伤亡。

（三）气象、自然资源部门合力御地灾

2020年入汛以来，安徽省降雨极端性强、降水强度屡创极值，地质灾害防治形势异常严峻，省气象局高度重视地质灾害气象风险预警工作，继续加强与省自然资源厅联动，全力做好地质灾害气象风险预警服务，在5—9月每天（按需不定时）向省自然资源厅发布高密度实况雨量信息以及面雨量预报，联合发布安徽省地质灾害气象预警预报179期，其中黄色预警48期、橙色预警13期。

2020年6月20日16时，安徽省气象局和安徽省自然资源厅联合发布地质灾害橙色预警：6月20日20时—21日20时，六安市辖区及金寨县、霍山县、舒城县，安庆

市的岳西县请加强防范,同时做好灾害隐患点上人员转移准备工作;黄色预警:黄山市、宣城市、池州市、铜陵市、芜湖市、马鞍山市全境,合肥市辖区及巢湖市、肥西县、肥东县、庐江县,安庆市辖区及潜山市、桐城市、太湖县、怀宁县、望江县,广德市,宿松县请注意防范,并加强隐患巡查和排查。从实况来看,预报雨量和范围基本准确,最大限度地减少了灾害损失和人员伤亡,取得了明显的经济和社会效益。

第二节 新安江抗洪遭遇战

新安江的源头在黄山市,流域内群峰参天,岭谷交错,河流众多,地形复杂,地质灾害隐患点多、面广。2020年7月5—9日,黄山市突降暴雨,全市平均累计降水量299毫米,较常年同期异常偏多6倍,黟县最多达388毫米。其中7月7日全市平均降雨量167毫米,共有123个气象站超过100毫米,其中7个气象站超过250毫米,与历史同期相比,全市6个国家气象站均为1962年有完整气象记录以来同期最多。受强降雨影响,黄山市境内的新安江流域全线超警戒水位,歙县练江渔梁站7月7日09时18分洪峰水位达118.31米,超警戒水位3.81米,遭遇50年未遇的历史高水位,全市7个县(区)不同程度受灾,近500年历史的明代古桥——屯溪镇海桥被冲毁,并造成歙县高考延误,一时之间黄山成为全国焦点。雨情急、汛情猛、险情多、灾情重,让黄山这座城市经历着一场前所未有的考验……

一、沉着应对

黄山市气象部门坚持"人民至上、生命至上",认真落实省气象局党组和黄山市委决策部署,坚决克服麻痹思想,强化责任落实,全力做好防汛救灾气象服务保障工作,切实把确保人民生命安全放在第一位落到实处。黄山市气象局紧急召开汛期气象服务领导小组会议,要求全市气象部门切实扛起政治责任,立即投入实战状态,坚决打好这场防汛救灾气象服务关键仗!7月7日11时,黄山市气象局经过科学研判,立即响应省气象局重大气象灾害(暴雨)Ⅱ级应急响应命令,全市进入紧急应急状态!汛情就是命令,市气象局班子成员靠前指挥,主要负责同志24小时坚守在市防汛抗旱指挥部,及时主动向市委、市政府主要领导汇报最新天气实况和预报结论;其他班子成员根据既定职责分工抓细抓实各项气象服务工作;各县(区)气象局、市气象局各单位负责人严格落实防汛主体责任,带头坚持在气象服务第一线;业务人员全员到岗到位,严格落实24小时值班制度。

图 3-1　2020 年 7 月 6 日，黄山市市长孙勇（中）在市水旱灾害防御调度中心主持召开防汛救灾工作调度汇报会

　　面对愈演愈烈的防汛形势，市气象台紧张忙碌而又万分沉着，密切监视天气变化，同时与省气象台加密会商，及时利用智能网格预报产品开展精细到县（区）的 3 小时短时临近预报服务，预报精细精准；市气象台台长方祥生全程跟踪指导过程前预报服务、过程中信息服务、过程后影响评估，与参加高考的女儿一起迎接人生"大考"。市气象局派出工作组和专家先后前往黄山区、歙县等最关键的县（区）气象局开展督查指导，并将市气象台预报服务骨干留守歙县，帮助歙县气象局开展服务，7 月 7 日 19 时 30 分，中国气象局党组成员、副局长余勇组织中央气象台、安徽省气象台等单位就歙县天气形势开展了紧急会商，并提供了精准决策服务指导意见，市气象局和歙县气象局随即开始每小时滚动向教育部门发布精准的天气实况和气象要素预报，为教育主管部门提供精细气象服务直至歙县高考结束。7 月 7 日夜间，休宁县国家级站点设备突发故障，在装备抢修岗位的屯溪区基准站站长陈建春等人第一时间赶赴故障现场，在省气象局探测中心技术支持下，连夜冒雨搭设临时线路，确保了气象数据准时准确上传，后经过一夜的抢修，故障得以全面排除。

图 3-2　2020 年 7 月 6—8 日，省气象局二级巡视员倪高峰（右二）在黄山市督导汛期气象服务工作

二、部门联动

2020年7月4日,时任黄山市委书记任泽锋主持召开全市防汛调度会商会,黄山市气象局分管负责人就本轮强降水过程做了专题汇报,在听取了水利、应急、自然资源和规划、水文等部门相关情况汇报后,任泽锋指出:近期受持续降雨影响,各地各有关部门要高度重视,进一步压紧压实责任,切实把防汛和防范地质灾害作为当前工作的重要任务,不容丝毫懈怠、不容丝毫疏忽,严格落实防汛工作责任制,确保各项防控措施部署到位、落实到位。

黄山市各地各部门根据专题气象服务材料积极行动起来,立足防大汛、抗大洪、抢大险、救大灾,发挥部门职能作用,积极采取有力防范措施,提前进入实战状态。市自然资源和规划局加强地质灾害防御,要求各防御责任人、预警员、信息员要到岗到位,做好值守预警工作,必要时要采取转移措施,确保人民群众生命安全。市水利局突出山洪、水库山塘防守,严格落实水库"三个责任人"和"三个重点环节"责任,做好雨水情观测、清基扫障、隐患排查等工作……

"7—8日(高考期间)我市强降水仍将持续,提醒考生和家长注意交通出行安全,相关部门做好防范措施。今天夜里到明天白天暴雨,局部大暴雨……"6日下午,在收到气象部门最新预报信息后,市教育、公安等部门就高考制定了详细的应急保障预案,对相关事项提前进行细化部署。7月7日当天,仅屯溪区交警部门就投入了100余名警力,通过各项有力举措,除歙县考区原定7月7日的语文、数学科目考试因洪水延期外,其他地区高考安全平稳有序进行。市气象局和歙县气象局逐小时滚动精细气象服务为歙县高考保驾护航,7月9日歙县高考顺利结束。

据统计,针对本轮特大暴雨天气过程,黄山市气象局共发布《气象信息专报》15期、短临预报62条、预警信息142条(含确认和变更),发布短信近15万人次,与市自然资源和规划局联合发布地质灾害预警6期,与市水利局联合发布山洪灾害预警4期。7月10日,黄山市气象局与华风集团联合开展"直击2020南方汛情"全媒体直播,同步在23家国家级媒体平台推出,社会效益显著。

三、靶向预警

"黟县气象台2020年7月5日08时01分发布暴雨黄色预警……"随后,黄山区、祁门县、休宁县相继发布暴雨预警,上午10时后,又陆续提升为暴雨橙色预警,至此,新一轮强降雨正式拉开序幕……7月6日凌晨,南部降水有所减弱,北部地区强降水持续,此时,黄山市气象局大楼内灯火通明,带班领导、值班预报员们坚守在气象云图、雷达图、雨量图前,密切监测着雨情变化,分析研判天气形势,及时对外发布预报预警信息。04时30分,当监测到黄山区城区附近3小时降水量将超过100毫米后,值班预报员立即拨通了黄山区气象局主要负责人电话，提醒启动"叫应服务"，04时45分黄山区气象台升级变更暴雨红色预警，并利用预警平台进行了全网发布，黄山区委、区政府根据"实时定向预警信息"紧急安排部署，组建各类抗灾队伍21支，迅速转移风险区域群众6397人，并发动党员群众防洪排水，抢救物资，将损失降到最低，取得了本次过程抢险救灾的首场胜利。

6日夜里22时，强降水南扩到黄山全市，歙县、黄山市相继发布暴雨黄色预警，在黄山市防汛抗旱指挥部内，市委书记任泽锋亲自督阵，应急、气象、水利、自然资源、公安等部门专家24小时集中办公，连夜调度、紧急研判、上传下达、转移百姓，从市到县、镇、村……那一晚，多少人彻夜未眠。市气象台密切关注降水趋势，加密会商频次，每小时滚动发布最新预报和雨情、水情信息，全市300多个山洪预警广播滚动最新预警预报，数万名党员干部和气象信息员进村入户……7日凌晨降水进一步增强，歙县、黟县、祁门、休宁县和黄山市陆续将暴雨预警提升至最高级别红色预警，汛情持续升级，强降水造成了黄山市境内大范围汛情险情突发，全市气象部门党员干部职工们与全市人民的心纠到了一起，誓要打赢这场抗洪"遭遇战"。

"各乡镇，04时34分实时雷达回波显示，徽州区西侧强降雨回波将东移持续影响中部和南部乡镇，请加强防范……"7月7日04时50分，徽州区坑上村支部书记吴秋颖在防汛工作群收到区气象局发布的预警信息，随即在村工作群通知巡查人员，随时准备转移沿河住户，在转移村民时，吴秋颖接到电话，称村里的余顺仙老人还没出来。余顺仙的房子距离河对面约200米，过河的桥已被冲断，正门无法靠近。吴秋颖第一时间召集8个人，带着斧头、梯子，绕到了余顺仙家的侧面，砸开后门把老人救了出来。背出老人后不久房子便垮塌。事后吴秋颖感慨道"几十年都没看到那么大的雨，好在气象部门的预警信息来得及时，第一时间转移了沿河的住户，不然后果不堪设想。"

由于气象服务精准、及时，此次特大暴雨降水天气过程灾害损失最大程度得到了减轻，且实现人员"零伤亡"。一是得益于汛前未雨绸缪，周密部署。黄山市气象局班子成员带队分赴各县（区）开展综合检查，排查业务服务流程、制度、各类软件、平台等隐患30余处，更换自动气象站备件78个；修订完善各项业务制度，分工明确、责任到人；定期开展重大气象服务应急演练，全面检测和提升应急服务能力。二是得益于党委、政府重视，反应快速。基本建立了以预警信息为先导的气象防灾减灾救灾运行工作机制，全市12757名各级责任人被纳入"国突预警信息平台"，同时建立了重大气象灾害预警信息全网发布绿色通道，实现预警信息零时差、无死角、全覆盖发布，预警即是命令，各级党委、政府闻令而动，为抢险救灾赢得先机。三是得益于职能部门各司其职，联防联控。气象与应急管理、水利、自然资源、农业、交通、教育、消防等部门分别签订合作协议，建立常态化信息共享和灾害性天气联防联控工作机制，气象灾害到来之前，职能部门各司其职，上下联动、主动作为，按照既定预案，提前部署防御措施，最大程度避免和减轻灾害损失。四是得益于省气象局精准指导，上下联动。针对新安江流域汛期气象服务需求，在省气象台流域预报指导产品和省气候中心延伸期降水客观化预测产品指导下，滚动制作了《新安江面雨量预报》和每月降水预测等产品，为新安江全线安全防范、调度提供强有力的决策保障。特别是"7·7"洪水中，省气象局专家组亲临一线指导，省、市、县三级联动，进一步筑牢了第一道防线作用。五是得益于长期科普宣传，提升意识。通过持续深入社区、学校、农村等地开展黄山市常见气象灾害及预防措施和预警信号等知识科普宣传教育，利用微信、微博开展线上宣传，举办各类气象科普大赛等方式，潜移默化提升了社会公众防灾减灾意识和避险自救能力水平。

第三节　王家坝分洪伏击战

坐落于阜阳市阜南县境内的王家坝闸是淮河上游和中游的分界点，被誉为千里淮河"第一闸"、淮河防汛的"晴雨表、风向标"。它肩负着淮河防汛的重任，守护着中下游人民的生命财产安全，是防汛关注的重中之重。

一、超前预警

入汛后，阜阳市气象局密切监视天气变化，充分利用智能网格预报，每日3次滚动更新决策材料，逐3小时滚动监测和预报全市雨情，关键时期每小时滚动监测和预报全市精细化雨情。气象资料预测表明："从2020年6月8日开始，淮河流域将进入多雨期，其中，6月16—18日有强降水过程，旬累计降水量在100～150毫米，较常年同期偏多1～2倍。6月27—29日全市还将有一次降水过程，部分地区大到暴雨。"阜阳市气象部门迅速将天气形势和预报结论向市委、市政府做了汇报，为防汛抗洪提供第一手资料。7月9日《气象信息专报》中指出"7月11—12日我市及淮河流域上游有一次较明显降水过程，我市过程累计雨量在60～120毫米。淮河流域上游累计面雨量在100～150毫米"，对于导致淮河一号洪水的强降雨过程，做到了超前服务、精准预报了雨带位置、强中心落区、雨量等级。7月12日《气象信息专报》中指出"17—19日我市及淮河流域上游又有大范围降水过程"。7月15日《气象信息专报》进一步明确"17—19日我市累计降水量在80～150毫米，局部地区可超过180毫米，淮河流域上游面水量可达80～170毫米"，并指出此次过程将对淮河及王家坝闸防汛造成较大压力。

2020年6月1日至8月31日，阜阳市气象台共发布各类预警信号（包括发布、变更和解除）86次，包括暴雨预警信号27次、雷电黄色预警信号15次、雷雨大风预警信号16次。及时通过国突、省突、短信、微信群、邮箱、传真、应急广播、地方新媒体矩阵、市政府OA系统等多渠道对外发布预报预警信息，打通预警信息传播"最后一公里"。全市共计发布各类预警信号 569 条，发布预报预警服务短信近千条，累计受众 960 余万人次。

图 3-3　2020 年 5 月 14 日，时任省气象局党组成员、副局长胡雯（前排左二）在淮河王家坝气象监测预警中心调研

二、强化保障

强化观测装备技术保障，提升监测精密度。工欲善其事，必先利其器。精良稳定的观测技术装备是汛期气象监测顺利开展的重要保障。入汛后，阜阳市全力做好雷达、探空、地面等观测设备运行监控和维护维修保障工作，2020 年 6 月 10 日至 8 月 31 日，共开展观测设备巡检维护 182 站次，观测设备故障维修 51 站次，故障修复及时率 100%。在王家坝防汛紧张关键期，紧急在被洪水围困的王家坝保庄圩、自由庄台和郜台乡宁台庄台等灾民居住区安装应急气象观测站，数据成功接入 CIMISS 系统，实现气象信息实时上传更新。气象保障应急车驶入防汛抗洪现场，开展气象数据采集、分析等移动作业，为王家坝开闸蓄洪、防汛抢险救灾和灾民生活安置提供精细化气象监测数据服务。

强化预警中心建设，打造气象服务阵地。省气象局党组高度重视提升淮河上中游地区气象灾害防御和气象服务水平，2013 年安徽省气象局与阜阳市政府签署《共同推进阜阳市气象现代化建设合作协议》，将王家坝气象监测预警中心（以下简称预警中心）列为阜阳市重点建设项目。在省、市气象部门共同筹措下，2019 年预警中心完成项目建设，2020 年 6 月正式投入业务运行。中心坐落在王家坝闸北不足 100 米的地方，咫尺守护王家坝。全方位收集气象监测、防汛应急信息数据，高清视频会商系统直通中国气象局和安徽省气象局，为政府及防汛指挥部提供淮河防汛抗洪气象决策预报预警服务。省气象局胡雯局长、汪克付副局长多次赴中心调研，指导中心功能定位、服务重点、业务系统建设。预警中心的投入使用为淮河王家坝防汛抗洪增添了底气，增强了人们抵御风险、战胜洪水的信心。"有了预警中心，我们安心多了。"省气象局首席服务专家叶金印说。

图 3-4　2020 年 7 月 20 日，省气象局党组成员、纪检组组长张爱民（左二）带领服务团队在王家坝气象监测预警中心研判天气

强化"121 网端微"服务模式，打造硬核技术新武器。"121 网端微"由"一网两端一微"四套业务服务端组成。"一网"即以网站形式开发的"王家坝气象业务服务平台"，"两端"即"王家坝决策气象 APP"和"微信公众服务端"，"一微"即微信服务群。"121 网端微"在 2020 年汛前投入业务运行，为王家坝防汛气象服务提供了强有力的技术支撑，给坚守在防汛一线的工作人员吃下了定心丸。

王家坝气象业务服务平台一"网"打尽气象水文资料。该平台可实时显示王家坝及淮河上中游地区地面、高空、雷达、卫星云图、阜阳市及淮河上游自动站降水、淮河流域上中游地区水文站点的水位、流量及水位实景观测等气象和水文观测数据，以及各类中短期预报、防汛气象信息专报、蒙洼蓄洪区天气快报、蒙洼蓄洪区卫星遥感监测专报等预报和服务材料。手机客户两"端"建成掌上移动气象台。开发"王家坝决策气象 APP"和"微信公众服务端"，将网站显示资料同步到手机服务端，建成掌上移动气象台，打破时空限制，为领导和预报人员随时随地掌握最新天气状况和水文信息提供方便。"气象服务微信群"靶向服务决策领导。建立"蒙洼蓄洪区抗洪救灾气象服务保障"微信群，第一时间将最新雨情水情、天气预报信息靶向精准地送达到每一位防汛救灾责任人和防汛一线人员手中，服务防汛抗洪救灾决策，实现"手上有粮，心中不慌"。

三、精心组织

提前修订工作流程，开展应急演练。阜阳市气象局在汛期前修订了《阜阳市气象局气象灾害应急响应工作流程》（以下简称《流程》），细化流程、强化工作组织、明确职责。5 月 13 日，按照《流程》开展"气象灾害（暴雨洪涝）应急演练"，检验了全市气象部门防汛抗洪的应急能力以及相关单位协同配合作战能力，锻炼了业务人员应急处置能力，积累了应对重大气象灾害的实战经验。

精准把脉降雨过程，超前应急响应。2020年6月10日15时，在第一轮强降雨袭击淮河流域时，及时启动重大气象灾害（暴雨）Ⅲ级应急响应；之后每次强降雨过程前及时变更、启动了4次不同级别的应急响应。暴雨肆虐，江淮告急，7月18日18时30分启动防汛救灾气象保障服务Ⅰ级应急响应。

在应急响应期间，阜阳市气象局积极对接防办、水利、水文等各部门，每天开展2次现场会商。组建淮河上中游防汛抗洪联防联动机制，成立联防联动组织，组织包括安徽7个省、市级气象部门以及阜阳市水利局、阜阳市水文局、河南省气象台、信阳市气象局、驻马店市气象局等12家单位，实现淮河上中游监测、预报预警等气象信息共享，防汛关键期防汛物资设备的共享和调配，以及成员单位之间防汛抗洪经验交流，大大提高联防区域内的防汛抗洪保障能力。主要负责人和分管负责人每天奔波在市气象局、防办和淮河王家坝各地，轮流驻守王家坝气象监测预警中心，指导预报服务工作。在防汛形势最紧张的时期，在市防汛工作调度会上率先发言，为市委、市政府防汛抗洪决策提供依据。

图3-5　2020年7月18日，安徽省政府副省长、阜阳市委书记杨光荣（右四）在王家坝实地查勘雨情汛情

四、服务分洪

淮河流域在连续遭遇强降雨袭击后，淮河干流水位迅猛上涨，2020年7月17日22时48分王家坝达警戒水位27.5米，形成2020年淮河第一号洪水。20日00时06分达保证水位29.3米，20日08时24分出现最高水位29.76米，居历史第二位，随时有溃堤的危险。降水还有多少？要不要分洪？怎样最大限度减少人员伤亡和经济损失？这些成为阜阳市委、市政府乃至全社会最为关注的问题。

7月17日夜，淮河干流发生2020年第1号洪水，安徽段干流全线超警戒水位9天（7月21—29日），其中淮南以上各主要控制站水位超过保证水位，润河集至汪集河段、小柳巷段水位超历史纪录。7月12—19日淮河王家坝站水位在8天之内上涨超过7米；7月20日水位最高达到29.76米，超保证水位0.46米，居历史第二位。在决定王家坝是否分洪的紧要关头，阜阳市气象局在7月17—20日逐日气象信息专报中指出"21—23日及24—26日我市及淮河流域上游还有2次大范围降水过程"，为王家坝分洪决策提供了最直接的气象依据。7月20日08时31分，根据国家防总指令，王家坝闸时隔13年再度开闸泄洪，蒙洼蓄洪区同时启用。

五、保障民生

7月22日，王家坝闸进入关闸"窗口期"；蒙洼蓄洪区成为一片汪洋，庄台变成一座座孤岛，"天上太阳晒，地面水汽蒸"，蒙洼受灾群众将长时间居住在高温、高湿的庄台小气候里，这为日常生活和卫生防疫带来很大不便和隐患。气象部门马上行动，与县医院、卫生防疫部门进入合作交流状态，及时在蓄洪受灾的庄台布设移动应急气象观测站，将工作重点转移到气温、湿度、风、强对流天气的实况和预报预警服务上，做到了"防汛、防疫"两手抓，确保灾后无大疫。王家坝镇居民这样对记者说到："工作组驻进这个庄台，上下都有联系，都知道，政府的人都安排好好的，天气预报提前都给预测好好的，心里都有数了。"

泄洪后，保障生产自救成己任。8月1日开闸退洪后，蒙洼蓄洪区经过12天蓄洪，农作物大面积受淹绝收，畜牧养殖场圈舍被损毁，池塘里的虾蟹鱼逃逸，农业损失严重。水退人进，王家坝蓄洪区灾后重建成为当务之急。为加速王家坝灾后重启，气象部门精准发力。阜南县气象局积极对接县农业农村局，为全县农业生产"补救、自救"决策提供周到的气象服务，同时组织农业气象技术人员深入受灾田地开展灾情调查和直通式服务，为受灾群众提出科学建议。阜南县水文勘探队队长李守会说到王家坝的气象服务，用了"佩服"二字。"今年几场雨，报得都很准！最佩服的是，能告诉大家哪个时间下雨。"李守会说，前几天，他在坝上仔细看了天气预报，说下午几点有雨，果然就下了雨！从他的专业出发，进行河道"模拟预报"特别需要降雨时段、面积、强度等气象信息支撑。阜南县蓝天救援队队长耿蕊说："没气象帮忙，肯定不行。救援装备的准备、运输、放置，这些环节都要看天气。雨量大的时候，救援策略也要看天而变。"

王家坝分蓄洪伏击战的顺利完成，给今后的气象服务带来了很多启示。首先在业务上要重视国、省、市会商研判，组建省、市、县三级服务专家团队，充分运用研究型业务成果，努力延长重大天气过程的预见期，打好提前量；在服务上开创"121网端微"王家坝气象服务新模式，注重部门联动，主汛期开展每日会商，关键期每日与市防汛办、水文、水利、住建、农业、卫生、商务等部门进行2次会商研判。上下联动、创新服务、部门联动和强化基层超常规指导是取得阶段性服务成效的重要机制保障。其次，要建立淮河上中游防汛抗洪联防联动机制，汛期每日提供淮河流域上游雨情实况以及未来三天淮河流域面雨量预报，为政府和相关部门开展防汛抗旱工作调度提供科学保障。流域气象服务是各级党委、政府防汛救灾指挥的重要决策支撑。第三，要着重加强智能网格预报产品在流域气象服务方面的开发应用，解决涉及跨省的气象监测预报预警信息的共享应用问题，推进流域气象服务实现全天候无缝隙，进一步提升流域气象服务能力。

第四节 决胜巢湖保卫战

自2020年6月10日起，合肥市连续遭遇了九轮强降雨袭击，雨情、水情、汛情多项数据超历史极值，全国五大淡水湖之一的巢湖水位急剧攀升，环湖而立的合肥市骤然面临"悬湖"之危。

一是雨情来得太急！6月10日至7月31日，巢湖流域平均降水量达到949毫米，是常年同期的近3倍，为1961年以来同期最多！其中，庐江、无为、舒城、合肥、肥东、肥西六个站降水量为1961年以来同期最多，巢湖、含山为历史第2位。合肥市梅雨期长达52天，较常年偏多31天。全市梅雨期降水量超过1000毫米的面积占15.2%，500～1000毫米的面积占82.2%，梅雨强度为有梅雨完整气象记录以来历史第1位。

二是水情来得太猛！7月22日10时48分，巢湖湖区忠庙站水位就已经冲上13.43米，超过1991年12.8米的最高洪水水位，创下历史极值。同时，西河、兆河、永安河、裕溪河、牛屯河、杭埠河、丰乐河、派河、白石天河、柘皋河、南淝河等支流也先后出现超警戒水位、超保证水位洪水，除西河缺口站、无为站为仅次于1954年历史最高水位外，其余各支流水位均为有资料以来第1位。

一场保全局、保流域的"巢湖保卫战"随即打响！合肥市政府首次同时启动防汛、城市防洪、自然灾害救助3个Ⅰ级响应，首次宣布进入紧急防汛期。危急面前，流域内各闸站火力全开，争分夺秒向长江抢排洪水。主动启用蒋口河联圩、裴岗联圩、东大圩等万亩以上大圩蓄洪行洪，尽全力减少入湖水量、降低巢湖水位。与此同时，气象服务紧跟防汛抢险救灾需要，牢牢筑起防灾减灾的第一道防线。

一、聚力巢湖

中国气象局密切关注巢湖汛情。7月13日，中国气象局党组成员、副局长矫梅燕抵达安徽检查指导汛期气象服务工作，实地查看流域气象服务等业务服务系统。水文气象和探测专家驰援合肥，中央气象台每日开展巢湖流域天气专题会商。同时，中国气象局提供风廓线雷达应用技术支持，国家气象信息中心开放更多的中尺度模式产品，用于高时空分辨率预报，围绕需求协助做好巢湖流域监测预报预警气象保障服务。

安徽省气象局高度重视流域服务。短短几天时间，时任省气象局党组成员、副局长胡雯2次到合肥市气象局指导检查气象服务工作。党组成员、副局长汪克付多次深入巢湖大堤一线，安排部署气象保障工作。党组成员、副局长包正擎及二级巡视员倪高峰也先后走进合肥市气象局，督查指导巢湖汛期气象服务工作，为打赢巢湖保卫战注入信心和力量。

合肥市委、市政府周密部署气象工作。市委书记虞爱华、时任市政府市长凌云明确要求加强气象监测预警和科学分析研判。时任常务副市长罗云峰、副市长王民生要求加大滚动预报频次和精细化服务。

上下联动聚力服务巢湖保卫战。巢湖水系以巢湖为中心，四周河流呈放射状注入，河流众多。针对防汛服务需求，国、省、市三级气象部门紧密合作，集中力量攻关巢湖流域面雨量预报，将1.35万平方千米的巢湖流域细分为12个子单元，开展以面雨量、风速、风向、温湿度等要素预报为主的精细化服务。中国气象局公共气象服务中心逐3小时提供巢湖流域面雨量监测和短临预报产品。安徽省气象台、合肥市气象局在重点时段强化逐3小时、逐1小时滚动的实况和短临预报服务。

二、迎难而上

对防汛抗洪来说，精准的天气实况监测和短临预报至关重要。合肥气象部门主动作为，严密监测天气形势变化情况，不断强化预警提前量和短临预报精细化程度，根据天气情况开展逐3小时、逐1小时滚动的实况监测和短时临近预报服务。遇到强对流天气时，更是每10～15分钟就会更新发布信息，区域精确到街区（乡镇）和主要路网，尽最大能力做到早发现、早预报、早预警。

6月27日，合肥遭遇新一轮强降雨天气，27日15时至28日08时，全市最大降雨量达到169毫米，最大小时降雨量达到98.5毫米。并且随着数值天气预报模式频繁调整，给降水落区和量级预测更增加了难度。27日15时许，全市范围内陆续出现降水，18时30分，随着降水数据不断攀升，合肥市气象台迅速做出判断："发布暴雨红色预警，启动叫应机制！"全市各部门接到预警，立即行动，有效应对。

预报不仅要报得准，还要让老百姓收得到。气象部门超前谋划，建立了红色预警全网发布机制。7月18日，合肥市气象局首次启动暴雨红色预警手机短信全网发布，通过移动、联通、电信三大通信运营商，向全网1155万用户发送暴雨红色预警，实现预警信息在全市范围内到户到人。电视、广播、报纸、12379短信平台、电子显示屏等多种渠道联合发声，红色预警传至千家万户。据统计，梅雨期间合肥市气象部门共发布暴雨、雷电、雷雨大风等预警信号378次。

图 3-6　2020 年 8 月 16 日，安徽省委常委、合肥市委书记虞爱华（右三）一行现场调研防汛工作

图 3-7　2020 年 7 月 29 日，时任省气象局党组成员、副局长胡雯（中）在合肥市气象局指导检查气象服务工作

图 3-8　2020 年 7 月 27 日，时任合肥市常务副市长罗云峰（左二）听取合肥市气象局雨情汇报

图 3-9　2020 年 7 月 25 日，安徽省气象局党组成员、副局长汪克付（右二）陪同中国气象局专家包红军（右一）在巢湖一线指导工作

此时，正值夏季雷电多发高发时期。为提高抗洪救灾一线人员防雷避险自救意识和能力，最大限度减少不必要人员伤亡，合肥市气象局精心制作了"防雷安全明白卡"，成立防雷避险宣讲小分队，走上巢湖大堤，为 2200 余名巡堤查险人员宣讲传播防雷避险知识，坚决守好防雷安全责任关口。

洪水退去，合肥市气象局按照合肥市委市政府灾后恢复重建"四启动一建设"工作要求，科学编制完成环巢湖气象监测网优化提升建设方案，并及时启动建设。同时，合肥市气象局集中精干力量，复盘流域气象监测预报预警服务，不断优化巢湖流域气象业务体系，提升巢湖流域气象服务能力。未来，巢湖流域气象业务体系和服务能力将得到大幅提升。

三、超越常规

八百里巢湖遭遇"百年之痛"，水位超百年一遇标准。而气象服务也超越了常规。

超常规指挥调度。及时启动暴雨应急响应，6 月 10 日启动暴雨Ⅲ级应急响应，7 月 5 日升级为Ⅱ级，7 月 18 日升级为Ⅰ级，累计应急响应 63 天。集中优势力量，确保满足服务需求，派出4个工作组对各县（市）气象局检查指导。汛期期间，合肥市气象局主要负责人任市防汛抗洪抢险应急指挥部办公室副主任，分管负责人任预测预报组组长，驻点市应急指挥中心，负责全市雨情、水情监测预报工作，并选派多名业务骨干到市防汛抗旱指挥部24小时轮值，开展现场气象服务工作。

超常规服务手段。针对巢湖流域防汛开展专题气象服务，51天梅雨期内发布预警信号48次，制作巢湖流域防汛决策服务材料63期、巢湖流域天气专报14期、天气快报34期，发布气象服务短信300余条、新媒体信息近4000条。为巢湖流域现场防汛人员提供贴心气象服务，及时发送暴雨、雷电、大风、高温等气象信息，量身定做"巡堤查险防雷明白卡"。围绕市委书记虞爱华同志"上报的气象服务材料，试着再少一些专业术语和专业图表，能写一页纸，不写第二页"的更高标准要求，气象部门立即调整服务思路，语言尽力做到通俗易懂，产品迅速改头换面，在关键点上着重发力。在一次次精心打磨下，服务产品内容达到了新要求，质量也达到了新高度。

超常规现场服务。中国气象局专家赴巢湖一线指导，省气象局派出5个技术工作组驻点巢湖岸边重点圩区，开展现场风雨和湖面浪高应急加密观测。在巢湖保卫战最紧要时刻，省气象局紧急调集芜湖、淮北、合肥3台应急指挥车赶赴巢湖重点防汛地段，冒雨在牛角大圩、塘西河口、中埠联圩、南大圩、蒋口河联圩等处架设10套便携式自动气象站，与原有23套自动气象站一起，开展风速、风向、降雨、湿度、气压24小时观测。利用移动风廓线雷达和合肥、巢湖的固定风廓线雷达，实施局地组网立体风场观测，有力支持了合肥市及巢湖、肥东、肥西、庐江等地气象部门开展保障服务。

超常规部门应急联动。与应急、水务建立24小时联动机制，实时提供最新实况雨情信息和未来天气预测，服务防汛救灾调度。强化城市防洪气象服务，与防洪部门开展常态化联合会商，强化重点区域的临近预报和雨量实况信息服务，滚动发布精细到主要街区的3小时预报、逐小时雨量实况及预警信息。强化地质灾害、尾矿库安全气象服务，与自然资源与规划等部门联合发布地质灾害气象灾害风险预警信息，将18家尾矿库企业法人和生产经营负责人信息、84名地质灾害隐患点责任人信息全部纳入合肥市突发事件预警信息发布系统。

超常规应用研究型业务成果。将研究型业务成果及时应用到巢湖保卫战服务中，及时开发面雨量监测和预报产品，开展风与浪的关系预报，同时还深化了湖陆风、卫星遥感资料在巢湖蓝藻防治方面的应用。

在各方共同努力下，2020年合肥市梅雨期间防汛抗洪最终实现了"没有人员伤亡事件发生，城区及中心城镇没有受到影响，重大交通基础设施没有受到影响，经济社会发展重点工作没有受到影响"的"四个没有"重大胜利。决胜巢湖保卫战气象保障服务经受了严峻的考验，也为今后做好重大灾害性天气气象服务提供了有益的借鉴。一是要丰富立体化全要素气象监测手段。要优化完善地面气象观测站网，建设天空智能观测网，加快推进相控阵天气雷达应用技术攻关和资料分析应用，发展暴雨增强观测试验。二是要提高极端天气预报预警业务能力。要深化极端天气精准预报预警最新科技成果应用，优化市、县一体化预报预警综合业务平台，优化智能网格预报，不断增强模式对重要天气要素极端强度的把握能力，提高观测数据质量及应用水平。三是要发展气象灾害风险预警业务。要全面开展气象灾害综合风险普查，加强普查成果应用。发展气象风险预警技术，部门联合构建以中小河流洪水、山洪地质灾害、城市内涝等为重点的致灾阈值和预报模型，开展灾害风险预报预警。四是要加强科技创新。要持续推进研究型业务建设，加快培养一支高素质、专业化、研究型的监测预报预警服务人才队伍。五是要健全气象灾害防御体系。要完善以气象灾害预警信号为先导的全社会气象灾害防御机制，健全基层气象灾害防御体系。完善"专项＋分灾种"预案无缝对接的全灾种气象灾害应急预案体系，强化部门应急联动响应机制。

第五节　皖江城市带防洪协同战

自 2020 年 7 月 7 日起，受长江 1 号洪水影响，尤其是鄱阳湖流域超历史大洪水直接影响，长江安徽段干流水位快速上涨、全线超警，安庆站最高水位 18.45 米、大通站最高水位 16.24 米，居历史第三位，汇口站最高水位 22.35 米，居历史第二位，芜湖站和马鞍山站最高水位分别为 12.76 米和 11.67 米，均超 1998 年洪水最高水位，其中马鞍山站居历史第一位，芜湖站居历史第二位。

在历史罕见的特大洪水袭击下，皖江城市带防汛面临长江水位高、两岸支流水量大、区间降雨强的"三碰头"局面，一场防汛救灾攻坚战正在打响……

一、闻汛而动

省气象局党组指挥有序。7 月 6—7 日，省气象局党组成员、纪检组组长张爱民督导池州强降水气象服务，7 月 5—6 日，省气象局党组成员、副局长包正擎率队到铜陵、芜湖督导汛期气象服务工作。7 月 11 日省气象局派出专家技术组，奔赴安庆开展驻点现场预报预警技术指导等工作。

安庆、池州、铜陵、芜湖、马鞍山等皖江五市气象部门同下防汛救灾气象服务"一盘棋"。以"汛"为令，积极响应地方党委、政府决策部署，为防汛救灾提供气象服务保障。6 月 2 日 11 时，安庆、铜陵率先启动重大气象灾害（暴雨）Ⅳ级应急响应；6 月 10—11 日，池州、铜陵、芜湖、马鞍山相继启动重大气象灾害（暴雨）Ⅲ级应急响应。到梅雨结束，皖江五市气象部门共启动、变更、解除应急响应 41 次。7 月 5 日上午，

图 3-10　2020 年 7 月 6 日，安徽省气象局党组成员、副局长包正擎（左一）在铜陵市督导防汛气象服务

在导致长江干流全线超警的强降雨来临前，皖江五市提前将暴雨应急响应等级提升至 Ⅱ 级。气象灾害应急响应的超前启动，充分发挥了"吹哨人"作用，皖江各市防指纷纷启动防汛应急响应，为提前部署防灾减灾各项工作和科学应对强降水不利影响抢得先机。

整个汛期，五市气象部门向市委市政府呈送各类气象服务材料 1000 余期，其中《重大气象信息专报》73 期、《气象信息专报》587 期，为党委政府科学决策、全面夺取防汛救灾胜利提供了有效支撑。池州市委书记、马鞍山市市长、芜湖市分管气象工作副市长先后 5 次在气象服务材料上作出重要批示，马鞍山市委书记、副书记、副市长在多个场合表扬和肯定气象服务工作。

二、坚守防线

为全力打好防汛救灾协同战，皖江各级气象部门坚守气象防灾减灾第一道防线，携手共答皖江防汛救灾"联考卷"，众志成城誓保皖江安澜。

一是强化应急保障，推动实况观测"无盲点"。在强降水影响期间，为确保气象观测实时数据不缺失、采集准确"无盲点"，在前期开展的气象监测站点维护基础上，各市气象局组建观测应急保障队伍，及时抢修各类观测设备。安庆抢修观测站点 193 站次。铜陵保障技术人员先后修复老洲、胥坝、马鞍山水库等多个水淹区域气象站。芜湖市气象局赴无为前线开展应急观测，重建水淹区域站站点 2 个，抢修各类气象装备 58 次。马鞍山气象应急保障党员突击队抢修国家基本气象观测站 1 次、雷达站 2 次、区域自动气象站 30 余次，并在 3 个区域自动气象站因分洪被淹没的情况下，在当涂塘南、含山运漕两地各架设 1 套应急便携自动气象站，开展应急气象观测，为气象防灾减灾筑起一道牢不可破的监测防线。

二是针对防汛需求，推动预报实现"高精度"。面对突如其来的全流域洪水，皖江五市气象部门紧密围绕防汛抗洪需求，在开展流域面雨量预报、过程总量预报和雨强预报基础上，加强数值预报产品的检验效果评估和订正，强化实况与历史同期对比分析。7月上旬开始，每3小时滚动制作发布天气实况和未来3小时短临预报，适时增加大风、温度、湿度、雷电等要素监测预报，实现前期天气形势预判到天气过程实时跟踪，再到后期巡堤抢险全过程服务。7月17—18日，芜湖市气象局为防汛最严重的无为市西河、裕溪河制作1小时精细化预报，为防汛调度指挥提供气象依据。马鞍山市气象局紧急开发短信推送系统，7月14日起第一时间将预报和实况信息推送到防指全体成员。

三是精准靶向叫应，推动预警实现"全覆盖"。建立健全气象灾害叫应制度、多渠道全覆盖发布机制，确保气象预警信息第一时间精准直达责任人，努力争取将预警传播到村、到户、到人。五市气象部门梅雨期间累计发布、确认、变更各类灾害性天气预警信息681条，通过微博、微信、邮箱、短信、显示屏、网站、惠农气象APP等多渠道进行快速发布。安庆电话叫应各级防汛责任人34次（3289人次），叫应各级地质灾害责任人11次（6520人次）。马鞍山市气象局官方微博开设马鞍山防汛气象服务专栏，共发布各类信息3890余条，总阅读量710万次。池州发布微博920条、微信312条、邮箱邮件165条、直通式手机短信服务信息694余条、惠农气象APP信息280余条，受众近600万人次。铜陵预警信息接收超过86万人次，实现红色预警全网发布。芜湖自7月19日开始，联合应急管理部门每天早间9点将气象预报预警信息由三大运营商全网发布，每日发布338.7069万人次，实现气象信息无盲区全覆盖。

四是发挥部门优势，推动服务实现"全方位"。沿江各市气象部门利用微信、微博、抖音、农村气象预警广播、短信、电视、报纸、96121、官方网站等多渠道和巡堤查险人员强化气象科普宣传。"安庆天气"微信公众号上开辟防灾减灾科普专栏，7月19—26日每日推送"巡堤查险防雷明白卡"。马鞍山市气象局防雷技术人员深入长江、内河防汛巡逻点和转移群众临时安置点，张贴《巡堤查险防雷安全16条》，向一线防汛人员开展巡堤查险防雷科普宣讲，发放"巡堤查险防雷明白卡"1万余份。芜湖市气象局在发布气象预报预警信息的同时，强化政府防汛救灾相关政策的宣传。安庆市气象局共发布气象信息726条，阅读量达21.61万人次。芜湖市气象局制作LED电子显示屏预报预警及水情450条、微信公众号43期、96121声讯信箱1412期、梅雨主题科普603期。

三、决策支撑

历史上，芜湖曾多次面临上有陈村水库及徽水下泄、下有长江高水顶托和本地强降水及高底水"三碰头"的不利局面，这其中，青弋江上游的陈村水库是对芜湖防汛影响最大的因素之一。7月3日，芜湖市气象局在省气象局的指导下制作了"4日以后芜湖将出现大到暴雨，局地大暴雨天气"的《天气信息专报》，引起了芜湖市委、市政府和各防汛责任人的极大关注。市委、市政府立即组织召开会商会，根据会商结果，芜湖市知各村密切关注在册隐患点和切坡建房户屋前屋后情况。莲花村两委通过巡查于 22 时发现祝小刚户屋后有小塌方，北中镇自然资源和规划所负责人张汉华要求立即转移该户人员，村两委于晚上 23 时到祝小刚户成功劝说其转移，并将该户大门紧锁，不允许其再次进入。6 月 29 日凌晨 00 时 30 分左右，祝小刚户屋后发生大面积崩塌。所幸将该户人员全部提前转移，未造成人员伤亡。7 月 5 日 05 时 40 分至 07 时 23 分，潜山市气象局连续发布暴雨黄色、橙色、红色预警信号。接到预警，天柱山镇天寺村村干部逐户通知群众迅速转移，转移安置 12 户 52 人。5 日上午 09 时许，"轰"得一阵巨响，天柱山镇天寺村西冲组一群众屋后的山体出现崩塌、山体滑坡，因为人员及时转移，未造成伤亡事故的发生。

五、灾后服务

健全汛期农业气象服务值班制度和天气会商制度，针对转折性天气或重要阶段的农业生产需求，分析天气对农业生产利弊，并提出农事建议和对策。安庆市气象局联合农业部门共制作《农业旱涝监测》14 期、《夏收夏种气象服务专报》5 期、《秋收秋种气象服务专报》1 期。宣城以周为时间节点，以作物为类别制作定期和不定期服务产品，并联合省农气中心开展皖南片区农业气象服务，累计 40 余篇。六安市气象局共制作为农服务材料 11 期。这些农气服务信息通过惠农气象服务平台、农业气象服务微信群、微信公众号和手机短信发布平台向政府涉农部门、新型农业经营主体等传递气象信息。此外，针对洪涝灾害，各市均组成灾害调查组，赴田间实地查看灾情，与农业部门联合指导农户做好灾后补种改种及病虫害防治工作。

超长梅雨期大别山区、皖南山区多灾种气象服务给气象工作带来诸多启示。首先是预警服务要及时。在梅汛期降水天气过程中，我们加强中短期预报精准化分析，提前预测降水过程，强化灾害性天气落区、强度、影响时间的精细化预报，及时准确发布突发事件预警信息，及时向市委、市政府决策领导汇报天气趋势，有效地将预报结论传达至相关部门，为地方防灾减灾赢得时间。其次要坚持部门联动。加强与应急、水利、自然资源、民政、农业、交通、市政等部门的沟通和联系，及时报送监测预报预警信息、实况雨情和灾情，使相关单位能够把握重点，全力防范，并紧急启动相关应急预案，确保最大程度减少灾害损失。最主要的是要加强现代化建设。充分考虑地区资源、经济社会发展水平和气象服务需求的差异，因地制宜、突出特色，推进气象现代化建设，实现气象事业高质量发展，同时也要不断加强科技成果的转化与应用，提高气象服务的能力与水平，为地方经济发展和防灾减灾做出新的贡献。

第四章

科技支撑

第一节 监测网络

安徽省地面气象观测实现观测自动化，截至2020年12月，全省共建成295个国家级地面气象观测站、常规气象观测站1964个，乡镇覆盖率达到100%，平均站距6.8千米。地基遥感探测能力不断增强，全省建有9部新一代多普勒天气雷达、4部风廓线雷达、1部云雷达、4部激光雷达、2部微波辐射计、2个L波段探空站、64个GNSS/MET水汽观测站、7个闪电定位监测站。全省高速公路上共建成1328个（其中六要素站482个）交通气象站，六要素站点平均间距10千米、团雾多发路段单能见度站点平均间距2~3千米，成为全国首个实现高速公路气象监测预警系统全覆盖的省份。全省建成22个农业气象观测站、3个农业试验站、85个自动土壤水分站、51套农田小气候仪、125套农业物联网监测示范点、7个酸雨站、4个气溶胶质量浓度监测站、2个辐射观测站、2个温室气体观测站、1套巢湖水上生态气象综合观测平台和10个环境气象试点站，生态保障监测预警能力进一步提升。

为保障监测网络的稳定运行，全省建有1个省级保障中心和16个市级保障中心，省市两级均建有维修、计量等保障系统，省级配备温、压、湿、风、降水、蒸发、能见度等计量标准设备，市级配备有温、湿、风等现场核查设备。全省气象技术装备实现全寿命信息化管理。建成国家气象计量站能见度计量检测实验室（合肥），可实现10米~50千米气象光学视程检测模拟环境自动循环控制。建成气象部门首个国家气象计量站降水现象计量检测实验室，可模拟不同粒径和速度的毛毛雨、雨、雪、雨夹雪和冰雹等降水现象，实现对不同型号降水现象仪准确检测。

第二节 数据环境

气象数据环境系统既包括实现气象数据的传输、质控、共享、存储和监控等功能的系统，也包括预报决策会商意见"上传下达"和全网络的安全防护等系统，是观测业务与预报业务、服务业务的纽带，在气象业务的基础支撑系统保障2020年超长梅雨的汛期服务中发挥了关键作用。

一、传输——新一代全省气象广域网网络及通信传输系统

气象信息网络系统是安徽省气象信息基础设施的重要组成部分，是现代气象业务的

重要支撑。经过多年的建设和发展，逐步形成了以省气象局局域网为核心，省气象局机关、省气象局直属单位、16个市气象局、3个管理处（局）、63个县气象局相互连接的基础通信网络。其中，省气象局局域网骨干链路采用万兆汇聚，主要完成园区内云水楼、雷达楼、新业务楼和芜湖路大院等汇聚交换机的接入，楼层交换机一般采用千兆到桌面的连接方式；国家—省之间采用电信400兆MPLS和联通100兆MPLS双线路通信；省—市—县之间通过70兆电信MSTP和50兆移动MSTP双线路互联，采用4G线路作为应急备份通道。在省、市节点采用双路由器、双交换机互备的冗余网络架构，避免单点故障，实现气象数据的稳定高效传输。

通信传输系统基于云平台实现标准升级，数据形态更多、处理方式更多样。在业务传输上，地面、高空、辐射、酸雨和雷达站均已完成标准化数据的改革，实现了文件传输、消息传输和流传输三种方式的综合运用，地面自动站数据采用消息传输+Storm流式处理，40秒内到达预报员桌面，雷达基数据采用流传输+虚拟体扫处理，50秒可达到预报员桌面。区域站数据也在进行地面标准格式数据业务化传输升级，数据传输时效都实现大幅提升。通过CTS2.0交换与质控系统，面向81个国家级自动站和180个区域站，建立"站—省—国家"的流式传输、处理框架，全程不落地，观测后1分钟内将质控后的数据送达应用端。

二、质控——气象资料质量控制系统

气象数据是气象业务、科研和服务的基础，其质量的好坏直接影响天气预报和气候预测的准确性，因此气象数据通过通信系统入库提供服务前首先要经过质量控制。经过多年的发展，安徽省目前可以对地面、辐射、酸雨、土壤水分和大气成分等多种实时传输的气象资料进行质量控制。同时对相关资料在归档前再次进行人机交互质控，确保归档数据的正确性。主要应用在气候评价、气候变化、气候可行性论证、灾害风险区划等领域。

此次超长梅雨过程，按照省气象局应急响应流程，启动应急值班制度，信息中心质量控制值班时间提前至早07时，持续至夜间23时。实时质量控制业务共计处理疑误信息69810条，其中国家站15829条，区域站51501条，高空、辐射和酸雨站等2480条，日均处理疑误信息1160余条。期间国家站地面数据可用率达99.97%；区域站地面数据可用率达99.57%，高于年平均0.1%左右，均高于中国气象局和省气象局要求的可用率指标值，为汛期服务提供基础数据保障。

三、服务——"数算一体"气象大数据云平台

安徽省气象系统以CIMISS数据环境作为主用支撑系统对外服务，以省级大数据平台作为补充提供行业数据等服务。支持"安徽省气象信息共享平台""安徽省市县预报预警一体化平台"等多个业务系统访问数据，气象数据日访问量500 GB以上（图4-1）。

信息中心 24 小时值班，不间断地监控数据入库和服务情况，保障 CIMISS 平台、省级大数据平台的正常运行。日常解决数据库系统 IO 读写异常问题、SOD 入库问题；7 月在国家气象信息中心技术人员指导下解决 CTS 系统内网和私网混合架构导致集群脑裂的问题；多次调整配置文件解决 CMACast 资料接收与共享问题。根据中国气象局安排，新接入了水利部资料、多元融合实况分析产品、农气 XML 数据、秋收秋种资料等数据，进行了高空数据标准格式升级和切换。

此外，2020 年在中国气象局统一安排下，安徽省气象信息中心成立建设工作组，克服疫情、汛期应急服务等困难，在全国首批完成天擎试点部署。实现"数算一体"的数据环境建设，开展统一算法和业务系统对接等工作，整合开发基础数据产品、天气和气候服务数据产品等算法 74 个，可生成 400 多种产品。平台服务能力得到质的提升，可支持气象数据的长时间在线存储、高并发访问。

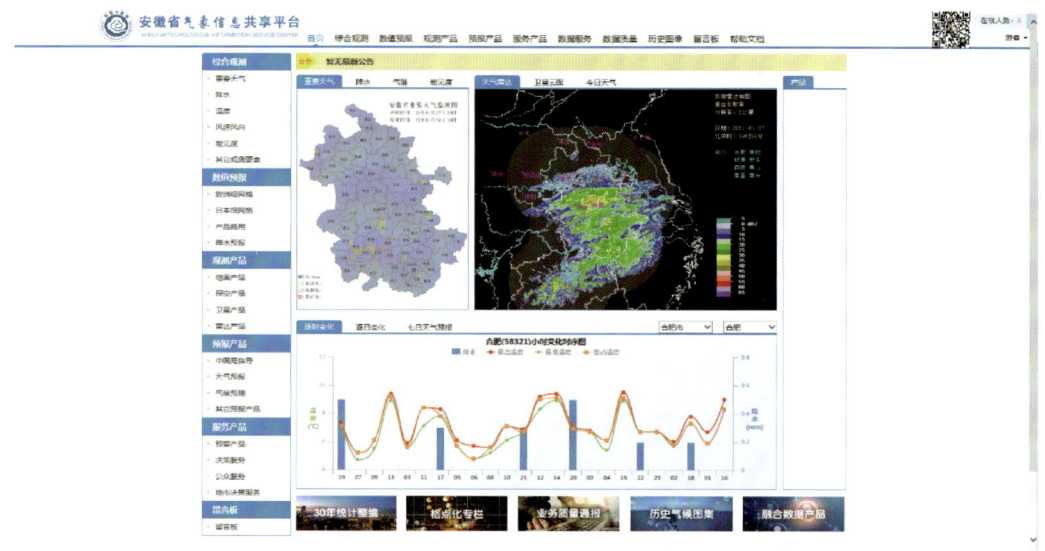

图 4-1　气象数据门户——安徽省气象信息中心共享平台

四、共享——气象信息共享服务平台

气象信息共享服务平台，在统一数据环境的基础上，为行业用户、内部用户提供包括实况监测、预报预测、气候业务、行业服务、决策服务、业务管理等的气象信息共享服务，显示数据方式既有基于 WebGIS 的二维、三维数据叠加展示，也有图形化产品，实现气象数据信息的便捷共享，为气象实况分析、预报预测、气象服务等业务提供有力支撑（图 4-2）。

特别是在 2020 年汛期为全省各级用户提供及时准确的降水过程累计值、降水强度、降水排名等数据，为用户在服务材料制作中发挥数据支撑作用。

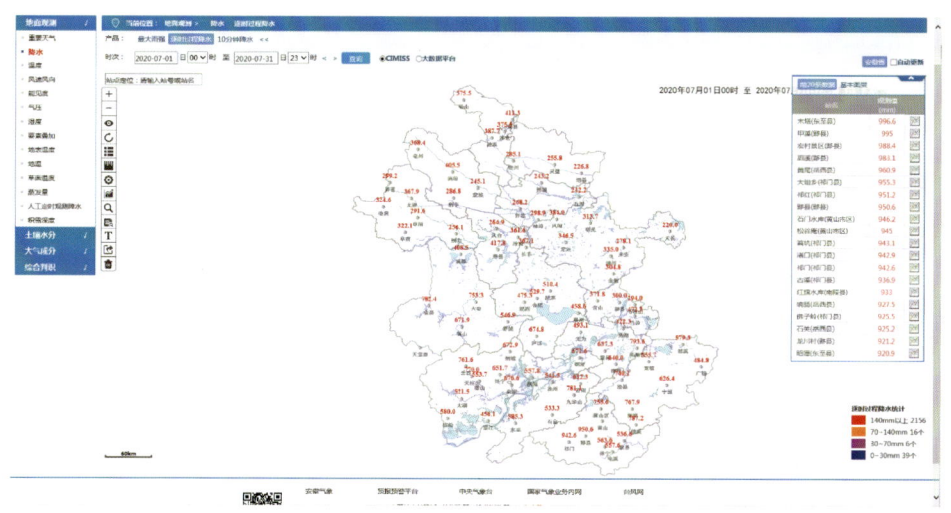

图 4-2　气象、水文和国土降水实况"一张图"——汛期过程降水信息查询

五、存储——气象基础设施业务云平台

安徽省气象局通过"十三五"信息化工程积极打造统管共用、集约高效的气象基础设施资源，采用微模块技术，建成了符合国家标准、绿色节能、技术先进、稳定可靠的现代化数据中心机房。机房总面积达到 500 米^2，集机架、配电、制冷、监控、管理与维护、安全等系统于一体，实现了供电、制冷和管理组件的无缝集成，容纳高密度标准机柜 122 个，UPS 容量达到 400 千伏安，通过空调群控和冷热通道分离，提升制冷效率，较改造前节能约 40%。该机房成为保障全省气象部门办公、业务、科研正常稳定运行的关键。

新建和统筹利用结合，将计算资源、存储资源、网络资源、信息资源、应用支撑等资源有机整合，构建集约开放、统管共用、高效可靠的气象基础设施业务云平台，为用户提供基础设施、支撑软件、信息资源、运行保障和信息安全等资源服务，实现基础资源集中管理，为气象局发展提供有力保障与支撑。云平台物理机达到 400 台，存储资源 5 PB，建成了 500 用户的桌面云和 2000 用户的网络云盘，建立起综合观测、信息支撑、预报预测、公共服务以及行政管理等业务的支撑环境，实现对基础资源的统一管理、监控、调度和运维，在资源的应用、部署、迁移准入以及业务运维等环节，实行统一标准、规范管理。业务云平台采用华为云实现信息基础设施资源的统一管理和标准化服务，提升了气象业务工作效率，高效保障观测、预报、预警和服务业务应用。在 2020 年超长梅雨期气象应急服务中发挥了重要作用，及时保障建立了"安徽省气象台 APP"服务器，部署了资料汇集服务器快速有效解决合肥、巢湖及移动风廓线雷达数据的上传和统一处理，保障了淮河流域气象服务系统在安徽、河南两省气象部门的应用，助力打赢淮河、巢湖保卫战。

六、监控——全省气象综合业务实时监控运维平台

打造全省气象综合业务实时监控运维平台，基于监控数据采集（kafka 等）、数据计算（spark streaming）、数据存储（Cassandra、ElasticSearch、MongoDB 等）、数据分析应用等技术，在开放、可扩展"省级气象综合业务实时监控系统"通用平台框架下，建立多源监视信息采集、数据实时计算处理、数据存储、数据接口服务、信息可视化等业务一体化监视流程；实现对全流程、核心业务系统、基础设施资源池、网络与安全、场地环境的综合监视与集中告警，并提供与之联动的运维流程管理平台，实现无纸化、便捷化、规范化、自动化、智能化的运维需求，提高省级业务运维保障能力。集成大数据可视化技术，实现对综合观测、气象信息、预报预测、农业气象、气象服务、政务管理等环节核心业务系统的实时监视和可视化展示功能，构建全业务、全要素、开放性、一体化、可视化气象综合业务实时监控运维平台，提高监控运维效率，保障业务系统稳定可靠运行，并展示安徽省气象局信息化建设成果。

七、会商——气象高清视频会商系统

建立了一套省—地（市）—区（县）三级分布式高清视频会商系统，能够提供语音、图像和演示的交互，实现远程会商、远程培训、应急指挥等多种应用，实现台式机、平板电脑、手机等软客户端随时随地接入会议，方便与水利部淮河水利委员会、应急等外部门进行视频会议，增强了视频会议系统的实用性，尤其在2020年的淮河、巢湖防汛中快速构建应急视频会商系统中发挥了重要作用，圆满完成了超长梅雨期间预报会商、应急指挥等各种视频会商保障工作。

2020年7月7日晚，黄山市歙县暴雨造成高考延迟，7日夜里降水对8日高考能否进行具有关键性影响，接到通知后紧急构建应急视频会商平台，保证了中央气象台、省气象台与歙县气象局三级天气会商的正常召开。7月18日，信息中心派员紧急赶往王家坝，为王家坝实时搭建视频会商系统，依托视频会商系统直通中国气象局和安徽省气象局，实现与国家局、省气象局视频会商互联互通，同时打通了应急指挥车与省气象局网络的通信隧道，构建了移动应急视频会商系统，为王家坝13年来首次开闸泄洪提供天气会商保障服务。7月24日晚，巢湖防汛紧张，省气象局派出三个应急小组奔赴巢湖进行气象保障，分别为三辆应急车紧急构建应急视频会商系统，实现应急车现场与省气象台、气象局领导视频会商，为巢湖防汛保卫战提供气象视频会商保障服务。

八、安全——全省气象网络与信息安全体系

安徽省气象局信息化建设已经建成了覆盖省、市、县三级的业务专网，在建设过程

中,一直坚守《网络安全法》要求以及国家相关部门及中国气象局的信息安全、等级保护要求,始终遵守着统一规划、安全可靠、充分利旧的原则,强化信息安全管理与保障能力建设。

目前,安徽省气象局采用等级化与体系化相结合的安全体系设计方法,建设完成覆盖全面、重点突出、节约成本、持续运行的安全防御体系。在系统内已经实现了各个区域间的隔离、对各种日志和流量的安全审计,同时通过态势感知平台、回溯分析平台对系统内整体安全态势能够有直观的体现、告警、分析和处置,使得气象系统更加安全稳定。另外,信息中心也通过定期的巡检来保证设备的稳定运行;定期的增量备份来保证数据的安全;定期的各项扫描去主动发现问题和解决问题。建立与完善信息部门负责技术系统安全、应用部门负责内容安全的信息与网络安全分工负责制度,使安徽省气象系统的安全稳定也在不断强化,整体安全防护能力得到进一步提升,全年未发生网络安全事件。

第三节 预报预测

一、水文预报技术

(一)淮河流域洪涝气象风险预报系统

洪涝气象风险预报可为防洪抗灾、水资源利用工作的科学决策提供重要的技术支撑,为有效提高洪涝气象风险预报精度、增长洪涝气象风险预报预见期,安徽省气象台组织业务科研人员研究 CREST 模型参数与淮河流域物理特性间的定量关系,利用多源数据信息,客观估计模型参数及其空间分布,建立适用于淮河流域的气象水文耦合分布式水文模型;研究定量降水预报空间尺度与 CREST 模型的空间尺度最佳匹配方案,建立基于 QPE/QPF 的淮河流域洪水预报模型,增长洪水预报预见期。

在此技术支持下,建设气象水文耦合的洪涝风险预报实时显示查询系统,该系统将 ECMWF 数值预报产品耦合 CREST 水文模型,计算未来 9 天实时的洪涝气象风险预报。可实现三个功能:气象数据的预处理、CREST 模型的运行、模型输出数据的后处理。(1)利用实时观测降水资料计算分布式水文模型 CREST 预热所需的输入量,并实时获取未来 9 天的气温、降水预报数据,根据 hargreaves 公式计算土壤蒸散发预报。并将降水量、蒸散发预报处理成 ASC 格式。(2)实时修改 CREST 模型配置文件并进行水文模拟。(3)根据模型输出的流量预报,再根据水位-流量关系式,计算得到淮河流域未来 9 天逐日的洪涝气象风险预报。两年的实时预报结果检验结果表明，从 12 小时时效到 108 小时时效，Nash 系数分别为 0.64、0.60、0.55、0.48、0.36，表明该成果对未来 4 天的洪涝风险有指示意义，有效延长了洪涝风险的预见期，为流域气象服务提供科学参考。

（二）城市暴雨内涝灾害监测预报模型

为提高城市内涝预报预警能力，安徽省气象台组织科研人员利用高分辨率的高精度高程、路网、河网等地理信息以及排水管网、工程设施等工程数据，将天津暴雨内涝数学模型在合肥本地化应用，建立了合肥暴雨内涝数学模型。并针对目前对内涝有严重影响的城市立体化交通设施如地铁、高架、下凹式立交桥等，对模型进行参数调整，使得内涝模型可以较准确地模拟城市地表、明渠河道、排水管网的水文水动力学物理过程，从而对积水深度及演进情况的模拟更贴合实际，内涝风险模拟的分级评分超过 85%。将高时空分辨率的短时临近预报系统 INCA 的降水预报产品（空间分辨率 1 千米，时间分辨率 1 小时，10 分钟更新）作为内涝模型的驱动条件，开展 0～6 小时逐时的积水深度预报和风险预警，并基于 WebGIS 开发了网页版的"安徽省城市内涝监测预警和风险评估平台"，逐小时生成 0～6 小时逐时的积水深度预报和风险预警，为城市防涝防灾提供科学支撑（图 4-3）。

（三）安徽省中小流域预报预警系统

为满足精细化流域服务需求，基于 ArcGIS 与 MeteoInfo 二次开发组件，采用 C#、Python 等语言建立安徽中小流域预报预警系统（图 4-4）。系统开发面向智能网格预报业务，综合了业务产品后台自动处理、实况监测预报预警、中小河流降水精细化预报订正、流域气象服务产品快捷制作等功能为一体的流域气象服务综合业务系统，实现全省中小河流气象服务业务和智能网格预报无缝衔接，为安徽中小河流防汛抗旱服务提供精准预报产品。

该系统可实现以下功能：

（1）中小流域实况监测预警及显示、查询、统计功能。计算显示 1、3、6、12、24 小时实况降水站点雨量、面雨量，可任意增加其他要素实况资料。显示定制实况曲线图。指定数值范围查询数据等功能。

（2）中小流域多模式精细化预报预警及显示、查询、统计功能。计算显示多模式精细化预报（ECMWF、JMA、智能网格等）。可任意增加其他要素预报资料。显示定制预报曲线图。指定数值范围查询数据等功能。

（3）分流域精细化预报订正、制作及专题图制作等功能。可订正制作淮河流域、滁河流域、安徽省内长江及新安江流域预报专题图，可增加其他流域或区域，用于专题图制作。

（4）中小流域历史数据查询统计功能。可对数据库中存储的数据进行累加、距平、距平百分率等统计分析，统计结果可标注显示，也可插值绘制色斑图。

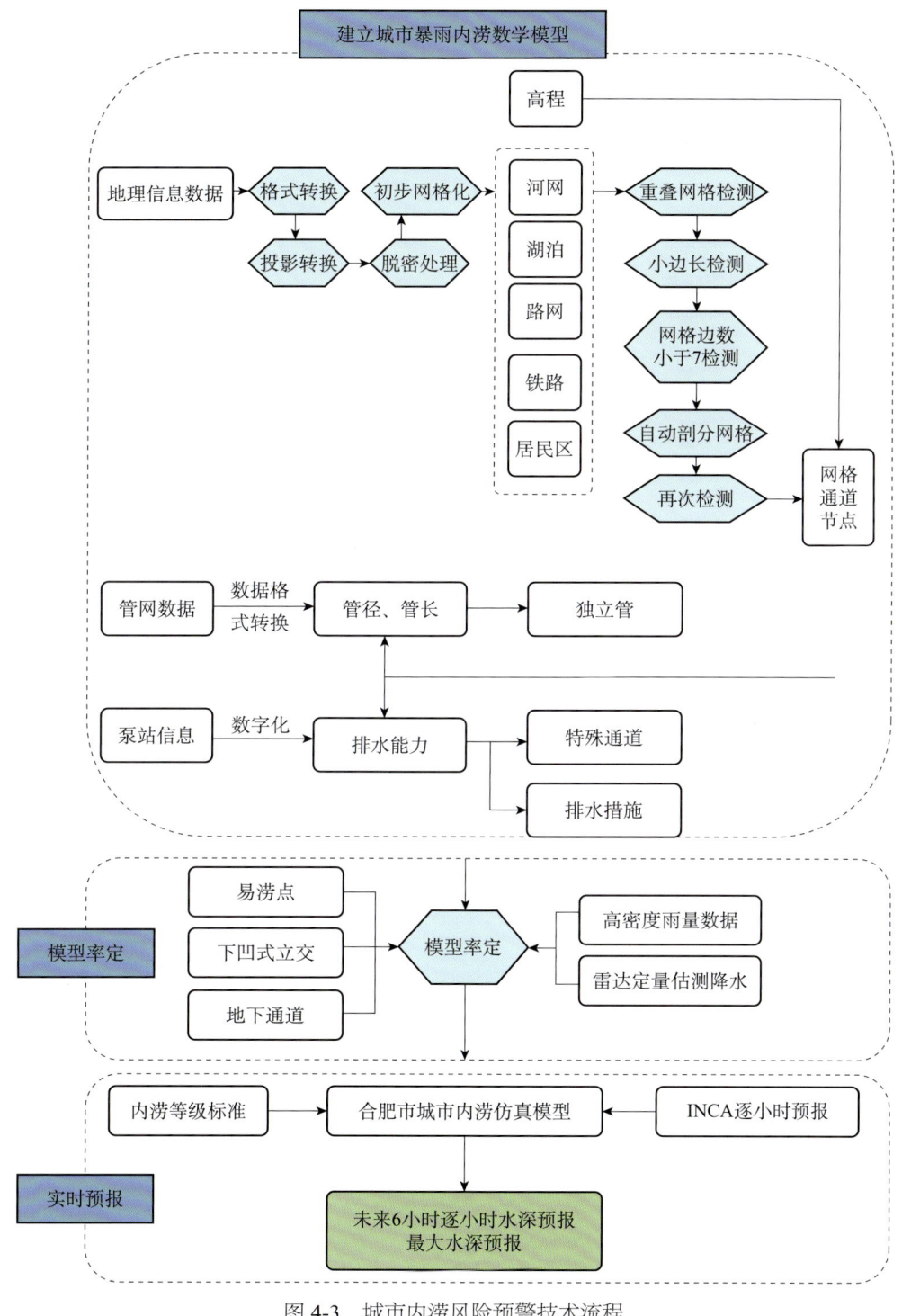

图 4-3　城市内涝风险预警技术流程

（5）产品后台自动处理模块。独立后台，可处理多种数据（CIMISS 数据、MICAPS3 类、MICAPS4 类）的下载、插值、面雨量计算、入库、出图等功能。

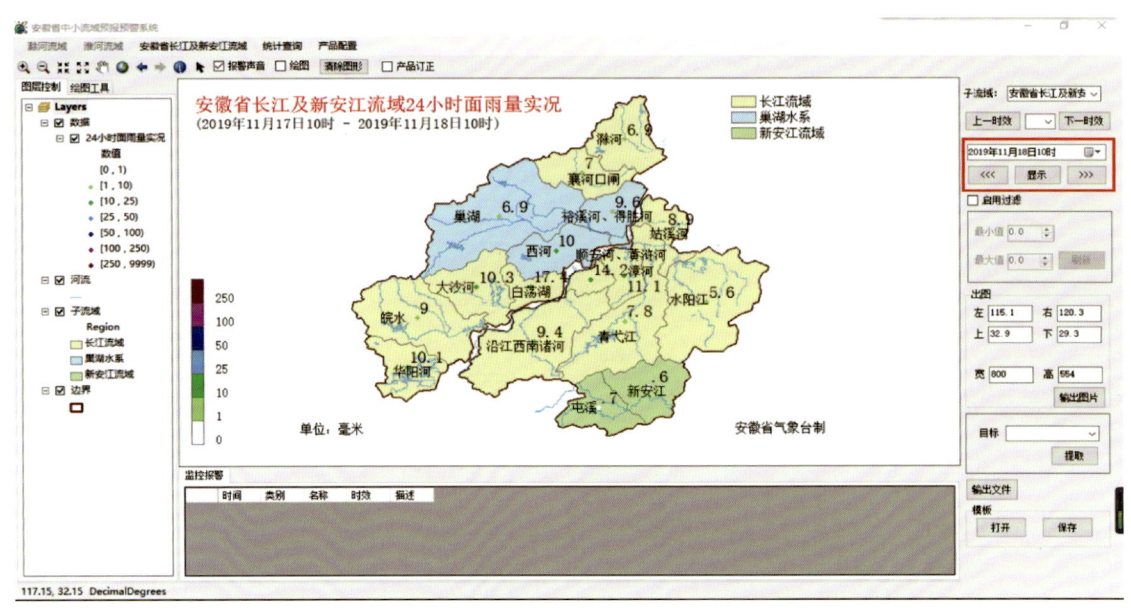

图 4-4 安徽省中小流域预报预警系统

二、气候预测技术

省气候中心 2020 年年初克服疫情影响，对汛期气候预测进行了早部署、早开展和周密安排，并针对关注重点和技术难度进行了多轮内部讨论，通过对影响安徽省汛期气候的因子进行了全面梳理和滚动监测，寻找出现异常的信号并诊断其对汛期气候的可能影响。经过梳理，2020 年汛期气候预测主要面对三重困难：（1）厄尔尼诺事件强度弱，历史上强厄尔尼诺事件次年夏季安徽省降水均异常偏多，而弱厄尔尼诺与我省降水异常对应关系不明确；（2）前兆信号以及客观化预测方法对汛期降水趋势指示意见不一，春季印度洋海温异常偏暖和副高异常偏强偏西的信号有利于预测夏季降水偏多，但前冬青藏高原积雪、春季北极涛动这两个有利于安徽省夏季降水偏少的因子在冬、春季出现了明显异常，此外多种模式和客观化预测方法的预测意见也不集中；（3）国家气候中心指导预报预测安徽省大部地区夏季降水正常到偏少。

面对这些困难的局面，省气候中心经过细致分析，对国家气候中心的指导预报进行了订正，预测汛期淮河以北和沿江江南大部地区夏季降水偏多。一方面，更多地采信了春季印度洋海温异常偏暖和副高异常偏强偏西这两个因子，认为它们既是对前期厄尔尼诺事件的响应，由于存在明显的变化趋势，也是对全球气候变化的一种响应，两种影响相叠加，可能会使厄尔尼诺信号的影响得到保留，有利于我省夏季降水偏多。此外，近年来加强了客观化预测方法的研发,特别是在吸取以往我省客观化预测方法优点的基础上,研发了基于相似年加权技术的多模式集合预测模型,该方法历史回报效果总体高于以往的客观化预测方法,2020年也重点参考了该方法预测我省大部夏季降水偏多的意见。

此外,考虑到2020年汛期气候预测前兆信号弱、影响机制复杂,加强了滚动气候预测工作,打破业务常规,提升了气象服务针对性。开展了汛期、主汛期和盛夏气候趋势滚动预测,撰写多期滚动预测业务产品和决策服务材料;此外,加密了延伸期预测产品发布频次,每日发布延伸期强降水过程预测产品,派遣业务人员在省台驻点、会商梅雨,相关工作加强了本省无缝隙预报工作。2020年共发布104期延伸期强降水过程预测产品,经检验评估,梅雨期延伸期强降水过程预测命中率64%、空报率8%、漏报率28%,准确预测6月初安徽省入梅首场暴雨过程和7月上中旬两次梅雨期最强降水过程,取得了较好的服务效果。

第四节 风险评估

2020年,安徽省气候中心联合南京可桢气象科技有限公司在安徽省气象灾害风险业务系统V1.0的基础上无缝升级到V2.0版本。

该系统通过集成国外先进的暴雨洪涝模拟模型(FloodArea),结合不同区域的气候特点,在原来降水产品生成、淹没模拟、风险评估、降雨监测报警等功能的基础上增加定时运行风险评估、风险图谱制作、降水情景匹配、灾损风险定量估计、多渠道产品发布功能(图4-5)。

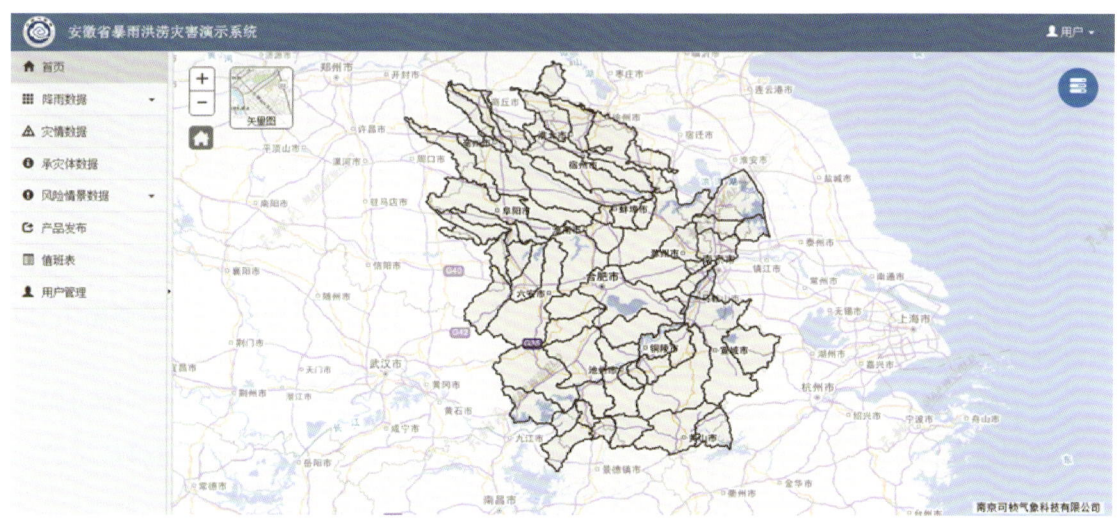

图4-5 安徽省气象灾害风险业务系统运行界面

该系统目前主要从 CIMISS 中获取站点降水资料以及智能网格预报降水资料，然后进行降水分析，根据阈值进行判断，把站点的降水资料内插成格点降水资料，把智能网格降水资料降尺度到模型适用的分辨率。然后进行模型的淹没模拟以及情景匹配，输出模拟区域的最深淹没数据、最深淹没初始时刻数据、淹没初始时刻数据、淹没持续时间数据，然后结合 GDP 数据、人口数据、土地利用数据进行风险评估，得到乡镇、区县、市级、流域等各个尺度下的风险评估产品，制作成图片、表格、报告等文字产品，通过 FTP 或者共享目录的方式进行发布。核心功能有以下几方面。

（一）淹没模拟

采用两种方案，一是定时运行获取智能网格预报产品，自动运行淹没模型，首先计算拟评估流域或者区域的面雨量，计算出流域或区域每个设定栅格所增加的水量，通过曼宁公式依次迭代计算流向其他栅格的水量，计算给定时间 T 后地面形成的积水信息，得到动态洪水淹没图；二是根据当前的雨量数据调入合适的预先设置的降水情景淹没图，得到最终的淹没图。

（二）风险评估

风险评估功能是本系统的核心功能之一。获取淹没模拟的结果数据，对于不同小时的淹没结果栅格数据进行统计，获取最深淹没栅格、最深淹没出现时间、淹没开始时间、淹没历时等栅格。再结合承灾体信息，由一系列方法统计出风险灾害的影响。风险评估的产品包括隐患点信息表、承灾体暴露量表、灾损风险估计表、灾害影响报告等。

（三）降雨监测报警

降雨监测报警分为监测和报警两个部分，首先监测当前的实时降雨数据以及累计降雨数据，生成面雨量数据并显示；然后根据实时降雨数据以及累计降雨数据与预先设置的阈值做比较，大于阈值的站点以及流域会闪烁以及描红提示报警。该系统除了上述核心功能外，还具有如下一些功能。

（1）辅助功能。系统中集成了基础数据管理功能，包括产品的可视化显示、产品图制作（可根据需要自行制作制图模板）、产品输出功能（根据制作模板自动化输出），以及最基础的地图数据浏览功能（如放大、缩小、漫游、查询等）。

（2）数据管理功能。针对系统需要，系统中提供了对隐患点的管理功能，可以对隐患点数据进行编辑，并提供灾情数据的导入（可由 Excel 文档批量导入）与验证（将系统模拟值与数据库中包含的监测值进行对比验证）功能。

第五节 技术研发

一、探测技术研发

（一）基于大数据云平台的 15 时段极端降水算法助力极端降水气候评价

2020 年 7 月 2—7 日黄山市发生近 20 年来皖南最强降水过程，为准确分析黄山市降水的雨量情况，信息中心 7 月 8 日早上在大数据云平台上快速搭建了 15 时段极端降水算法。利用大数据平台"数算一体"快速完成了黄山地区 200 多个区域自动气象站近 15 年的 15 时段极端降水值计算，得出了歙县溪头站 7 月 2—7 日的 1、2、3、4、6、9、12、24 小时滑动降水极值（62.4、86.4、134.7、143.9、174、210.1、219.4、239.7 毫米）均远超历史（2006—2019 年）最高值（分别对应 42.6、58.4、69.9、73.6、94、111、180.2 毫米）。为省气象局《黄山市降水极端性分析》服务材料提供基础素材。截至 2020 年 12 月底，大数据平台已经搭建了 400 多种常规算法，向用户提供准确、权威、快速的数据产品加工功能。

（二）多元数据环境实现应急观测资料快速汇聚加工服务助力环巢湖风浪监测

7 月 24 日，省气象局利用巢湖、合肥风廓线雷达、应急观测气象站实现局地组网立体监测，搭建环巢湖风浪监测预报平台，实现基于 INCA 的风预报以及现场人工观测浪高数据实时更新。期间信息中心利用多元数据环境的数据快速汇聚功能实现环巢湖自建观测系统、应急观测系统数据的及时汇聚，完成各类格式数据的及时解码入库，基于大数据云平台和海量文件管理系统面向全省用户提供最新的环巢湖监测资料，助力环巢湖风浪监测预报平台及时上线。同时为了便于用户使用，还将风廓线雷达产品进行解码，反演形成三维风矢量产品，在共享平台上提供查询服务（图 4-6）。

图 4-6 风力监测预报

二、预报技术研发

安徽省气象台在现有的智能网格预报业务基础上，依托前期中国气象局、安徽省科技厅以及安徽省气象局等项目研发成果,进一步提升对于 0~240 小时精细化降水预报、中小尺度灾害性天气监测预警能力,建立了不同尺度的高分辨率精细化网格预报产品,并通过一体化平台、接口、决策材料等渠道实现了省市县三级气象业务部门内部共享,以及与水文局、国土局等部门间的资料互通。提升了安徽省各部门对于突发灾害性天气的预报预警能力。

(一)降水智能网格预报技术方案升级

准确的过程性降水预报对于防汛决策任务十分重要,但过程预报一直是天气预报业务的难点。前期智能网格预报业务中,预报员以参考 GRAPES-GFS、ECMWF 等国内外天气尺度模式为主,上述模式的优点是天气过程把握准、降水落区比较精确,但存在的不足是对于天气尺度过程中伴随的对流系统造成的降水强度估计不足,导致对部分强降水过程预报能力较差。近年中国气象局以及华东区域气象中心自主研发的 GRAPES-3 千米、SH-WARMS 等中尺度模式,偏向于对对流系统的预报,上述模式准确率高于天气尺度模式,降水量级把握较准,但存在一定程度空报较多的问题。在实际预报服务需求中,需要结合天气尺度模式及中尺度模式的优点,提高智能网格降水预报的准确度(图 4-7)。

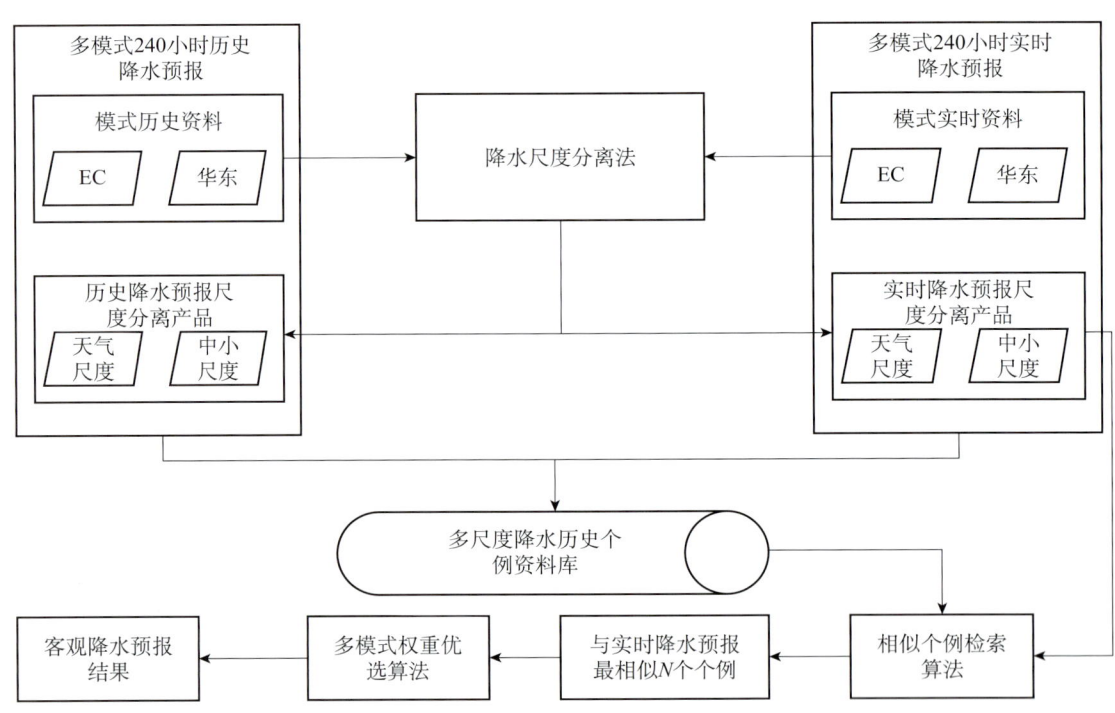

图 4-7 基于降水空间分布相似的最优集成降水预报技术方案

为了提升智能网格预报在转折性天气、突发性天气情况下的准确率,2020 年汛期前,安徽省气象台就组织智能网格预报技术研发团队,开展"基于降水空间分布相似的最优集成降水预报"技术方法研究。在研究过程中逐步解决了历史库构建、尺度分离、图形相似、动态权重等技术难题,最终形成了集成优选降水预报业务方法,并进行了业务化输出。该方法每天滚动输出 0～240 小时预报时长,3 小时预报间隔,3 千米空间分辨率的降水网格预报产品。通过对整个汛期降水过程检验,该产品前 24 小时预报 TS 评分相较于天气尺度 EC 模式提高了 2%,相较于 SH-WARMS 中尺度模式提高了 1%。

整个梅汛期间,安徽省气象台中短期预报业务人员均以此产品为参考制作降水网格预报业务产品。最终的网格预报产品均通过数据、图形以及服务材料等不同方式提供给应急减灾、水利、国土等部门,获得了相关部门的肯定(图4-8)。

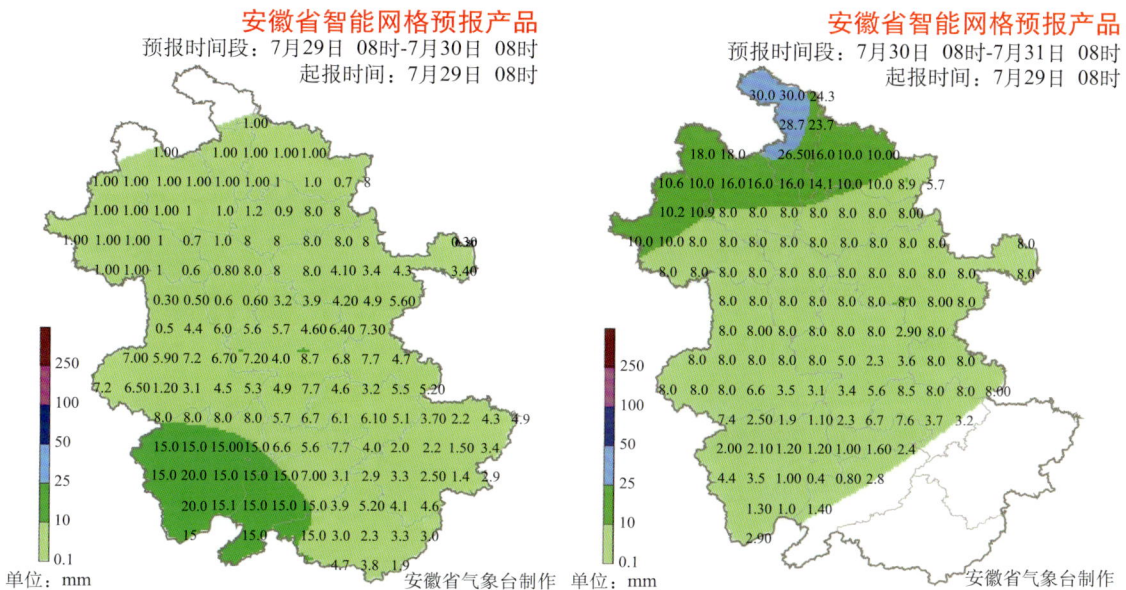

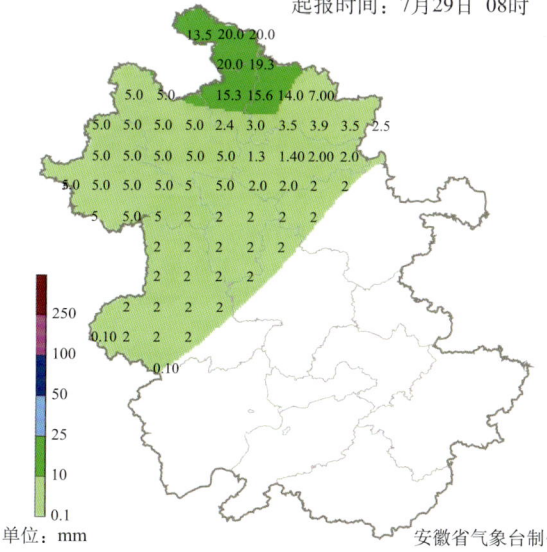

图 4-8　基于智能网格预报方法制作的决策服务产品提供给气象行业内外多部门应用

（二）巢湖流域风力预报技术

2020年夏，巢湖流域持续保持高水位，前期搭建的人工堤坝由于长时间浸泡，如再出现湖面及岸边地面大风引起的涌浪，坝体会出现冲散的风险。安徽省气象局为了应对该风险隐患，根据抗洪救灾服务需求，成立了"巢湖风力监测保障服务突击小组"，研发了巢湖风力监测预报系统。滚动提供巢湖湖面及周边地区的风力监测和预报服务。在此小组中省气象台承担了巢湖湖面及周边地区的风力滚动预报的任务，预报数据包括地面风场和高空风场。

基于安徽省气象局科技攻关项目"基于EnKF同化方法的强对流快速循环同化预报系统关键技术研发及应用"，安徽省气象台对从国外引进的短临预报系统（INCA）和中尺度模式（WRF-EnKF）进行了本地化改造和基础技术攻关，可实现0~12小时的三维风场预报，该技术在2020年巢湖汛期风力气象保障服务中发挥了重要作用。系统通过外推预报技术结合地形修正，实现逐小时滚动输出2小时预报时长、1小时预报间隔、1千米空间分辨率的巢湖湖面及周边地区的地面风场预报。同时，为了监测预警巢湖3个重点关注地区的三维风场特征，采用安徽省气象台研发的WRF-EnKF中尺度模式，该模式的快速循环同化技术实现了对模式偏差的不断修正，可实时输出未来3小时预报时长、1小时预报间隔的站点风垂直风廓线预报产品，与安徽省气象局前期部署的风廓线雷达探测风场数据组成监测预警全套产品，让用户掌握实况的同时，也能了解不同高度风场未来发展趋势（图4-9）。

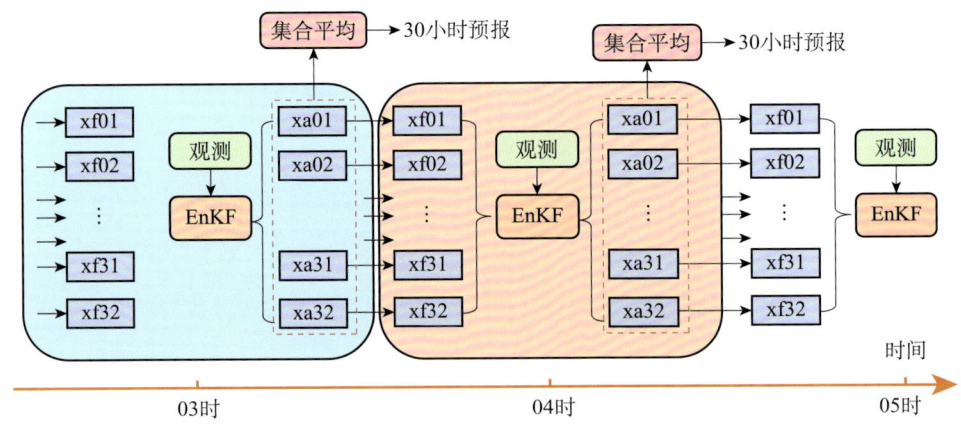

图4-9 安徽省气象台研发的WRF-EnKF快速同化预报系统流程图

（三）安徽省预报检验平台

随着数值预报技术不断发展和国产数值预报模式性能的提升，预报业务中的参考资料越来越多，为了提升安徽省气象台网格预报业务能力，在2020年梅汛期前，安徽省气象台正式完成了安徽预报检验系统的建设工程。作为智能网格预报业务的辅助支撑平台，可辅助预报业务人员掌握不同数值模式及数值模式后处理产品的预报性能。系统提供了单要素时序、降水量分级、多模式对比、月度变化、实况预报对比、智能检验、检验报告等不同检验模块，除了满足本单位业务需求外，该系统还可以给业务主管以及地市业务部门提供参考，推进智能网格预报业务技术推广应用（图4-10）。

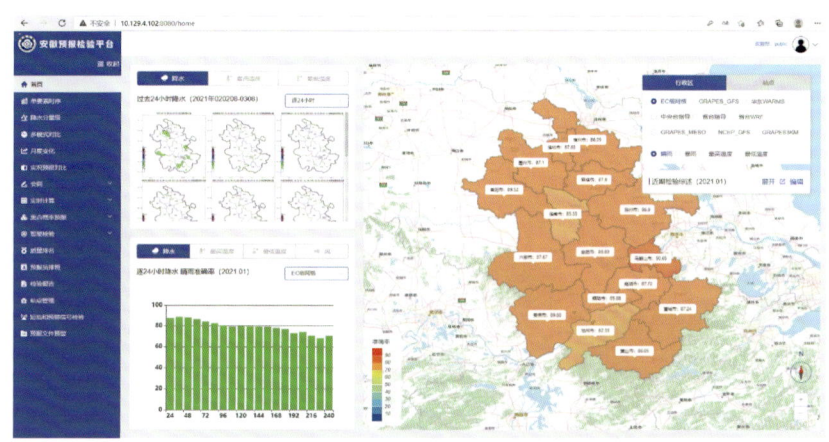

图4-10 安徽预报检验平台

在2020年汛期，该系统为汛期智能网格预报业务和服务提供了非常好的支撑作用，提供了降水准确率、空报率、漏报率，以及温度的准确率结果以及强降水雨团强度、位置、面积偏差给预报业务人员决策首席作为参考。上述结果满足了智能网格预报业务的制作需求，依托该系统结果，省气象台进一步提升了智能网格预报主观订正能力，并开展了智能网格预报业务考核，对于促进安徽省智能网格预报业务取得了很好的效果。

（四）安徽省闪电监测预警产品

2020年梅雨期间，为了减少抗洪人员在巡堤护堤时候遭受雷击的风险，根据服务需求，安徽省气象台承担了研发闪电监测预警产品的任务。闪电监测预警的技术路线如图4-11所示，根据闪电定位仪、FY-4卫星等遥感闪电定位资料形成了1千米空间分辨率的闪电实况分析场，利用连续逐10分钟降水分析场和模式引导气流订正计算出雨团移动矢量作为闪电的移动矢量，综合闪电实况分析场和移动矢量形成逐10分钟输出的0～120分钟预报时长、10分钟预报间隔、1千米空间分辨率的闪电资料外推产品。为了便于应用，安徽省气象台将闪电预报与雷暴大风、短时强降水等灾害性天气的临近预报相融合，形成了全省主要站点的强对流时序图。该产品通过3小时天气快报等服务材料以及共享平台的形式推送给省、市、县三级气象台站，加强了市、县级台站对于短时强天气的监测预警能力。该产品在2020年汛期广泛应用于省、市、县三级气象部门的防汛服务保障工作中，获得了基层业务人员的认可。

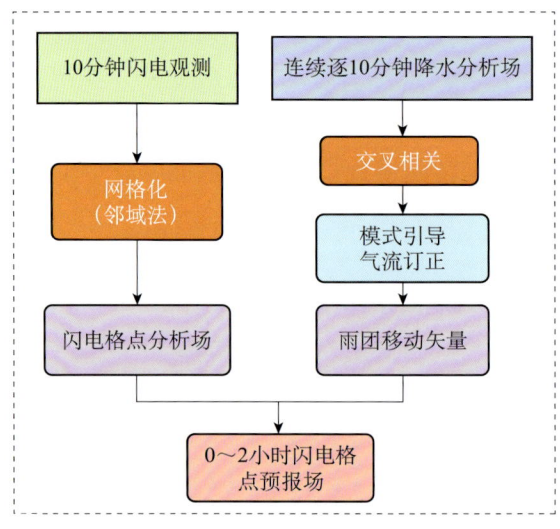

图 4-11　闪电监测预警技术路线

（五）短时强降水融合预报产品

智能网格预报中提供的降水产品在面对局地强对流造成的极端短时强降水时预报能力仍然不足。局地短时强降水是引起城市内涝、山洪等灾害的主要原因，上述次生灾害带来的经济损失是巨大的。针对 2020 年梅汛期时间长、短时强降水频次高的特点，安徽省气象台针对短时强降水服务需求研发了数值预报外推融合降水产品，其中关键技术包括基于自动气象站以及雷达反射率资料的雷达 QPE 产品、基于地形的统计降尺度技术、光流场与数值预报场融合以及外推产品后处理、数值预报与外推产品动态权重融合等。

系统逐 10 分钟滚动输出的 0～12 小时预报时长、60 分钟时间分辨率、1 千米空间分辨率的客观降水预报产品，系统产品出现弥补了短时强降水预报能力不足的问题，在此基础上制作了主要站点降水预报的时序图和 3 小时累积雨量分布图（图 4-12、图 4-13），运用于省台天气情况快报等决策服务材料中，服务对象包括市县气象局。

三、气候产品研发

安徽省气候中心依托中国气象局和省气象局等项目研发，加强了强降水发生规律的研究，收集整理海量模式资料，并大力开展模式解释应用技术研发，建立多种月季和延伸期气候客观化预测方法，将其集成进入本省气候业务平台预测系统，并基于模式误差订正技术，创新研发了逐日更新的安徽省降水、气温 11～40 天客观化预测产品，提供了逐日要素的分县预测图形化产品，为省、市、县气象部门应对暴雨、高温和寒潮等气象灾害，开展延伸期时间尺度的灾害预测提供了有力的工具。此外，强化定量化、标准化气候监测指标体系和评估模型的研发并业务化应用，提高安徽省气候监测评估业务的定量化和标准化水平。

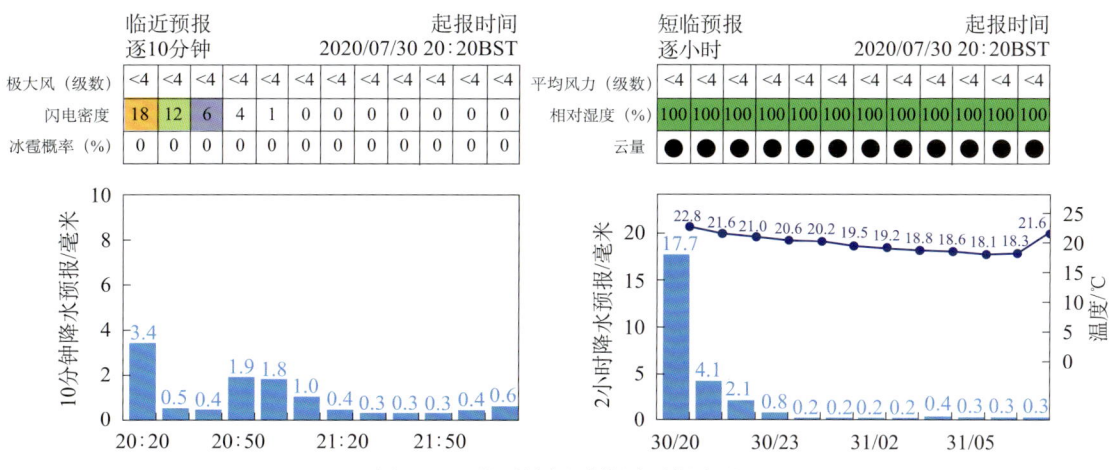

图 4-12 强对流短时临近预报产品

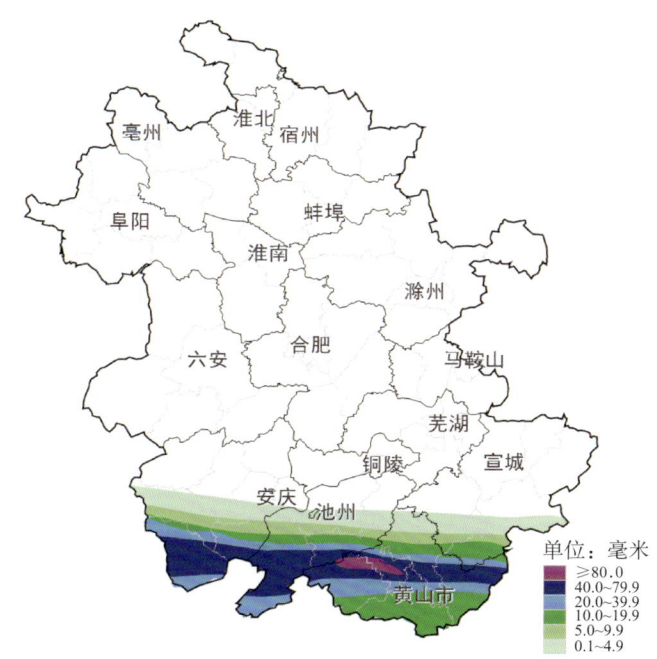

图 4-13 短时降水融合预报产品

（一）基于相似年加权的多模式集合预测模型

基于国家自然科学基金项目"基于相似年加权的中国夏季降水多模式集合预报及其误差解析"，研发了基于相似年加权的多模式集合预测模型。该方法可以实现利用国内外多个气候模式的资料，基于相似年加权的多模式集合方案，建立安徽省夏季降水的多模式集合预测客观化预测模型。其原理为借助相似预报原理优化权重，即利用模式在历史相似年预报性能优劣来实现对预报年情况的估计。根据预报年前期关键气候因子和异常信号，选取相似年，以相似年模式预测检验为依据，赋予模式权重系数，建立多模式集合预报相似年加权方案。具体为：首先，通过筛选出对夏季降水有物理意义且能够提高多模式集合预测的前期因子作为关键因子；其次，构建多因子组合相似年选取方案和基于异常信号的多因子组合相似年选取方案，选取历史最佳相似年；最后，以各个模式历史最佳相似年的预报检验评分为依据，赋予不同模式归一化权重系数，建立基于相似年的多模式加权集合方案，具体流程见图4-14。

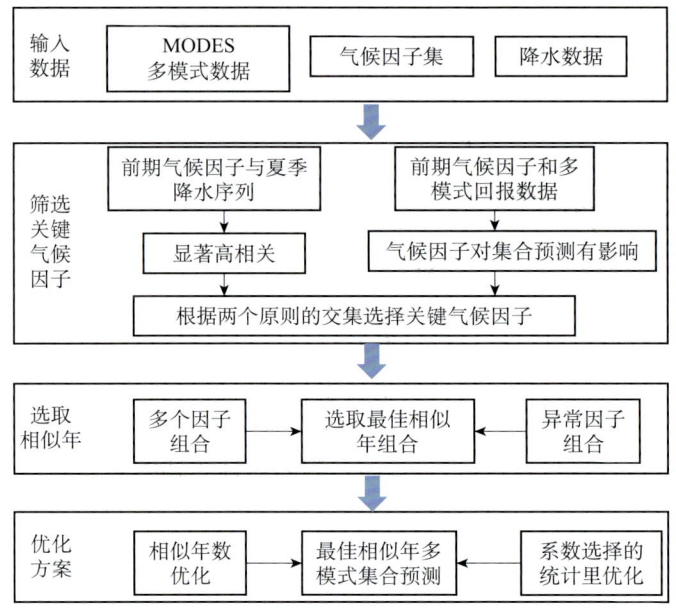

图4-14 相似年加权集合预报方法技术流程

该模型对2020年汛期降水预测业务起到了较好的支撑作用，为汛期气候预测会商提供了基于相似年加权的安徽省汛期降水多模式集合预测结果（图4-15）。预报员在开展汛期气候预测业务时，重点参考了该模型预测我省汛期降水一致偏多的意见，对国家气候中心预测安徽省大部地区降水正常到偏少的指导预报结果进行了订正，将我省多雨区范围扩大，与实况更为接近。实况上，2020年汛期降水全省一致偏多，其中淮河以南偏多5成以上，江淮西部偏多1倍以上。经检验，该模型正确预测了汛期降水一致偏多趋势，距平符号一致率评分（Pc）为100分，距平相关系数（ACC）为0.14，趋势异常综合评分（Ps）为89分。

（二）定量化气候监测指标体系和评估模型

以多个省部级、司局级科研项目为载体，基于主成分分析、逐步回归、层次分析、灰色关联度等多种方法，建立起一套客观、定量的极端天气气候事件（强降水、干旱、高温、低温冷冻、台风、冰雹等）监测指标体系；构建出气候年景等级评估、气候对敏感行业（农业、水资源、大气环境、人体舒适度等）影响评估等多个定量化气候影响评估模型（图4-16），提升安徽省气候监测评估的定量化水平。此外，依托多个气象标准项目建设，强化气候监测评估业务的标准化水平，主持和参与制定了《梅雨监测指标》《气象灾害风险评估技术规范 冰雹》《气候资源评价规范 山岳旅游度假》《气象干旱过程等级》等多项国家标准、行业标准和地方标准的制定，综合应用各类标准和业务规定等，有效提升气候监测评估业务的标准化水平，形成标准、业务规定优势互补的气候监测评估业务体系。

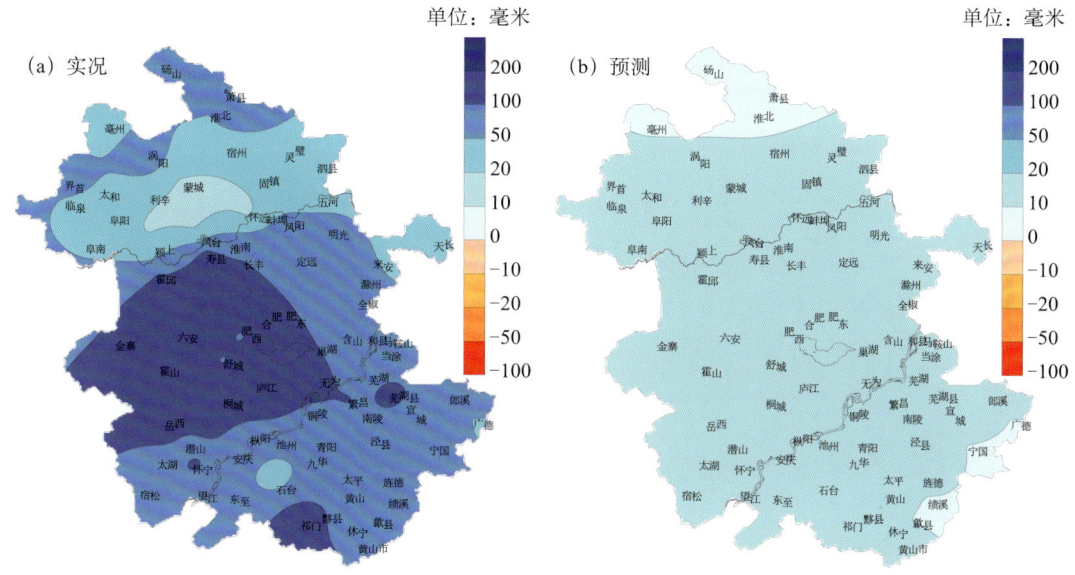

图 4-15 基于相似年加权的 2020 年汛期多模式集合预报模型试报检验

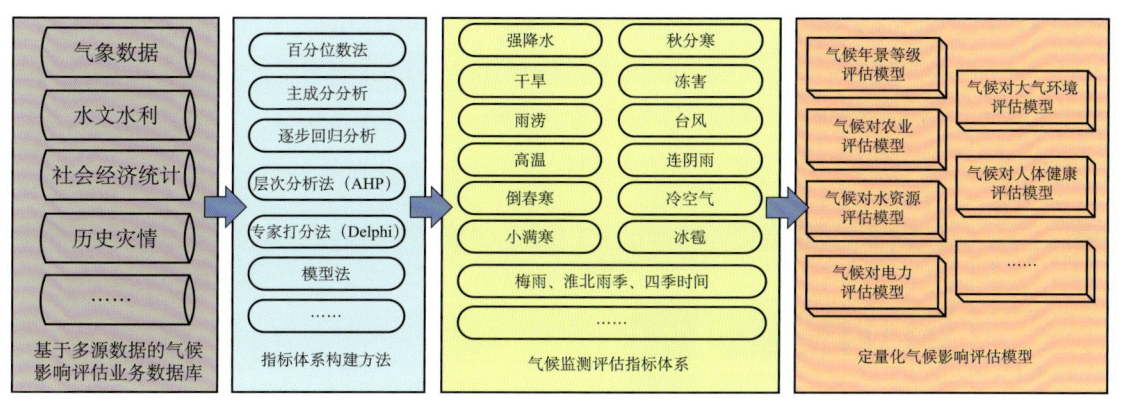

图 4-16 安徽省气候监测指标体系和评估模型

（三）安徽省气候业务平台预测系统

为了满足不断增长的气候服务需求，适应信息技术发展现状，安徽省气候中心根据现代气候业务发展的需求，加强了气候业务系统的建设，建立了安徽省气候业务平台预测系统和安徽省延伸期气候预测系统，作为气候业务运行的支撑平台，提升了气候业务的信息化和集约化水平，提升了气候预测业务的工作效率。气候业务平台气候预测系统包含气候背景、模式查询、客观预测、产品制作、预测评分、业务管理、业务学习、数

— 107 —

据下载监控、计划任务设置和系统配置共 10 个模块。除了满足本单位业务需求外，该系统还被推广至地市气象部门，提高了我省气候业务技术水平。

在 2020 年汛期，该系统为汛期气象业务和服务提供了非常好的支撑作用，依托该系统的梅雨监测模块，可以监测我省沿江江南和江淮之间这两个梅雨分区的逐日降水量、平均气温、梅雨日、梅雨期、入出梅时间以及西太平洋副热带高压脊线的信息，满足了梅雨监测的需要，依托该模块的结果，省气候中心每日开展梅雨监测，并利用其监测结果开展梅雨气候监测、评价和预测，取得了很好的效果（图 4-17）。

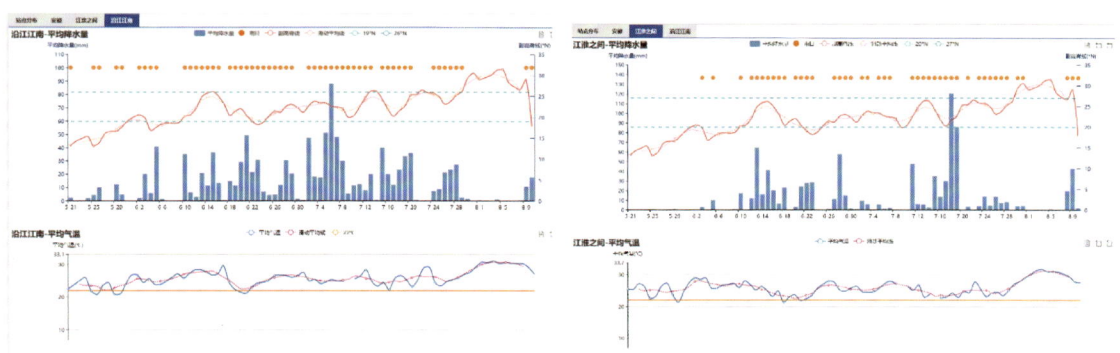

图 4-17　沿江江南（左）和江淮之间（右）梅雨监测区逐日降水量、雨日、副高脊线和气温监测

此外，该系统的延伸期气候模式解释应用模块在 2020 年汛期气象服务中也发挥了重要的作用。通过该模块，预报员可以查询到延伸期气候预测模式对未来延伸期逐日、逐候、逐旬和逐月气温、降水的空间分布进行预测，并可以通过分县预报和过程预报模块在延伸期时间尺度对全省平均、主要气候代表片以及各个县未来气温降水的逐日演变和重要过程进行预测（图 4-18），为预报员提供了开展延伸期气候预测的有利工具。

图 4-18　模式预测的逐日要素空间分布（左）和分县逐日要素预测（右）功能

（四）安徽省气候监测评价业务系统

将定量化气候监测指标体系和评估模型业务转化应用，完成了基于 B/S 结构的安徽省气候监测评价业务系统（图 4-19）的研发工作，主要功能包括：数据入库及监控、气

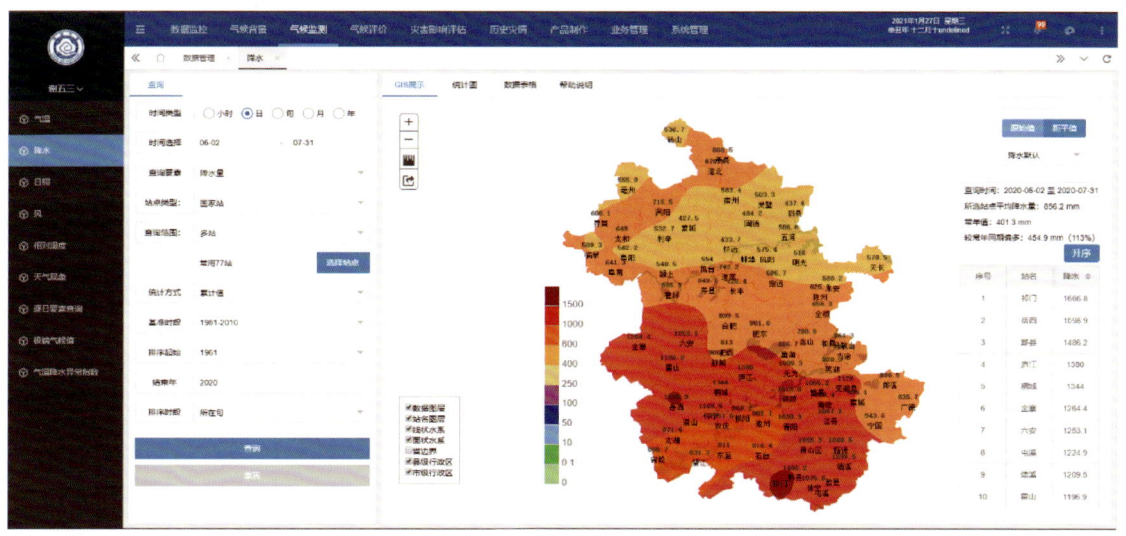

图 4-19　安徽省气候监测评价业务系统

候背景、气候监测、气候评价、灾害影响评估、历史灾情、产品制作、业务管理及系统管理等，可实时查询全省所有气象站历史气象资料，多种气象要素的快速统计分析、历史对比、图形绘制以及气候监测评估业务产品一键生成等，系统功能可扩展、区域可定制、参数可设置，以满足不同用户需求，获软件著作权登记。该系统已投入2020年梅雨期气候监测评估业务服务中，在梅雨期多轮强降水业务服务中发挥了重要作用，有效提升安徽省气候业务服务的定量化和自动化水平。此外，该系统已推广至全省各市、县气象局业务化应用，提升全省基层气候监测评估业务服务能力，形成数据统一、算法统一、产品统一的省、市、县一体化气候监测评估业务体系。

（五）安徽省延伸期气候客观化预测产品

为了加强延伸期气候预测模式的解释应用工作，提高安徽省延伸期气候预测的能力，安徽省气候中心研发了安徽省延伸期气候预测业务系统模块。基于模式误差订正方法，创新研发了延伸期逐日降水、最低气温和最高气温客观化预测产品，每日更新延伸期降水空间分布预测和分县降水序列预测，通过该模块，预报员可以每日看到模式最新起报的未来安徽省和分县气温降水11～40天的客观化预测结果。

该产品被推广至市、县气象局，加大了省级业务能力向市、县级气象部门的辐射力度，使得基层气象部门能够共享到业务技术提升的成果。通过该产品提供的逐日要素的分县预测图形化产品，为省、市、县气象部门应对暴雨、高温等气象灾害，开展延伸期时间尺度的灾害预测提供了有力的工具，2020年被应用于省、市、县气象部门的防汛工作，得到了广泛好评。一系列工作大大提高了安徽省气候预测业务技术水平和服务能力，取得了很好的效益。

第五章 综合保障

第一节 政治保障

面对严峻汛情，安徽省气象局党组坚持以习近平总书记关于气象工作重要指示精神为根本遵循，以高度的政治责任感、勇于担当的精神和战时状态，采取超常规服务应对超历史汛情，为夺取防汛救灾全面胜利提供了坚强的政治保障。

一、筑牢思想根基，自觉提高政治站位

安徽省气象局党组把学习贯彻习近平总书记关于气象工作和防汛救灾工作的重要指示精神作为首要政治任务，与学习贯彻习近平新时代中国特色社会主义思想和《习近平谈治国理政》结合起来，先后召开4次党组会、3次党组中心组研讨会、5次专题学习会，及时传达落实习近平总书记最新重要讲话精神，武装头脑、指导实践、推动工作，充分发挥气象防灾减灾第一道防线作用，不断增强"四个意识"，坚定"四个自信"，做到"两个维护"。党组自觉提高政治站位，围绕履行核心职责，把防汛工作作为头等大事，认真贯彻落实中国气象局、安徽省委省政府的决策部署，坚持"人民至上、生命至上"，多次召开汛期气象服务动员会、再动员会、领导小组会、视频会议等，研究、部署、督导防汛救灾气象保障服务工作，切实做到思想上高度重视、行动上坚决有力、措施上扎实到位。

二、强化党建引领，推动党建与业务融合

安徽省气象局党组坚持以党的政治建设为统领，牢固树立机关党建工作为中心工作服务保障的鲜明导向，围绕中心抓党建、抓好党建促业务，推动党建与业务同谋划、同部署、同推进、同考核，把党的领导落实到汛期气象服务的全过程各方面，把机关党建的成效体现在贯彻落实习近平总书记关于气象工作和防汛救灾工作重要指示精神上来。在防汛关键时期，时任省气象局党组成员、副局长胡雯先后主持召开了学习贯彻习近平总书记关于气象工作重要指示精神中心组专题学习会和全省气象部门专题党课报告会，统一思想、凝聚力量，引导全省气象部门广大党员干部牢记初心使命，坚决打赢这场硬仗。党组把做好汛期气象保障服务作为加强党的领导、履行党建责任的重要体现，压实各级党组织书记第一责任人职责，使机关党建与业务工作主体职责任务相统一。进一步提升基层党组织的政治功能和组织力，把机关党组织的政治优势、组织优势和密切联系群众的优势转化为破解业务难题、做好防汛救灾气象保障服务的有力武器，做到党建和业务融为一体、高度统一。

三、党组率先垂范，深入一线靠前指挥

安徽省气象局党组充分发挥"把方向、管大局、保落实"的领导作用，应急响应期间，党组多次强调，要保持高度的警惕性和责任心，严守工作纪律，加强值守班，密切监视雨情汛情变化，强化实况产品科学性、权威性，做好暴雨短期预报、短临预报、气象灾害预警以及重大过程延伸期预报，提高决策服务质量和效率、公众服务信息的科学性和通俗性，为各级党委、政府防汛救灾提供决策依据。时任安徽省气象局党组成员、副局长胡雯首次作为省防指副指挥长，3次列席省委常委会，11次参加省政府防汛会商会、省防指调度会，14次汇报天气预测预报意见及决策指挥调度建议。党组成员分别陪同省长李国英、常务副省长邓向阳赴基层督导检查防汛救灾工作4人次。建立局领导督导市级汛期服务工作机制，党组成员带头发挥表率作用，以上率先，亲自带队4个工作组赴防汛一线的重点市、县检查指导，以坚强有力的领导，为做好防汛救灾气象服务提供了政治保障。

四、夯实基层基础，充分发挥"两个作用"

各基层党组织、党员干部认真响应和落实省气象局党组的各项决策部署，全省成立了180多人的防汛救灾党员志愿气象服务队，分批分小组共20多次深入防汛一线开展装备保障、技术服务、科普宣传、业务现场抢险救援、后勤保障等志愿服务活动，全力推动党建与业务深度融合，团结带领广大干部职工主动作为、冲锋在前，汇聚起防汛救灾的强大合力，让党旗在防汛救灾一线高高飘扬。其中，王家坝气象监测预警中心成立临时党支部，驻点开展现场服务，在王家坝开闸泄洪的关键时刻切实发挥"两个作用"，防汛救灾气象服务事迹受到新华社、央视新闻客户端的深度报道。一大批青年党员技术先锋，凭着较高的政治素养和业务能力，勇挑重担，沉着应战，顽强拼搏，经受住了防汛救灾的考验，谱写了一曲无私奉献、无怨无悔的奋斗赞歌，以实际行动诠释了气象精神。

汛期结束后，全省气象部门有5个集体和15名个人受到省政府表彰，被授予"省防汛救灾先进集体"和"省防汛救灾先进个人"称号；有20个集体和46名个人受到省气象局表彰，被评为"先锋突击队"和"先锋突击手"。

第二节 组织保障

面对严峻汛情，在中国气象局党组和安徽省委省政府的正确领导下，安徽省气象部门干部职工认真学习贯彻习近平总书记关于气象工作、防汛救灾工作的重要指示精神，

坚持"人民至上、生命至上",把防汛救灾气象保障服务当作最重要的工作来抓,以高度的政治责任感、勇于担当的精神和战时状态,采取超常规服务应对超历史汛情,为夺取防汛救灾全面胜利提供坚强的组织保障。

一、积极组织

省气象局切实履行省防指副指挥长单位工作职责,省气象局主要负责同志在省委常委会、省政府防汛会商会、省防指调度会上,根据天气预测预报意见,提出决策指挥调度建议。多位省气象局负责同志陪同省领导赴基层督导检查防汛救灾工作。省气象局多次召开专题会议,传达贯彻落实中国气象局、安徽省委省政府的部署要求,对做好防汛救灾气象服务保障进行部署安排。应急响应期间,省气象局领导组织指挥调度在前,参加天气会商和分析研判,带队赴防汛一线重点市县督导汛期气象服务工作。

二、督导有力

省气象局党组多次召开汛期气象服务动员会、再动员会、领导小组会、视频会议等,研究、部署、督导防汛救灾气象保障服务工作。省气象局党组成员、副局长胡雯多次强调,全省各级气象部门要坚持人民至上、生命至上,保持高度的警惕性和责任心,以贯彻落实省政府《关于推进气象事业高质量发展助力现代化五大发展美好安徽建设的意见》为契机,进一步完善部门合作机制,扎实推进能力建设,做好监测预报预警,细化预报预警单元,千方百计拉长预报期、提高准确率,第一时间发布权威预警信息,全力做好汛期气象服务工作。省气象局党组成员、副局长汪克付多次强调,要高度重视天气会商,提高决策服务质量和效率、公众服务信息的科学性和通俗性。强化实况产品科学性、权威性,做好暴雨短期预报、短临预报、气象灾害预警以及重大过程延伸期预报。省气象局党组成员、副局长包正擎、汪克付督查防汛救灾气象服务工作时强调,要严守工作纪律,加强值守班,密切监视雨情汛情变化,强化实况监测和短时临近预报预警,主动服务、靠前服务,为各级党委、政府防汛救灾提供决策依据,坚决打好防汛救灾这场硬仗。

三、指导有方

省气象局组建淮河王家坝和巢湖气象服务组、专家服务组、技术支撑保障组、预警监控组等11个特别工作组,加强对基层的技术支撑和跟踪提醒。强化面向各级党委、政府分级递进式服务,开展了从服务专报、短期预报、短临预警、风险叫应、影响评估的全流程服务。为进一步加强防汛救灾Ⅰ级响应期间气象服务组织协调,抽调各单位部分人员作为补充成员参加气象服务工作领导小组办公室应急工作组。为应对巢湖严峻的防汛形势，做好巢湖气象服务保障工作，省气象局在 7 月 22 日决定迅速成立 5 个"巢湖防汛抗洪气象现场技术小组"，为打赢"巢湖保卫战"奠定了坚实基础。

第三节　工作机制保障

一、建立快速响应工作机制，技术支撑保障超常规

在防汛关键时刻，中国气象局紧急向安徽调拨便携式自动气象站 20 套，国家级业务单位选派专家赴安徽开展现场技术支持。中央气象台组织开展国、省、市、县四级加密天气会商，点对点分析研判天气，为准确研判天气形势提供技术支撑。

开展流域精细化气象预报技术服务。针对重点流域，细分子单元 54 片，开展以面雨量、风速、风向、温湿度、雷电等要素预报为主的精细化服务，重点时段开展逐 3 小时、逐 1 小时的实况和短临预报服务，为王家坝开闸泄洪、打赢"巢湖保卫战"等提供有力支撑。

成立气象服务应急工作组和技术小组，及时响应一线技术服务需求。在汛情严峻的关键时刻，及时成立防汛救灾Ⅰ级响应气象服务工作领导小组办公室应急工作组，强化防汛救灾Ⅰ级响应期间气象服务的组织协调。7 月 24 日，巢湖防汛形势严峻，省气象局第一时间组织调集了省气象局机关和直属业务单位的精兵强将，组建 5 个防汛抗洪气象技术小组赶赴防汛救灾一线，把责任落实到防汛救灾气象服务保障全过程、各层级，到岗到人，全力做好巢湖气象服务保障工作。

建立全省业务快速协同响应机制，满足技术支持需求。在省气象局统一部署下，组建了由省气象局机关业务处室、局直业务单位骨干组成的汛期气象服务支撑保障组，搭建了由全省 1012 名业务及管理人员参与的即时通信交流群，一站式收集各级业务服务单位提出的各类业务、技术及管理方面的问题与需求，开展协同快速响应。在汛期最为关键的 20 多天里，累计互动超 1.5 万次、解决业务技术问题 157 个、平均响应时效小于 5 分钟，为防汛关键期气象服务高质量运转提供了有力支撑。

二、建立统筹协调联动机制，业务服务联动超常规

安徽省气象局创新工作机制，加强统筹协调，全力做好监测预警预报工作。

强化与周边省份气象部门的协调联动。在汛期关键时刻，与河南省气象局建立数据和业务系统内网共享的工作机制，与江苏、浙江、江西、山东、湖北等省建立上下游预报、雨水情及服务信息共享的工作机制，为我省防汛指挥调度工作提供了重要参考依据。

加强与应急、水利、自然资源、住建等部门的协调联动。完善了自然灾害的数据共享、联合会商、预警发布的工作机制，气象、水利、自然资源部门完成了雨量监测数据实时全面共享。选派气象预报业务骨干常驻省应急指挥中心，派员在安徽省教育招生考试院提供驻点气象服务。省应急、水利等部门根据雨情及时提升防汛救灾应急响应等级。

加强省、市、县三级气象部门优势力量的上下联动。7月11日，省气象局决定组建成立防汛关键期气象监测预报预警情况工作组。由各单位骨干力量组成的工作组接到任务后，迅速确定了3处工作阵地，制定了工作流程。工作组全天候动态监测、实时掌握省市县灾害性天气监测信息、短临预报、预警信号、中短期预报制作发布和传播服务情况，每日09时、17时分别制作《气象监测预报预警情况简报》（以下简称《简报》），供局领导决策调度指挥，7月11—31日共计制作《简报》40期，直接提醒、指导市县上百次。

《简报》对监测预报预警各类产品进行了全方位提供，实况信息产品、0～3小时短时临近预报产品、中小河流专项业务产品等使得预报产品更加丰富，产品形式也以文字、图形、数据等多样化方式表述，同时每日开展典型案例交流借鉴，拓宽了应急气象服务工作方式，提升了监测预报预警业务水平。

《简报》发布后，各市、县气象局预警发布时效性明显提高。工作组动态跟踪高级别预警信号制作发布情况，及时提出相应工作要求，提高了预警提前量，同时与省气象台短临业务密切衔接，强化省、市、县预警整体联动。市、县短临预报的频次及预警发布的提前时间明显提高。经检验统计，汛期桐城暴雨各级预警信号平均提前量达到46.9分钟，为当地政府决策和公众防灾避灾提供了强有力的气象信息保障。各市、县气象局公众服务覆盖面进一步扩展。工作组追踪各市、县新媒体和公共媒体气象信息发布传播情况，及时通报，督促市、县气象局重点加强公众气象服务，丰富公众服务平台和监测预报预警产品，全省各市、县公众服务渠道基本建立。

在巢湖保卫战中，为保证快速上下联动，抽调巢湖市气象局和合肥市气象局骨干人员到省气象台协同值班，逐3小时制作巢湖流域12个子流域的气象服务产品，满足流域防汛调度需求。加强上下联动和应急会商，确保服务结论统一，省气象局安排技术组到合肥市气象局及时解决服务中面临的资料获取等技术问题；合肥市气象局和省气象台建立加密会商机制，确保从不同渠道出去的巢湖气象服务材料中预报结论的一致性。

第四节　装备后勤保障

安徽省气象局上下齐心、共同奋战，精良的设备装备和周全的后勤服务为防汛救灾气象保障服务的胜利提供了优质保障。

一、设备装备保障到位

应急响应期间,及时调集装备实施大规模移动应急观测及水毁站点快速恢复。通过全省范围调剂、申请中国气象局和有关设备厂商紧急援助等方式,紧急调配 3 套国家站、10 多套区域站备件响应相关市气象局站点恢复需求。在因灾水毁急需恢复观测区域以及巢湖、淮河等防汛抢险重点区域,架设 17 套便携式自动气象站开展应急观测。调集 4 部移动应急指挥车在淮河王家坝和巢湖沿岸开展现场气象服务保障。针对巢湖风浪监测预报的突出需求,调派省级移动风廓线雷达与合肥、巢湖两地的固定风廓线雷达实施局地组网立体监测。

全省各级气象装备保障部门密切监控各类气象装备和业务系统运行,强化应急值守和数据质控,运控和系统保障岗位 24 小时值守,及时处理因灾损毁站点撤销、紧急临时设站、故障数据处置等业务问题,确保全省观测数据采集、传输、分发和应用各环节平稳运行。

二、后勤保障到位

安全生产保障。提前开展汛期安全检查,建立隐患台账,做到不留死角。对设备设施进行全面检修,测试地下室排水泵、疏通地上地下排水管,对高压电气设备进行预防性试验,对泵房水箱进行清洗消毒,确保供水、供电安全可靠。主汛期实行 24 小时领导带班及值班制度,加强对重点地带的监护和巡查,日常巡视频次增加到每 2 小时一次,发现问题及时抢修,争取在最短时间内恢复供水、供电,并且针对不同的天气特点,高温时加强通风降温、高湿时采取抽湿排风,加强对设备设施养护。遇暴雨等极端天气时,安排专人对可能存在隐患的地方进行重点防范。在地下车库出入口、停车场、雨污井、围墙、施工现场等重点防范部位等设置警示柱和警戒区域,及时处置安全生产突发事件,确保气象业务工作顺利开展。

餐饮服务保障。加强食堂安全管理,在采购源头控制、员工健康状况、加工环节管理、供餐食品留样、餐厅就餐管控等方面毫不放松,确保干部职工吃得安全放心。餐厅实时掌握食堂职工健康、出行情况,督促值班餐厅员工做好自我行为管理,增强防控意识,采取各类措施保障餐饮安全。测量体温、日常消毒的步骤一样不少,加强餐厅餐桌椅、门把手、地面喷洒消毒,降低疾病传染风险,不断调整菜品品种和花样,按时提供品种多样、美味可口的饭菜。并针对一线业务值班人员的工作特点和实际情况,为他们进行送餐,汛期服务期间为一线业务值班人员送餐 600 余份。

物业服务保障。做好各园区的每日保洁消毒和出入人员管理、登记等工作。对园区内消防安全设施设备等进行大范围摸查巡检,保障消防安全,做好消防安全检查等工作。对园区高大树木进行修剪,防止极端天气下出现树木倒伏等极端情况。加大日常巡检巡查次数和力度,汛期共进行零星维修 500 余次,用水器具及设备维修 100 余次,用电设备设施维修 300 余次，其他设备设施维修 100 余次。严谨、细致、努力做好会务保障，提前检查会场的音响、照明、空调等设备，消除各种隐患，同时按照防疫有关要求，严格落实防疫措施，每天对会场进行 2 次消毒，保持长时间通风，确保服务零差错，圆满地完成了各项会议服务工作。

应急抢险保障。从成立汛期气象服务工作小组、完善汛期气象服务应急预案、组建应急抢险队伍、备足抢险物资、排查安全隐患等方面，扎实做好各项准备工作，全力以赴迎接暴雨考验。省气象局机关服务中心成立汛期后勤保障党员先锋队，党员干部保持全天候通讯畅通，24 小时在岗值班值守，对大楼排水井、发电机房、顶层、车库等防水排水设施进行彻查，严格落实防汛用具、沙袋的储备情况和存放位置，确保防汛措施到位。7 月 18 日 06 时，在连续几日的暴雨后，机关服务中心迅速行动，冒着暴雨对各个园区进行排查，重点排查伸缩缝、走廊楼梯、地下室、配电房是否存在渗水积水，地下室排水泵是否工作正常，路面有无积水、排水管是否堵塞、电梯是否正常工作及周边围墙是否安全等一系列问题，用最快速的反应做好应急抢险保障工作。

第五节 制度标准保障

一、切实发挥应急预案降低突发事件造成人身、财产与环境损失的作用

严格落实《安徽省气象灾害应急预案》，发挥其保证气象灾害应急高效有序进行、提高气象灾害应对水平和处置能力的作用，结合工作中出现的新情况，对预案进行必要的修订并提交安徽省政府。

组织应急、公安、民政等 20 多个部门参加的气象灾害应急响应联络员会议，做好省政府办公厅《关于加强灾害性天气预警工作的通知》《突发事件预警信息发布系统运行管理办法》，以及与相关部门联合印发的《灾害性天气预警信号处理流程》《关于进一步建立健全重大气象灾害预警手机短信快速发布机制的通知》《关于联合加强基层防灾减灾工作的通知》《关于调整地质灾害气象预报预警业务的通知》等文件的落实。加强《安徽省气象灾害预警信号发布与传播业务规定》在业务服务中的实施。

密切关注汛期天气形势和灾情，落实《安徽省气象灾害调查业务规定》，上下联动，指导各市、县气象局及时开展气象灾害的现场调查和影响评估，省气象局组织开展"3·22 东至县国家基本气象站雷击灾害""6·12 滁州某部队训练场雷击灾害""望江县 7·2 雷击灾害"和"7·22 宿州龙卷灾害"等 4 期重大气象灾害调查，为灾后处置和气象服务提供建议。呈阅材料《望江县 7·2 雷击事件调查报告》获李国英省长批示。

落实习近平总书记关于气象服务生命安全的指示精神，加强汛期灾害性天气安全防护指导。针对汛期强对流天气时发、雷电活动频繁，给广大群众尤其是巡堤查险一线人员生命带来威胁，省气象局制作"巡堤查险防雷明白卡"，省防汛抗旱指挥部办公室发出《关于加强防汛巡查抢险人员防雷安全的通知》并向全省转发"巡堤查险防雷明白卡"，通过微博、微信、电视、报纸、网站、电视台等渠道推介宣传，保障一线防汛人员的生命安全。安徽电视台《新闻联播》《夜线六十分》等栏目，以及中新网、《安徽日报》、中安在线等中央、省、市媒体均予以报道。

二、不断提高标准化对提高科学管理水平的基础性作用

做好安徽省政府《关于推进气象事业高质量发展助力现代化五大发展美好安徽建设的意见》"健全气象标准体系"和《安徽省气象现代化标准体系（2019—2022年）》的落实。新增发布《气象灾害风险评估技术规范 冰雹》《37mm高炮增雨防雹作业安全技术规范》等气象行业标准4项和《安徽气象地理分区》《气象灾害预警等级 第1部分：暴雨》等气象地方标准6项。围绕气象灾害风险管理和防汛抗旱、交通安全等领域，立项《气象灾害预警等级 第2部分：强对流》《气象灾害预警等级 第4部分：暴雪》等地方标准4项和《气候可行性论证技术规范 国土空间规划》等行业标准2项、预研项目1项。

将标准应用融入汛期气象业务服务，通过汛期气象服务推进气象标准应用。持续做好气象观测质量体系建设，进一步深化细化和强化气象观测管理，使其更为严谨和规范。推行"执行标准清单"制度，各单位明确本单位执行标准清单并及时更新，确定本单位年度重点执行标准，加强业务领域标准应用和反馈。出台《安徽省综合气象观测和信息网络领域标准实施评价方案》，开展全省气象观测和信息网络领域标准实施评价，该标准实施效果评价受邀在2020年"世界标准日"纪念大会上发布。编制气象观测和信息网络标准题库，纳入省气象局云考试平台，助力业务人员气象标准学习和考核。

加强标准化工作的指导，依托省市场监管局标准化研究院专业力量，组织技术培训，为标准编制人员政策把握、咨询、指导等提供服务，力助其高标准完成标准编制任务。举办首届安徽省气象标准化学术交流会，对参与交流的90篇论文组织评选，进一步激发管理、业务、科研等相关人员学标准、用标准，促进标准化的编制、应用、修订良性循环。牵头开展长三角气象标准共用制度建设相关配套管理办法编写，促进长三角区域气象标准的互相借鉴、联合编制、同步发布和应用实施。组织参加省人社厅、省市场监管局联合组织的2020年标准化工程师考试，2名同志通过中级工程师考试，并纳入省质标院技术审查专家库。

第六章 先进集体和典型人物

第一节　先进集体

同心筑牢防汛救灾第一道防线
——合肥市气象局机关党总支防汛救灾气象保障服务先进事迹

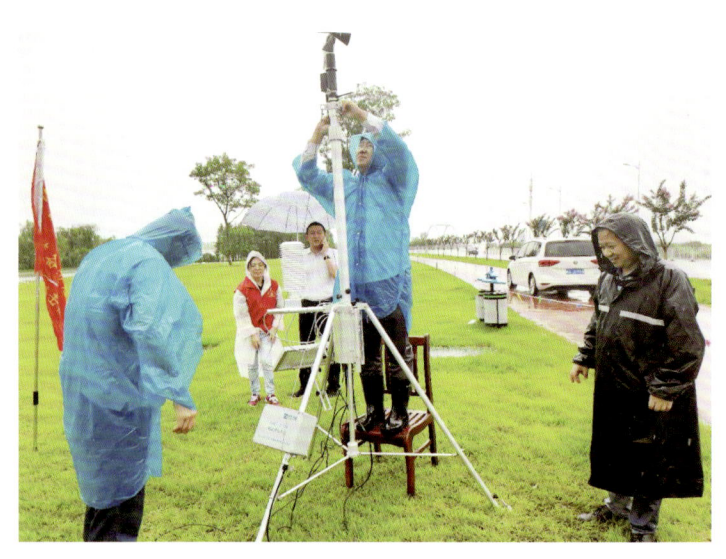

2020年入梅以来，合肥市连续遭遇9轮强降雨，梅雨期长达52天，超过历史平均31天。梅雨期全市平均雨量为常年的3.7倍，突破有完整气象记录以来的历史极值。

雨情就是号角，汛情就是命令。面对历史罕见雨情汛情，合肥市气象局党组坚决贯彻落实习近平总书记关于气象工作和防汛救灾工作重要指示精神，坚决落实党中央及省委、市委决策部署，自觉增强"四个意识"，坚定"四个自信"，做到"两个维护"，坚持"人民至上、生命至上"，按照"监测精密、预报精准、服务精细"要求，以超常规服务应对超百年不遇的汛情，用实际行动守初心、担使命。在党组班子的示范引领下，各级党组织、全体党员干部充分发挥"两个作用"，严格落实主要负责人和分管负责人24小时"双领导"带班制度。各科室纷纷闻雨而动，第一时间启动应对机制，开启"护城模式"，根据雨情监测、预报情况和预警等级，开展不同级别的叫应服务，为领导决策、部门联动、社会参与吹响"冲锋号"，以责任和担当筑牢防灾减灾第一道防线，用实际行动践行了"两个至上"，为"巢湖保卫战"取得全面胜利做出了积极贡献，让党旗在防汛一线高高飘扬。

整个梅雨期，合肥市气象局共发布预警信号48次、各类气象服务材料111期，累计发送气象服务短信300余条，通过微博、微信、今日头条、抖音、合肥天气（APP）等新媒体平台发布信息近4000条。

（获2020年安徽省委、省政府联合表彰的"安徽省防汛救灾先进集体"）

预报服务为应对特大汛情立大功
——六安市气象台防汛救灾气象保障服务先进事迹

"预报服务及时准确,为应对2020年的特大汛情,避免人员伤亡立了大功"。安徽省委常委、时任六安市委书记孙云飞点名表扬气象服务工作。

面对2020年复杂严峻的汛情,六安市气象台在市气象局党组的坚强领导下,努力做到监测精密、预报精准、服务精细,为各级政府和相关部门指挥调度防灾减灾救灾提供全方位气象保障服务。7月18日,六安、金寨日降雨量突破本站历史极值。市气象台精准预报、及时叫应,为政府转移群众和防汛抢险赢得了宝贵的"提前量"。金寨县连夜转移危险区内600余名群众,最大限度降低了人民生命财产损失。整个梅汛期,市气象台与自然资源部门分析雨情、会商研判天气42次,联合发布地质灾害预警33次(其中橙色9次、红色2次),实现地质灾害成功转移避险19起,避免了地质灾害发生时可能造成的40户177人的伤亡。

一条条气象预报预警信息、一篇篇防灾减灾科普微博。六安气象人耕于幕后,勇于担当,一次次号准"天公"的脉搏,为打赢这场汛情超历史的"攻坚战"当好参谋,为保障人民生命财产安全站好每一班岗。

(获2020年安徽省委、省政府联合表彰的"安徽省防汛救灾先进集体")

风雨苦旅,望民生安康
庚子梅殇,铭气象初心
——芜湖市气象局防汛救灾气象保障服务先进事迹

2020年芜湖市梅雨期天气气候异常,全市平均雨量达962.9毫米,居历史同期第一位;梅雨期长达52天,居历史第二位。梅雨期长度、累计雨量、强降雨范围、梅雨强度等多项指标均接近或突破历史极值。

面对复杂严峻的防汛救灾形势,芜湖市气象局在安徽省气象局和芜湖市委、市政府的坚强领导下，提高政治站位，认真贯彻习近平总书记关于气象工作和防汛救灾工作重要指示精神，坚持"人民至上、生命至上"的理念，充分利用最新科研成果，以精准的预报、精细的服务、科学的举措、系统的沟通，为芜湖夺取防汛抢险救灾胜利提供了优质的气象保障，得到了省气象局和地方党委、政府的高度评价和肯定。

时间第一等于生命第一。为应答这场梅雨大考，芜湖市气象局加强党的领导，组织了一支不畏艰险、奋勇前进的气象队伍，以高度的政治责任感和使命感，坚守岗位，连续作战，履职尽责，成功减轻了防疫后突遇洪涝灾害所产生的压力，为芜湖加快建设长三角城市群中具有较高能级的现代化大城市拉上了气象保障线。市气象局和5名个人分别获芜湖市防汛救灾先进集体和先进个人称号。"江城风雨365"先锋突击队获省气象局通报表扬，2名同志获先锋突击手称号。

芜湖市气象局将牢记初心使命，始终绷紧防汛救灾这根弦，总结好2020年梅雨期的宝贵实战经验，持续加强气象预报预警和信息发布传递，努力在服务和融入新发展格局中展现新作为。

（获2020年安徽省委、省政府联合表彰的"安徽省防汛救灾先进集体"）

气象预报为防汛救灾工作起到关键性作用
——宣城市气象局防汛救灾气象保障服务先进事迹

2020年宣城市遭遇历时长达51天的梅雨季。梅雨期，宣城先后遭遇10次强降雨过程，全市平均梅雨量达935毫米，是历史平均值的2.9倍，位居有气象记录以来第二位。

在这场与超长超强梅雨的搏击战中，宣城市气象局党组认真学习领会习近平总书记关于气象工作和防灾减灾工作重要指示精神，及时动员部署，干部身先士卒，发挥基层党组织战斗堡垒作用和党员先锋模范作用，成立了以局党组成员、科室负责人为主的防汛工作领导组和以党员为骨干的"防汛抗洪气象服务"先锋突击队，履职尽责、担当作为，以优质气象服务行动践行了"人民至上、生命至上"的理念。

按照"监测精密、预报精准、服务精细"的要求，宣城气象人密切跟踪天气形势演变,及时做好强降水预警和决策气象服务工作,充分发挥了气象部门在防灾减灾工作中的"侦察兵"和"消息树"作用。汛期共发布气象信息专报59期、重大气象信息专报11期、重大活动天气专报3期;发布或指导县局发布预警信号920次、暴雨预警328次、雷电预警413次、雷雨大风预警101次。受超长超强梅雨影响,宣城市受灾人口62.98万人,仅有1人因灾死亡,及时转移避险安置9.77万人次,农作物受灾面积4.46万公顷,仅有部分千亩以下小圩发生满溢,全市人民生产、生活秩序井然,梅雨洪灾的损失被降低到了最低程度。

宣城市委副书记、市长孔晓宏对气象服务工作给予充分肯定:"气象部门及时有效的预报及雨情信息,为市委市政府各阶段防汛救灾工作部署起到了关键性作用"。

(获2020年安徽省委、省政府联合表彰的"安徽省防汛救灾先进集体")

科学精准做好气候监测预测业务服务
——省气候中心预测科防汛救灾气象保障服务先进事迹

2020年汛期安徽梅雨期之长、暴雨日数之多、累计雨量之大、覆盖范围之广、梅雨强度之强,均为历史第一位,持续性强降雨引发全域性洪涝灾害。面对复杂严峻的防汛救灾形势,省气候中心预测科坚持"人民至上、生命至上",按照"监测精密、预报精准、服务精细"的要求,全力做好气候监测预测业务服务,筑牢防灾减灾第一道防线。

气候服务科学精准。不断完善资料分析、科学研判的方法和流程,对强降水过程的延伸期气候预测取得良好效果。经检验评估,准确预测6月初入梅首场暴雨过程和7月上中旬两次梅雨期最强降水过程,提高了梅雨期强降水的预见期。不断加强技术创新。研发气候预测系统向市、县气象局推广应用,并针对基层服务需求,汛期发布逐日更新的降水、气温延伸期客观化预测产品,提供逐日要素的分县预测图形化产品,为开展暴雨预测提供有力工具,同时选派业务骨干开展技术指导,赢得基层广泛好评。坚守气候业务一线。汛期每日滚动发布延伸期气候趋势预测产品,滚动开展梅雨监测及强降水过程预测,及时发布各类业务服务材料100余期。

(获2020年安徽省委、省政府联合表彰的"安徽省防汛救灾先进集体")

为江淮安澜守望风雨
——省气象台重大气象服务先进事迹

在2020年防汛最吃紧的时候,安徽省气象台全体党员干部,发扬不畏艰苦、连续作战的作风,始终冲在气象服务、天气会商、系统维护和产品开发一线,扎实做好气象监测预报预警服务,为江淮安澜守望风雨。

观天测雨,勇当智囊。台长王东勇的汛期工作非常忙碌,指导会商材料、参加会商、与预报首席研讨天气趋势、指导制作决策服务材料、赴省防指汇报天气、接受媒体记者采访、部署各科室工作……整个汛期他无一日休假,整日忙得像个陀螺。王东勇对梅汛期所有决策气象服务材料进行技术把关,担当省防汛救灾决策的气象智囊。

精准预报,筑牢第一道防线。首席预报员朱红芳、张娇在各个模式对强降水落区和雨强预报不统一时,充分利用自身预报技术和经验,反复分析研判,得出精准预报结论,在黄山歙县高考和王家坝泄洪气象服务中起到关键作用,筑牢了气象防灾减灾第一道防线。张娇成功预报了江南、江淮入梅时间和梅雨总量,针对淮河上游强降水提前做出预判:"总雨量将普遍超过各数值模式预报值。"相关的各大水库据此预报提前放水降低库容,水利部门完全开启蚌埠闸,尽力腾空河道底水,为王家坝泄洪、淮河安全度汛打好了"提前量"。

汛期,预报员就是战斗员。陈光舟在主汛期来临前,带领流域服务科人员对新安江流域进行了精细化分区,研发面雨量预报产品,在中小河流域气象服务中发挥了重要作用。在汛情最为严峻的6—7月,61天应急响应时间里他值班37天,早间七点前到岗33次,在加密会商期间更是加班到深夜。

(获中国气象局表彰的"2020年重大气象服务优秀集体")

实施网络扶贫行动 助力决胜脱贫攻坚
——省农村综合经济信息中心公众服务科重大气象服务先进事迹

安徽省农村综合经济信息中心公众服务科以农业农村综合信息服务、智慧农业气象信息服务为重点,大力实施"农产品电商扶贫、脱贫攻坚农业气象保障和农村科技信息帮扶"等网络扶贫行动，全面推动科技扶农、信息惠农、电商助农、服务为农，为全省气象助力脱贫攻坚工作做出了积极贡献。

该科室以网为媒，以网站、微信、微博、惠农气象APP等助农惠农融媒体服务矩阵为主要抓手，重点运维"爱农帮"公益助农帮扶平台，始终在农业综合信息服务领域砥砺深耕。每天，他们发布的农业气象服务信息让种养植大户趋利避害、增产增收，发布的惠农政策信息让家庭农场主找到了发展的方向，发布的市场行情信息让新型农业经营主体找到了市场的风向标。每天，成百上千条服务信息由他们发布到用户手上，传播到江淮大地。2020年，累计发布专题为农服务产品250余期次，编发农情气象、农业科技信息6000多条，制作专家在线等视频10余期；全年累计推送农业气象短信30万余条，商务供求、惠农政策等短信5万余条。

2018年以来，该科室先后被评为"安徽省工人先锋号""安徽省三八红旗集体""安徽省脱贫攻坚先进集体"，"爱农帮"被评为"省最佳志愿服务项目""首届网络公益品牌""十大省直优秀公益组织""国家网络年度公益机构"，入选中国网络社会组织联合会"网络扶贫经典案例"。

（获中国气象局表彰的"2020年重大气象服务优秀集体"）

第二节　典型人物

王东勇：观天测雨　勇当智囊

在2020年长达2个多月的超长梅雨期里，安徽省气象台台长王东勇的工作非常关键，他对所有决策气象服务材料进行技术把关，为安徽省委、省政府防汛会议提供了30余次气象服务，担当省防汛救灾决策的气象智囊。

主汛期之前，王东勇提前部署，组织对

巢湖流域、滁河流域和新安江流域安徽段等重点中小河流域进行精细化子流域划分，为汛期开展中小流域的面雨量监测和预报奠定了基础。梅汛关键期，在黄山歙县强降水致高考延误和超历史水位的"巢湖保卫战"服务中，王东勇作为决策气象服务"主心骨"，带领所有职员克服任务重、人员紧、需求多等困难，出色完成了新安江流域、巢湖流域逐小时精细化降水滚动预报，为水文部门的水利调度和政府破圩抗洪决策提供了依据。

王东勇不仅业务能力出色，科研能力更为突出。他主持和主要参与了18项科研课题及技术开发工作，2000年以来发表和交流论文31篇，主持编写专著2部。他注重培养年轻业务骨干，共培养3名正研级高工、20余名副研级高工、全省预报服务首席8名。在他的带领下，省气象台在各类灾害天气预报过程中精准预报、高效服务，赢得了多项荣誉和表彰。

（获2020年"安徽省防汛救灾先进个人"称号）

陶寅：快速响应精准服务的应急队长

2020年超长梅雨期间，安徽省气象灾害防御技术中心技术服务科科长兼办公室副主任陶寅同志快速响应，勇于担当，奋战一线，全天候做好气象保障服务，被评为"安徽省防汛救灾先进个人"。

梅雨期内雷电灾害频发，庐江"7·18"雷击发生后，为确保巡堤查险人员生命安全，陶寅与同事们赶制出"巡堤查险防雷明白卡"，由省防指下文要求各级政府和相关单位发放，微博、微信点击量超100万次。

作为中心"气象灾害调查"应急队队长，陶寅带头密切关注天气和灾情信息。7月22日宿州埇桥区出现短时龙卷，造成严重损失。陶寅立即带队冒雨驱车奔赴受灾较重的地点实地调查受灾情况。掌握第一手资料后，当天返回并连续一周加班加点，编制完善调查报告并上报省气象局，为准确及时掌握和评价气象灾害提供高效服务。

作为办公室副主任，陶寅认真高效地做好车辆调度、防暑降温及疫情防控等综合管理工作，为中心各项工作顺利开展做好后勤保障服务。

（获2020年"安徽省防汛救灾先进个人"称号）

徐倩倩：责任扛肩上　风雨砺初心

2020年合肥迎来了载入史册的超强梅汛期，9轮强降雨正面直击，防汛抢险等四个一级响应首次同时启动，13.43米的巢湖最高水位更是百年不遇，一场规模空前的"巢湖保卫战"全面打响。

徐倩倩是合肥市气象局一名年轻的天气预报工程师，在超强梅汛期中，她用23期预警信息、16期强降雨决策服务材料、20期巢湖流域天气专报、81条雨情快报为各级决策者和指挥官部署抗洪救灾提供气象预报技术支撑。

在极端雨情和恶劣汛情面前，她以气象台为家，一心扑在工作上，连续奋战18个昼夜。责有攸关，关键时刻注重"早准快"打赢预警提前量，为社会公众防灾减灾赢得时间。恪尽职守，创新服务手段，让气象服务有效融入大城市精细化治理。迎难而上，在上级指导下，她和同事们研发巢湖流域面雨量预报，开展流域水情卫星遥感监测分析，为流域气象预报服务保驾护航。

在2020年超强梅汛期中，徐倩倩以实际行动扛起一名党员的责任担当，准确把握降雨过程，及时预警灾害风险，全力做好预报服务，为打赢巢湖保卫战的胜利做出了贡献。

（获2020年"安徽省防汛救灾先进个人"称号）

赵雪松：无私奉献　筑牢第一道防线

2020年主汛期，宿州市暴雨、强对流等天气极端性强、过程多、范围广，面对严峻的汛情灾情，赵雪松同志作为宿州市气象台负责人，深刻领会习近平总书记关于气象工作和防灾救灾工作重要指示精神，身先士卒，带领全台业务人员较好地完成工作任务。

在汛期重大天气过程中，赵雪松同志每次都是24小时坚守在业务平台，靠前指挥，技术把关，指导预报业务人员做好预报预警和各类气象服务工作。

他优化决策气象服务流程，及时启动决策气象服务，提高了服务的预见期，充分利用智能网格产品制作精细化决策服务材料，为政府部门部署防汛工作提供及时、可靠的决策依据。

他带领业务人员改进气象预警发布工作，重大天气过程提前12～24小时发布预警信息，预警信号发布精细到县和乡镇，提高了气象预警的提前量和针对性。

汛期，他秉承"人民至上、生命至上"的理念，克服母亲生病、儿子高考与气象防汛工作的矛盾，舍小家、为大家，无私奉献，为汛期气象服务工作做出应有的贡献。

（获2020年"安徽省防汛救灾先进个人"称号）

周超：用心用情服务　守护淮河安澜

2020年7月20日，王家坝闸时隔13年又一次开闸泄洪，蒙洼蓄洪区启用，群众居住的庄台成了一座座孤岛。防汛形势严峻，守护百姓安康的使命艰巨，但"党旗在，阵地就在；洪水不退，我们不退"的口号，至今让人心潮澎湃。

作为阜阳市气象局业务科技（法规）科科长，"恪尽职守、担当作为"是周超同志的座右铭。工作中，他努力争做一名合格的共产党员，处处严格要求自己，不断提升自己的业务技能和管理能力。此次淮河防汛中，周超和同事未雨绸缪、提前谋划，创立了气象服务新模式，全力做好现场服务。汛期前，积极运作成立淮河上中游防汛抗洪联防联动组织，建立联防联动机制。积极组织开发了"王家坝气象业务服务平台"，创建了"121网端微"王家坝气象服务新模式，为王家坝气象服务提供了强有力的技术支撑。防汛关键期，和同事们第一时间赶赴王家坝气象服务现场，为淮河防汛、抢险救灾以及灾后恢复重建等提供精密的监测、精准的预报及精细化服务，充分发挥了气象在防灾减灾第一道防线作用，为夺取抗洪抢险救灾的全面胜利提供了强有力的保障。

未来，周超同志将继续坚持"人民至上、生命至上"，把敢担当、勇担当、善担当落实到防汛救灾气象保障服务的全过程，用实际行动践行"王家坝精神"。

（获2020年"安徽省防汛救灾先进个人"称号）

颜俊：强忍病痛心无畏　栉风沐雨战洪灾

2020年超长梅雨期间，淮南市共遭受8轮强降水天气过程袭击，淮河干流淮南段超警戒水位，境内瓦埠湖、肖严湖超保证水位。面对异常严峻的防汛形势，作为淮南市气象台副台长，颜俊同志在一线岗位上以精准的预报、精细的服务，为战胜洪涝灾害做出了积极贡献。

颜俊在超长梅雨期内带病工作，强忍病痛，更顾不上家中两个年幼的孩子，一直坚守在预报服务岗位上，彰显了气象人"舍小家、顾大家"的敬业奉献精神。超长梅雨期内颜俊同志到底经历了多少次彻夜不眠，他本人也已经回忆不起。但就是这一个个不眠之夜汇成了一条条及时的预报预警、一份份精细的服务专报，为全市防汛救灾科学决策赢得了宝贵的时间。

整个超长梅雨期内，市气象台大力发扬团结协作精神，经颜俊把关和参与发布的重大气象信息专报3期、气象信息专报87期、雨情简报65期，一日最多报送服务材料达30余份，充分发挥了气象防灾减灾第一道防线作用。

（获2020年"安徽省防汛救灾先进个人"称号）

贾天山：砥砺风雨　始终冲在气象服务第一线

2020年滁州市出现了52天"加长版"梅雨期，为1961年以来第二长，梅雨量较常年偏多近1.5倍。

作为市气象台台长，贾天山身先士卒，始终冲在气象服务第一线，梅雨期审定气象服务材料58期，审核气象信息160余条。自2020年6月10日入梅以来至7月16日，滁州境内水库、塘坝底水严重不足，仍以蓄水为主。7月17日上午，贾天山主持召开市气象台天气会商，经仔细分析、科学研判，提出了"17—19日我市滁河流域将有暴雨到大暴雨天气，局部过程雨量将达到150毫米以上，可能会出现旱涝急转"的预报结论。市防指根据天气预报信息，及时组织应急、气象、水文等部门会商，周密部署滁河流域防大汛、抗大洪工作。大暴雨如期而至，滁河水持续上涨。7月19日凌晨，根据雨情水情汛情的综合研判，滁州市启用全椒荒草圩二圩、三圩蓄洪区实施分洪，缓解了滁河防汛压力，确保了滁河安澜。

在2020年梅雨期间，他每天轮转在气象局、应急管理局和家的"三点一线"，带领市气象台全体业务人员，秉持"监测精密、预报精准、服务精细"的工作要求，充分发挥了气象防灾减灾第一道防线作用，为滁州防汛救灾工作做出了积极贡献。

（获2020年"安徽省防汛救灾先进个人"称号）

洪伟：向水逆行显初心

2020年马鞍山市出现罕见的52天超长梅雨，梅雨量为有气象记录以来第二多。马鞍山市气象局党组书记、局长洪伟坚持"人民至上、生命至上"，日夜奋战在气象服务第一线，充分发挥了共产党员先锋模范作用，为市委市政府科学决策提供了有效支撑。

作为市防指副总指挥，他带头学习贯彻落实习近平总书记重要指示精神，主动紧急终止省委党校处干班学习，靠前指挥，主动服务。从7月14日起，率7名业务骨干到市防指全天候集中办公，工作到午夜12点以后成为常态。7月19日，随市委领导一直工作到凌晨3点，全力以赴做好天气研判等气象服务。7月29日起，每天为抗洪部队提供专题气象服务。

强化灾害性天气监测预报预警服务。7月5日将马鞍山市重大气象灾害（暴雨）Ⅳ级应急响应提升为Ⅱ级，7月11日起每3小时滚动制作发布天气实况和短临预报快报。7月18日启动防汛救灾气象保障服务Ⅰ级应急响应。整个汛期，他指导制作重大气象信息专报3期、专报66期、快报148期，发布暴雨红色预警信号3次、橙色预警信号4次。每一个气象数据，他都认真审核；每一段文字，他都字斟句酌；每一份材料，他都认真把关。

他心系群众安危，安排防雷技术人员到防汛巡逻点和转移群众临时安置点，宣讲防雷知识。他舍小家为大家，全身心扑在防汛抗洪抢险救灾一线，庐江县城家中被淹受灾，年近耄耋的父母双亲也无暇照顾。他却没有回过一趟家，没有和父母、妻儿团聚过一次。洪伟同志以自己的实际行动诠释和践行着初心使命。

（获2020年"安徽省防汛救灾先进个人"称号）

程铁军：直面风雨　不忘初心

在抗击2020年超长超强梅雨中，宣城市气象局党组书记、局长程铁军同志认真组织学习习近平总书记对气象工作的重要指示精神，强化政治意识，发挥领导干部带头作用，成立了以他为主要负责人的防汛先锋突击队，无论多忙，坚持每天与业务人员开展天气会商。关键天气，他放弃休息日，在一线领班。重大天气过程随时到场，及时签发重大气象服务专报，下达暴雨应急响应命令。从7月3日至梅雨结束，日夜驻点市防指，及时为水库调度、地质灾害隐患点和圩区群众转移方案制定提供气象信息支撑，工作到半夜回家是常有的事。

准确、及时、有效的服务为市领导防汛救灾工作部署提供了重要参谋。如7月4日、6日，市防指根据他的建议，超前调度港口湾水库腾空库容、消减洪峰，协调陈村水库控泄、错峰，有效减轻了青弋江、水阳江下游防洪压力。他指导业务人员将全市转移安置点联系人手机号码纳入短信服务平台，每天提供定点精细服务。他组织业务人员利用手机移动端，将服务信息制成图、表、文多种形式发布，使领导能直观、快速掌握雨情水情。他及时组织全市开展电话应急叫应服务，两次通过叫应服务，主动叫应基层应对强降雨及山洪、泥石流，为防灾减灾、群众安全转移起到了关键作用。

（获2020年"安徽省防汛救灾先进个人"称号）

徐进：顶风冒雨气象人　危急时刻显担当

2020年，铜陵遭遇历史罕见的暴雨洪涝灾害。7月3日，铜陵市气象局党组书记、局长徐进同志动员全体工作人员迅速返岗，密切监测天气变化，加强会商研判，立即制作报送专题服务材料，全力迎战大暴雨。

7月5日，他参加周日早间的天气会商，综合分析天气形势，最终得出预报意见，他一边指导预报员紧急制作报送《重大气象信息专报》，一边向市委书记丁纯、原市长胡启生等市领导电话汇报天气形势，引起市委市政府高度重视。与此同时,他及时向市防汛相关部门通报信息,要求枞阳县气象局迅速启动电话叫应机制。5日11时,他签署重大气象灾害(暴雨)Ⅱ级应急响应命令,进行全媒体发布。随即,铜陵市防汛指挥部紧急召开会议部署应对工作,启动防汛Ⅲ级应急响应。

在这次全年最强降水天气过程中,铜陵本站日降雨量、最大小时雨强均突破历史极值,预报与实况一致。由于预报及时准确,市委市政府及时采取有效措施,取得了防汛救灾的胜利。市领导多次在全市防汛会议上肯定气象工作,指出气象部门"预报精准、预警及时、服务精细",为全市防汛工作的决策部署提供了有力支撑。

(获2020年"安徽省防汛救灾先进个人"称号)

孙卉:风雨守望见初心

在2020年超长梅雨气象服务过程中,池州市气象台年轻预报员孙卉同志始终坚持以人民为中心,切实将"监测精密、预报精准、服务精细"落到实处,风雨守望足见其初心本色。

孙卉同志负责中长期预报业务,她提前分析大气环流及各物理因子,早在4月的汛期气候预测中指出"汛期降水量偏多,极端天气气候事件偏多"。主汛期,她主动减少调休时间,全力做好预报和服务。值班中密切关注天气变化,及时制作服务材料,7月3日预报指出"5—8日有持续性暴雨。过程累计雨量350~450毫米,局部超过500毫米。"7日东至县昭潭镇日降水量332.5毫米,为有记录以来最大值。

在服务实践中,孙卉同志提议建立共享微信群,经过多部门努力,决策气象服务信息直通微信群建立,实现高效服务,资料共享。她还在服务中加入单站时序图,使服务产品更直观精细。她积极完成省气象局科研项目,成果得到业务应用,做到了从业务出发做科研,以科研促业务发展。

(获2020年"安徽省防汛救灾先进个人"称号)

吴胜平：风雨中坚守初心　战斗中筑牢防线

吴胜平同志作为安庆市气象台台长，始终保持着对重大天气过程的敏感性。2020年汛期，吴胜平以单位为家，承担了气象台一半的技术领班和灾害性天气预报把关任务。主汛期，他平均每周只能在家休息2个晚上，天气复杂时他主动放弃休息，坚守工作岗位。在他的组织带领和技术把关下，安庆市气象台共向政府部门呈送《重大气象信息专报》等决策服务预报材料95期，发布各类灾害性天气预警信号101次，气象服务得到安庆市委、市政府和社会公众的肯定。

吴胜平同志主动联系安庆市地质环境监测站，建立地质灾害防治联合会商机制。7月8日凌晨02时，吴胜平发现雷达强回波将持续影响宿松，他立即指导宿松县气象局发布暴雨红色预警，同时在线叫应市防汛指挥部门，对宿松233名防汛责任人进行电话反拨。及时的预报预警叠加精准的反拨叫应，为应对超长梅雨期提供了强有力的科技支撑。中国气象局矫梅燕副局长在安庆检查指导汛期气象服务工作时，对安庆"靶向叫应"机制给予充分肯定。

（获2020年"安徽省防汛救灾先进个人"称号）

程若虎：以人为本　求真务实做服务

程若虎同志是黄山市休宁县气象局局长，作为一名80后，他始终坚持"人民至上、生命至上"服务理念，紧紧围绕地方经济社会发展和人民群众气象服务需求，持之以恒抓党建、提素质、强服务。

2020年主汛期前，根据政府部署，他主动作为、积极协调气象服务专家，为国家重点水利工程月潭水库7418人移民搬迁和8个移民安置点防洪度汛提供全程气象服务保障。汛期，他全力做好灾害性天气和暴雨洪灾期间中高考气象服务工作，在迎战"7·7"暴雨洪灾期间，程若虎同志严格落实重大气象灾害（暴雨）Ⅱ级应急响应工作流程，始终坚守在抗洪抢险第一线，靠前指挥，精细服务，共制作专题服务材料6期，发布、确认和变更暴雨预警21次，为县委县政府防汛指挥调度提供科学有效决策依据，各乡镇政府依据气象预报预警信息在危险到来之前成功转移人口2.1万余人，做到了"零伤亡"，受到时任县委书记卢邦生高度评价和肯定。

在他的带领下，休宁县气象局先后荣获"第十二届安徽省文明单位"、休宁县防汛救灾"先进党组织"等称号，个人荣获"安徽省防汛救灾先进个人"称号。

（获2020年"安徽省防汛救灾先进个人"称号）

汤俊彪：了不起的汤"指挥官"

2020年"7·7"特大暴雨使黄山市徽州区各乡镇12小时降雨量超150毫米，24小时最大降雨量丰乐站点达240毫米，丰乐水库最大入库洪峰流量1300米^3/秒。针对此次特大暴雨天气过程，徽州区气象局局长汤俊彪提前1天将专题气象服务材料呈送政府部门，根据天气形势，区防指立即启动防汛Ⅳ级应急响应，提前转移地质灾害点、危房等危险区域群众。降水期间，汤俊彪每隔1小时便通过微信工作群、预警平台等渠道向区党委、政府和服务单位推送实时雨情统计和未来天气形势研判，及时发布、变更、升级暴雨预警信息。区防指根据气象预报预警信息科学统一指挥调度，从人员物资转移到丰乐水库开闸泄洪，从警车上路巡逻到高考考点安全防范各项工作均沉着有序平稳展开，经过35个小时连续作战，最终实现了"零伤亡""损失最小化"的目标。

在应对超长梅雨期12轮强降雨过程中，汤俊彪严格对标"监测精密、预报精准、服务精细"要求，当好全区防汛救灾"消息树"和"发令枪"，及时吹响冲锋防汛一线"集结号"，被时任徽州区委书记王恒来戏称为了不起的汤"指挥官"。

（获2020年"安徽省防汛救灾先进个人"称号）

岳如画：树旗帜　坚守预报最前线

2020年7月5日起，入梅以来最强降水席卷徽州大地。7月7日，黄山市各区（县）相继提升暴雨红色预警……随后城区被淹、山洪暴发、镇海桥冲毁等令人揪心的消息传来，在高压工作环境下，黄山市气象台预报员岳如画顶住服务压力，主动扛起责任，承担起回应社会公众咨询、制作气象专报、发布山洪和地质灾害气象风险预警等工作任务。

受强降水影响，歙县原定于7日举行的

高考被迫延期,岳如画在代表市气象台加急与中央气象台、省气象台会商后,不顾多日值班值守的疲惫,连夜与时在黄山市境内督导汛期气象服务工作组一起涉水驰援歙县气象局,靠前服务,稳定军心,最终为相关部门做出"8号高考如期进行,9号进行补考"的正确决策提供了有力技术支撑。

整个汛期,岳如画始终坚守初心、牢记使命、主动服务、甘于奉献,以精湛的预报服务技术和优质的气象服务保障赢得了公众一致赞誉,切实发挥了一个党员就是一面旗帜的作用。

（获2020年"安徽省防汛救灾先进个人"称号）

杨开围：持续奋战保障庐江安澜度汛

7月18—19日强降雨突袭庐江,县内西河、兆河等河流和多座水库超历史极值水位,县防指提前紧急转移安置12万余人,确保了受灾地区无人员伤亡。面对这次强降雨过程,庐江县气象局副局长杨开围在7月17日预判模式预报的主雨带位置偏北偏小,结合本地历史和地形将主雨带位置往南调整,预报本地将有超过150毫米的强降雨,并报送县防指。期间,杨开围连续48小时作战,仅休息不到3小时,密切监测雨情、关注上下游天气变化,做好每小时雨情实况和精细化预报发布、预警发布把关等工作。

主汛期,杨开围同志把家安在气象台,每天4点半左右分析雷达资料和卫星云图,掌握最新降雨实况、水位和天气变化,力求早熟悉、早服务,经常一干就干到晚上12点,有时夜里3点还能看到他在提示同事发预警、提示信息等。在值班带班过程中,他认真把好预警发布关,加强与防汛相关部门的信息互通和应急联动,扎实有效开展防汛抗洪气象服务。整个主汛期,他没有回过一次家,不分日夜连续作战长达3个多月,尽全力减少持续性强降水可能引起的各类灾害,为庐江县防汛抗洪提供了强有力的决策气象服务。

（获中国气象局2020年"重大气象服务先进个人"称号）

朱光亮：经受住了考验的"新手"

7月20日08时31分,王家坝闸时隔13年第16次开启蓄洪,这对于阜南县气象局刚刚主持工作一个月的"新手"朱光亮来说,既是巨大压力,也是一场大考。他克服

两地值守、人手不足的双重压力,一方面做好阜南县委县政府、防汛前沿指挥部的气象服务保障,另一方面做好王家坝监测预警中心的后勤保障工作。7月17日,从他带领员工进驻王家坝气象监测预警中心,到8月18日习近平总书记在王家坝考察结束,整整坚守王家坝防汛一线31天。期间,他制作发布《重大气象信息专报》4期、《气象信息专报》32期、《蒙洼蓄洪区天气快报》57期。作为异地交流干部,他连续20多天顾不上回家,充分体现了"舍小家为大家"的王家坝精神。作为一名党员领导干部,他以高度的政治责任感和极端负责的精神,恪尽职守、担当作为,切实把保障人民生命安全放在第一位,把责任落实到防汛救灾气象保障服务全过程,圆满完成淮河王家坝开闸泄洪期间和灾后恢复重建气象保障服务工作。

(获中国气象局2020年"重大气象服务先进个人"称号)

张棕初:奋战在防汛大堤上的气象"第一书记"

张棕初是芜湖市气象局派驻无为县泥汊镇新板桥村党总支第一书记、驻村扶贫工作队队长,他所在的村在长江外护圩有880米长的防汛任务段。

自2020年6月下旬起,张棕初便组织村两委干部轮班巡查圩堤。7月10日以来,长江水位暴涨,逼近历史最高位,汛情紧急,张棕初吃住在江边指挥点,帮助二次转运物资,参加铺设子堤,将自己编入值班组,带头夜间巡堤,联系帮扶单位争取防汛物资。7月13日上午08时许,刚结束了夜间巡堤的他,在防汛指挥点的折叠床上睡了不到2个小时,就被大雨惊醒,大雨之下,江水又在快速上涨。他快速穿上雨衣冲入雨中,投入抢险,铲土、装袋、码放、压实,一直奋战到中午,衣衫尽湿,终于完成了子堤的加固工作。下午13时,上级要求转移圩内全部群众,他又和村两委一起劝离了本村在圩内的18户33人。

防汛突击队的党旗飘扬在哪里,他的身影就出现在哪里。从7月10日起的40多天里,他克服暴雨、高温,始终坚持在防汛点,巡堤查险,体现了一名党员的责任担当,展现了一名气象人顽强的工作作风,用自己的实际行动,守护了圩堤安全。

(获中国气象局2020年"重大气象服务先进个人"称号)

第三节 2020年防汛救灾气象服务突击队和突击手

中共安徽省气象局党组党建工作领导小组办公室

皖气党建函〔2020〕15号

安徽省气象局党组党建领导小组关于通报表扬2020年防汛救灾气象服务先锋突击队和先锋突击手的通知

各市气象局，省局各直属单位、内设机构：

今年汛期，安徽省遭遇了历史罕见的特大洪涝灾害，长江、淮河水位全线超警戒水位，巢湖流域超历史纪录。面对复杂严峻汛情，全省气象部门各基层党组织认真贯彻落实中国气象局党组关于《进一步推进新形势下党建和业务深度融合的若干措施》和省局党组党建工作领导小组关于《关于扎实推进党建与业务深度融合在汛期气象服务中充分发挥基层党组织战斗堡垒作用和党员先锋模范作用的通知》的精神要求，坚持把防汛救灾气象服务作为践行初心使命、体现责任担当的试金石和磨刀石，积极组建防汛救灾气象服务党员先锋突击队，投身防汛气象服务第一线，战斗在最前沿。广大党员干部坚决响应党组织倡议和号召，义无反顾、挺身而出，关键时刻靠得住、豁得出、顶得上、战得胜，以实际行动增强"四个意识"、坚定"四个自信"、做到"两个维护"。为激励先进，发挥典型示范引领作用，省局党组党建工作领导小组决定对防汛救灾气象服务工作中表现突出的省气象台先锋突击队等20个先锋突击队和吴然等46名先锋突击手进行通报表扬。

希望全省气象部门各基层党组织和广大党员干部与先进对标、向榜样看齐，继续奋勇向前、迎难而上，敢于担当、狠抓落实，把防汛救灾气象服务工作中激发出来的热情活力转化为做好本职工作的强大动力，围绕全省气象工作大局和中心任务，凝心聚力、锐意进取、攻坚克难、真抓实干，为新时代安徽气象事业高质量发展做出新的更大贡献！

附件：2020年防汛救灾气象服务先锋突击队和先锋突击手名单

中共安徽省气象局党组党建工作领导小组办公室（代章）
2020年11月10日

附件

2020年防汛救灾气象服务先锋突击队和先锋突击手名单

一、先锋突击队名单（20个）：
1. 省气象台先锋突击队
2. 省气候中心先锋突击队
3. 省气象科学研究所生态遥感室先锋突击队
4. 省大气探测技术保障中心"气象装备应急保障"党员先锋突击队
5. 省公共气象服务中心影视中心先锋突击队
6. 省局机关服务中心"后勤保障"先锋突击队
7. 合肥市气象局"合肥气象"先锋突击队
8. 宿州市气象局党员先锋突击队
9. 蚌埠市怀远县气象局党员突击队
10. 阜阳市气象局"王家坝气象"先锋突击队
11. 淮南市寿县气象台先锋突击队
12. 滁州市全椒县气象局先锋突击队
13. 六安市气象局"风行"先锋突击队
14. 马鞍山气象台"防汛气象服务"先锋突击队
15. 芜湖市气象局"江城风雨365"先锋突击队
16. 宣城市气象局"亲情气象"先锋突击队
17. 铜陵市气象局"风雨同舟"先锋突击队
18. 池州市气象局"风云"先锋突击队
19. 安庆市气象局"风雨同行"先锋突击队
20. 黄山市"气象先锋"党员突击队

二、先锋突击手名单（46名）：
1. 吴 然　省局办公室
2. 曹晋娟　省局应急与减灾处
3. 丁鹤鸣　省局观测与网络处
4. 朱 珠　省局科技与预报处
5. 陈光舟　省气象台
6. 江 杨　省气象台
7. 杨祖祥　省气象台
8. 谢五三　省气候中心
9. 程 智　省气候中心
10. 余金龙　省气象科学研究所
11. 朱亚宗　省大气探测技术保障中心
12. 章 超　省大气探测技术保障中心
13. 唐怀瓯　省气象信息中心
14. 邱康俊　省气象信息中心
15. 鲁 俊　省气象灾害防御技术中心
16. 王 皓　省气象灾害防御技术中心
17. 吴丹娃　省公共气象服务中心
18. 汪 翔　省公共气象服务中心
19. 岳 伟　省农村综合经济信息中心
20. 徐 翔　省农村综合经济信息中心
21. 吕 勇　黄山气象管理处
22. 杨严意　九华山气象管理处
23. 董海荣　合肥市庐江县气象局
24. 曹 明　合肥市巢湖市气象局
25. 孙金贺　淮北市气象局
26. 马魁侠　亳州市气象局
27. 张振宇　宿州市气象局
28. 张元刚　蚌埠市五河县气象局
29. 张庆奎　阜阳市气象台
30. 朱光亮　阜阳市阜南县气象局
31. 王百贵　淮南市气象台
32. 龚 炜　滁州市明光市气象局
33. 程 琴　六安市金寨县气象局
34. 张 彦　六安市霍邱县气象局
35. 赵丽丽　马鞍山和县气象局
36. 杨琼琼　芜湖市气象局
37. 朱士礼　芜湖市无为市气象局
38. 杨 伟　宣城市旌德县气象局
39. 熊长军　宣城市郎溪县气象局
40. 张 杰　铜陵市气象台
41. 李 青　池州市青阳县气象局
42. 王强生　池州市石台县气象局
43. 方海义　安庆市宿松县气象局
44. 钱 俊　安庆市桐城市气象局
45. 岳如画　黄山市气象局
46. 吴 诚　黄山市歙县气象局

第七章 媒体报道

精服务 聚合力 守安澜
——安徽气象部门全力应对入梅以来强降雨纪实

(《中国气象报》,2020年7月3日第一版)

安徽:提升暴雨应急响应至二级 加强监测预报预警

(中国气象局网站,2020年7月5日"省级动态")

战水患、保安澜,我们奋斗在一线

(《光明时报》,2020 年 7 月 10 日第七版)

安徽:紧扣调度与防灾 科学精细做好气象服务

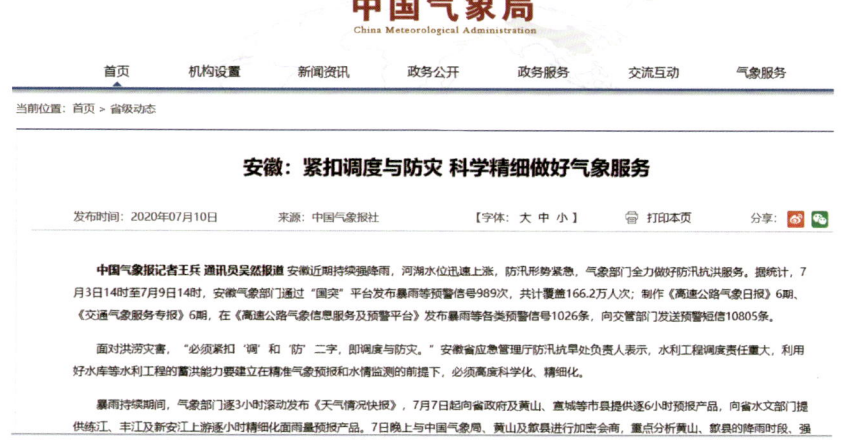

(中国气象局网站,2020 年 7 月 10 日"省级动态")

安徽：派出 3 个专家技术组指导基层做好汛期服务

（中国气象局网站，2020 年 7 月 13 日"省级动态"）

预警升级　服务提质
——安徽强降雨气象服务纪实

（《中国气象报》，2020 年 7 月 14 日第一版）

淮河王家坝站13年来首次开闸泄洪

淮河王家坝站13年来首次开闸泄洪
安徽省气象局启动防汛救灾一级应急响应

本报讯 记者 王亮 王兵 通讯员 陈星报道 入汛以来,淮河上中游出现5次大范围强降水过程。受其影响,7月19日,淮河干流王家坝站水位快速上涨,20日6时36分涨至29.66米,超过保证水位0.36米。20日,王家坝站13年来首次开闸泄洪,蒙洼蓄洪区同时启用。气象部门认真贯彻落实习近平总书记关于防汛救灾工作的重要指示精神,全力做好防汛救灾气象服务。

根据王家坝站超警戒水位等严峻形势,安徽省气象局7月18日18时启动防汛救灾气象保障服务一级应急响应,全省气象部门对标监测精密、预报精准、服务精细,进一步强化值班值守、监测预警、会商研判,筑牢气象防灾减灾第一道防线。

为切实发挥淮河防汛调度决策作用,自7月17日起,安徽省-市-县三级气象部门组成服务专家组进驻淮河王家坝站气象监测预警中心。专家组主动与王家坝站管理处及当地防指各部门对接,了解服务需求,及时跟进雨水情变化,针对性开展短临预报和精细化预报预警气象服务,并提出相应防范措施,为王家坝站防汛调度提供科学支撑。

据中央气象台淮河流域面雨量预报,21日至23日,淮河干流以北将达60毫米到100毫米。专家建议,针对21日至26日淮河流域将出现的两次强降水过程,淮河干支流需密切关注雨情、水情和汛情变化,防范强降水进一步加重流域性洪水险情。

左图为7月20日,王家坝站泄洪场景。图/新华网

(《中国气象报》,2020年7月21日第一版)

芜湖市气象局付伟:在预报一线践行党员初心使命

  业务一线党旗高扬

芜湖市气象局付伟:
在预报一线践行党员初心使命

本报通讯员 毕靖钰 胡言青

安徽省芜湖市气象台预报员、共产党员付伟的名片很多:全国气象部门优秀共产党员、高级工程师、中青年业务技术骨干、环境气象科研团队带头人……这个1981年出生的气象工作者,如今也快到了不惑之年,并有了两个孩子。

回顾过往,用"永葆党员初心、脚踏实地做事"和"立足岗位职责、践行使命担当"来评价他,最为合适。走上工作岗位后,他原则一直未变,那就是找准定位、立足当下。

7月11日19时58分,防汛正是紧张时刻。江西、湖北、安徽三省交界处的雷达监控中,出现了自西南向东北移动的狭窄红色带状回波云团,形状紧密成线。

飑线!付伟立即判断。按目前的移动方向,2到3小时后,付伟认为其将对无为市与芜湖市区沿江江北地带产生不利的风雨影响。

"如果以飑线初期强度进入我市,将会对我市防汛抢险工作造成极大危害,尤其是在高水位情况下。"当日22时左右,付伟发现这条"线"断开了。南边回波减弱,北边强度依旧。

指导、汇报、预警……精准的研判、及时的预警,为防汛抢险争得了宝贵的前期准备时间,避免了更大险情发生。

12日凌晨,随着雷达回波从监控仪中移出芜湖,"高速旋转"的付伟才停了下来,陷入一夜未眠的疲惫中。

这里记录的仅仅是付伟在多年的预报服务中的一个小片段。6月10日入梅后,截至7月14日,芜湖市共出现8次强降雨过程,其中5次都有付伟不眠不休奋斗在一线的身影。暴雨连连下,预警声声急,付伟将一条条预警信息、雨情快讯不断通过短信平台发送至当地政府及相关部门负责人、气象信息员、地质灾害监测员手中,跑出了全市安全度汛的"气象速度",为全市防汛救灾贡献了气象力量。除此之外,2008年大雪、2012年台风"海葵"、2016年连续强降水、2018年连续雾霾、2019年无为市牛埠山大火……每一次,专注而又忙碌的付伟都出现在服务一线岗位上。

2012年,业务骨干付伟正式成为一名共产党员。身份的叠加,也意味着责任加重。星光不问赶路人,时光不负有心人。入党后,他一直用自己的实际行动践行着人党誓言,将初心使命体现在日常的一言一行上。

付伟热爱骑行,第一次骑行之旅,让他明白不逃跑勇敢面对才是解决困难的方法。

这样的精神也被他带到了工作中,付伟是一个不惧挑战的人。他十分注重科研项目对日常业务的带动。他先后主持和参与省、市气象局科研项目17项,发表论文31篇。在不断充实自己理论学习的同时,他还将研究成果应用于预报和业务中,提高了预报准确率和服务及时性。作为安徽省环境气象研究与应用创新团队成员、芜湖市气象局环境气象科研团队带头人,他支撑起芜湖市环境气象相关业务的开展,改进了芜湖市空气污染气象日报的方式方法,为蓝天保卫战贡献了力量。

面对未来,付伟说:"在工作中,我秉持立足岗位职责、做好气象服务的原则,坚信脚踏实地才能行稳致远。这是我作为党员也是气象工作者的初心和使命。"

(《中国气象报》,2020年7月21日第四版)

重点流域防汛气象权威解读①淮河洪灾为何猛如虎

（《中国气象报》，2020年7月22日第一版）

洪水不退　我们不退
——记者探访王家坝气象监测预警中心

（中国气象局网站，2020年7月22日"气象要闻"）

党旗在，阵地就在！
——王家坝气象团队在防汛一线践行初心使命

（中国气象报局网站，2020年7月22日"气象要闻"）

【新华网独家连线】看气象专家如何精准掌握淮河汛情的"风向标"

（新华网，2020年7月23日）

守望"千里淮河第一闸"
——王家坝开闸泄洪背后的气象科技支撑

(《中国气象报》,2020年7月24日第一版)

巢湖沿线架起自动气象站

(《中国气象报》,2020年7月24日第一版)

安徽省气象台基层党组织汛期服务纪实

安徽省气象台基层党组织汛期服务纪实

地方平台发布内容

安徽学习平台
2020-07-23

"全台奋战在一线的党员们：你们辛苦了！安徽省从6月2日入梅，梅雨期已经达到44天，未来一段时间强降水还将持续。安徽省气象局自6月2日起进入应急状态，7月5日升级为二级应急状态。目前全省防汛形势极为严峻，长江干流安徽段全线超警，多个河湖超保证水位，淮河流域将进入防汛关键时期。安徽省气象台党委认真贯彻习近平总书记对气象工作和防汛救灾工作的重要指示精神，按照省局党组的统一部署，我们全台党员干部积极投入气象服务工作中……"这是安徽省气象台党委在防汛最吃劲的时候写给奋战在气象预报预警一线的党员们的一封信，进一步号召和组织全台党员干部，继续发扬不畏艰苦、连续作战的作风，在气象服务、天气会商、系统维护和产品开发等方面继续冲在一线。

（"学习强国"学习平台，2020年7月23日"安徽学习平台"）

记者直击防汛一线
巢湖防汛，气象部门出了哪些硬招

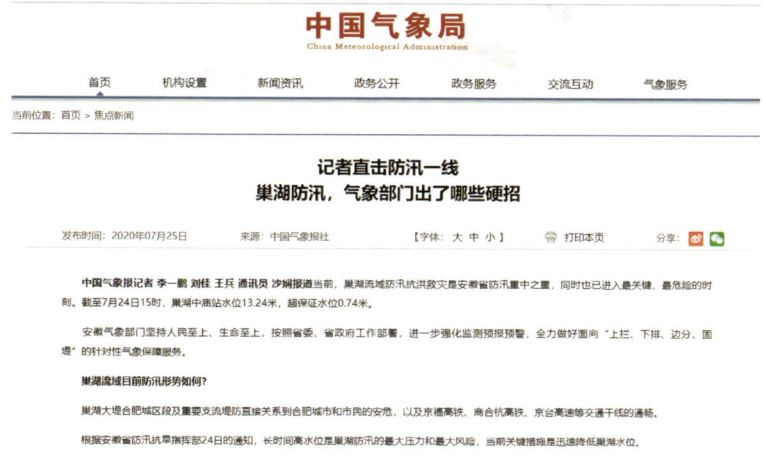

（中国气象局网站，2020年7月25日"焦点新闻"）

在风雨中逆行！党旗在巢湖防汛抗洪一线高高飘扬

(中国气象报局网站，2020年7月25日"气象要闻")

气象预报信息作支撑　蒋口河联圩启动分洪为巢湖"减压"

(中国气象局网站，2020年7月26日"气象要闻")

巢湖防汛形势为何如此严峻？

重点流域防汛气象权威解读④

专家：安徽省气象台台长、正研级高级工程师 王东勇
采访人：本报通讯员 胡五九

7月25日，安徽省防汛抗旱指挥部下达命令，宣布当日12时起，该省长江、淮河、巢湖流域相关地区进入紧急防汛期。巢湖流域的防汛形势为何如此严峻？启明天气候形势如何？安徽省气象台台长、正研级高级工程师王东勇为大家一一解析。

一问：入汛以来，巢湖流域降雨量是否超过有气象记录以来的历史极值？

答：今年，巢湖流域7月10日入梅，较常年推迟11天。截至7月24日，梅雨天数达45天，超过常年24天，位列有气象记录以来第4位。降水日数达32天，为1961年以来同期最多。截至7月23日，流域平均降水量为851毫米，较常年同期（292毫米）偏多近2倍，为1961年以来同期最多。

二问：目前巢湖防汛的重点和难点有哪些？与长江防汛有怎样的关系？

答：当前，巢湖防汛的最大压力和最大风险来自于长时间保持高水位，所以最关键的措施是要尽速降低巢湖水位。巢湖主要合肥市和沿巢湖地区的最大安全屏障，必须坚决保住。为确保流域安全，必须要做好巢湖防加高，防汛挡险，险情处置等工作。

巢湖水系之水从南、西、北三面汇入湖内，然后在巢湖市城关出湖，经裕溪河东南流至裕溪口注入长江。目前连续强降雨导致长江水位居高不下，受长江干流泄水顶托影响，巢湖外水排受服，防汛形势严峻。

目前，长江下泄安徽段仍全线超警戒水位，巢湖、裕溪河、长江、滁河等水位均在上涨。

三问：未来天气天气趋势如何？对防汛救灾有何建议？

答：预计未来两天长江中下游地区有强降雨。巢湖南部流域面雨量较大，相关部门需持续关注巢湖流域以及中小河流、湖泊和水库雨情汛情变化，防范风险对堤坝堤带来的不利影响；加强对防汛救灾工作应急预案的完善细化；做好防汛减灾人员防灾知识宣传普及；做好防雷电防御和应急工作。同时，还要做好高温高湿天气下的防暑降温工作。

四问：目前巢湖流域防汛需注意防御哪风灾？

答：巢湖大风灾呈现为雷暴大风，对堤岸具有很强的冲击力。土壤经泡水长期冲击后，严重时会造成决口溃堤。

巢湖湖面风灾与风力大小相关。气象资料显示，一年中梅大风通常出现在7月至8月。当陆地风力小于2级时，湖面风较脆地风偏大1至5等级；当风力在3级或或以上时，可偏大2至3个等级。巢湖湖面风灾与水深（水位）关系密切，根据研究成果粗略估计，当平均风力达3至4级或阵风5至6级时，巢湖湖面可能产生0.4至0.6米的高浪；至风力达5至6级或阵风7至8级时，可产生1.2至1.5米的浪高。

五问：针对巢湖防汛及抗洪救灾，气象部门提供了哪些服务？

答：针对巢湖防汛的严峻形势，中国气象局紧急连派中央气象台、气象探测中心专家赴皖支援，中央气象台与安徽省气象台加强重点天气会商，国家气象信息中心开放更多的中尺度模式产品用于高时空分辨率预报，上下联动共同做好巢湖防汛救灾气象服务。强化1小时至3小时短时临近预报预警服务工作。增加重点区域短时风速、温度、湿度等要素监测预报。安徽省气象局派出5个技术工作组到巢湖流域重点片区开展现场服务，调集3台应急指挥车赴巢湖重点防汛地段，与省气象台建立视频会商和数据传输通道；利用省级移动风廓线雷达以及合肥、巢湖的固定风廓线雷达实施局地组网立体风场监测；在巢湖周边重点灾区架设8套便携式自动气象站开展现场观测。

合肥市气象局主要负责人带队，入驻合肥市防汛抗旱指挥部决策调度提供实时气象信息。此外，合肥市为2200名防灾抢险人员信息点。上述人员可实时接收天气预报预警信息。

六问：在巢湖防汛气象服务保障中，运用了哪些气象现代化成果？

答：环巢湖建有18套6要素气象监测站，巢湖水面有1套综合观测平台。2019年，巢湖市气象局新建投入使用合肥、巢湖的固定风廓线雷达以及合肥地组网立体风场监测站，进一步填补该空白。

同时，气象部门在合肥国家基本气象站布设风廓线雷达、微波辐射计、激光雷达、雾滴谱仪等高精尖气象装备，全面提升大气立体探测能力，填补了气象垂直观测领域的空白，有效提升了巢湖流域相关气象要素的预报预测能力。

（《中国气象报》，2020年7月27日第一版）

直击巢湖防汛现场
——护堤之战，气象出实招

本报记者 李一鹏 刘佳 王兵 通讯员 沙娴

截至7月26日6时，安徽巢湖中庙站水位达13.19米，超保证水位0.69米。

中国气象局深入学习贯彻落实习近平总书记重要指示精神，坚持人民至上、生命至上，紧急调配设备、派遣专家驰援巢湖防汛救灾一线，进一步强化监测预报预警，全力做好针对"上拦、下排、边分、固堤"的气象保障服务。

上下联动 全力开展防汛气象服务

针对当前巢湖防汛救灾的严峻形势，中国气象局加强与应急管理等部门会商联动，选派中央气象台、气象探测中心相关专家赴皖支援，强化中央气象台与安徽省气象台会商研判，提供风廓线雷达应用技术支持。同时，国家气象信息中心开放更多的中尺度模式产品用于高时空分辨率预报，围绕需求共同协助安徽气象部门做好巢湖流域监测预报预警气象保障服务。

安徽省气象部门加强巢湖周边应急气象观测。调集省内芜湖、淮北、合肥等地3台应急指挥车赴巢湖重点防汛地段，与省气象台建立视频会商和数据传输通道。同时，利用省级移动风廓线雷达和合肥、巢湖的固定风廓线雷达，实施局地网立体风场监测。气象工作人员冒雨在巢湖周边重点圩区架设8套便携式自动气象站开展气象要素现场观测。

巢湖水系以巢湖为中心，四周河流呈放射状注入，河流众多。安徽省气象局抽调业务骨干承担巢湖流域气象业务服务工作，针对防汛服务需求，将巢湖流域分成12个子流域，滚动发布巢湖流域气象服务专报。

（下转第二版）

① 近期强降雨导致雷电天气多发，威胁巢湖大堤抗洪抢险人员安全，气象部门加强气象服务和防雷安全宣传。图为7月23日，巢湖市气象局工作人员为抗洪抢险人员发放气象服务材料和防雷安全明白卡。
图/文 靳青春

② 7月24日，装备保障人员在巢湖沿岸冒雨安装应急移动气象站。
图/文 姚宏

（《中国气象报》，2020年7月27日第一版）

"没有气象帮忙,肯定不行"

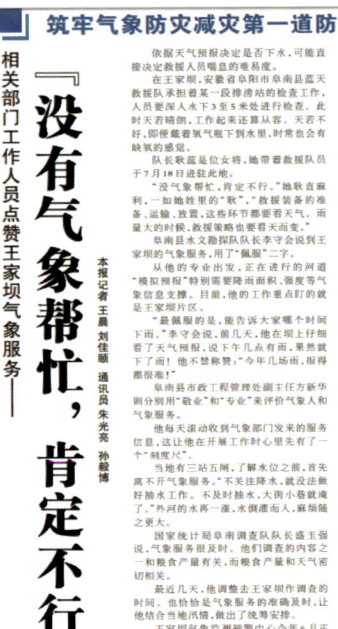

(《中国气象报》,2020年7月27日第二版)

安徽省首席气象服务专家叶金印——千里淮河的守望者

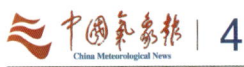

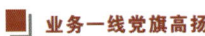

(《中国气象报》,2020年7月27日第四版)

三答解三问 气象有担当
——透视安徽防汛抗洪气象服务

防汛救灾一线特别报道

三答解三问 气象有担当
——透视安徽防汛抗洪气象服务

本报记者 王晨 王兵 刘佳颖 通讯员 沙娴 朱光亮 毕靖钰 孙毅博

（《中国气象报》，2020年7月29日第一版）

安徽"巡堤查险防雷明白卡"新媒体阅读量破100万

（中国气象局网站，2020年7月29日"省级动态"）

安徽省气象台张娇：不惧风雨　逆风飞翔

不惧风雨　逆风飞翔

本报记者　王兵　通讯员　孙毅博　陆雅君

"终究是安徽扛下了所有"这句话近期在各种媒体上刷屏。7月20日8时31分，接国家防总命令，淮河王家坝闸开闸泄洪，安徽省阜阳市阜南县濛洼蓄洪区启用，滚滚淮河水流向蓄洪区。此前，针对7月16日至19日淮河流域的强降水天气过程，在认真研判多家数值预报结合后，中共党员、安徽省气象台首席预报员张娇提前做出了自己的判断——淮河流域王家坝上游雨量有200～300毫米，局部可达300～400毫米，总雨量级预报普遍超过各数值模式预报。

实况与预报基本一致，7月16日至18日淮河流域王家坝上游降水普遍超过200毫米，其中流域西南部的大别山区出现300毫米以上强降水。根据安徽省气象台总雨量预报，位于六安大别山区的各大水库提前放水降低库容，水利部门完全开启蚌埠闸，尽力腾空河道泄水。张娇对淮河流域总雨量的准确把握，为淮河防汛打了个"提前量"。

汛期气象服务对预报员来说就是一块试金石，其中入梅预报更是不易。作为首席预报员，肩负着准确预报入梅，为防汛决策提供科学依据的重任。在成功地预报了6月2日安徽省江南入梅及梅雨总量的基础上，6月9日，张娇参加安徽省气象台全体首席联合会商时，明确提出6月10日江淮入梅，她和同事们一起再次推准江淮入梅时间。

在安徽省气象台的首席预报员中，张娇更擅长中长期预报。6月10日，张娇在《重大气象信息专报》中预提，6月中旬安徽省沿淮到沿江将普遍出现150～300毫米，局部300～400毫米的降雨。

"6月中旬以前安徽部分地区气象干旱，当时全省都关注梅雨带来的降水。张娇的预报结论也是近年来我们报的范围最大的一次强降水过程。"安徽省气象台台长王东勇告诉记者，省应急管理厅专门来电咨询，如此大范围的强降水能否出现，他们要做好应对准备，当时预报压力很大。

在分析研判之后，张娇仍然坚持之前中期预报意见不动摇，事实证明首场持续性强降水如期出现，主雨带位置和量级预报与实况基本吻合。精准的预报服务获得省政府各部门一致好评。此次强降水过程也成为安徽早涝急转的关键节点，此后安徽从南向北出现了严重汛情。

较为准确的中期预报意见为今年安徽汛期气象服务打下了基础。

一名党员就是一面旗帜。2016年张娇成为安徽省气象台首席预报员，省气象局领导希望她在更准确的预报安徽省持续性强降水过程上多下功夫。在征求省气象台和各预报对首席的意见后，张娇从2017年开始在安徽省持续性强降水各模式的预报特征上不断摸索、持续发力。

3年来，张娇翻阅了大量文献，发现多家数值预报模式降水检验研究多数据针对一段时间或某个强降水过程，这些研究只能让预报员看到模式的优劣，看不到背后的主要预报特征。为了分析持续性强降水过程，张娇就2012年以来安徽省总共出现的43个持续性强降水过程进行大数据分析研究。通过大量数据分析，并结合多年预报经验，张娇发现各模式持续性强降水的预报稳定性和准确率与500百帕584位势什米线的走向以及到达安徽省的冷空气强度密切相关，这为以后的预报提供了参考。

在安徽省气象台这个战斗堡垒里，像张娇一样的首席预报员还有5位，他们各有绝活。又团结一致，经常在一起讨论项目难点和成果，分享预报经验，在"不忘初心 牢记使命"中践行服务国家、服务人民的气象人情怀。

（《中国气象报》，2020年7月30日第四版）

安徽：环巢湖风浪监测预报平台上线　数据实时更新

安徽：环巢湖风浪监测预报平台上线 数据实时更新

发布时间：2020年07月30日　来源：中国气象报社

中国气象报通讯员孙毅博 钟亦鸣 钱毅报道 当前，巢湖流域防汛抗洪救灾形势严峻，7月24日，安徽省气象局派出5个巢湖防汛抗洪气象现场技术小组奔赴一线，开展野外气象应急保障工作，在巢湖沿岸等地紧急布设8套应急观测气象站；针对巢湖风浪监测预报需求，调派各移动式风廓线雷达和合肥、巢湖两地的固定风廓线雷达实施布地组网立体监测。在中国气象局气象探测中心专家指导下，省探测中心和公共气象服务中心联合研发的环巢湖风浪监测预报平台紧急上线，实现基于INCA的风预报以及现场人工观测浪高数据实时更新。

早在2018年，安徽省公共气象服务中心就建成了巢湖航运气象服务平台，构建了针对大风、大雾、强对流等主要水上交通气象灾害的风险预警指标体系，为海事部门提供内河航运监测预报预警服务。环巢湖风浪监测预报平台是在巢湖航运气象服务平台基础上集风廓线雷达组网立体监测、地面风浪加密监测、INCA模式预报、业务产品制作、系统平台为一体，面向环巢湖防汛一线人员提供三部风廓线雷达的高空风实况及预报、地面测站实时风向风速、逐小时1*1公里格点精细化风场预报、逐三小时风浪实况等信息，为巢湖大堤防汛救灾一线提供强有力的精细化保障。

（责任编辑：张琳皓）

（中国气象局网站，2020年7月30日"省级动态"）

汛期一线王家坝："我们愿当最后一道堤坝"

中国气象局
China Meteorological Administration

首页　机构设置　新闻资讯　政务公开　政务服务　交流互动　气象服务

当前位置：首页 > 气象要闻

汛期一线王家坝："我们愿当最后一道堤坝"

发布时间：2020年08月03日　　来源：中国气象报社　　【字体：大 中 小】　　打印本页　　分享：

中国气象报记者王晨 通讯员张瑷媛 朱光亮

"无论洪水是何姿态，我们愿当最后一道堤坝！"

第20天——

这是入汛以来，王家坝气象服务的持续天数，也是王家坝气象人不变的"战时"状态。

洪水不退，我们不退——

7月20日8时32分，王家坝闸时隔13年后再度开闸泄洪，蒙洼蓄洪区启用蓄洪，而气象服务在20日的前早已启动。"只要洪水不退，我们就在坚守！"

洪水暂退，我们仍不退——

（中国气象局网站，2020年8月3日"气象要闻"）

从气象视角看巢湖保卫战——大局下的抉择

（《中国气象报》，2020年8月5日第二版）

聚焦总书记牵挂之地！气象精准服务安徽灾后重建

（中国气象局微信公众号，2020年8月21日）

安徽气象部门全力做好灾后生产恢复保障工作

（《中国气象报》，2020年8月26日第二版）

2020年安徽省汛期气象服务大事记

日期	重要工作纪实
2020-03-13	中国气象局召开2020年全国汛期气象服务准备暨春季气象服务工作部署视频会议。会后，省气象局立即召开全省汛期气象服务准备暨春季气象服务工作部署视频会议，省气象局党组成员、副局长胡雯就全力做好我省春季气象服务和2020年汛期气象服务准备工作提出要求。
2020-03-19	省气象局党组成员、副局长胡雯主持召开专题会议，传达省领导关于决策气象服务指示精神，党组成员、副局长汪克付参加。会议要求，强化会商研判，切实加强气象监测预报预警，强化应急值班值守，提高中短期预报准确性；充分利用气象现代化建设成果，及时将业务产品转化为服务产品，完善决策服务平台，提升决策服务能力；强化与应急管理、水利、交通运输等有关部门的信息共享与联动联防；强化气象服务信息发布传播，及时准确利用短信、新媒体等途径面向社会发布气象信息。
2020-03-24	省气象局党组成员、副局长胡雯到安庆市气象局检查指导汛前准备工作，要求深入学习贯彻习近平总书记等中央领导同志对气象工作重要指示、批示和讲话精神，认真落实党中央、国务院关于防灾减灾救灾工作的新理念、新要求，以高度的政治责任感和勇于担当的精神，全力以赴做好汛期气象服务工作。
2020-04-02	省气象局党组成员、副局长汪克付带队赴省应急管理厅对接工作，省应急管理厅副厅长汪黎明会见。双方对提高气象灾害应急预案的科学性、可操作性，以及气象灾害应急响应启动、预警标准细节问题深入交换意见，表示要加强部门会商、共同应对做好汛期防灾减灾工作。
2020-04-13	省气象局党组成员、副局长汪克付主持召开视频会议，传达学习全国地质灾害防治电视电话会议、中国气象局气象服务工作领导小组会议精神，以及李国英省长调研小麦赤霉病防控工作时的讲话精神，要求抓住重大天气过程，围绕春播春管、森林防灭火、地质灾害防治和交通安全等近期重点服务领域开展服务。
2020-04-16	省气象局与省自然资源厅共商地质灾害防治气象服务工作，围绕地质灾害预报预警信息发布、雨量站建设、科研合作等事宜进行了座谈交流。省气象局党组成员、副局长汪克付参加座谈。
2020-04-16	省气象局党组成员、副局长汪克付主持召开发挥气象防灾减灾第一道防线作用专题研讨会，分析我省气象防灾减灾第一道防线作用方面存在的问题和短板，研究了加强气象防灾减灾工作的相关举措。会议要求，按照"监测精密、预报精准、服务精细"的要求，从加强气象防灾减灾的联动机制建设、服务能力建设和管理制度建设3个方面加大工作和攻关力度。
2020-04-23	省政府召开防汛抗旱工作电视电话会议，安排部署防汛抗旱工作。省委副书记、省长、省防指总指挥李国英出席会议并讲话，强调气象、水利等部门要完善应急预案、加强灾害预警，在汛前确保雨量站等监测体系联网运行，进一步提高监测预警精准度，坚决打赢防汛抗旱这场硬仗。省气象局党组成员、副局长、省防指副总指挥胡雯汇报汛期气候趋势预测意见及气象灾害防御建议。

续表

日期	重要工作纪实
2020-05-18	李国英省长主持召开省政府第101次常务会议，审议通过了《推进气象事业高质量发展助力现代化五大发展美好安徽建设的意见》。会议指出，我省地处南北气候过渡带，气候复杂多变，抓好气象工作意义重大。要深入学习贯彻习近平总书记关于气象工作的重要指示精神，大力推进气象现代化建设，加强流域气象等领域关键技术研究与成果转化，全面提升气象监测预报预警能力，努力做到"监测精密、预报精准、服务精细"。要充分发挥气象在防汛抗旱、城市内涝、地质灾害等防灾减灾监测预警、指挥调度、抢险救援系统建设中的功能作用。
2020-05-28	省气象局召开全省汛期气象服务暨"三夏"气象服务工作部署会。省气象局党组成员、副局长胡雯出席会议并讲话，党组成员、副局长包正擎传达全国防汛抗旱座谈会、全省防汛抗旱工作电视电话会议和淮河防总2020年工作视频会议精神，党组成员、副局长汪克付主持会议。会议就贯彻落实胡春华副总理、李国英省长的重要讲话精神，做好当前夏收夏种气象服务和汛期气象服务工作作出部署。
2020-06-02	省政府组织召开新闻发布会，省气象局副局长胡雯介绍了《安徽省人民政府办公厅关于推进气象事业高质量发展助力现代化五大发展美好安徽建设的意见》，并与省水利厅副厅长兼省应急管理厅副厅长王荣喜、省气象局副局长汪克付一道接受新闻媒体记者的采访，省委宣传部副部长、省政府新闻办主任郑明武主持会议，中央、省级30余家新闻媒体记者参加新闻发布会。
2020-06-02	安徽省气象局宣布皖南山区和沿江西部入梅，启动重大气象灾害（暴雨）Ⅳ级应急响应。李国英省长在省气象局应急响应命令上批示：各地防指做好防范工作，特别要做好强降雨导致中小河流洪水、地质灾害的防范工作。《重大气象信息专报》第3期指出"皖南山区和沿江西部6月2日入梅，较常年偏早"。
2020-06-03	《气象信息专报》49期指出"未来三天我省南部降水过程"。
2020-06-04	省气象局解除重大气象灾害（暴雨）Ⅳ级应急响应
2020-06-05	《气象信息专报》第50期指出"6月5日我省南部较明显降水过程"。
2020-06-06	《气象信息专报》第51期指出"6月9日后雨带北抬，我省将出现持续性降水。"
2020-06-08	《气象信息专报》第52期指出"6月11日后我省将出现持续性强降水"，李国英省长对此批示：省防指据此提前做出防汛部署。
2020-06-09	中国气象局召开2020年全国汛期气象服务再动员再部署电视电话会议，中国气象局党组书记、局长刘雅鸣做汛期气象服务工作动员讲话。胡雯副局长代表安徽省气象局汇报了汛期气象服务工作的基本情况。会后，胡雯副局长要求准确把握防汛抗旱面临的新任务、新要求，以贯彻落实省政府意见为契机，进一步完善部门合作机制，扎实推进能力建设，保持高度的警惕性和责任心，以科学严谨的作风、扎实有效的措施，全力做好汛期气象服务工作。

续表

日期	重要工作纪实
2020-06-10	省气象局启动重大气象灾害（暴雨）Ⅲ级应急响应。省长李国英在《重大气象信息专报》第4期上就"10日江淮之间入梅，未来十天我省多强降水"作出批示：省防指据此提前做出防汛部署，气象局密切跟踪加密滚动预报。
2020-06-11	淮河流域气象业务服务视频会议召开，贯彻习近平总书记关于新中国气象事业70周年的重要指示精神，落实党中央、国务院领导重要批示精神，对接淮河流域防汛抗旱服务需求，对流域防汛工作再研判、再部署，为做好"六稳"工作、落实"六保"任务提供气象支撑。《气象信息专报》第53期指出"6月12—13日和16—17日我省有两次强降水过程"。
2020-06-12	《气象信息专报》第54期指出"未来一周我省进入强降水集中期。"启动3小时专题气象服务。省气象局与省住建厅联合发布城市内涝预警3次。
2020-06-13	省防汛会商会议分析研判天气形势，研究部署近期强降雨防范应对工作，要求气象部门加强短时精细分区预报。《气象信息专报》第55期发布滁河流域精细化面雨量预报。
2020-06-14	李国英省长在《气象信息专报》第56期上作出批示：本次降水过程发生于前次降水过程之后，因前期降水过程已致土壤含水量饱和，故本次降水过程发生洪水、山体滑坡等灾害的可能性加大，要特别注意防范；针对滁河流域汛情，制作滁河流域精细化面雨量预报。《气象信息专报》指出"19日前我省多强降水过程，并伴有短时强降水、雷电大风等强对流天气"。与省自然资源厅联合发布地质灾害橙色和黄色预警1次。与省住建厅联合发布5次城市内涝预警。与省水利厅联合发布山洪灾害气象预警1次。
2020-06-15	《重大气象信息专报》第5期指出"6月15—18日我省长江以北有持续强降水，并伴有短时强降水和雷雨大风等强对流天气"。制作滁河流域精细化面雨量预报。与省自然资源厅联合发布地质灾害黄色预警1次。与省住建厅联合发布城市内涝预警2次。
2020-06-16	《气象信息专报》第57期指出"6月16—18日我省仍有持续强降水，16—17日强降水区位于沿江江北，18日南压至沿江江南。"李国英省长在专报上批示：省防指据此做出有关地区防汛精准部署。除防范城市内涝、中小河流洪水、地质灾害外，中小型水库、尾矿库亦为重点防范对象。省气象局对各市局夜间值班及领导带班情况进行突击检查。
2020-06-17	省气象局派出专家组进驻王家坝气象监测预警中心，滚动开展精细化面雨量监测与预报服务。《气象信息专报》第58期指出"6月17日强降水区位于沿江江北，18—19日南压至沿江江南"。
2020-06-18	针对18—19日沿江江南强降水过程，制作《气象信息专报》第59期，并指出20日后雨带将再度北抬。
2020-06-19	《重大气象信息专报》第6期指出"6月20—24日大别山区和沿江江南有大雨到暴雨局部大暴雨"。
2020-06-20	《气象信息专报》第60期指出"6月20—24日淮河以南又有一轮强降水过程"。
2020-06-21	《气象信息专报》第61期指出"6月21—25日江淮之间南部和沿江江南有强降水"。
2020-06-22	《气象信息专报》第62期指出"6月25日前强降水区位于大别山区和沿江江南"。
2020-06-23	胡雯副局长参加国家防总召开的长江流域防汛抗旱工作视频会议。《气象信息专报》第63期指出"今天江淮南部和江南地区仍有强降水"。

续表

日期	重要工作纪实
2020-06-24	省长、省防指总指挥李国英主持召开省防汛抗旱指挥部第一次全体会议,要求做好监测预报预警工作,千方百计拉长预报期、提高准确率,第一时间向社会和公众发布权威预警信息。胡雯副局长参加会议并汇报天气情况及气象部门相关工作。省气象局召开汛期气象服务领导小组会议,进一步部署汛期气象服务工作。《气象信息专报》第64期指出"今明天新安江流域仍有明显降水"。
2020-06-25	《气象信息专报》第65期指出"6月26—28日主雨带北抬,江北有一次明显降水过程"。
2020-06-26	《气象信息专报》第66期指出"未来三天我省迎来新一轮强降水"。
2020-06-27	《气象信息专报》第67期指出"6月27—28日沿江江北有强降水,须重点关注淮河流域雨情"。
2020-06-28	《气象信息专报》第68期指出"今天淮北地区、江淮北部和沿江西部仍有暴雨,部分地区大暴雨"。
2020-06-29	省气象局变更重大气象灾害(暴雨)应急响应Ⅲ级为Ⅳ级。省气象局收看中国气象局传达中央领导同志重要指示批示精神视频会议。《气象信息专报》第69期指出"今天江南仍有较明显降水"。
2020-06-30	省气象局召开气象服务工作领导小组会议,传达习近平总书记关于气象工作和防汛救灾工作的重要指示精神和安徽省委省政府、中国气象局近期有关防汛救灾及气象预报服务方面的要求,要求精准把握气象在防灾减灾救灾中的职能作用,全力做好我省2020年汛期气象服务工作。《气象信息专报》第70期指出"7月2日后我省多降水"。
2020-07-01	胡雯副局长陪同安徽省委常委、常务副省长邓向阳赴宣城等地检查防汛工作。《气象信息专报》第71期指出"7月上旬我省降水仍偏多,并与前期降水重叠度高"。
2020-07-02	针对6月气候特点及7月气候趋势展望,制作《气象信息专报》第72期指出"6月全省平均降雨量为373毫米,较常年同期异常偏多9成,为1961年以来同期第二多,预计7月全省大部地区降雨量较常年偏多"。
2020-07-03	《重大气象信息专报》第7期指出"7月4—10日我省有持续强降水过程,其中4—7日强降水区位于淮河以南,7日后主雨带将北抬至沿江江北"。参加省防办组织的防汛会商,通报前期的累积雨量和后期天气形势,指出防汛的重点地区和重点时段。下发《关于做好2020年高考和中考气象服务工作的通知》。
2020-07-04	省气象局变更重大气象灾害(暴雨)应急响应Ⅳ级为Ⅲ级。省气象局召开汛期气象服务再部署会议,汪克付副局长对近期强降水气象服务进行再部署、再要求。《气象信息专报》第73期指出"7月4—8日淮河以南有持续强降水"。
2020-07-05	省气象局变更重大气象灾害(暴雨)应急响应Ⅲ级为Ⅱ级。省气象局下发《关于开展汛期气象服务工作督导的通知》,派出3个分别由局党组成员、纪检组组长张爱民,党组成员、副局长包正擎,二级巡视员倪高峰带队的督导组,对强降水影响较大的重点市、县进行驻点督导。《重大气象信息专报》第8期指出"7月5—8日我省淮河以南有持续性强降水,本次过程雨区重叠性高、累计雨量大、降水强度大"。召开高考天气新闻通气会。

续表

日期	重要工作纪实
2020-07-06	胡雯副局长陪同李国英省长到省自然资源厅调研，连线在一线督导的3个督导组，了解现场情况，对气象服务重点工作提出要求。省气象局党组成员、纪检组组长张爱民在安庆督导，党组成员、副局长包正擎在芜湖、铜陵、六安督导，二级巡视员倪高峰在黄山督导。《气象信息专报》第74期指出"7月10日前江淮之间南部和江南有持续性强降水"。
2020-07-07	胡雯副局长陪同李国英省长到省水利厅、应急管理厅等单位调研。汪克付副局长陪同邓向阳常务副省长赴宣城调研防汛工作。省气象局紧急通知各市、县气象局加密服务频次，为高考保障调度提供精细化气象服务支撑，派出气象专家驻省考试院提供驻点服务。与中国气象局、黄山及歙县气象局进行加密会商，重点分析黄山、歙县的降雨时段、强度及对高考及流域防汛的影响。《气象信息专报》第75期指出"今明天大别山区南部和沿江江南仍有强降水"。
2020-07-08	为省政府提供黄山、宣城各市县逐6小时预报。为省水文局提供练江和丰江、新安江上游逐小时精细化面雨量预报。《气象信息专报》第76期指出"今天和10日大别山区南部和沿江江南南部仍有大雨到暴雨，局部大暴雨"。
2020-07-09	针对歙县高考天气，为省政府提供黄山市域最新天气实况和各市、县逐6小时预报。为省水文局滚动提供练江和丰江、新安江上游逐1小时精细化面雨量预报。《气象信息专报》第77期指出"未来一周我省多强降水过程，主雨带南北摆动，7月11—12日位于长江以北，13—15日位于淮河以南"。
2020-07-10	省气象局对后期强降水气象服务工作进行再部署、再要求。《气象信息专报》第78期指出"7月11—12日主雨带北抬，长江以北有强降水过程"。
2020-07-11	印发《安徽省气象局关于切实加强强降水气象服务工作的通知》。面对紧迫防汛形势，省气象局决定成立3个专家技术组，分别派驻到合肥、宣城、安庆市气象局，进行驻点现场预报预警技术指导等工作。成立气象监测预警预报情况工作组，分析全省预报预警服务情况，动态跟踪实况和预警发布情况。成立气象保障技术组，确保业务系统、观测设备、信息网络等的正常运行。同时省气象局决定实行局领导牵头负责、内设机构和局直有关单位负责同志配合的分工负责制，具体到市指导督查汛期气象服务工作。《重大气象信息专报》第9期指出"7月中旬仍多强降水过程，强雨带南北摆动"。
2020-07-12	《气象信息专报》第79期指出"7月14—15日江淮之间南部到江南北部雨势加强"。召开中考天气新闻通气会。气象支撑保障组创建由全省1012名业务及管理人员参与的"全省业务服务交流"钉钉群，开展业务服务协同快速响应。向中国气象局申请调拨移动自动气象站2套。
2020-07-13	中国气象局矫梅燕副局长在省气象局调研指导汛期气象服务工作。胡雯副局长列席省委常委会会议并汇报天气趋势，会议要求抓好防汛救灾各项工作，坚决打赢防汛抗洪抢险救灾攻坚战。参加中国气象局汛期气象服务部署视频会，胡雯副局长汇报防汛救灾气象服务开展情况。省气象局召开进一步加强防汛救灾气象服务工作部署会，对后期气象服务工作进行再部署。《气象信息专报》第80期指出"7月14—15日沿淮到沿江地区雨势增强"。
2020-07-14	中国气象局矫梅燕副局长在安庆、岳西调研指导汛期气象服务工作。《气象信息专报》第81期指出"7月14—15日和17—20日我省有两次强降水过程"。为省考试院提供中考气象服务。

续表

日期	重要工作纪实
2020-07-15	中国气象局矫梅燕副局长在安庆、岳西调研汛期指导气象服务工作。7月13—17日，省气象局党组成员、纪检组长张爱民陪同省政府常务副省长邓向阳在宣城检查防汛工作。省气象局启动防汛救灾气象保障服务Ⅱ级应急响应。《气象信息专报》第82期指出"7月15—16日强降水主要位于江淮南部至江南北部地区"。为省考试院提供中考气象服务。
2020-07-16	制作《气象信息专报》第83期指出"今天江淮部分地区和沿江东部仍有较明显降水，明后天淮河流域有一次强降水过程"。为省考试院提供中考气象服务。参加淮河流域四省天气会商和太湖流域天气会商。
2020-07-17	胡雯副局长参加省政府常务会议，汇报天气形势和防汛救灾意见建议。针对淮河流域强降雨过程，由省气象局党组成员、纪检组组长张爱民带队的专家组赴阜阳王家坝开展督察指导。《重大气象信息专报》第10期指出"未来一周淮河流域多强降水"。
2020-07-18	以水利部副部长魏山忠为组长的国家防总安徽工作组一行到滁州市气象局检查指导工作并慰问干部职工。胡雯副局长列席省委常委会会议，汇报入梅后全省天气气候特征以及未来趋势。省气象局将防汛救灾气象保障服务Ⅱ级应急响应变更为Ⅰ级应急响应。《气象信息专报》第84期指出"18日和21日前后淮河流域有两次强降水过程"。
2020-07-19	胡雯副局长陪同邓向阳常务副省长督导检查防汛救灾工作，期间赴阜阳王家坝监测预警中心现场指挥淮河防汛气象服务工作。汪克付副局长列席省委常委会会议，汇报天气趋势及淮河王家坝分洪建议。与省应急管理厅联合起草《关于加强防汛查险人员防雷安全的紧急通知》，由省防指下发。《气象信息专报》第85期指出"今天江淮南部和江南部分地区大雨到暴雨局部大暴雨"。《气象信息专报》第86期报送最新天气实况和预报。
2020-07-20	胡雯副局长主持召开防汛救灾气象服务工作推进会，对后期气象服务工作提出要求。《气象信息专报》第87期指出"明天起我省降水再次增强，7月21—23日和24—26日有两次强降水过程"。《气象信息专报》第88期报送最新天气实况和预报。制作蒙洼蓄洪区专题服务材料。加强卫星遥感水体监测分析。为省教育厅提供全省高中学业水平考试气象保障服务。再次向中国气象局争取到5套移动自动气象站，并协调中国华云气象科技集团公司紧急支援10套移动自动气象站。调度淮南市气象局应急指挥车、党员突击队连夜赶赴王家坝开展现场气象服务。
2020-07-21	胡雯副局长参加省长、省防指总指挥李国英主持召开的巢湖防汛调度会。根据巢湖的防汛形势，省气象局抽调业务骨干成立服务专班，针对巢湖流域的雨情、水情以及风的变化，开展专题气象服务，为巢湖抢险抗洪工作提供决策服务依据。中国气象局召开淮河流域专题天气会商，王家坝气象监测预警中心自启用以来首次参与国、省会商发言。《气象信息专报》第89期指出"7月21—22日强降雨区位于沿淮淮北和大别山区"。《气象信息专报》第90期报送最新天气实况和预报。制作蒙洼蓄洪区专题服务材料。加强卫星遥感水体监测分析。为省教育厅提供全省高中学业水平考试气象保障服务。合肥市局气象应急指挥车奔赴巢湖沿岸开展风浪观测。

续表

日期	重要工作纪实
2020-07-22	组建应急保障突击队赴巢湖沿岸布设应急移动气象站,开展湖面气象要素和浪高观测,为巢湖保卫战提供气象数据支撑。《气象信息专报》第91期指出"今天沿淮淮北有强降水,明天雨带南压至江淮之间"。《气象信息专报》第92期报送最新天气实况和预报。制作蒙洼蓄洪区专题服务材料。持续卫星遥感水体监测分析。针对巢湖汛情制作《巢湖流域天气专报》。继续为省教育厅提供全省高中学业水平考试气象保障服务。精细化预报时序图等成果用于防汛救灾气象服务。
2020-07-23	胡雯副局长列席省委常委会,汇报后期天气形势和气象服务工作开展情况。省气象局防汛救灾党员志愿气象服务队组织近20名志愿者,前往肥东县长临河镇转移群众安置点,开展气象防灾减灾宣传和慰问志愿服务活动。《气象信息专报》第93期指出"7月23—27日我省沿淮淮河以南仍多降水过程"。《气象信息专报》第94期报送最新天气实况和预报。继续制作蒙洼蓄洪区专题服务材料。针对巢湖汛情制作《巢湖流域天气专报》。
2020-07-24	胡雯副局长参加省长李国英主持召开的省防汛抗旱指挥部会商会,汇报后期天气形势和气象服务开展情况。胡雯、汪克付副局长分别接受中国气象报记者采访。《气象信息专报》第95期指出"7月27日前沿淮淮河以南仍多降水过程,27日后全省降水将逐渐减弱"。《气象信息专报》第96期报送最新天气实况和预报。针对巢湖汛情制作《巢湖流域天气专报》。开展《3小时巢湖流域天气快报》,开展巢湖流域风精细化的监测和预报。继续制作蒙洼蓄洪区专题服务材料。组建5个巢湖防汛抗洪气象现场技术小组。省气象局业务单位更新对外服务APP和微信公众号,上线要素实况和预报时序图、精细化流域面雨量监测等基层急需功能。
2020-07-25	胡雯副局长参加省委书记李锦斌主持召开的防汛救灾工作调度汇报会,汇报后期天气形势和服务开展情况。汪克付副局长和中国气象局首席预报员到巢湖中埠大联圩大堤现场指导气象服务工作。《气象信息专报》第97期指出"7月25—27日淮河以南仍多降水过程,27日后降水将逐渐减弱"。《气象信息专报》第98期报送最新天气实况和预报。制作《巢湖流域天气专报》《3小时巢湖流域天气快报》,开展巢湖流域风浪的实时监测和预警预报。制作蒙洼蓄洪区专题服务材料。联合研发的环巢湖风浪监测预报平台紧急上线,展示3台风廓线、8套移动自动气象站及20多个常规自动气象站的风场监测实况,提供5个防汛抗洪气象现场技术小组3小时间隔的浪高观测数据,提供逐小时1千米×1千米格点精细化风场预报信息。
2020-07-26	省气象局下发《关于切实做好紧急防汛期气象服务工作的紧急通知》,要求全省气象部门在紧急防汛期严守值守班纪律,加强会商和应急联动,及时发布信息,参加现场保障服务以及大堤等防汛抢险的职工在执行好相关任务的同时,切实做好自我防护,注意自身安全。《气象信息专报》第99期指出"今明天淮河以南有较强降水"。《气象信息专报》第100期报送最新天气实况和预报。针对巢湖汛情制作《巢湖流域天气专报》和《3小时、1小时巢湖流域天气快报》,开展巢湖流域风浪的实时监测和预警预报。制作蒙洼蓄洪区专题服务材料。

续表

日期	重要工作纪实
2020-07-27	《气象信息专报》第 101 期指出"今天江淮之间南部和沿江仍有强降水"。《气象信息专报》第 102 期报送最新天气实况和预报。针对巢湖汛情，继续制作《巢湖流域天气专报》和《3 小时巢湖流域天气快报》，开展巢湖流域风浪的实时监测和预警预报。
2020-07-28	《气象信息专报》第 103 期指出"今天沿江江南仍有较强降水，明天起雨带北抬"。《气象信息专报》第 104 期报送最新天气实况和预报。针对巢湖汛情，继续制作《巢湖流域天气专报》和《3 小时巢湖流域天气快报》，开展巢湖流域风浪的实时监测和预警预报。
2020-07-29	胡雯副局长参加省政府防汛救灾工作汇报会。省气象局召开气象服务工作领导小组专题会议。省气象局解除重大气象灾害（暴雨）Ⅱ级应急响应。《气象信息专报》第 105 期指出"7 月 31 日后淮河以南有 35℃左右的高温天气"。
2020-07-30	《气象信息专报》第 106 期指出"今天起江淮南部和江南降水减弱，未来三天江淮北部和淮北地区仍有较明显降水"。
2020-07-31	省气象局党组会研究部署梅汛期后业务服务相关重点工作。《气象信息专报》第 107 期指出"今天白天沿淮淮北和大别山区仍有较强降水，未来南部高温范围逐渐扩大"。
2020-08-01	《气象信息专报》第 108 期指出"8 月 6—7 月我省气候异常，梅雨期之长、暴雨日数之多、累计雨量之大、覆盖范围之广、梅雨强度之强，均为历史第一位，未来十天我省将出现大范围 35℃以上的高温天气"。
2020-08-02	《气象信息专报》第 109 期指出昨天（8 月 1 日）我省出梅，并报送 2020 年第 4 号台风"黑格比"最新消息。召开出梅天气新闻发布会。

后记

倏然间走过一年有余，2020年汛期不同寻常的罕见洪涝灾害依然记忆犹新。回望2020年，定格那些难忘的瞬间，我们为您带来一份珍贵的礼物——《较量——2020年安徽超长梅雨气象服务实录》。

2020年汛期，安徽遭遇了历史罕见的严重洪涝灾害。抗击自然灾害，气象工作者英勇无畏、全面出击。在中国气象局和安徽省委、省政府的坚强领导下，安徽省气象局深入贯彻习近平总书记关于气象工作和防汛救灾工作重要指示精神，坚持"人民至上、生命至上"理念，带领全省气象工作者顽强奋战，开展了卓有成效的防汛救灾气象保障服务工作，受到各级党和政府的高度赞扬，得到了全省广大人民群众的好评。为了纪念这段不平凡的经历，为了记录气象工作者为之付出的智慧和汗水，为了讴歌气象人战"洪"责任担当和大无畏精神，我们把这个时段气象人奋战超长梅雨的所见所闻、亲身经历、典型事迹、媒体报道集纳成书，以实录方式记录下这场史无前例的重大气象服务过程中涌现出的许多可歌可泣的感人事迹，鼓舞安徽气象人以史为鉴、继往开来，推动气象事业高质量发展，更好服务保障现代化美好安徽建设。

谨以此书献给最可爱的人——安徽气象工作者。

本书编写组

2021年11月